小城阙

胡 静 ◎ 著

安徽文艺出版社
时代出版传媒股份有限公司

图书在版编目（CIP）数据

小城阙 / 胡静著. -- 合肥：安徽文艺出版社，2025. 5. -- ISBN 978-7-5396-8246-4

Ⅰ．I267

中国国家版本馆 CIP 数据核字第 2024F2G488 号

出 版 人：姚 巍	策 划：韩 露
责任编辑：卢嘉洋	装帧设计：张诚鑫

出版发行：安徽文艺出版社　www.awpub.com
地　　址：合肥市翡翠路 1118 号　邮政编码：230071
营 销 部：(0551)63533889
印　　制：安徽联众印刷有限公司　(0551)65661327

开本：700×1000　1/16　印张：24.25　字数：310 千字
版次：2025 年 5 月第 1 版
印次：2025 年 5 月第 1 次印刷
定价：68.00 元

（如发现印装质量问题，影响阅读，请与出版社联系调换）

版权所有，侵权必究

城池古建的时光书页，
烟火人间的情意别册，
城市生活的风俗画卷，
抚慰心灵的轻歌慢咏。

目录

序一（石楠） 001
序二（储劲松） 006

辑一　古城静走

一城风华　003
古城，那静静的谯楼　009
邮局1928　017
倒扒狮，从时光深处走来　022
英王府悲歌　027
长江第一塔　033
世太史第　036
敬敷世范　039
红楼安否　042
前言后记　045
最后的会馆　050
和平楼　056
康熙河畔　059
独行大王庙街　064
长风沙万里　068
皖口烟雨　072
风雨中方寺　078

辑二　烟火人间

老街炉火　085

人间的雪　093

雨天里的瓦屋　096

黑脸的张飞叫喳喳　104

旧时雨　110

烟火人间双井街　112

四照园忆事　117

银杏树下　124

故园梧桐　127

风,吹进铁佛庵巷　130

一起来唱　138

晨欢　141

"湖畔聊吧"三题　144

辑三　光阴厚朴

与旧物对视　153

小铜炉　157

老檀椅　162

棉被里的春天　164

匣子　167

微步动瑶瑛　171

一缸岁月　175

扇子里的流年　179

衣品人生　182

远去的报刊亭　185

时钟声声　188

大风汇馆　192

辑四　云烟过客

脚底,那抹红　197

写意石楠和她的荷　202

归去来　208

潘军印象　213

与韩再芬的两次合影　220

我陪石楠讲《画魂》　222

魏大帅　226

去黄岭,看望恨水先生　230

阮宜城　238

擦鞋大爷　241

乡魂　244

我家的"留学生"　247

神通广大"刘大水"　249

三子　252

二舅　256

消失的脚步声　259

辑五　风味无边

声声黄梅　265

老城说书　271

舞龙灯　273

穿透岁月的腊味　275

侉饼油条　278

江毛水饺　280

韦家巷汤团　282

大南门牛肉包子　284

麦陇香糕点　286

蚕豆酱　288

鸡汤泡炒米　290

山粉圆子烧肉　292

炸圆子　293

什锦素菜　295

荷塘"三仙"　296

掐一把鲜春回家　297

辑六　皖地散曲

流水的深处　303

黄昏，遇见塔畈　307

想你的风吹到了牛镇　310

蔡畈古村　313

到洲上去　316

陋室·邂逅　320

羊舍半书房　324

芍药醉　327

峡谷问水　330

春上龙眠山　334

天上人间巨石山　337

桐中铭刻　341

雨天美术馆　345

塔畈的行板　348

我带老外逛倒扒狮街　353

春到毛畈世外行　357

菱湖的夜　359

深山如故　362

后记　367

序一

  静子要出散文集，要我给她写篇序文。我因眼疾一天天加剧，三号字都看不清，戴上眼镜只看几行就又胀又痛。也因为视力，阅读学习更加困难，致使我语言干瘪，文辞枯竭，思维僵化。加之，我使用的五笔输入法，字根大都忘了，很多字都打不出来，因此很久没有写东西了，愧对了许多朋友。静子之请，我没信心，但我不能对她说不。因为我们"不是母女，胜似母女"（孙仁寿先生语）。

  静子是我对胡静老师的专属爱称。她是位优秀的教育工作者，热爱文学，爱一切美好和光明。四十年前，我的第一部长篇传记小说《画魂——潘玉良传》面世，她就读了。她说我就是她心里的一束光。七年前，我在《同步悦读》上第一次读到她的文章，她的文笔生动又老到，文中还写到了我。从她的简介中得知，她就在我们安庆。我记住了她。也就在这年，在我和老伴的"诗意金秋"书画展上，我们一见如故。她多才多艺，聪明好学，才情横溢，又美丽重情，情商极高。她到哪里，哪里的气氛就会活跃起来，是一个让人感到快乐的人。她的笔头极快，一两个小时就能写出一篇文情并茂的文章，让我喜欢不已。她又是个乐于助人的人，我在使用电子工具方面常常遇到困难，每次问到她时，她都热情耐心地教我。电话里我若还不能理解，她会一下班就来我家教我，直到我学会，从不嫌麻烦，还不断地表扬我，说我接受新知识能力快。我有任何需要帮助的事，只要我开口，她总是不遗余力地给我以援手。我们若同时被邀参加同一个活动，她就会来接我同往，做我的贴身护卫，对我关怀得无微不至。聚餐时，她为我夹菜，叮嘱我吃药喝水；出游时，她总挽着我，给我拿包，生怕我跌倒碰到哪里了。我们就是那种相互欣赏、相互学习，有事就联系，无事不打扰，彼此敞开心扉的朋友。这样的朋友让我为她的第一本书写点我的读后感，再有困难也不能不写吧。好在我喜欢她的作品，她的文章大都读过，就随着我记忆的长河漂流吧。

她作品的题材，大多来自生她养她的这座历史悠久的美丽古城和她的至爱亲朋。因为她的深爱，她对他们前世今生的每段时光都充满着挚情和眷念。她怀着虔诚和敬畏的深情，用她多情的笔，宗宗件件描绘出来，在我的眼里，那是诗篇，也是画幅。我喜欢她那些如诗似画的文字。在《古城，那静静的谯楼》中，她的笔既是史学家的铁笔，如锥画沙，如篆刻碑；又像文物考古学家握在手里的刮刀，由外向里，从上到下，一层层慢慢地揭开古往今来的人物和故事，用满怀的激情歌唱那些为时代、为生民付出了爱心和胆识的时光人物。在"谯楼"中，她描写了几位历史人物：从徐士林到吴坤修，再到许世英，用生动入微的细节、老到又优美的文笔，刻画了他们"清正、勤政、亲民"的形象。她说，他们"身上都有一种精神——士大夫精神"，我深以为然。

我喜欢她浩然情怀、真情炽热的诗笔，让安庆这一名胜"谯楼"从时光深处走来，让今天的读者了解到它的过往今生。它是谯楼的时光故事，也是谯楼的诗传。

选进"古城静走"里的，还有很多我非常喜欢的篇章。如

《邮局1928》《倒扒狮,从时光深处走来》《独行大王庙街》等等,无不是一轴轴过去时光的长长画卷,能看到"半开的窗棂""美人云鬓",听到回旋的玉箫和琵琶声,还有那些历经数百年风雨雷电,仍然屹立不倒的栋栋房舍。她用浓浓恋情怀念已成为历史的大清邮局,回想那绿色的梦,她写道:"时光在民国风味的邮政大厅静静地流淌,我轻轻挪步、拍照,生怕惊醒了藏在角角落落的旧梦。"她怀念用书信交流的时光,怀念那种期待书信的心情和收到期待了很久的书信的快乐。她慨叹"信的生命比一个人的生命还要长,人死千年了,他们笔下的信还被人珍藏着",于是提议,"给曾经和未来的自己写一封信吧"。

我也喜欢收在"烟火人间"里的一些篇章,《老街炉火》让我迷醉。她写铁匠铺"田小铁拉风箱、挥铁锤,两条胳膊和一双手,又红又肿,像烂了又发泡的胡萝卜""田小铁抡大锤了,田老铁用小锤敲一记铁器的某个点,田小铁的大锤就准确无误地砸下去。田老铁抬起眼皮,瞟一眼田小铁,眼角里是藏不住的赞许……",形象真实。我的祖上都是打铁的,读来感到特别亲切。她写金银铺,"细细的黑管子吐出幽蓝的光,'滋啦啦——'像蟒蛇吐信子,灵活而凶猛,一舔两舔,白的银、黄的金就化成了水。银水、金水倒进模子里,一个錾花戒指面就成了"。

她用那些刻画入微的生动细节、真挚的情感,将时代的变化、岁月更替变迁,绘成一幅幅画卷,让老街炉火明明灭灭,最后以象征的手法结尾,意味深长。

她在《雨天里的瓦屋》里写夏日的雨:"时光的脚迈进七月,老天爷的狂躁症就犯了,抡起大锤,撞得轰轰响,又劈剑挥来,金光直闪，随后稀里哗啦一阵大哭，肆无忌惮，像不讲理的孩子，哭得没完没了，不达目的誓不罢休。"这比喻那么形象，对瓦屋的情怀又是那么深沉："瓦，或许不明白为何有一天，会乍然破碎。一片房脊挺立着，把最后一溜瓦托举到天上。"

  静子写人的文章，每篇都让我陶醉。因为她笔下的人物皆惟妙惟肖，真实动人。她写亲人，《脚底，那抹红》写的是父亲对她的深爱，她选取的细节是父亲在她出嫁时送她一双美丽的高跟红皮鞋，以及她在父亲弥留之际为老人穿上精心绣上"吉祥"和白兔的红袜子，把父女间含蓄内敛又无比深浓的爱写得直抵人心，我读得泪如泉涌。她在《我家的"留学生"》中，写的是她母亲——一位小学教师。她常将那些调皮的小学生带回家中，为他们补课，督促他们做作业。"两个'鼻涕虫'叽里咕噜地读书，或趴在桌上抄抄写写。不一会儿，他们就挤眉弄眼，用铅笔你戳我、我划你，用书你砸我、我刷你……"对这样的调皮生，母亲不仅把他们带回家补习，还供他们吃饭，吃饭时"母亲总是先给她的学生夹菜，剩下的才分给我们。妹妹年纪小，看到只剩一丁点荤菜了，大哭起来：'肉，我要吃肉肉！'母亲把剩下的那点荤菜夹到了她碗里。姐姐和我，一人只分得一勺羹……"她用这个真实的细节展现出母亲爱生胜子的高尚品德。

  细节是作品的生命，一个好细节，就会让人物活起来。她善于选用细节。她在写我的那篇《写意石楠和她的荷》一文中，选取了她闭关与外界断绝联系时，我联系不上她，给她的语音留言："静子，这么久都没有你的音讯，你现在在哪里呀？我很牵挂你，很想念你！"她说："声音是那么温柔，又那么焦急。我一遍又一遍地听着，仿佛离家出走，黑夜里躲在角落里的孩子听到母亲的呼唤。泪流满面中，我拨打了电话……"读完此文，我潸然泪奔，在心里说，懂我、慰我之文啊！她的人物篇章，无一"爱"字，却满纸是爱，读着读着，便让你怦然心动。

她写古城的风味，《老城说书》中把说书人写得出神入化，《江毛水饺》《大南门牛肉包子》《鸡汤泡炒米》等写得香飘万里，那一味味让我读得口舌生香，禁不住涎水潮涌。她喜欢老物件，在《小铜炉》《老檀椅》《扇子里的流年》等篇中，与旧物对视，从中"安顿了灵魂，并于瞬间，抵达某种诗意"。

她写的游记类文章，则如诗如画。在《峡谷问水》中读到这样的句子："一泓溪水像个野丫头，光着脚丫从山上咯咯笑着飞奔而来，这妮子呀，跑得太快，一不小心跌进了潭里，打个滚，拍拍屁股，又拔起脚，朗朗地笑着朝山下一头冲去。"多么生动轻灵！更重要的是，她不局限于对景物的描摹，而是深层发掘大自然中孕育的哲理，因而她的这类文章既优美又深邃。

她用丰润的笔墨描画那些过往，那水那山那物，那些她敬重、她喜爱的人和事。她的作品，在我心里，就是一幅幅画，她是一位用文字绘画的画家；我说她还是个诗人，因为她的字里行间流溢出的皆是挚情和爱。而她的文字风格，大气中的细腻，典雅中的俏皮，质朴中的温暖，格外令我喜欢。我以为，她的这本散文集，是她奉献给我们的一曲真情之歌，一本绝美的时光册页。我相信，读者们会喜欢的！

石楠

2024 年 8 月 1 日于石楠书屋

序二

　　墙隅丹桂自开自落，磨盘柿累累垂枝，人间又是一度清秋。摩诘居士说"人闲桂花落"，其实人不闲，桂花也落，只是心闲时才能注意到闲事。清风婉约若玉篦，秋阳温煦如阳春面汤，山居的人整日无事，坐在桂花树、柿子树下曝背，闻香，喝茶，读文章。手脚在闲与不闲之间，心也在闲与不闲之间。文章是闲人的事业，无论读，还是写。所谓营闲事，著书立说者块然于白壁孤灯之下，形容枯寂一如楼殿中的土偶木梗，心间则有天风荡荡，油云苍苍，想象里，骑一匹高大娇健的枣红马，执戈擎苍，驱动万千神将鬼卒豆马寸人，驰骋校猎于大荒之境。写作者貌似闲旷，实则劳碌。读他人文章则不然，目走神注，点头摇头，看似一刻不歇地忙碌，实则悠闲似秋风走过林杪。写作劳神，读书怡心，如果二者必选其一，我愿读不愿写。

　　读的是胡静女士即将梓行的散文集《小城阙》。扫眉才子信步于安庆城的古今内外，凭吊人文历史，丈量前街后巷，叩访楼台塔寺，瞻望山岳江河，有所思，有所悟，有所得，又有所失，然后以温柔敦厚之笔闲闲写来，细细述来。文章有情有义，有神有味，也似秋风桂子彤红老柿。

　　胡静是安庆人。长江北岸的名城安庆，古老又小巧，前人谓之宜人之城，谓之平安吉庆之域，谓之长江咽喉要津，又谓之吴楚分疆第一州。其地山川雄秀，其人温婉玲珑，其音婉转绵软。得大好江山之助，又得历代先贤文章浸润，安庆自古崇文重教，文壤丰厚，文风一如江风，正大浩荡，又如耸立江边的振风古塔，古雅端方。造化钟灵，斯文在兹，文章华国名家代出，生于斯长于斯的人是有福气的，曾经流连于斯的人也是有福气的。青葱时代，我曾在安庆求学三年，课业是工业与民用建筑，同窗之人无论男女，于修习高等数学、建筑力学、建筑制图、建筑预算、建筑材料等等之余，多以文章自命，读书写作蔚然成风，其中不乏年少岐嶷、善属文辞者。受时风影响，来自大别山林峦深处，家世务农的我，首如飞蓬，呆若木鸡，同窗戏称"山旮佬"。本不知诗词文章为何物，不知风雅为何事，却也妄想分得几羽凤凰毛，暗自立志当一名作家。我的作家梦萌芽于安庆，许多年来，孜孜于此道，冷暖苦乐自知，写作上虽无建树，于文学的母地，则常怀感恩戴德之心。胡静是地道的安庆人，受古城纯正文风长久陶埏，人聪慧，又耐得闲，肯坐冷板凳，吃得营闲事之苦，享得营闲事之乐，下笔滔滔汩汩，投以木桃，报以琼瑶，也就理所当然。

前人说，观文识人，也就是观其文可知其人。钟嵘《诗品》云："宋徵士陶潜诗，其源出于应璩，又协左思风力，文体省静，殆无长语，笃意真古，辞兴婉惬。每观其文，想其人德，世叹其质直。"前人又说，以文观人，古来所难。钱锺书《谈艺录》："嵇叔夜之《家诫》何尝不挫锐和光，直与《绝交》二书如出两手。"钟嵘说陶渊明文如其人，诚笃质直，流利自然；钱锺书说嵇康文章有多个面目，《家诫》和光同尘，《与山巨源绝交书》则激烈恣纵，如出两人之手。有人文如其人，有人文并不全然如其人。纵观古来文章与作者，文如其人者多见，文与人有出入者也并不少见。一个人往往有多个面目，一个人的文章也常常有多个面目，笔意沉雄与婉约，笔调菩萨低眉与金刚怒目，如嵇康者，原就不乏其例。

我与胡静只见过几面，算不上熟，点头之交而已。印象里的她，面善，颇文静，热心又周到，好急人之难。此前零散读过她的几篇散文，字句自然妥帖，情感饱满真切，文笔清丽和畅。此番系统阅读她的散文集，以为其人与其文当系表里一致。话又说回来，文与人不相一致又如何？人是表，文是里，观文即使不能识人，我以为倒是可以识得其里、其心。

胡静这本散文集，可以当文史小品看。文章历数安庆名胜如长风沙、振风塔、皖口、倒扒狮、英王府、谯楼、康熙河、世太史第、安庆师大红楼、敬敷书院、从前的劝业场今天的前言后记书店的往古来今。胡静自言："漫步古城，数千年的积淀次第展开，清雅高古，笔墨顿挫，点染出一幅苍苍茫茫的画卷。这就是宜城，水蕴灵性，山藏厚重，人拥至爱。"语浓矣，情重矣，足见其对家园的至诚爱恋，也可见其书写小城大事的野心。做人不可野心勃勃，最好和乐平易，写文章则不然，当有包举宇内并吞八荒之心，如此才可以上穷碧落下通幽冥，才有文神暗中护佑。

其又可以当古城安庆的市井风俗画看。集子里写到众多人情风物，写人如说书人、唱戏人、擦鞋人、舞龙灯人、报人、画人、著书人，记风物如故园梧桐、银杏、双井街、四照园、棉被、铜炉、檀椅、扇子、步摇、街头报刊亭、江毛水饺、麦陇香糕点、胡玉美蚕豆酱，记事如幼年随祖母归宁上海、祖母用银圆打银戒指、夏夜纳凉食冰镇西瓜、雪天早晨的回笼觉。此类文章有浓郁的烟火气息，有亲切好闻的砧板香，也写得细腻多情，摇曳生姿，落落有风致，尤其为我所喜。

文章易写，难工。文章其实也不易写，更难工。文山也是巴别塔啊，有志于此者，皆是勇士，皆我道友。清初画圣王翚论画，说："以元人笔墨，运宋人丘壑，而泽以唐人气韵，乃为大成。"王翚所论，集大成之道也，成丹青妙手之道也。字画文章，艺理潜通。我常以此语自励，而今也以此语寄望胡静。

磨杵人，天不负。

储劲松

甲辰九月初一于皖水之畔

辑一　古城静走

漫步古城，数千年的积淀次第展开，清雅高古，笔墨顿挫，点染出一幅苍苍茫茫的画卷。这就是宜城，水蕴灵性，山藏厚重，人拥至爱。

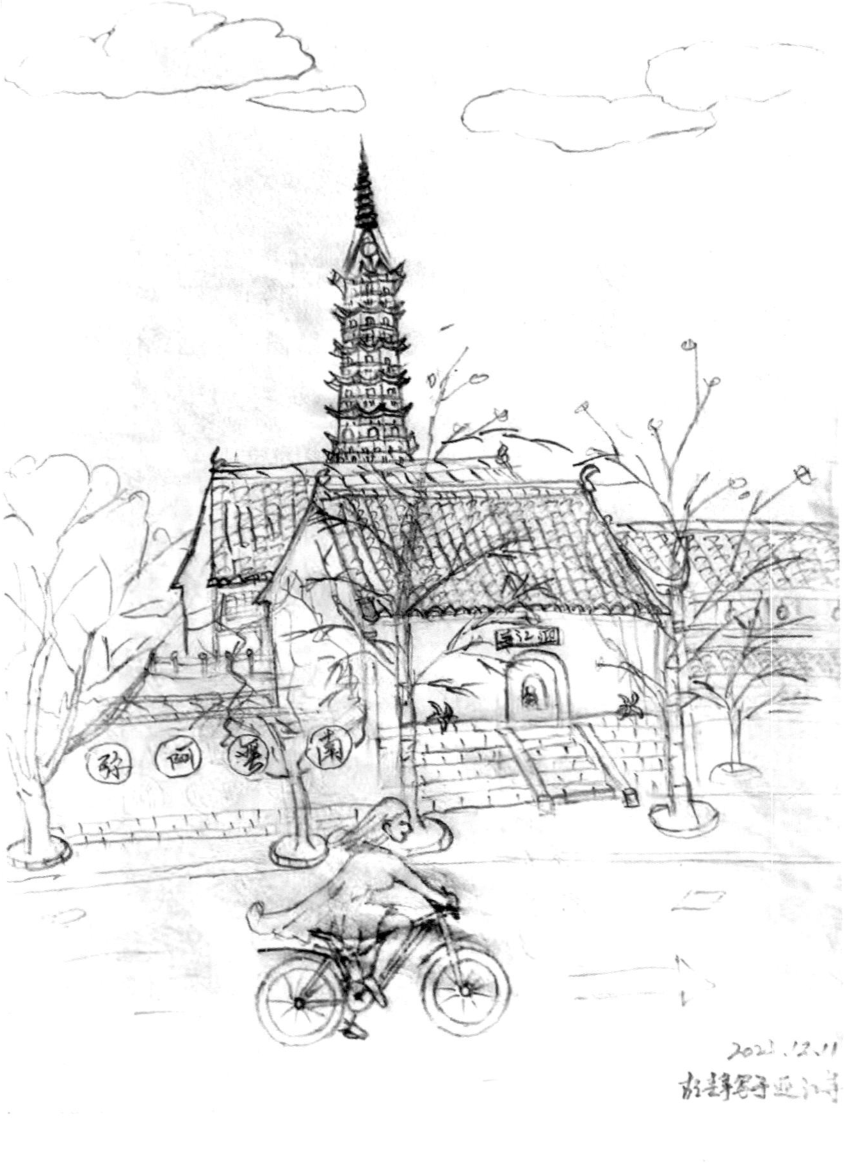

一城风华

一

万里长江此咽喉，吴楚分疆第一州。

地处长江咽喉之要，也因第一州之富足，安庆自春秋战国时便为吴楚相争之地。公元前106年，汉武帝刘彻平定淮南王刘安之乱后，为安抚江淮一带百姓，开启了一次浩浩荡荡的南巡。汉武帝顺江而下，船行枞阳段，见一蛟浮游，刘彻拉弓搭箭，射中获之，龙颜大悦，遂登上盛唐山祭祀尧舜。北望，天际尽处，天柱山一峰独峙。身后，皖江之风徐徐相拂。东边枞阳江段，太阳映照着江水，绚丽辉煌。武帝遂豪情大发，作《盛唐枞阳之歌》。这一瞬间成为安庆历史的永恒定格。他登的山——盛唐山，堂堂录于《汉书·武帝记》；他爬的坡，以一个神奇的名字——"登云坡"一直沿用至今。

临江而生的盛唐山，东、西、南三面环水，北依大龙山，从空中俯瞰，似大龙山前伸的一条手臂，从集贤关向南，一直伸到江岸渡口——盛唐山下的宜城渡。那么，宜城渡之名何来？

东晋建武元年，著名堪舆风水家、文学家郭璞，登临盛唐山，放眼一望：南面，是淘尽英雄的长江；北面，有山如巨龙巍峨挺立；东面，湖滩湿地，一望无际；西面，群峰连绵，川流入江。一半是山，一半是水，山脉之气有九龙奔江之势。于是伸手朝下一指，口吐莲花——此地宜城。从此这片土地就有了一个令人向往的名字——宜城渡。公元1217

年，金兵南侵，建于潜山的安庆府城受到威胁，知府黄榦从史书中偶见此句，眼前一亮，遂迁城于安庆宜城渡。建城之前，还有个人功不可没，他就是宋宁宗赵扩。因赵扩曾任安庆节度使，继承皇位后，即南宋庆元元年（1195年），他就将发祥地安庆由"军"升格为"府"。

安庆因长江血脉的全线贯通，又有一条自皖山而下的皖河，两条血脉相亲相爱，组成了安庆最为强劲的生命线，加之大小河流、湖泊，共同孕育安庆，使得它整个身躯都是充盈的、丰满的，因而物华天宝、风华绝代。

这样的安庆，自然引得历代英雄豪杰的青睐。东汉末年，东吴与曹魏在安庆城西皖口多次展开争夺战；元末，朱元璋两度在此与敌军鏖战；清代，作为天京最后一道屏障的重镇安庆，书写了史上最为惨烈的"安庆保卫战"。击败太平天国的军队后，曾国藩在安庆建内军械所，拉开了洋务运动的序幕；李鸿章率淮军由此奔赴上海，建立江南制造总局；孙中山在此登陆，嘉奖安庆销毁鸦片之功；陈独秀及其子陈延年、陈乔年从此出发，义无反顾地走上革命之路。1958年9月16日，毛泽东视察安庆，安庆市第一中学是这位伟人一生中唯一视察过的中学。

这样的安庆，更是人文荟萃。李白多次经过安庆东部的长风沙，为世人留下"青梅竹马""两小无猜"的成语。还有王安石、陆游、朱熹等历代文人，给长风沙泼洒出一条山水诗路。安庆北部的小龙山下，清代书法家和篆刻大师邓石如的"铁砚山房"构筑于此；大龙山下，清代状元龙汝言和著名山水画家萧谦中诞生于此。这里是安庆版的曲水流觞，诗情在一个又一个回环曲折中徜徉。

二

水，留下了时间，时间改变了安庆的格局。有了水，便有了沿水的房屋与街巷，有了一座城市的经络与气质。

对于这座水域面积占四分之一的城市，人们日益懂得珍惜、保护长江，整治河道、湖泊，改善湿地生态环境，努力做好安庆"水"文章，让安庆城因水而更有灵气、更有生气、更有名气，更加风韵富饶，供万物生长、万民安享。康熙河、秦潭湖、神灵潭、石塘湖、升金湖、破罡湖……单是看着这些名字，眼睛就觉着盈润了。菱湖公园、莲湖公园、皖江公园、狮子山公园、秦潭湖公园、康熙河景观带等6大公园，还有11处口袋公园，12处滨河绿地，45处街头绿地，总面积1157公顷，其中水域面积543公顷。一连串的数字，如跳动的音符，演奏出宜城版的《蓝色多瑙河》。

行走江畔，看江水汤汤，货轮缓缓，江鸥成群，时有江豚跃起；漫步湖畔，碧波荡漾，湖心小岛，亭竹相映，常让人联想，当年郁达夫、胡适、苏雪林、朱湘曾在哪一处游赏？

水是安庆人享受不尽的福利，外地人一次次来感受宜城的舒缓与润泽、清新与灵动。外来的客人中，还有鸥鸟、白鹭和鸬鹚，它们同样喜欢这片水域，喜欢来这里恋爱、生子，将自己变为永久居民。菜子湖、石塘湖、嬉子湖都成了它们的幸福栖息地。湖畔观鸟，也成了宜城人最惬意的休闲生活。

三

走进宜城，仿佛走进了十里画卷，水村山郭，杨柳微风，杏花红雨，缓缓绘成了清丽婉约的背景。青山，绿水，间或白的墙、青的瓦、灰的房子，明与暗相互重叠，然后如青花瓷般沉着。

宜城的女子，亭亭玉立，驾一叶兰舟，轻舒皓腕，采一朵娇艳的莲，于时光深处悠悠而来，朱唇轻启，唱一曲黄梅小调。

宜城的男儿，漫步于薄雾轻笼的郊外，于书卷的清芬中神飞千里，或提酒携樽，登楼作赋，把一片情怀挥洒于龙山凤水之中。他们的诗词歌赋，让宜城的历史承载了太多款款深情。

将脚步放逐于幽深的雨巷，让心轻轻承载馨香的怅惘。郁达夫、张恨水、海子、苏雪林、孙多慈、舒绣文，一个个身影曾在哪一条老街上徘徊？在那样的情景之中，连哀愁也变得美丽起来。

宜城，有春风十里，珠帘漫卷；也有故垒萧萧，山枕寒流。无边风月，映衬着沧桑之美。这就是宜城，水蕴灵性，山藏厚重，人拥至爱。这样的宜城，怎能不成为千百年来人们的向往之地？

四

"一座黄梅城，满城尽是戏中人；一曲黄梅调，谁人不知是安庆。"

皖地不仅水多，山亦多，适宜种茶。绿茶初芽，女子纤纤素手去采，采得欢喜了就唱。那歌声，从唇间轻轻吐出，像从泉眼汩汩流出，溪水缓缓流过卵石、菖蒲与沙滩，流过一条条河、一片片湖……

民国《宿松县志》记载："邑境西南，与黄梅接壤，梅俗好演采茶小戏，亦称黄梅戏。"皖西南的采茶调渐渐流行到周邑，清光绪年间，桐城有人组织了黄梅戏戏班子，在怀宁乡间演出，传唱到安庆，很快就压倒了徽调。散发着泥土芳香的黄梅戏，富有田园风光的亮色和晨曦朝霞般的轻柔魅力，歌声婉转而清亮，舞姿轻盈而柔媚，像宣纸一样洁白。遂安庆府城的华丽深邃，宜城码头的热闹活泼，辛亥起义的朝气与皖省外面的天下世界，皆移来这张宣纸上，笔笔沁入，形成了黄梅戏的风姿。

唱一桩往事，演一段传奇，看一出好戏，成了安庆人的日常。牛郎织女的相依相爱，市井生活的烟火日常，是岁月天地，也是人间梦想。

那些唱不烂的老调，足以消解尘世的苦乏。

安庆人说话就是黄梅戏韵白，温软、浪漫而俏皮，外地人听安庆人说话就像听戏，"满城尽是戏中人"。安庆城就是那水榭戏台，人在戏中，戏在景中。白天，江畔长堤、公园亭台、巷道深处，黄梅戏缕缕飘散袅绕；夜晚，水光灯影里的高楼大厦、桥身亭台、碧树垂绦，如海市蜃楼，黄梅戏从梦幻般的水面飘荡而来，让人不知今夕是何夕……

五

在安庆老城区，一条条老街，一座座建筑，多是明清遗存。

顺着皖江与皖河的走向，盛唐山上形成了十字形街巷。明隆庆五年（1571年），刑科给事中刘尚志，在街巷建起一座四柱三门的汉白玉牌坊——倒扒狮牌坊，十字形街巷由此得名"倒扒狮街"。

古谯楼、英王府、大观亭、大王庙街、邮局、世太史第、清真寺等，这些老街老建筑，是一个个历史文化图腾，更是一句一句叮咛，是先人们对我们这些居住着的、行走着的后人的一种嘱托、祝福、祝愿。

读懂这些，一场抢救性修复开始了。倒扒狮、四牌楼、国货街、邮局、英王府、清真寺、探花第、陈独秀故居、"二陈"（陈延年、陈乔年）读书处、古谯楼、大王庙街，一座座建筑，一条条老街，带着厚重的岁月痕迹，一一复苏。

数千年的积淀次第展开，清雅高古，笔墨顿挫，点染出一幅苍苍茫茫的画卷。

安庆还有很多让人挠心抓肺的地名：二郎巷、胭脂巷、熏风巷、珠子巷、插竹巷、糍粑巷、鸳鸯栅、高井头、龙狮桥、珠子巷、荷花塘、系马桩……质朴接地气，杂糅着上古的音韵之美。老街飘散着芝麻粉、炒米、豆瓣酱味儿，夹杂着莲蓬、菱角、鸡头米湿漉漉而安静的晨梦。

步入深巷,鸡汤泡炒米、山粉圆子烧肉等在锅碗间摇荡。

晨起,去水师营逛一趟,活蹦乱跳的鱼,泛白沫的黄鳝、泥鳅,缩头的乌龟王八,河汊的小米虾,烤得焦黄的小河鱼,黄泥腌裹的鸭蛋,嫩滑的豆腐脑,还有缤纷的花市,充满家常的味道和市井的喧闹,是腌臜的、粗俗的、块儿八角的,也是喧闹的、生机勃勃的。

这样的市井烟火气,弥散在山水灵气、千年文气的古城,形成了独具魅力的一城风华。

古城，那静静的谯楼

一

灰墙黛瓦的谯楼，在白日青天下格外古朴庄严。谯楼雄踞宜城之巅，俨然成为安庆这条龙的龙首。千年的时光倾注在谯楼上，浇筑出一顶桂冠，戴在安庆的头顶，门额上"白日青天"四字，如桂冠上的宝石，遗世独立。

风吹过来了，谯楼被裹挟在风里的零零散散的阳光摇醒。重重的楼门开了，历史的门也开了。

穿行于青砖垒砌的门洞，约20米长。这是一段奇妙的路程，时光在这里聚集，又无序地穿行。我每一步都走得实实在在，但还是迷失于岁月的叠加中。门洞正前方是现代化操场，操场前是民国风格的小洋楼，原安徽省图书馆。历史与现实交错，相互独立，又彼此依偎。走几步，就跨越了数百年；一抬眼，目光就能抵近历史的深处。

出洞门往东，谯楼背面的券门从底层直通二楼平台，形成一弯如虹的穿顶，遮挡了上下楼的风霜雨雪。奇特的楼道造型，让人不免想到，人生或上或下，已是寻常，若能免遭风霜雨雪的侵袭，便也走得从容些吧？更为奇特的是，地面花岗石台阶共22级，每2层一台阶，每块台阶长20厘米，宽20厘米，高2厘米。一系列的"2"，俨然是神秘的密码。我不由得妄加猜测：甲骨文"二"表示天地，是否寓意谯楼为天地交会之物？"二"也代表平衡与合作，暗示作为官署衙门，就要会平衡、擅合作？或暗喻为官要有收敛锋芒、甘做"老二"的生存智慧？

脚下的石板，只发出沉闷的回响，不作回答。

楼阁为砖木结构，重檐歇山顶，共五开间，四面皆镂空雕花窗，南北各一扇雕花门。木质的楼板终于等来久违的叩访，纷沓的脚步"硜硜硜""嘭嘭嘭"交错着在相互连通的廊道里回荡。古色古香的红木，古色古香的国画，古色古香的宫灯，这一切都氤氲着古旧的气息。正中红木屏风，雕刻着安庆城的风貌，一块古碑刻满了姓名。仰头，"人"字形木顶，如夜的苍穹，深邃而幽暗。那道顶梁隐隐泛着幽绿的光，手机电筒照过去，一个个墨绿的字，宛若追光灯下的演员——亮相。

阳光照在谯楼屋檐的苔藓上，泛出一层浅浅淡淡的幽绿之光，又穿透镂空的花窗，在幽暗的楼板上雕刻出一朵朵花。脚下的地板，周遭的青砖、梁柱、雕花窗都有生命似的，隐隐地诉说着什么。

历史总是以如此寻常的方式在各个角落发出各种声响，记录着自己曾经的过往。我屏气凝神，蹑手蹑脚，生怕吵醒那些未知的沉睡……

二

时光的齿轮咬合了一个个不同的片段，倚着零零碎碎、深深浅浅的片段，就此没入一段来了又走、走了又来的历史。

那些真实发生过的往事，见证了无数生命的行走，并随着这些生命的消失而隐于岁月深处。

东汉末年，东吴周瑜率千艘战舰，破浪乘风，驶入长江中下游。公瑾见一弯平静的江流和连绵的青山，一声令下：登岸！此岸就是被郭璞称为"此地宜城"的宜城渡。周瑜率舰队登岸后，立于山之巅，挥斥方遒，点将千军。激越铿锵之声，回荡在宜城上空，也回荡在宜城百姓的心中。此地成了传说中的周瑜点将台。

南宋景定年间，金兵不断侵扰江南。为随时观察金兵动态，官府便在此建一望楼，四面通透，连接八方。元末，朱元璋与陈友谅在安庆展开两轮博弈，楼毁。明洪武元年（1368年），谯楼重建。清初，谯楼再次修葺后成为安庆知府衙署大门前的望楼，正式被载入史册。乾隆二十五年（1760年），安徽布政使入驻安庆，谯楼成为安徽布政使司署，得以再次大规模修葺。咸丰三年（1853年），太平天国运动中，司属衙门被焚，仅谯楼独存。同治六年（1867年），安徽布政使吴坤修对岌岌可危的望楼进行了再修，谯楼浴火后重生。再修后的门洞上，题嵌了"白日青天"四字。这遗世独立的四个字，深得百姓喜爱，索性将谯楼称为"白日青天"。

高高在上的谯楼，神殿一般的谯楼，见证着古城的兴衰荣辱。驻足楼上，叫人好生感慨，历史的金戈铁马，一幕幕呼啸而出。

三

千年的时光已然凝固成孤寂，千年的辉煌也浓缩成默然和简单的字词——"白日青天"。循着这四个字，我追寻到一串深深浅浅的脚印。

清雍正五年（1727年），一位容貌清癯的官员由京城赶赴安徽。主仆三人，沿途熟悉民风，了解民情，把官吏的廉贪、年景的丰歉、灾情的轻重、百姓的苦乐一一记录下来。他就是新任的安庆知府徐士林。这位知府来历不凡，康熙年间进士及第，任内阁中书，给康熙最宠爱的皇孙——未来的乾隆帝授课。

徐知府上任后，果然不同凡响——他向朝廷上了一道积弊多年却无人愿奏敢奏的奏折。当时江南地区县令每年要向上级缴纳"节礼"，用来弥补财政亏空。为交纳"节礼"，县令只能向民众摊派。寒门出身的徐士林深知百姓疾苦，认为此项弊政必须革除，便奏了一折。此奏如一把出鞘的利剑，挥向了势力强大的众权贵。斗争之艰难可想而知，这里不做细说。最终的结果是，朝廷取缔了上交"节礼"的旧俗，割除了一颗积弊多年的官场"毒瘤"。

明的"节礼"被取消了，暗的官场潜规则却仍在。历来，地方官对进京述职十分看重，都想方设法献上奇珍异宝取悦京官，而徐士林每次均两手空空。一次，他终于备了一份新年贺礼给他的学生乾隆皇帝——一篇名为《二典三谟要义》的读书心得。乾隆帝看罢，朱笔御批："语不云乎，'赠人以物，不如赠人以言也'。"从此，徐士林将御批随身携带，遇到阿谀行贿之徒，便拿出御批驳回。

徐士林的第三不凡，说来有趣。《安庆市志》载：徐士林端午因听讼耽误用餐，家人送来粽子，他边判边吃，笔和筷子交互使用，误将朱砂当作红糖，弄得胡须、双唇尽为朱色。哈哈，这位可敬的知府大人竟如此可爱！也不免令人诧异：一向严肃的地方志竟记下了如此逸事，实为罕见！私下以为，一是他本人不在乎，不认为这有损知府威严；二是他平易亲民，深得属下及百姓喜爱，史官乐记敢记。

清正、勤政、亲民，便是百姓心中的"青天大老爷"形象。而徐士林正是以"无愧白日青天"勉励自己并敬佑下属的。

那日，徐士林站在望楼上，凛凛威风，瞭望巍巍龙山、浩浩皖水，拷问着悠悠苍天，拷问着自己的灵魂：为官一方，无愧于白日青天吗？严肃的拷问鞭辟之声，在高高的楼宇屋脊间回响，在安庆静默的城池里萦绕。

徐士林要让苍生听到他意气扬扬的声音，看到他一颗赤诚诚的心。他铺纸提笔，笔走龙蛇，一副楹联就此诞生："供长生位，刊德政碑，莫非世俗虚文，试问哪件事轰轰烈烈，堪配龙山皖水；贴盟誓联，挂回避榜，都是官场假象，只要这点心干干净净，无愧白日青天。"掷地有声的五十八字长联,袒露他无私的襟怀抱负!

静静伫立于谯楼,依然可辨当年的脚步声、钟声、马蹄声、车轱辘声、升堂声,那声音传递着士大夫的正气、清气和锐气,声声雄浑,经久不衰。

乾隆六年(1741年)六月,徐士林积劳成疾。想到自己为官多年只忙于公务,没能好好侍奉母亲,他心中愧疚不已,便告假返乡探母,却在行至淮安时不幸病逝。闻讯后,百姓自发穿上孝服,为其送行。乾隆帝破例将徐士林这个地方官祀于京师贤良祠(清代第一人),并将恩师誉为"千秋之茂典"。

不禁感叹:这位只求"无愧白日青天"、不遵官场潜规则的好官终得善终。而成为徐士林这样的好官是需要大环境的——皇帝圣明、政治清明。徐士林所历为康、雍、乾三朝,正是康乾盛世。徐士林幸哉!

四

而安徽另一主政官却在清朝最没落时执政。太平天国运动,湘军与太平军长达八年惨烈的拉锯战,让千年古城——安徽省会安庆残垣断壁,满目疮痍。曾国藩对这座苦战下的政治、军事重镇极度重视,在此首创了内军械所,拉开了洋务运动的序幕。那么安庆这座既极为重要又饱受重创的城交给谁呢?曾国藩推荐了一个人——吴坤修。

吴坤修是曾国藩的亲信,不仅办事沉稳,而且凌厉彪勇,在剿灭太平军中屡立战功,两度救曾国藩于危难之中。派这样的武将主事安庆,当然出于军事需要。但,如一味骁勇善战,是不利于省府安庆的稳定与发展及战后修复的。难道曾国藩未曾想到这点?

当年湘军在江西战事不利、军饷亏空的最艰难时期,吴坤修自筹军饷,拉起一支"彪字营"驰援江西;又筹银四万两"解省垣",收集平江溃勇。为阻李秀成自苏州援江宁，他一连拿下六个县郡，而对于数万降军，不同于湘军其他将领的大肆杀戮，他悉数遣散。此举深得民心！可见，吴坤修是个能攻又能守，凌厉与怀柔并存的人。更难得的是，他还是一个有着文化情怀的雅士，"雅好书画，酷嗜书籍，不治生产，所得薪资，以购置书画、古籍居多"。因家中仅有园半亩，他把自己编纂刊刻之书命名为"半亩园丛书"。

曾国藩何等眼力！

吴坤修在安徽任职后，果然没让曾国藩失望。他致力于民生与城市建设，主持修复了多处在战争中被毁的建筑。在风雨飘摇的清末，去做需耗费大量财力与人力的修葺工程，个中艰难与付出可想而知！

修葺谯楼时，吴坤修选取了自己敬仰的前辈徐士林的五十八字楹联中的"白日青天"四字，题嵌于谯楼大门之上，以昭示其"做官应如青天，无所不覆；存心应如白日，无所不照"之廉政爱民思想。

吴坤修虽多年未得提拔重用，但其在皖执政七年，是皖人皖地享受福祉的七年。清人方浚师在《蕉轩随录》中评吴坤修："非寻常庸庸碌碌者比。君为百皖福星，武能戡乱，文足经邦……"如此评价，是毫不为过的。

五

历史的车轮继续前行。1921年，北洋军阀统治时期，谯楼成为安徽省第一任省长许世英的办公室。谯楼背面的"阅经楼"三个字便是许世英所题，笔墨酣畅，回旋进退如行云流水。可令人费解的是，作为衙门办公楼和守卫瞭望楼，如何与佛经牵上了关系？

辛亥革命后，历史进入一段动荡时期。安徽军政由袁世凯亲信倪嗣冲控制十多年。中央政府为防安徽政令不通，便任命许世英为安徽省省长。1923年，许世英因裁撤"安武军"失败而被迫辞职。走时，他将谯楼划归迎江寺掌管，并亲题"阅经楼"。此举实属无奈，但在那种局势下，或许是保护谯楼的上上策吧。

于"阅经楼"三字前徘徊了又徘徊，不免滋味万千——古往今来，很多士子内心都在入世与出世中纠结过吧？回旋进退中也会盘诘自己是否无愧于"白日青天"吧？从徐士林到吴坤修再到许世英，这三位无一例外，身上都有一种精神——士大夫精神。何谓士大夫精神？张载曰"为天地立心，为生民立命，为往圣继绝学，为万世开太平"，我以为，这是对"士大夫精神"的最好诠释。

中国士大夫为民众输送汩汩精神清流，为国家社稷肝胆相照，肝脑涂地，千年不悔，只要这颗心"无愧白日青天"。而清廉勤政、公正爱民的士大夫形象，成了中国文化霞霭里的一道剪影，成了民族所负载的精神流向。

这样的官员是不多的。正因为少，才显得格外珍贵。而他们，注定是孤独的。

六

近八个世纪的风霜雨雪、刀光剑影，人世间反反复复多少事都被湮没。此后，谯楼又历经抗日战争和解放战争，依然筋骨强健地幸存了下来。新中国成立后，谯楼连同后面的院子为池州军区所用。

历史的大书翻写到21世纪初。池州军区搬迁后，谯楼因年久失修而苍苔斑驳，砖墙倾屋梁烂，摇摇欲坠。时值城市大建设，房地产开发商看准商机，欲以高价购下此处，却对谯楼的修复未做出安排。谯楼将何去何从？

毗邻谯楼的安庆一中，原为安庆府学、试院所在地。曾国藩曾为安庆试院题下"为国抡才"。陈独秀及其子陈延年、陈乔年都是该校学子。它也是毛泽东视察过的全国唯一一所中学。这样一所底蕴深厚的名校，面对谯楼的存亡，文化自觉的潜流奔涌着：如果安庆一中不出手相救，谯楼就会遭房地产开发商拆除，永远消失。

一中人决定买下这块地皮，自筹资金修复谯楼。消息一传出，就收到署名"金卯刀"的校友一千元捐款和"我为谯楼捐块砖"的书信。一中在校师生及校友纷纷响应。最终，一中筹资 2100 万元购下了谯楼连同后面的原安徽省图书馆在内的地产。古谯楼归于一座历史悠久、文化氤氲的中学，实在是好归宿！

2006 年 11 月，谯楼修葺工程顺利完成。

太阳的辉光一如几百年前一样，朗朗地照耀着古谯楼。目光落到谯楼前的一对汉白玉石狮上，心中便荡漾起来：石狮竟无半点威严凶猛，而是神态微笑，似与人交流，特别是母狮，身旁一小狮憨态可掬地立起身子，偎在母狮怀里撒娇，母狮搂着小狮，慈爱无比。动人的石雕给庄严的谯楼平添了几许人性的光辉，也更得百姓喜爱了。石狮年代无考，但想必是建造者"为生民立命"的观照吧。

"漠漠轻阴晚自开，白日青天映楼台。"清朗的白日里，脚步轻轻行走于青石板上，看着白底墨蓝的"白日青天"，心中便有一份豁达和笃定；轻抚那微笑的石狮，便觉着一种温馨和安宁。

"呼"，一群大雁从谯楼飞起，排成一个大写的"人"字，飞向辽阔而高远的白日青天……

邮局 1928

仿佛一方墨，悬于这座象牙白的小洋楼门楣上。

站在古老的墨子巷，对着墨底烫金的"邮局1928"一个凝眸，就对接了这栋小洋楼的前世今生。

光绪二十二年（1896年），光绪帝御批了洋务派四大名臣之一张之洞"兴办邮政"的建议，中国近代官办邮政——大清邮政开办。1899年，安庆大清邮局在清节堂首开。1914年，全国实行新邮区制，安庆大清邮局改为安徽省邮务管理局。1926年，省邮务局迁址于一条翰墨飘香的老街——墨子巷（因清康熙年间，墨商在此制墨、售墨而得名），兴建了一栋西式邮政大楼。1928年，大楼竣工投入使用。不仅邮政建筑是西式的，邮政管理也引进西方管理模式。1914年，安徽省邮务管理局成立时，英国人莫罗士为代理邮务长。1935年，丹麦人继任代理邮务长，直至1938年安庆沦陷。

邮政业务全面开展后，墨子巷每天都有身穿绿背褡、打着绿裹腿的邮差，忙碌地运送着邮件；穿长衫马褂、中山装、西服的顾客进进出出；邮车、黄包车、自行车川流不息；穿绿制服的黄种人、白种人在柜台前奋力地盖着邮戳。千万封邮件带着温暖和期盼，飘飞到各地，甚至漂洋过海到了陌生的国度。

飘飞的邮件早已无迹可寻，而邮政大楼历经世纪百年风雨沧桑，依然筋骨强健地守候在墨子巷64号。1985年，邮政大楼以甲子之龄稳稳地承受住在其二层楼顶加盖了一层。现楼高12米，面积2076平方米，巴洛克风格，流线型几何造型，巍峨的罗马石柱与红漆铁花窗棂炫目而精致，从骨子里散发出骄傲；状如冰花的钢丝网防盗窗户，则给人一种柔和而奢侈的安全感。

邮政大厅的红木背景墙上镌着铜金的"邮"字，雄浑稳健中透着一影古远的期冀，宛若一个敦实的人，挎着邮包，右手高高扬着一封信。东边，一排古色古香的红木壁柜，上方镌刻着三组铜字：时光、手书、岁月。顺着这些词慢慢读过去，宛如老电影倒胶卷，将旧时光慢慢回放。目光下移，十二个铜柄雕花小木屉上贴着牛皮纸，纸上用毛笔依次写着十二个月份的繁体小楷，上方题诗——《时光慢遁》。

写信的时代注定是一个慢时代。羊毫、八行笺，笔濡湿了，墨香飞动起来，徐徐有致地写去，恰似悬崖瀑布遥遥由上而下垂落，人的心绪也次第舒展。万毫齐聚的毛笔蘸上墨汁，经过提按的轻重交替，节奏的疾徐调节，便可应和心绪之起伏。对方敏感，也一定能感受到这份情义。

即便是公函，因拈了笔、蘸着墨，带着写信人的态度、心绪，笔走龙蛇，并非一副公事公办的冰冷。大厅展示柜里陈列着当年建楼的有关公函，笔迹已有些模糊，那些字或工或拙，或徐或涩，无论是邮政局局长、邮务长，还是监工、设计师或承包商的信函，也无论是中文还是外文，隔着一个世纪，依然散发着生命的气息。读之，似乎能勾画出他们的模样。

家书，更添一份温度。一个人，拈起笔来，以平常之心，缓缓叙说家常，或问安，询事或请益。不必在意工拙，也不必考虑措辞，任由其自然卷舒，见字如面。一页薄薄的信纸，一个窄窄的信封，一枚小小的邮票，足以容下一份浓浓的温情，聊以慰藉远方一颗孤寂的心。

较于家书的柴米油盐，情书则浓酽如酒。灯下，他的款款深情与眷念随着握笔的手汹涌而出，落纸，字字珠玑。他带着忐忑与期盼，投进绿邮筒,一路颠簸到了伊手里。伊悄悄打开,读着那些布满眷爱思念的文字,心潮也随之汹涌,疾疾书下,再经过一段久久的传递,他打开素笺的手颤抖着,继续着那份情动……

一封信如同一颗带壳的果实,只有打开壳,才知道里面的内容。这些带壳的果实,是否藏过惊天的秘密呢?

近代安庆,随着1861年曾国藩在此创办中国第一个军工厂而成为洋务运动的发祥地。历史在那个瞬间突然缤纷,累累花朵竟相绽放,恰似一个美人的青春璀璨。安庆不仅令世人瞩目地站在了中国近代工业的前列,也在近代中国剧烈变革的进程中站在了时代的最前沿,因而革命党人频出,革命活动频发。这些革命活动的宣传与联络,应与邮政有着千丝万缕的联系吧?陈独秀——新文化运动旗手、中国共产党创始人,在家乡安庆时是否往邮箱里投递过一颗颗包着革命火种的果实?徐锡麟起义、马炮营起义等震惊中外的革命活动是否也曾通过邮件来联络呢?

不妨想象,昏黄的煤油灯下,一群热血青年聚在一起,读着一封信,握拳,宣誓,杀身成仁,铺开纸笺,奋笔疾书,装进信封,细细封好,走进夜幕中的老街,将怀中的信投进路边的邮筒。不几日,一条爆炸性新闻刊出……

安庆近百年的邮政史中,出现过七年的断层。1938年,日军大规模进犯安庆,被炮火洗劫后的安庆城几成废墟。不可思议并万幸的是,邮政大楼竟完好地幸存下来,但邮局被迫停业,直至"1945年,部分邮政人员迁回墨子巷邮政大楼办公"。纸上短短一行字,人间漫长如隔世。安庆沦陷于日军之手时,城中只剩遍野横尸和无法逃走的老弱病残。我无法想象,战火纷飞中,那些颠沛流离的逃难者,那些备受蹂躏的留守者，七年——两千五百多个日日夜夜，相互得不到对方半点音讯，内心是怎样的焦灼、绝望与痛苦！

时光在民国风味的邮政大厅静静地流淌，我轻轻挪步、拍照，生怕惊醒了藏在角角落落的旧梦。

雕花屏风隔出一间长长的书写厅，墙上玻璃柜里陈列着一张民国邮递班班长的老照片，以及他佩戴过的中华邮政、人民邮政、中国邮政的邮徽，见证了中国近代邮政发展史。而那辆"二八式"绿色自行车，最是让人怀旧。

"叮铃铃——"一阵清脆的铃声，穿绿制服、戴大盖帽的邮递员把那辆车杠两边挎邮包的绿色自行车，停在了大杂院里的大树旁。院里的家家户户都有人探出头来，脸上呈着微笑，期待着他熟门熟户地叫着自家那封书信。孩子们则"呼啦"一下围上去，等着从邮递员手中接过信，然后喜滋滋地捧回家，去讨大人的欢心。那时，母亲给我订了《少年文艺》和《儿童文学》，因此，我对邮递员的到来有了更热切的期盼和欣喜。收信件，成了那个单纯年代里最有意义的事。

在书写厅的长木桌旁缓缓坐下，抚着桌上一道道富有质感的木纹，时光顺着指尖一寸一寸深入肌体，恍然间，又回到了从前：在弥漫着糨糊味的大厅排着长长的队，从拱形小窗口买一个信封和一张邮票；再到宽而长的木桌前，坐在长木凳上，用吊着线的钢笔，蘸上蓝黑墨水，一笔一画地写上地址、姓名；然后用羊毛小排刷，蘸上大口玻璃罐里的糨糊，细细封好，贴上邮票，郑重地塞进绿漆木邮筒的扁嘴里，寄出……

如今，写信寄信的势头早已过去。邮务员说："现在只偶尔有人寄点明信片，寄信的几乎没有了。只有劳教所的管理人员定期集中为犯人们代寄信。"不禁感叹：网络时代，书信于失去自由的人而言，仍是"家书抵万金"吧。写信、读信，如密室开了一扇窗，阳光透进来，霉气散出去，于是，窒息时有了呼吸，黑暗中有了光亮，日子有了期盼，人生有了希望……

除了这些特殊的群体，现在还写信的人，的确是有癖好了，喜欢纸质的素朴，喜欢毫端与纸面的摩挲。说到底，还是对旧时光慢生活的依恋，生怕把写信这个既实用又审美的动作荒疏了。

目光再次停留在墙上那首《时光慢递》，轻读，慢品：

昨天、今天、明天
随着忙碌的脚步
是否记得前天的自己
还有身边开心的人？
那么现在给未来的自己写一封信吧！
流转多年
某一天突然发现邮箱中
多了一封信
打开瞬间
曾经的自己穿越了时间来到眼前
微笑地问候
你，还好吗？

信的生命比一个人的生命还要长，人死千年了，他们笔下的信还被人珍藏着，完好。

拈一支笔，摊开纸，给曾经和未来的自己写一封信吧，现在。

倒扒狮，从时光深处走来

老街上，逼仄的街面簇拥着两溜儿屋舍。白天，各式的雨棚和广告牌，色彩斑斓的鞋帽衣裤，还有大喇叭里的叫卖声，颇为杂乱。等到黄昏，夕阳把西天的赤艳烧成一片片的沉紫，商铺的门次第关闭。斑驳的马头墙，古朴的雕花窗，浅褐的麻石条，渐渐地染上怀旧的秋黄。老街沿着起伏不定的地势，一点一点地复苏了。

一

安庆有两大水系，一为皖江，一为皖河。从两条水路上岸的人，一路向前，进行买卖，就形成了一个十字形集市。南宋时期，安庆府由梅城迁至宜城，十字形街道渐成规模。明隆庆五年（1571年），刑科给事中刘尚志奉旨在东西向街西，面朝府衙，建起一座四柱三门的石牌坊。石柱上各雕刻着一只倒立的狮子，圆头长尾，卷发巨睛，张口施爪，甚是逼真。"倒扒狮"便成了这条老街的名字。说来也神奇，牌坊建成后，刘尚志之子刘若宰于崇祯元年（1628年）中了状元，这条街也成了安徽第一商业街，繁华了四百余年。

老城百姓说，是因为那狮子。狮子倒扒，代表谦恭；张口，意味着开放。商贾谦恭诚信，老街开放包容，造就了商业兴旺发达。

老街的建筑多建于明清时期，下铺上宅。如今，楼下的店铺已被改造，楼上的住宅也多人去楼空。举目凝神，半开的窗棂，隐现着美人的云鬓蛾眉；飞檐翘角，回旋着琵琶与玉箫合奏的余音；雕梁画栋，飘荡着饮酒行令、喝茶听戏的喧闹。大清邮局的背脊，常引人遐想，仿佛会猛然闯出一队头盘大辫子、身穿黄边马甲的"大清邮差"；那残存的一小块巴洛克风格的石雕，像魔术师掀开魔盒的一角，谜一般地诱惑着你；被尘垢糊住年轮的排板门，总令人揣测，儒商们在门内高谈阔论着创业过往，随着"吱呀"一声门响，一群"长袍马褂"鱼贯而出……

老街在风中雨中伫立了数百年，被蚀，被烧，被兵燹，仍留下这一扇扇画梁雕窗，在日起月落明风清雨之后，夭矫顽强，朽而不倒。即便只残存一角，或是荡然无存，它们的魂魄依在，谦恭诚信、开放包容的精神代代相传，生生不息。

二

踯躅于老街，高跟鞋踏在石板上的回声，传出很远……

少时的我最爱去古玩店，盯着古董架上那些玉器泥壶瓷瓶，一看就是半晌。古玩店老板是个精瘦的老头，戴着一副镜脚贴着橡皮膏的老花镜，一边拨着老算盘，一边在发黄的账本上写写画画。知道我买不起，他还将东西一样样拿到柜台上，一边用鸡毛掸子掸去浮灰，一边给我讲，这是唐三彩、汉泥壶、玉观音……再后来，他见我进门便微微一笑，说声"来啦，丫头"，便任由我自个儿取自个儿看。有时，他从镜片后向我神秘地眨眨眼，我便知道进了宝贝，满心欢喜地等他变戏法似的取出宝贝。

中药铺是个让人安心的地方。"百草堂"里浓浓的中药味和百子屉里的上千味药，常令人神游太虚。屉面上用毛笔繁体小字写的药名，古朴清雅：有的富有诗意，如半枫荷叶、蒲箬、茯苓；有的念起来婉转，如独活、虎耳、当归；还有的宛若尘世间的故事，如王不留行……足以让我呆呆地看上良久。

老崔画室也是我爱去的店铺，因为爱看画室外挂着的黑白画像：齐白石、刘晓庆、陈冲、唐国强……老宝成古色古香的文房四宝、鸿章布庄艳丽的锦绣缎面、"老奶奶鞋摊"稚拙的虎头鞋都令我流连忘返。

老街无声无息地滋养着古城百姓的文化审美。

三

老字号是老安庆人对老街最深切的记忆。

明代中期，一些游商纷纷慕名来到这里。老街敞开胸襟，接纳着南来北往的大商小贩。至清初，街上的店铺已达数百家之多，并应运而生了许多"老字号"，如诞生第一本黄梅戏木刻本的黄宝文书店、全国最大的胡开文笔墨店、俗传"铁拐李配方"的余良卿膏药等等。

尤值一提的是"刘麻子"刀剪。据说刘麻子用了一两多重的黄金，做成内外皆金的"刘麻子"三字招牌。此后，金字招牌在安庆传开了。他家的刀剪有三绝：不卷口、不带砂、包退包换包修。因此，老安庆人买刀剪只认"刘麻子"。母亲家一把"刘麻子"菜刀，从我记事起一直用到现在。木柄烂了，换过几次；刀刃钝了，戗后依然锋利无比。

"胡玉美"和"麦陇香"，则是四牌楼叫得最响的两块金字招牌。它们同出自胡氏家族，自清末至今，经历了百年跌宕，依然矗立街头。胡玉美蚕豆酱，因汁稠色浓味纯，成为清末安庆六十多家酱园的"群龙之首"，并从巴拿马太平洋万国博览会上"捧"回了金奖。但这位"国际明星"并不傲娇，而是亲和地钻进了家家户户的菜柜里。吃烫饭，拌点酱，呼噜呼噜就吞下去了；吃侉饼油条，蘸点酱，嘿，那叫一个香辣鲜美！民国文人叶灵凤，童年时在安庆生活过，多年后，他在广州与胡玉美虾子腐乳相遇时，"简直就像久别重逢，遇见了几十年未见面的亲人，久别还乡，重行到了儿时的游息之地，一时悲喜交集，眼中忍不住涌上了泪……"

麦陇香糕点店，取名于诗句"麦陇风来饼饵香"，诗意混着麦香的店名，足见安庆商贾的文化底蕴。墨子酥、寸金、元宝、方片等传统名点，个个形色兼备，香甜可口。最喜"墨子酥"，那是黑芝麻做的糕点，形同乌墨，油润细腻。看一眼，你的味蕾立即被激活；咬一口，香甜糯柔，那才叫唇齿留香！据传，"墨子酥"得名于清末两江总督张之洞。胡掌柜俩儿子去南京贡院参加乡试，带上芝麻酥糖当干粮，主考官张之洞以为他们吃的是墨，惊诧道："奇墨，奇墨！"乡试后，他们双双中了举人。胡掌柜认为张大人的称奇不仅文雅，更吉祥，就将芝麻酥糖改名为"墨子酥"。从此，"墨子酥"名声大噪。

老字号成了古城安庆的特殊符号。它记录着民俗，寄托着乡情，传承着文化……

四

如果说商业的兴旺成就了老街的繁华，那么政治人物的足迹则让老街更加厚重。这里不仅留下曾国藩、李鸿章、陈玉成、陈独秀等政治人物的足迹，还留下了徐锡麟、熊成基以及无数仁人志士的身影。

国货街原名四牌楼西街，更名国货街，源于一场声势浩大的政治运动。1919年，北京爆发五四运动，消息传到安庆，学生激愤了，两千余名热血青年在黄家操场召开声援大会，并电告全国；商人激愤了，在码头附近的大南门设立国货检查所，并自发组成巡查组沿街检查，以杜绝日货。倒扒狮、三牌楼、四牌楼等主要商业街均设了国货贩卖部。6月11日，整个安庆城区进行总罢市，大街小巷的所有商店全部关门，两千余名码头工人也同时罢工。

"五四"，在这个中华民族千年骄傲与近代百年屈辱的交汇点，千年古城、百年省会安庆，成为全国关注的运动中心之一。一群知识精英和民族商人在这个时代的节点，踏上了救赎国家、救赎民族乃至救赎自我的救亡之路。英勇豪迈的宜城人民，义无反顾地加入这股洪流中……

为纪念这场具有特殊意义的运动，由学生代表提议，经国民政府批准，四牌楼西街更名为国货街。民国初年，安徽总商会在此举办全省的国货展，以抵制洋货，振兴民族实业。近百年过去了，他们救民族于危亡的呐喊依然如此震撼人心，救民族实业于风雨飘摇中的足音依然如此铿锵有力！

浮云千帆，沧海桑田。老街从时光深处走来，即便是繁华落尽，也始终以它特有的姿态，永远伫立在历史的长河中。

补记：

2020年1月1日，倒扒狮历史文化街区修葺成功，各商铺盛大开业。

英王府悲歌

1862年6月4日中午，河南延津城外西校场，周遭一望无际的原野，一个年轻人几乎全身赤裸地晾在初夏的阳光下，一层细密的汗珠使他光滑的肌肤散发着古铜色的光辉。他有一张英俊的脸——黑亮的眼睛、高挺的鼻梁、坚毅的嘴唇，还有挽在脑后油亮的长发；他还有一副健美的身材——胸肌隆起，肩膀宽阔，肌肉线条分明，四肢比例匀称。日影渐渐变短，随着军官一声断喝"行刑——"，囚犯猛然一抖，将挟持着他的二人甩开，步履坚定地走向行刑台。

这个年轻健壮的生命啊，被活剐了一千多刀，整整三天，没有叫喊一声，没有低下高傲的头颅！

太平天国英王陈玉成悲壮惨烈地结束了他传奇的一生……

满身血泪于尘埃，乱后还魂亦可哀。

微风，细雨，黄昏。2017年6月4日，我只身一人，几经寻觅，在安徽安庆一条寻常巷陌——任家坡，看到了伫立在黄昏中的土黄色的英王府。门口左侧的汉白玉石鼓和镶满铆钉的木门，依稀可见王府昔日的气魄与恢宏。一位老人坐在破败的门廊石鼓旁，土黄色的脸和他身后土黄色的墙，面前旧木板上枯干的老姜、红椒，都笼在沉沉的暮气中……

史书记载，英王府前身是清康熙年间的任塾宅第。陈玉成将它略加改造后，主体建筑由三组房屋构成，东西各连偏殿，外围有住宅、更楼和花园等，总共占地14275平方米。现仅存中殿。

进门，这座四进三井的王府早已破败不堪，到处堆放的杂物和长了苔痕的地砖，爬满爬山虎的旧木楼和拆下的雕花木门，连同那坐在木盆边槌衣的老妇，都被抹上了一层滞重灰暗的色调，只有天井边的兵器架处稍微有些亮色。

在这残存与毁灭的遥相对应之间，我感到一种无以言说的震撼。恍然中，尘土飞扬的沙场上，一位披长发、"貌甚秀美"的少年英雄骑在战马上，挥长枪，"舍死苦战，攻城陷阵，矫捷先登"，率"天兵"，"缒城而上，以致官兵溃散，遂陷鄂省"。他就是三洗湖北、九下江南，所向披靡的英王陈玉成，何等威武飘逸！

1853年2月24日，太平军占领江淮军事要地安庆，同年3月20日，占领南京，定都并更名为"天京"。从此，安庆就成为天京的西大门。陈玉成奉命驻守安庆，这座府邸便成为他的英王府。如今的王府历经沧桑已十分破败，细看这座砖木结构的宅院，没有富丽的雕花门窗，也没有奢华的玉砌亭台，即使在当年也只是"房屋颇多，不华美，亦不甚大"，与想象中气派豪华的王府还是有落差的。那么，陈玉成为何选择它作为王府呢？

"安庆一日无患，则天京一日无恙。"安庆是太平天国的战略重地、天京（今南京）的最后一道屏障，太平天国后期与清王朝的战略对抗地就在安庆。而安庆城的这座宅第，无论是作为安庆保卫战最高统帅陈玉成的英王府，还是后来湘军统帅曾国藩的督帅行署，或是之后李鸿章的官邸，都源于它特殊的地理位置：紧邻长江，坐落于高坡之上、镇海门之内，府前道路蜿蜒曲折，易守难攻；站在二楼观望，长江水道和渡口尽收眼底，可随时监控敌军水师的动态。

王府是枭雄搭建的舞台，展示其声势煊赫的魔幻瞬间。尽管已是人去楼败，但当你走近它时，依旧得屏息凝神，以免踏碎王的梦境。十四岁便随叔父征战的陈玉成，骁勇善战，一路战功显赫。十八岁西征武昌,他率五百"天兵"首先登城攻入武昌,表现出过人的胆识和非凡的军事才能,被"天王"洪秀全赐名为"玉成"。"天京事变"后,太平天国陷入了有史以来的最低谷,军心士气低落。二十二岁的陈玉成力挽狂澜,维持了太平天国稳定的战局。1859年,二十三岁的陈玉成受封为"英王"。

岂料君临天下无几时,即遇仓皇辞庙日。1860年初,曾国藩率湘军重兵围攻安庆。为解安庆之围,洪秀全调令英王陈玉成、忠王李秀成从南、北两路再次西征武昌,成钳形前进,以直捣湘军老巢武汉。英王忍痛割爱,离开王府,率部分将士重新踏上刀口舔血的征战路。但北路的忠王李秀成因贪念江浙的富庶,没有乘胜向湖北进军而擅自挥师浙江。陈玉成孤军奋战,西征失败。而安庆在湘军的重兵围攻下告急,陈玉成转而驰援安庆。

历经五次救援血战的英王,直到1861年9月还在集贤关外,看着战士们的鲜血染红了四百平方米"横水塘"(后当地老百姓为纪念英烈更名为"红水塘"),看着战士们的尸体填平了八百米长的壕沟,再遥望安庆城内的熊熊大火,这位天国历史上最具影响力的一代枭雄啊,只能仰天恸哭!

"安庆保卫战"失败后,英王府几乎毫无改造就成了曾国藩的督帅行署。唯独抹去的是太平军彩绘的"飞凤舞狮""瓜瓞绵绵""飞凤奔马"及"暗八仙"四幅壁画。后来专家为了考证这是否就是当年的英王府,小心地剥掉覆盖其上的六层白垩土,果真露出那四幅壁画。那么,困守并最终全部战死于安庆城中的将士,他们那壮烈而悲情的游魂,是否会随着这些重见天日的壁画而惊醒?是否会合唱一首"壮士一去兮不复还"的悲歌呢?

你不妨细听:滔滔江水哗哗地击打着堤岸,古老的战鼓和着马嘶声,在一阵紧似一阵焦灼的催促声中,一次又一次破釜沉舟的突围被打退,而随之而来的轰隆隆的洋炮声,彻底摧毁了太平军的太平梦!

安庆失守后,退守庐州的陈玉成为求东山再起,杀出重围走寿县,不料遭叛徒苗沛霖诱捕。英雄末路不气短,他愤然指骂苗沛霖:"墙头一棵草,风吹两面倒,龙胜帮龙,虎胜帮虎,将来连一个贼名也落不着。本总裁只可杀,不可辱。"他大骂手下败将胜保:"尔胜小孩,在妖朝第一误国庸臣。本总裁在天朝是天国元勋,本总裁三洗湖北,九下江南,尔见仗即跑。在白石山踏尔二十五营,全军覆没,尔带十余匹马抱头而窜,我叫饶尔一条性命。我怎配跪尔?好不自重的物件!"

临刑前,他仰天长叹:"太平天国去我一人,江山也便去了一半。"就这样,他带着未能实现天国梦想的遗憾,带着时不予我的不甘,带着天要亡我的悲愤,惨烈地去了!他的悲叹回荡在延津校场的上空!

两年后,太平天国轰然倒塌。

英王陈玉成是为太平的天国、为农民的乌托邦殉情。他岂止是死在了清军残忍的屠刀下,他还死在了成王败寇的历史宿命里,更死在了内心单纯、不谙世故的性格上。

太平天国运动不仅是一个政权与另一个政权之间的武装拼搏,还是一种人性与另一种人性的殊死较量。一方年轻彪悍、激情单纯,另一方年长顽强、老到世故。尽管隔得很远,我依旧能感受到那尖锐的对峙中,他们胸膛里如注的热血,双目中如火的愤怒,刀枪上如雪的寒光。

同样忠诚、同样强大、同样顽强的殊死较量中,那个曾被陈玉成打得心惊胆战,惊呼"自汉唐以来,未有如此贼之悍者!"的曾国藩,最终赢了。胜负成败皆在"三分做事,七分做人"。

曾国藩有着千古无二的为人与为臣之道,深谙"居高位者,以知人晓事二者为职",熟稔"天下古今之人才,皆以一傲字致败"。他"功不独居,过不推诿",上得朝廷信任,下得部属拥戴,又能左右逢源。湘军占领天京后,他立即做了两件事:一是建江南贡院,安抚了江南一带的官员;二是奏请朝廷派八旗军来驻守天京,讨好了朝廷。平定太平军后,他又主动上奏清廷,将自己一手编练得无比强大的湘军裁汰遣散,打消了朝廷的顾忌。

陈玉成并非只会拼杀的一介武夫,其"吐属极风雅,熟读历代兵史",是个智勇双全、有着卓越军事才能的统帅。但他太单纯了,不知功高盖主,引起了天王的防范与猜忌。给他封王后,洪秀全又大规模封王,数目上千,用以钳制陈玉成。安庆失守,洪秀全将这笔账全算在了陈玉成的头上,革其王爵,并封了他几个部下为王。面对手下那么多王的时候,他已指挥不动自己的军队了,只好带着一小部分人马,辗转安徽;他也不知功大招妒,又不擅交际,不谙人情世故,就连一起打拼的李秀成也和他生了嫌隙,因而孤立无援;他更不会察人设防,被利欲熏心的小人出卖,才在河南延津被凌迟残杀。悲哉,陈玉成!

伫立在天井,飘来点点雨滴,似乎飘下的是历史留给我们的无限哀愁,那丝丝凉风,吹拂的却是一种浓浓的悲情。没有英王的英王府是空的,但唯一的英王府不会在不断更名易主中消失。它在那儿,没有人能占据它虚蹈的空阔。

沿着宅院内的青石路往里走,在一层深似一层的阴影里,仿佛有一种音乐,灰扑扑地安抚着那百魄千魂。建筑是凝固的音乐。一百多年前,这座宅院在刀光剑影中演奏着惊天动地的悲歌;一百多年后,那悲歌依然在这个王府里余音回荡,虽不再高亢如昔,却犹自雄浑低沉,宛如睡狮低鼾。

多少个王朝倒塌了,被压成扁平的几页史书,唯有立体的建筑,能让人走进历史的纵深处。唯愿这座沉寂于城市一隅、陷落于破败与乱象中的建筑，以其最具尊严的姿态穿过历史，昭示未来。

补记：
2023年7月，英王府修葺成功并对外开放。

长江第一塔

儿时，我站在自家二楼的阳台上，就能看到宝塔。母亲告诉我，它叫振风塔，安庆城像一艘船，振风塔就是船的桅杆。我望望白茫茫的江水，再望望振风塔，想象船乘风破浪，桅杆迎风震颤的样子。振风，振风，多好听的名字啊！

五岁那年，奶奶带我回上海老家。那是我第一次出远门，且是去大上海，自然乐坏了。爸妈送我们到码头。船开了，爸妈的身影很快就不见了。我一下有种说不出的难过和害怕，紧紧攥着奶奶的手，想哭。

奶奶哄我："看塔，宝塔还在呢！"是的，塔还在，像桅杆一样矗立着。我忍住了哭。奶奶说："这宝塔是塔王呢，每年八月十五中秋月圆时，月亮高挂苍穹，江中的塔影两旁会忽地现出无数大大小小、高高低低的塔影，五彩纷呈，特别神奇。那是万里长江两岸的群塔集会安庆，向振风塔作一年一度的'朝拜'呢！"

"长江塔王"，这种油然而生的自豪感让我不再害怕。我偎在奶奶身边，看着塔一点点变小、变模糊……

奶奶在上海旧疾复发，病得很重。返程时，上海的亲戚送我们回来。那是一段漫长难熬的旅程，没人照顾我，连说话的人都没有。孤独的我透过船舱，呆呆地望着远方，回家，我要回家！小小年纪的我还没有家乡的概念，但迫切想回家的念头让我执拗得不吃不喝不说话，一直趴在舷窗望着远方，望累了就睡过去，睡醒了又接着望。我在望塔，望到塔就到家了。直到一杆模糊又熟悉的塔尖映入眼帘，"塔，振风塔！"

船舱里，人们兴奋地叫着，"到了！到安庆了！"

那次远行，让一个五岁的孩子将振风塔与家乡如此紧密地联系在一起，并如此深刻地刻在了记忆中，以至影响了我的一生。面对多次外出发展的机会，我一想到童年的那次远行，就特害怕那种背井离乡的感觉，最后都选择了放弃。而坐船看塔，成了我乃至所有安庆人的习惯。看塔影横江，阳光中的塔影，雾中的塔影，雨中的塔影，近的、远的，每一种都是那么美丽，每一次都是那么亲切。

八岁那年，我终于登上了塔。塔坐落在迎江寺内，寺门两边硕大的铁锚，把迎江寺牢牢锚在江岸。凶神恶煞的四大金刚，塔底盘坐着的白胡子老和尚，塔内大大小小的佛龛，窄而陡的楼梯，都让我感到神秘而奇妙。尤其迷宫似的塔门，变化多端，曲折迂回，当你摸不着门时，好似"山重水复疑无路"，当你终于找到了塔门，甚感"柳暗花明又一村"，真是妙趣横生、其乐无穷！

带我登塔的父亲说："塔中原有很多菩萨，所以也叫'万佛塔'，二十世纪六十年代菩萨被砸毁了，大卡车运了三天三夜。"他还告诉我，振风塔是用来振兴安庆文风的。明代以前，安庆没有出过状元，风水先生说，安庆北有大龙山，西有百子山，而东南汪洋一片，文气随大水流掉了，建一座塔，就能振兴安庆文风，于是请了一个高人——北京白云观道长张文采设计振风塔。果然，塔建成后，安庆就出了状元，一个接一个。父亲还告诉我，抗日战争时，安庆沦陷前，人们将安徽文史资料、珍贵书籍秘密藏于振风塔第三层封闭，至抗战胜利都未被日寇发觉而得以保存完整。我对塔有了虔诚的崇敬之心。

站在塔上，安庆城尽收眼底。那是我平生第一次登高，也是第一次感到天宇之下人的渺小。

如今，见过全国各地的塔，再比较安庆的振风塔，觉得它无愧于

"万里长江第一塔"之称。现在能登的古塔少之又少，其中，六和塔拙了，虎丘塔斜了，雷峰塔倒了。唯振风塔最为挺拔秀丽，所以才有"过了安庆不看塔"之说。

惊叹于当年那位白云观老道人的精妙设计：这七层八角砖石木阁建筑，高 72.74 米，位居全国 108 座砖石结构古塔中第二位。塔基用一米高的青石筑成，有碑石记载建塔史志，标明振风塔从明穆宗隆庆二年（1568 年）开始兴建，于明隆庆四年（1570 年）建成；基座四周为白石栏杆，并有 26 根圆柱支撑附阶，顶部覆以八角形屋面，回廊宽大舒展，亭亭如盖；附阶顶上收作八角形平台，形成低矮的须弥座，外绕以白石栏杆，可供游人四周观光；塔中心为八角瓜皮顶空厅，各层壁龛，两侧对称，龛后有缝，直通塔内夹道和空厅顶部，以使佛灯长年不灭；塔南辟有拱门，那迷宫似的门，我后来发现其诀窍：台阶是盘旋而上的，只要顺时针往南转，就能轻松找到门洞。游人可登上 168 级台阶到第六层。

振风塔不但妙在艺术结构上，层与层之间比例亦有甚强的艺术风格，自底层向顶呈圆锥形，每层按比例逐渐缩小，改变了以往佛塔建筑方正直硬的规律。仰望，振风塔曲线柔美，嵌空玲珑，如金铜刺空，直冲霄汉。尤其值得一表的是，塔顶的塔刹用七个由大到小的宝葫芦组成，使塔更加玲珑有致。

2021 年 5 月 10 日的大风将塔上的宝葫芦吹掉，市民们看惯了的宝塔尖尖，顶部突然缺了宝葫芦，怎么看怎么别扭。修复宝葫芦成了全城百姓热切期盼的事。修成那天，人们欢欣鼓舞，拍照、发朋友圈，比过年还要兴奋。

数百年来，风雨沧桑，"长江日浩荡，塔影流不去"。黄昏时分，当迎江寺的钟声响起时，我总是在想，这振风塔会跟着发音吗？它如果发音了，又是哪一个世纪的声音？

世太史第

　　安庆天台里街，一座青砖灰瓦的古宅在喧嚣的闹市中显得格外古朴清雅。"世太史第"，门楣上方这块阳刻描金石雕横匾，更使这座古宅显得非同寻常。匾额上的字乃清朝光绪皇帝御笔敕赐。一座私家宅第，何以得天子隆恩御赐题额呢？

　　门前两个写着"赵府"的灯笼在风中摇曳，似乎在诉说着昔日的荣光。

　　金榜题名，是天下读书人的最高梦想。赵氏家族自赵文楷于嘉庆元年（1796年）高中状元任翰林院修撰后，赵氏后人赵畇、赵继元、赵曾重皆由进士及第入翰林院任职。"富不过三代"，民间谚语通俗地阐释了家族发展盛衰之规律。四代翰林，在中国历史上是不多见的。赵家四代勤勤勉勉为清廷做事，皇上御赐牌匾嘉奖是不为过的。也因之，赵家乘龙快婿李鸿章无比自豪地题下匾额——"四代翰林"，高悬于宅第中堂之上。

　　赵家文风昌盛，老百姓说，因为宅子风水好，招来文曲星长驻。这一说法虽属迷信，却也不是空穴来风。因为宅第的第一任主人——明代刑部给事中刘尚志，于万历年间在此选址建宅后，他的儿子刘若宰于崇祯四年（1631年）高中状元。出了个状元郎，不仅于刘氏家族是天大的喜事，于安庆这座城市亦具有划时代意义，因为这是这座宋代就已建府的古城诞生的第一个科举状元。

　　时光流转，这座宅第几经辗转，至清同治三年（1864年），被已辞官返乡主讲安庆敬敷书院的赵畇购得，遂为赵氏府第。光绪三十三年（1907年），赵家又诞生一位重要人物——赵畇玄孙、全国政协原副主席、民进中央名誉主席、中国佛教协会原会长赵朴初先生。因之，此建筑群又称"赵朴初故居"。

清咸丰三年（1853年），太平天国翼王石达开镇守安庆，世太史第成为石达开行辕。咸丰十一年（1861年），曾国藩攻克安庆，在世太史第设江外粮台。抗战时期，世太史第被日军强占，为日宪兵据点，遭巨大损毁。2001年6月，世太史第开始全面修葺，2003年10月修缮竣工。

从门第显赫的府邸到受人瞻仰的展馆，那些兵荒马乱的日子就这样被一笔带过，所有的沧桑皆因现如今的修葺而沉淀，沉淀到景致里，沉淀在恢宏的历史深处，与青砖、马头墙、雕花隔扇窗相吻合。

修葺后的世太史第，占地面积四千多平方米，七进五院一园一场。主体建筑分东轴线四进、西轴线三进，坐北朝南，砖木结构。每进两侧由厢房或回廊贯通，各进之间以天井承接。每进院落自成一体，高高的院墙，院门一关，自成一个独立的院落。整个建筑群规模宏大，结构规整。清水勾缝外墙、白粉内墙、小青瓦、马头墙、精致的雕花隔扇窗，使宅第显得十分清新淡雅。后花园由六角亭、荷花池、假山、碑廊、园艺等组成，似一块碧绿的翡翠镶嵌在古建筑群西北部。

融北方古建的恢宏、粗犷及徽州古建的细腻、精致于一体的世太史第，有着浓厚的皖江地域古建筑特色，彰显着皖江人既开放包容又深沉内秀的精神气象，是安庆市保存较好、面积最大的一组明清皖派古建筑群。2006年，世太史第被列为第六批全国重点文物保护单位。

静谧的院落中，你以静谧的方式把宅院的沧桑凭吊，历史娉婷走远，又似乎未曾走远，眼角的余光仍可瞧见岁月的裙裾摇曳——"春气遂为诗人所觉，夜坐能使画理自深"，被琉球国国王尚温盛赞"孝友传家、文章华国"的赵文楷题写的楹联，书香弥漫，意蕴无穷，彰显了其丰富宁静的精神世界；"常将令德表此风俗，不以外物扰其天和"，李鸿章题的楹联既有儒家精神，又有老子遗风，赞的是赵家门风，又何尝不是作为晚清重臣内心矛盾与复杂的流露呢？"生固欣然，死亦无憾；花落还开，水流不断；我兮何有，谁欤安息？明月清风，不劳寻觅。"赵朴初先生俊朗神秀的遗笔，可见其豁达的生死观和高洁的人品。

徜徉其间，那些质地苍凉且鲜明的遗迹，有时会化为清朗馨香的诗句，飞扬一番，风骚一番，前辈先贤的气质流淌在吾辈今人的血脉里。你的思绪与历史的片段深情拥吻，能切身感受到它的脉搏、它的律动，从空中传递而来，转为琅琅书声，转为悠悠梵音。

一缕微风，如纤纤玉指，在世太史第的梁柱之间，弹奏着潺潺音律。它在暮色中如此宁静，如同一位经历过风风雨雨的老人，波澜不惊。

生命的跃动，在它自己的乐章中得以休憩。

敬敷世范

大门上着锁，马头墙下雪白的门额上，镌着一行字——敬敷书院，白底黑字，清朗古雅。

"敬敷"语出《尚书》，意思是恭敬地布施教化。其中蕴含着多少祈愿？或许它就是打开书院大门的一把钥匙。

书院大门右侧的石碑上镌刻着书院的历史：1652年，由操江巡抚李日芃捐款创建，初名培原书院。1733年，奉旨改为官办。1736年更名为敬敷书院。1897年移建至菱湖南岸，即现址。1901年，改为安徽大学堂。沿着文字，我发现它的兴建，开近代安徽高等教育之先河。它的存在，让崇文善教的安庆人心存慰藉。

是啊，作为全国重点文物保护单位及中国二十世纪建筑遗产项目之一，它不仅是凝固的艺术，更是安徽高等教育数百年弦歌不辍的见证。

书院大门内，左右两侧各五组东西向白墙灰瓦的讲经堂，格局规整。据说，这里原有考棚三进六栋，每栋考棚面阔六间，抬梁式结构，硬山式山墙，青砖灰瓦，木格窗棂，设有门坊，前后庑廊。院中原有考卷、桐城派文学大师姚鼐的著作等多种文献，现保存在安徽大学校史馆。而镇校之宝犹存——屋顶最高处刻字的横梁："大清光绪二十三年暮春谷旦钦命江南安徽布政使于建"，宛如一盏长明灯，照亮了安徽的高等教育。

从清初到清末，在书院两百余年的办学历史中，桐城派"三祖"中的刘大櫆和姚鼐、著名史学家全祖望、著名学者王宽吾等先后任山长

（校长）。他们执着地秉守"敬敷精神"，培育了一代又一代才子，如国画大师黄宾虹、著名教育家房秩五等，后有著名学者、翻译家严复，革命家徐锡麟，著名法学家光明甫，著名教育家王星拱，数学大师何鲁。著名文史学者刘文典、杨亮功，著名经济学家陶因等在此担任校长；桐城派末期大师姚永朴，著名文学家苏曼殊、冯沅君、郁达夫、苏雪林、朱湘，著名学者陈望道，著名经学家周予同，著名历史学家吕思勉，著名化学家丁绪贤等曾在此传道授业。虽然校名不断更迭，但是这些教育先贤无不秉承了"敬敷"文脉。

在那个风云激荡的年代，他们身上所具有的以人为本、崇尚学术、重视道德教育、塑造社会风尚的诸多理念以及特有的人格魅力、教学情怀和教学智慧，为"敬敷精神"融入了新的时代内涵。

杏林春雨孕育了无数笃学报国之士。发动马炮营起义的熊成基、范传甲，广州新军起义领袖倪映典，焚烧英国鸦片的爱国名将柏文蔚，抗日名将方振武，汉藏语言学界的一代巨擘邢公畹，宋代文史研究著名学者孔凡礼，等等，无不是这一时期的毕业生。

一代代敬敷人砥砺前行，形成了特有的文化品格——敬敷世范、勤学笃行。

1998~2002年，安庆师范学院三次对敬敷书院进行了修缮，近百块墨色大理石上镌刻着历代名人"名帖书画"，镶嵌在南北两侧长廊洁白的墙壁上，既古朴幽雅，又清秀俊逸；院东南隅亭阁玲珑，水榭楼台，小桥流水，古木幽茂，衬以花台、草坪，显得格外清幽雅致，洋溢着浓郁的书卷气息。

"池可浴，亭可风，想诸君偕游其间，当寻孔颜乐处；中益精，西益博，愿遂心深造自得，好成欧亚通材。"敬敷书院末期山长阮强对书院育人环境的殷殷期盼如今已成现实。

修葺过的敬敷书院必将被岁月的风霜烟尘浸润出另一种意象,书写出人生旷达和时代的华章。

红楼安否

"母校,红楼安否?"

红楼学子回忆旧事时,几乎都会发出这样的询问。

红楼是安庆师范大学菱湖校区内另一座标志性建筑,人称"安大红楼"。很幸运,红楼至今保存完整。它是现代安徽高等教育的标志性建筑,今天的安徽大学、安徽师范大学、安徽农业大学等多所高校回顾校史,皆追溯到红楼这座建筑,视其为学校历史标志。

红楼坐北朝南,二层砖木结构,平面呈倒置"山"字形。主门位于"山"中间,门坊也是山形,正中为钟楼,水磨石贴面,饰以精美的常春藤与葡萄雕饰。门廊前,四根粗大的罗马柱支撑着二楼阳台,柱顶亦有精美的雕饰。

踏上六层台阶,步入高大的券拱门。大厅中央摆放着印有校训的屏风,像提醒来往的师生,要谨记"敬敷世范、勤学笃行"的校训。

红楼一波三折的建设中,可见这个校训精神的践行。红楼由三任校长接力,历时三载,艰难完成。其中的艰辛,鲜为人知。1933年,校长程演生拿出了设计方案,因经费无着校楼无法开工而提交辞呈。1934年,傅铜接任校长,在许世英的帮助下,校楼终于建成,他欣慰地书下:"大楼落成,迁居有日,从此逐渐兴筑,不再仰给邻屋,兹深可庆幸者也。"新建大楼通体红色,光彩夺目,卓然而立,红楼自此得名。但是,楼虽建成了,却因欠工程款而无法交付使用,傅校长多次努力无果请辞。1935年,李舜卿接任校长,经多方筹措经费,终于接收了大楼，从此"广宇天开，气象新"。了解到这段波折，当过小学校长的我，深知其中之艰辛与无奈，因而觉得，实在有必要在红楼基石上铭刻这三任校长的名字：程演生、傅铜、李舜卿。

楼内的廊道连贯东西，朴素的白灰墙，磨光水泥地面，高大的圆拱门，透气的木格窗，无不有着厚重的年代感和一个时代的淡定。长长的廊道两旁，悬挂着一个个闪光的名字：曾国藩、严复、陈独秀、刘文典、王星拱、陶因、朱光潜、朱湘、苏曼殊、张恨水、郁达夫、陈望道、苏雪林、周建人……顺着看过来，恍如穿越百年时光，一帧帧镜头呈现：严复大刀阔斧整顿校风，刘文典痛骂蒋介石……

在这座神圣的安徽高等学府中，他们秉持自由独立之精神，或行吟高歌，或轻颦浅笑，他们在三尺讲台上纵横，他们在宁静的夜晚里仰望星空，他们在金色的薄暮中踟蹰徘徊。我甚至能看到，光线在他们脸上缓慢摇移。过去的香樟树在那里，过去的时钟也在那里，还有过去的流水淙淙。

年轻的周建人也在那里。周建人因翻译达尔文的《物种起源》而名噪一时。他的大哥鲁迅在日记中写下了"三弟赴任"一笔，连乘坐的"江安"号都记下了，如此细心，能看出先生冷峻的外表下包裹着一颗柔软的心。周建人在安庆期间多次和鲁迅通信，回上海时，还为鲁迅和周海婴带了几件安庆的茶壶茶具。富有烟火气的逸事，传递着兄弟情深和人性的温暖。

文学院的门牌，不禁让我想起三十年前的那个早晨。我来这儿报名上自修大学"汉语言文学"辅导班。几位教师热情地告知上课事宜，只有坐在窗下那位穿着中山装的老师埋首于古书堆中。当我问起古代文学时，他立即放下手中的笔，侃侃而谈。那是一个秋日的午后，深红的木格窗半开着，阳光从窗棂照进来，羽扇一般打开，他和那些书镀着光晕。他的讲述是那般儒雅温润，那几乎是时光中最柔和的慢板，涵盖所有。我一下喜欢上了这座文学院。

楼梯和二楼地板皆为木质，厚重的深红色，踩上去有种空谷回音。伴着空咚空咚声，一首诗从唇边流淌而出："小船啊轻飘，杨柳呀风里颠摇；荷叶呀翠盖，荷花呀人样妖娆。日落，微波，金线闪动过小河，左行，右撑，莲舟上扬起歌声。"是朱湘为安庆菱湖所作，这是他最得意的作品，而他漂泊的一生中，在安庆的安徽大学执教的两年，是他人生中最安逸、最快乐的两年。那位教我们现代文学的教授，边晃着脑袋边不无感叹地说："如今，这样清新摇曳的新诗怕是难得一见了。"

红楼正前方是园林，园中有假山、石碑及香樟树。那块镌刻着"百年树人"的石碑，为国立安徽大学（1946~1949）学子在百年校庆时捐赠，赤子之心，精诚可鉴。香樟树根深干壮、枝繁叶茂，树姿优美，衬托着红楼更加古雅华美。

红楼左前方一片小树林，种植着挺拔的云杉、香樟，将红楼映衬得生机勃勃。那时，我们课间休息时喜欢在林荫道上散步，在石凳上小坐，读诗、谈文学，偶尔，抬头望一眼钟楼的时钟。时光，如阳光般泼洒，我们踩着一路碎金，在红楼前来来往往……很庆幸自己在最美的年华，与这座美丽的文学院结缘。红楼是无数学子汲取知识营养的温床，也承载着无数大学生青春的美好回忆。

夕阳的光洒下来，溅到琉璃瓦、钟面、红砖墙、红门窗上，闪着莹莹光泽，绚丽而灿美。一代代学子在红楼中蛰伏孕育，有一天破茧而出，飞向更辽阔的远方。红楼目送着一个个背影远去。多年后，他们回过头来会发现，红楼仍在原地守望。

那目光，穿过重重光阴，与一代代学子永世相随，且从未远离。

前言后记

"前言后记",看到这幢青砖黛瓦的小洋楼门头上的题字,我不禁暗自惊叹:这书吧名字取得真妙!

进门,一股浓郁的民国风情:老式的原木桌上,摆着古铜色的留声机和生锈的发报机;一台老座钟,细数着悠悠时光;婆娑的吊灯,摇曳着光与影;墙上的电影胶盘,唤起对经典老片的回忆;一架老式钢琴,流淌着岁月之歌。书架上、桌面上零散地躺着一些书,地上随意卧着几只蒲垫。只是人多,没法坐下看书。

往后寻,是这幢回字形洋楼的"口"——小院。院中央的石磨、石臼,诉说着古老的故事。人们在拍照留影。至第二排小楼,题为"城南逸事"。上楼,木质的楼梯吱呀作响,伴着咚咚的脚步声。于是,内心开始激动!寻到靠南边的一个窗户,窗口正对着四牌楼街口。瞬间,思绪如春潮般涌来……

那是一个大雨滂沱的周末,我看了一场《乱世佳人》的电影,迫切想看原著《飘》,听说图书馆有,顾不得淋湿了崭新的白衣裙,冒着大雨跑到这儿,满怀期待地问:"请问,有米切尔的《飘》吗?"

图书管理员是个四十多岁的男人,雪白的衬衫衬着一张清秀而冷峻的脸,头也不抬:"借走了!"

雨水顺着额角的发梢滴落在柜台上,希望也一并滴落,转念又生希望:"那,什么时候能还回来?"

"你有借书证吗?"依旧冷冷的。

"没……"我低低地答,像做了亏心事。那时借书证得凭工作证办理,而我还是学生,是办不了借书证的。

"这是畅销书,有借书证都要排队,没借书证还想看?"

"那,什么时候能看上?"我怯怯地追问。

"半年,一年,都说不准。"

那得多久呀!希望像美丽的肥皂泡逐个破灭,我像丢了宝贝一样难过,眼泪便盈眶了,转身。

"等一下!这里还有一本好书,你先看这本吧。"

只见一半红一半黑的封面上,赫然三个字:红与黑。只一眼,我便喜欢上了。

"法国作家司汤达的代表作,很好看。但只能在这儿看,不能带走,不能损坏,不能弄脏,不能折痕。"

"知道了,知道了,三大纪律八项注意!"我调皮地冲他笑了。

我捧着书,找到南边第五排一个靠窗户的长桌,坐下。对面是当时最繁华热闹的商业街——四牌楼,但雨幕已经将繁华与喧嚣隔开。室外是淅沥沥的雨声,室内唯翻书声,有如蚕食之沙沙,心中的焦灼、激动瞬间平复,一颗躁动的心静了下来。我取出素白的真丝手绢,擦手,再将长发用手绢束起,轻轻地翻开书,一股浓浓的油墨香袭来,深深地吸一口,一头扎了进去……

"下班了!"只听一声轻唤,这才发现馆内只剩我和那图书管理员。默默记了页码,我将书还回去,期盼下个周末的到来。

依旧是坐在第五排的窗边,依旧是看到图书馆下班,只是这次还书时,我在书中夹了一个书签,便于下次看。依旧是那中年男子,依旧是白衬衫，熟练地翻查，眼皮不抬，翻到夹着书签的那页时，他顿住："这书签，你做的？"

那是我用硬卡纸做的书签，中间画了一株盛开的兰花，两只蝴蝶蹁跹，旁题一行小字：谷中无人兰自芳。画面用蓝色的丝线缠成椭圆形的边框，末端吊一根红丝线。

"是呀！"小小的得意中，我的胆子也大了，"这书还要两次才能看完，能帮我留着吗？"

"只要你如期来，书就如期到你的手。"他点点头。

顺利看完《红与黑》，第五次到图书馆，我便如愿以偿地等到了《飘》。我当然知道，是他故意帮我留的，感激中带着疑惑，忍不住问了为什么。他说："因那书签，一个把书签做得如此精美的人，一定是个爱书的人。好书遇到好读者，好读者遇到好书，都是一种缘，如同遇知音。"

就这样，我们熟识了。他向我推荐托尔斯泰，并说要系列地读，我于是读《安娜·卡列琳娜》《战争与和平》……读完了托尔斯泰，读马克·吐温、巴尔扎克、福楼拜。读完小说，读戏剧，有时他还偷偷地塞给我当时还没有解禁的张爱玲的书。我在不同的人生肆意泅渡，一层层脱壳，有时遍体生凉，有时五脏俱焚，有时竟伏案痛哭。

窗前的梧桐叶黄了又绿。我把他推荐的书全都蚕食完了，再让他推荐。"四大名著？我在初中已全部读完！""巴金？他的'爱情三部曲''激流三部曲'全读过，还有老舍、丁玲……"我一口气说了好多作家及代表作，并告诉他我爸爸牛皮书箱的秘密、小时候躲在被窝里打着手电筒看书的事儿。

于是，他带我见石老师——一位留齐耳短发，戴宽且厚眼镜的古籍管理员。听我们说明来意后，她只礼貌地点点头，便不声不响地写下一大串书目。当我接过那份写得密密麻麻的书单时，傻眼了。别说看，大多听都没听过。脸红耳热地拿着书单，走出了那间古籍书库，我又开启了新一轮读书之旅。不仅因那书单让我知道了自己的浅薄，更因我知道了那开书单的石老师，十六岁才进扫盲班学习，却写下了一部惊世之作——《画魂》。她的名字叫石楠。

一天又一天，五号书桌成了我的专座。人民路虽喧闹，但图书馆这方地盘儿是宁静的岛屿。晴天，阳光透过天蓝色的窗纱，柔柔地照在书上；雨天，雨落在窗前的梧桐树叶上，滴答滴答地奏着乐。在那素色的时光中，我与文字缠绵，不闻浮世喧嚣，不管繁华沧桑，只在静静的阅读中，慢慢地积淀、成长……

后来，我有了借书证，坐在图书馆读书渐渐少了。再后来，我似乎越来越忙，去借书也渐渐少了。再后来，图书馆搬走了，我就没借过书了。再后来，一场大火……我无法面对那残垣断壁，记忆也随之断片了。

唉，那张书单上列的书，我最终没有看完，连书单也弄丢了……

"这儿还有空位！"一声叫喊，来了四位女孩。一人捧着一杯饮料，坐下，聊服装，聊美容，聊恋爱，并不顾忌被人听了去。窗外，曾经最繁华的四牌楼早已萧条，已无往日的喧闹与聒噪。但是，屋内的喧闹与聒噪胜过了屋外，人们穿梭不停，拍照留念，楼中竟找不到一方安静之地！似乎，也没有多少人想看书，更少有人买书。

唉，离开吧！挑了本余光中的散文集，来到收银台，营业员是两位漂亮的女孩。

我试探地问她们："你们知道这幢洋楼的'前言后记'吗？"

她们茫然地摇头。

唉，她们并不知这幢洋楼已书写了它百年跌宕的人生啊！

自诞生之日，它便寄托着实业图强之梦。1915年，一幢中西合璧、独具皖派风格的洋楼在安徽省会安庆落成。它便是筹建了八年的"安徽劝业场"。同年，12月6日的《申报》报道："四面楼房均已金碧交辉，所有各类商店、茶楼、酒肆、绸缎、洋货、书籍等店，亦均位列其中。其门首之味纯园，于昨日开张，宾朋满座，而歌妓亦纷至沓来，甚为热闹。"足见当日之荣华。它面前的空场，自开业起便是说书的书场，民间艺人在这儿说大鼓书，每日一场，按朝代演说，四季轮回，一代又一代，直至"文革"前夕。

1922年，它由荣华转身高贵。民国时安庆市政府进驻洋楼，并给它改了个大方气派的名字——市政大楼。

1938年6月12日，安庆沦陷。美丽风韵的它，没能逃脱日寇的蹂躏，直至1945年8月15日，日寇在楼前播放日本天皇的诏降书，方结束了它屈辱的生涯。

新中国成立后，它接收了安庆谯楼藏书楼（原安徽省图书馆）中的藏书（含八万多册珍贵的线装古籍，珍稀的明代《十竹斋画谱》，桐城派名家手稿，李鸿章、徐悲鸿等名人书画，慈禧太后出殡照片等），成为安庆市图书馆。它开始了优雅的人生漫步。

后来，它渐遭冷落，成了孤苦的"弃妇"。再后来，一场大火燃起……这幢独具风韵、高贵典雅的楼，这幢记录着我少时美好而温馨回忆的楼，这幢寄托着几代皖江人梦想与乡愁的楼啊，只剩下了残垣断壁！

十年后的今天，它浴火重生了，开启了新的篇章！真的希望它，续写的是高贵与优雅，直至完美的后记。

最后的会馆

每次到依泽小学，我总要去看那幢灰瓦建筑。说不上想寻觅什么，只是想看一看，像是顺道探访一位深居简出的故友。

登上高高的麻石台阶，我就有些恍惚，眼前人影幢幢：他们从不同的时空来，或擦肩而过，或辑手相呼，踩着脚下静默的石阶，带着励精图治的意气风发。他们眼神坚定、自信，望着前方墨底绿字的牌额——江西会馆。

江西会馆，这座作为老省会安庆唯一原址保留下来的会馆，始建于清同治五年（1866年）。会馆选址讲究，依势建于黄甲山前，南临长江，东西毗邻街衢闹市，可谓得天独厚。会馆原占地面积颇广，"会两路三进，中为主殿。前殿两侧有楼房，后殿两侧为偏殿"。整座楼宇雕梁画栋，别具一格。现存的会馆面积虽已缩水了一半，又历经百年风雨，但看起来仍气度非凡。青砖黛瓦木门窗，乍看与徽派建筑无二致，细看主殿檐前的殿脊配黄绿相间的琉璃瓦，脊中矗立一只祭红葫芦瓶，瓶中插入方形金属镇顶压邪的吉祥物，标志着其身份为赣派建筑。

推开朱漆大门，随着"吱呀"声，一束阳光投到空旷静穆的厅堂，心中微微一颤。我看到一缕叫作"时间"的光芒，正穿越一扇历史的门，翩然进入这大厅。两根高大的圆柱将大厅分为左右两厢，能容广众，可摆酒宴。环顾四周，仿佛看到江右商帮齐聚大厅，五花马千金裘的繁华盛景。

一块古朴的石碑嵌于院中石壁，碑上镌刻着碑记，笔迹漫漶，笔力苍劲。首句道明会馆建立初衷："旅贾于皖垣，恐乡人越数千里来，充以联之。"清代，作为安徽政治、文化、商业中心的省会安庆，来自江西的官吏及家属、商人、学生颇众。会馆建立后，免费为来安庆的同乡提供食宿，供他们集会，"所以联乡情，乡人活动场所，以敦亲睦之谊，叙桑梓之乐。"会馆还是"会聚公议之地"，有着行使商务、行规、会馆事务及供祭祀乡贤、演戏之功能。

每年春秋时节，会馆都要举行盛大的祭祀仪式，祭奠神明先祖。所以原会馆不仅有殿堂楼阁，还有万寿宫和戏台。

万寿宫内，供奉着江西人尊崇的许真人。许真人即许逊，南昌人，晋时任蜀郡旌阳县令，在江南地区有除害治水、造福百姓的传说，民间称其为许真君。许逊融合道家、儒家的思想，倡导"孝悌忠信"，而这正是江右商帮的"贾德"。作为中国十大商帮中的最早成形者，江右商帮以讲究商业道德著称，注重诚信，做事认真，意志坚韧。而支撑他们的精神力量便是他们的信仰。所以江西商人行走四方，只要具备一定财力，首先要做的就是建造万寿宫，以寄托他们的信仰。江西人初到外地，也会先找当地的万寿宫落脚；生活遇到困难的江西人，也首先向万寿宫求助。万寿宫是江西人的庇护所和精神家园。

如今的会馆，已不见了万寿宫，但照在会馆的太阳还是那个亘古不变的太阳。阳光温煦地照进院落，给天井周围泛绿的草木涂上了一层光晕，也给远道而来的故人带来丝丝缕缕的温暖。

江西会馆的原古戏台尤为精美。戏台与正殿相对，高十米，台口长八米，宽八米，高三米。台上有木屏风，隔为前后台和上下马门。整个戏台除屋瓦外，全用实木造就。梁柱、护栏遍饰各种精雕戏文图案。戏台有三奇。一"奇"是，台顶天花板不仅饰"藻井"彩画，顶中有一圆形斗拱，呈螺旋形上升，起到聚声和回音作用，还仿照西制，顶部安装了铜质吸音器，在当时可谓先进；每一层屋檐下的窗户，精巧玲珑，不论什么时候演戏，台上均可获得充足的阳光，奇的是，台口虽在屋檐之外，雨水却不会滴落在台上，此为二"奇"；舞台两侧是演员候场用房，门额分别题"出将""入相"，台口横批为"襟江带湖"。但是，与其他会馆不同，江西会馆唱戏从不对外开放，此为三"奇"。

如今戏台也不复存在了。站在骑楼上，阳光透过雕花木窗，在红木地板上投下斑驳的光影。摩挲着光滑温润的雕花护栏，似乎残存着当年倚栏人的体温；对面的屋脊，雕梁画栋，斗拱飞檐；翘角悬铃，风吹悬铃，叮当有声，远处传来一声高亢的弋阳腔，震得心中轰轰然。你不认得我，我却记得你。——我与江西会馆，既像人生若只如初见，又似月照故人来。顿悟：弋阳腔熔铸了江西人"刻厉自奋，矜谨节义，秉性耿直"的性情，江西人正是从听戏中获得自我释放、自我减压、自我陶醉的艺术享受，最终获得精神的解放和自我价值的肯定。故江西会馆的唱戏，不仅为江西人排解了乡愁，也让他们获取某种精神力量。这股力量支撑他们坚韧不拔、披荆斩棘，不断开拓创新。想来，这便是江西会馆唱戏不对外开放的原因吧？

江西人正是以这种"刻厉自奋，矜谨节义"的精神，把商贸越做越大，成为瓷器行龙头老大。随着商贸活动的频繁，百姓之间的民间往来关系也很密切，江西文化也自然融入安庆中。

历史的车轮驶到了咸丰年间，一个急遽动荡的年代。江西会馆"毁于兵燹"。兵荒马乱的日子，流离失所的伤痛，只一笔带过。残败的会馆却在风雨中苦熬、等待。

十九世纪中后期，它终于等来了那个头戴翎毛官帽的身影。那个身影与江右商邦来自同一个地方。他从江西出发，历经战火洗礼，带着恩师曾国藩的嘱托，为守卫军事重镇的战略，也为战后恢复与重建的使命而来。他修复了安庆一座座被毁的建筑。他就是安徽布政使吴坤修，江西人。

馆内镶嵌于天井、厢房、正殿、楼梯等墙体的十块碑刻中，其中第二进北面墙体青龙位（左）镶嵌的《重建万寿宫记》碑系吴坤修撰文并书丹，讲述其自同治四年（1865）奉天命任职安徽按察使，次年就任安徽布政使以来，提议由政府出资的衙署府学坛庙等公共设施的修复已陆续动工，城东南方的魁星阁等系坤修捐廉（捐出个人的养廉银）修建，现故乡江西万寿宫因战乱被毁，仅剩数椽难续香火，又因修复经费难以筹齐，其与当地官员及从业者久议未决，最终由其个人捐款，招募工匠，准备材料一年后完工。正殿供奉福主，前为嘉会堂，殿左后为地藏庵，前为文昌阁，下为逍遥别馆，殿右后为湖神祠，前为文谢二公祠。其余山门、戏台以及庙宇厢房之类的修建费用则有赖江西同乡们的鼎力支持。此碑立于同治六年（1867）秋。

会馆正殿的大梁上题字亦为吴坤修亲笔手书："大清同治五年岁次丙寅孟冬月旦 钦加布政使衔安徽按察使署布政使吴坤修重建"。

<u>透过这些业已模糊的字迹，依然清晰地感受到会馆当年的规模、个中的艰辛与付出，以及这位江西籍安徽主政官的情怀。</u>

吴坤修主政下的省府安庆社会稳定，经济开始恢复发展，各地仕商大量云集安庆，各家会馆如雨后春笋般在老城重修与新建，最多时达15家。安庆的各大会馆迎来了第二个春天！

彼时的江西会馆还开办学堂，供同乡子弟读书。会馆东西两边设有花园，花园的月亮门上各题一款，一曰"贝阙"，一曰"珠宫"。出自屈原的《九歌·河伯》，意为珍珠宝贝做的宫殿，形容房屋华丽，似瑶台仙境。它们遥遥相对着，又彼此缠绕在一起，又放肆又含蓄，与园内的花卉绿木相互映衬，异常清雅幽静。园之北，原有一栋坐北朝南的二层三开的厅屋，便是书院上课教书之地。一缕秋风，裹挟着我，走向繁华后的清凉。这里是天然的静音器，滤掉了外面世界的嘈杂，只剩清风明月圣贤书。

白云苍狗，数载流转。1921年至1936年，军阀连年混战，中国经济陷入危机，民族资本主义濒于绝望窒息的境地。此时安庆各家会馆虽尚有房屋地租，但开销难以为继，不得不改为戏院和学校，如徽州会馆改为皖江大戏院，湖南会馆改为华林大戏院和三湘小学，而江西会馆则改为江西小学，解放后改为依泽小学，会馆成了学校办公与教学用房。

或许正因为依泽小学的庇荫，安庆十五家会馆只留存下了江西会馆。然，岁月流逝，风雪无情，任何人间事物都不经大自然力量摧残。由于缺乏资金，江西会馆自清末后一直没有得到有效修缮而成为危房，濒临倒塌。二十世纪九十年代末，我多次到依泽小学参加教研活动，站在操场上看去，会馆屋顶瓦片大量掉落，房梁摇摇欲坠，一片凄惨，心中哀叹复哀叹：它承载着江西人在安徽的历史，记录着他们一路走来的艰辛，体现了地方文化的归属感和一种民间向心力，更是安徽省唯一可视可感的会馆文化图腾啊！

2011年，在依泽小学和政府的努力下，江西会馆修复工程被列为安庆市城区名城修复三大重点项目之一。2013年4月竣工。江西会馆迎来了第三个春天！

现会馆占地面积1400平方米，主体一层，局部两层，共两进，第一进正厅现为展馆，第二进及偏殿一楼作图书馆、美术室和乒乓球室，二层用作行政办公。孩子们在这样一座古色古香的会馆里看书、绘画、运动；校长、老师们在这里静下心来，研讨教育教学。想想，都觉得是一种幸福！听校长说，会馆修葺以后，江西商会在二楼设一间办公室，并无实质性的公干，但每年拨付一定经费资助学校办学。我想，这是江西商人为追溯与纪念那段历史，并承继祖辈襄助教育的优良传统吧。

阳光透过木格窗棂，似是若有所思，空气中也氤氲着某种嘱托。我想，坐拥江西会馆的依泽小学，随着办学特色的深入，如能挖掘会馆深层面的文化内涵，如江右商帮"刻厉自奋，矜谨节义"的品格及坚韧、开拓创新的精神，融入学校教育理念中，传承与弘扬，将会迎来江西会馆的又一个春天。

2024年一个美好的春日——世界读书日。当我陪同著名作家石楠先生步入江西会馆时，眼前一亮：会馆的天井四周悬垂着彩色纸灯笼，雕花门窗上贴着各式的大红剪纸，拙朴而充满童趣的装饰画挂满四壁，是学校的美术老师带着学生一起装饰了会馆，使得会馆春意盎然，氤氲着浓郁的艺术氛围。

石楠先生很欣慰，铺开宣纸，提笔凝神，书下：读书可以通往天宇。孩子们围在老先生身旁，笑得像一朵朵初绽的春花。

和平楼

　　这是一幢苏式风格的两层小楼。赤红的斗篷式房顶，中间挑出一个三角形屋檐，檐下一颗红五星熠熠生辉。房顶两边，各挑出两个老虎窗，斗篷式窗沿。一律青灰砖、勾缝白墙，深灰色的纹理透出浓浓的历史厚重感。清晨或傍晚，是它最迷人的时候，赤色阳光洒在和平楼上，赤瓦黛砖，古朴沉静，那斑驳的光影，仿佛生命刻印的历史记号，让它更添几缕古韵，明丽中又有一股端庄的气质，仿佛一个浑身散发活力的人在静静沉思。

　　从中间大门进入，就是大厅，大厅一侧的墙上，挂着一块小黑板，上面用粉笔写着一周要务。被漂亮的粉笔字吸引，我看了又看，感叹现在写一手好字的人不多啦。两边是教师办公室，中间是楼梯，地板和楼梯都是木质的，脚踩上去，发出"空咚空咚"的声响。

　　三十多年前的一个夏天，我第一次来这里参加教研活动。天气炎热，加上初出茅庐，我心里十分紧张，可步入大门，踏在过厅木质地板上时，便感到一丝阴凉。踏上窄窄的木楼梯，扶着光滑沁润的楼梯扶手，听到"空咚空咚"声，心跳缓了，心情渐渐平息下来。我推开会议室厚重的木质大门，坐下。窗外，柔柔的阳光照进来，将斑驳的树影投射在长条木桌上，心竟一点儿也不慌了。在一片祥和清宁中，我开始了自己的发言。走时，手扶楼梯扶手，又一阵"空咚空咚"下楼，我不由得感叹："这楼真好！"一旁的健康路小学教导处高主任说："是啊，这楼冬暖夏凉呢！"其实，我想说的好，不仅是物质层面的好，更有一种精神层面的好，它有一种让人安静的力量，而教育教研需要这种安静。

2023年暑假，学校整理档案时发现了一份珍贵的资料——1952年地区教育公署盖章的命名为"安庆师范实验小学"的文件。顺着这份文件，追溯学校的历史，和平楼原是安徽师范大学时建的两栋教学楼，现一栋在健康路小学内，一栋在马路对面的城投公司。其命名为"和平楼"，适逢抗美援朝时期，表达了师生祈求和平的心愿。安师大搬迁到芜湖后，这里就作为安庆师范实验小学，1953年改名为皖北师范附小，又称师范附小。

2022年春节，学校党支部拜访了九十二岁的老校长周仁甫先生。建校初，他主持师范附小工作。谈到老校，周老动容地说："当年在和平楼办公的情景历历在目，这是一所历史名校啊，当时是安庆地区唯一一所直属小学。后来更名为'反修路小学'，二十世纪八十年代又更名为'健康路小学'。"吴琦校长向周老先生介绍了健康路小学的办学特色——健康教育，"做健康教师，育健康学生"。老先生连连说："好，好啊，师生身体健康、思想健康、心理健康，多好啊！"

每天早上，我上班路过健康路小学，听到广播里传来早操声，操场上孩子们的嬉闹声，还有国旗下的讲话，都会忍不住朝和平楼望一望。阳光下，和平楼在蓝天映衬下，格外光彩典雅，格外祥和安宁。

一个秋高气爽的早晨，孩子们穿校服、戴红领巾集合在和平楼外，一位老人身穿旧式军装、戴着红五星军帽，站在和平楼的红五星下。大队辅导员介绍，这位爷爷是抗美援朝老英雄，八十九岁了；还说了和平楼的来历，说今天的幸福、和平、安宁，是革命前辈披荆斩棘换来的。她说得很动情，我跟着也动了情。接着，少先队员代表向英雄爷爷敬献红领巾、鲜花。老人用苍老而发颤的声音说："祝孩子们健康，祝祖国繁荣，祝世界和平！"随着一声"敬礼"，所有少先队员齐刷刷右手高举过头顶，老人努力挺直身体，缓缓举起了右手。

我翻看了手机日历，2020年10月25日，正是中国人民志愿军抗美援朝出国作战七十周年。

康熙河畔

远处的康熙河，在天空下妖娆着，环佩叮咚，珠光宝气。

再往深处看，便看见一群赤膊挥凿的劳工远去的身影。康熙河，这条人工开挖的古运河究竟有多古？文字记载，宋代就已"役三十万工，凿河十里"。而专家推测，作为"吴楚分疆第一州"的安庆，在春秋吴楚争霸时可能就已开挖了这条河。

那为何称"康熙河"呢？

这里必须要提及一个人——安徽巡抚梁世勋。《安庆府志》中记载，梁世勋为解江涛汹激，舟舰险岸之忧，"捐俸五千金，浚河六百余丈，以利停泊"。商民感其恩德，便将这条河命名为"梁公河"。后世为弘扬其济世安康之精神，又名"康济河"，因"康济"与"康熙"谐音，又在康熙年间疏浚，便又得名"康熙河"。

梁世勋，不是抗敌名将、华夏英烈，不是乱世枭雄、盛世栋梁，不是文坛泰斗、学界先哲，只是"其德和平清介，其才有以安民业"，因此很难成为历史的焦点、百世的楷模。他所关注的是江潮的涨落、河流的疏浚、农田的丰歉，是一方的平安、民众的福祉，并为此"焦劳况瘁，讫无宁"。最终，梁公因督理屯田，"身心俱疲，积劳竟以致疾，卒于屯所"。

这样一个为民生民计鞠躬尽瘁、死而后已的官吏，当历史主要着眼于朝代荣落时，他没有什么地位；而当历史终于把着眼点更多地转向民生环境的时候，他的形象就一下子凸显了出来。

因为这个榜样,梁公的继任者李成龙,也"捐俸二千金、米七千余石",开支河四十余里,使得"船舶往来无阻,永为万世利赖,泽莫大焉"。

历史的书页上,铭记着这彪炳千秋的一笔:浚河,永为万世利赖,泽莫大焉!

这条内运河,既可将长江上游的货物运到下游城市,又是安庆通八邑的航运要道,还是全城水运交通的总枢纽,万千吞吐的货物由此交接转运,"百货骈集,千樯鳞次"。逢端午佳节,锣鼓喧天,龙舟竞渡,一时人潮如织,蔚为壮观。河周边湖塘密布,良田万顷,百姓"稻花香里说丰年"。

不息的流水,宛若这座城的呼与吸,俯仰之间,便是清风徐来。清晨,一片砧声破薄霭,彩衣濯濯迎朝霞;夜晚,歌呼杂沓灯火明,千家沽酒户垂帘。人们伴水而居,与水同行,舟来楫往,渔歌互答,尽享宜城的安逸与明丽。

可惜,河暗淡了。

河仍然在,却不再鱼跃舟行,不再波光粼粼流有声,仿若一个青春已逝的美人,在日升月落中,它渐渐褪去曾经的芳华,一天天地瘦小干瘪。清末至民国期间,各种兵燹战乱接踵而至,民不聊生,哪还顾得上疏河浚流?尤其是 1938 年日寇进犯安庆,城内残垣断壁,河中尸横血流,"白骨露于野,生民百余一"。日寇投降后,东北埂一带的河道严重淤塞,大船已无法航行。失去航运功能的河,也慢慢失去了抗旱排涝、灌溉农田的功能,人们也无法从河中取水饮用。沿河居民乱抛粪秽、搭盖浮屋,沿岸更有大量违建房。千疮百孔的康熙河,残喘在钢筋水泥的夹缝中,气息奄奄。

为周边居民发挥的作用越来越小,于是河不再为人所珍重,这是一个原因；人口不断膨胀导致污染日甚，是另一个原因；还有其他庞杂零碎的各种理由，都让人抛弃河、轻蔑河、糟蹋河。政府也曾多次投入资金疏浚古河，却终究难敌八方侵蚀，河的面目只能眼睁睁地愈来愈丑陋，愈来愈不堪。寂寥的河，只能退缩在角落里，默默怀想着曾经将整座城市承载在怀的丰饶与饱满，叹息一声。似乎，它的激情已被岁月燃尽。

新世纪，这条苟延残喘的古运河，到了生死存亡的关键时期。它的归途有三：一是弃之不管，任其自生自灭；二是填埋成地，带来巨大地产利润；三是投入巨资，彻底疏浚整治。值得庆幸的是，安庆的建设者们选择了"永为万世利赖"的第三条路——全面整治康熙河水系。这项庞大的"一湖、二路、二区、三桥、七河及截污"工程，总投资57亿元，治理河道约15.14公里。这里的每一个单项工程，都要付出巨大的人力、物力。整体推进，可想而知其工程量之巨、难度之大了。

"生态兴则文明兴"，这个道理正被安庆建设者们雄辩地演绎着。他们清醒地认识到，这座晋代就被誉为"宜城"的千年古城，如果离开了自然生态之美，什么文化都不成气象。康熙河是祖先给后人传递的生态信号，也是安庆千年文明的活体图腾。它关乎生态，关乎美丽，关乎民生，关乎文明……

为重现水城风光，建设者们一次次疏河、一次次浚流。这条古运河终于抖搂了尘埃，容光焕发地与拔节生长的安庆东部新城互为风景。建筑和河流之间，现代和传统之间，人和自然之间，一切都没有界限，那么和谐、安然、有序。

春日，在康熙河畔散步实在是一种享受。河水携着一津朝阳从东方娉婷而来，逶迤到西。流水无声，垂丝摇曳，花香弥漫。微风拂过，细而长的波纹从碧莹莹的河面轻轻地漾开，优雅得像丝绸上飘动的皱褶。

最好是黄昏，河畔的树木，河上的拱桥，远方的楼影，还有西天瑰丽的晚霞，无一遗漏，全都倒映在河里，偶有几只归鸟，"啾"的一声从斜刺里掠过河面，越飞越远，消失在天的尽头，俨然一幅宁谧斑斓的水彩画。夜晚，河上飞虹桥的灯点亮了，像浓妆艳抹的舞娘，分外妖娆，与沿河大厦的万家灯火一齐倒映在河中，无数亮光和色彩搅和在一起，静谧的水彩画变成了神奇莫测的印象派油画。激昂的广场舞曲交织着悠扬的黄梅小调，与水波共生，给画面增添了几分激情。

夏天，炽热的太阳把画面点燃了，烈焰般招展着。河边的蟋蟀、青蛙以及景观带树丛里的蝉，摆开阵势，倾情演奏着一场盛大的管弦乐。秋天，河畔白茫茫的芦苇与金色的野麦齐舞，啄食的麻雀一群群地飞落又飞起。冬天呢，冷寂了些，但那微雪霁寒河的景象别有一股况味，宛如一卷淡雅素简的水墨画。

春河或是秋河，晴河或是雨河，只要走近它，蓝天碧水的温馨就令人感觉惬意而浑身松弛和柔软。呼吸着水边清新的空气晨练，任微风携着氤氲的水汽拂过脸颊；或坐在河畔长椅上对着碧莹莹的河水发呆，任小狗由着性子在草地上打滚撒欢。那静美惬意的一页，便在心底被轻轻折了一个角，默默地收藏了。

拥水而居，是一种安逸、一种满足。

日日推窗见河，眼里滋润了，心底温润了。一个雪后的冬日，远远的，我看见雪地里两个红色的身影。走近一看，是一对母女，她们正将背包里的麦子一把一把地撒在芦苇丛边。连下了几天的大雪，她们担心那些鸟儿断粮。生活在河边的母女，单薄的身体里藏着一颗悲悯之心。

河是安康之河、济世之河。

"城中环绕玉河沟，垂柳人家夹岸幽。美爱水边凉意满，日斜来上酒家楼。"站在古老的康熙河畔，把这样的诗句吟出口时，身子就一点点轻了，思绪飞翔，或许，蓦然间便可抵达遥远的清代。这就是在康熙河畔的感觉啊，不经意间，一抬头，一低眉，就与一位故人或一段旧时光相逢了。

一条有历史积淀、有文化涌动的河流，如同一位饱读诗书并经过风雨历练的智者，它是耐读的，有着隽永的深邃。走在灿若彩虹的飞虹桥上，听着脚下木板发出"空咚空咚"的回声，我不由得放慢了脚步。为了救护这条时时可能会折断的生态经脉，曾有多少人顶着烈日，赤脚苦斗在污泥淤塘里？多少人冒着暴雨，赤膊抢险于暴洪湍流中？多少人迎着风雪，奋战在冰河冻土上？

许多人与事终究要被淹没，只留下沉默的河。

据悉，政府下一步要沿康熙河打造黄梅戏大观园。生态与文化，血缘与历史，将被有序地串连成一片独特的自然人文景观。千年古城安庆无疑正走向更多姿的未来。那么，怎么珍视过去就成了挑战和考验。表面的浮华总是容易模仿，不可替代的是渗进血液中那股被水墨浸染的文化品格，那才是真正与众不同的安庆，我们的安庆！

当这个微雨的人间四月天，迎江区千名"悦读"志愿者举着火把奔跑在河畔，将那"读书·读河·读城"的圣火接力、传递；当孩子们诵读经典的童音，宛如天籁般回荡在康熙河上空，一条心的河渠汩汩地流向远方。远方芳草萋萋，所有的花朵都在梦想中盛开着、芬芳着。

我对康熙河水系工程，只剩下最后一个最小的建议了：找一个合适的角落，建一座梁公祠，并且刻上历代疏浚河流的铭文。因为，这也是历史良知的一项修复工程。它事关历史，更昭示着未来。

独行大王庙街

  夜里，梦醒，翻来覆去再也睡不着了。回想梦里，全是儿时的街巷。白天，总是听人们说西门大王庙街拆迁，也不知拆得咋样了。

  天刚蒙蒙亮，我就推着自行车出了门。

  车轮轧在麻条石上，大王庙街到了。一眼望去，灰褐色，颤悠悠，一根根弧圆的虚线，日影还是藤草，挂满了墙。沿街的居民几乎都已迁走，只剩寂寥而残破的院落。木排门，门板褪漆，呈褐色，并皴裂出一道道粗糙的纹理。与衰败的房屋形成对比的是，院子里的青草与石板上的苔藓却长势茂盛。几片老旧的店铺，刻着深深木纹的排板门紧闭，门上斑驳的对联已字迹难辨。另一扇门，一张电费单在风中飘摇，仿若蜕壳的蝉翼。细辨上面的字迹，落款时间是2018年1月，都一年多了。一家花布店里，花花绿绿的绵绸静寂地吊在墙边，一个妇人埋头"嗒嗒"地踩着缝纫机。修鞋的老人，在一方角落里耷拉着眼皮，头一点，再一点。四周静静的，只听见我的塑料凉鞋踏在石板上的啪嗒声。这就是曾经最繁华热闹的街市吗？这就是那个店铺林立、繁华的大王庙街吗？

  大王庙街，与安庆的母亲河皖河相邻，因发大水时此地易淹，所以清代官府在此盖了大王庙，以庇佑百姓免遭水灾。街因庙名。大王庙街作为皖河入城的第一站集市，原是安庆最大的街市，竹器行、铁器行、染坊、米市、布市、油市，星罗棋布。房屋多为二层，上宅下铺，明清徽派建筑。现大多人去楼空。斑驳的墙面上，用蓝色的笔写着"拆"字。

一座老宅前，院门半开着。探脚入内，正厅的雕花门窗紧闭，东西两边厢房，院门呈圆拱形，门楣上一题"竹苞"，一题"松茂"。房子已破败不堪，廊道上堆放着原木和一辆老式绿邮车，还有一张破藤椅，斜塌着，四只脚高低不平。门上的砖雕、神龛依旧。门楣下一行白底黑字"天赐纯嘏"字迹完好，能看出房主人很看重这"上天赐予福气，人人高寿"的吉语。这便是谢家老宅。朝花窗内望，桌上供着两位老人的遗像，明暗间依稀有烛火在跳跃。我仿佛看见谢家太太素衣缠身，穿梭于廊柱间；谢家少爷、小姐端坐于木格窗下，专注地读书。

我坐在一根倒地的横木上，横木上洋钉生满了铁锈。我拍拍大横木，它发出"噗噗噗"的声音。

左边耳房原是下人住的，里面空荡荡的，一个雕花窨井盖却很精致。我忽然设想大雨瓢泼的夜晚，院落兀立着，没有一丝烟火气，像一个被遗弃的妇人。江南的雨水是收不住阵脚的，下到后来，几乎就是浸淫着一切它想浸淫的东西了。小巷、河道、庭院里，就听到一片雨点子的声音。雨水滴答滴答，顺着石阶流到雕花窨井里。一双绣花鞋在青石板上伶俐地走，散发着令人窒息的诱惑……谢家大院，开始上演一幕幕悲欢离合。

站在过道上，我看到斑驳皴裂的板墙上，用白石灰写着一行繁体字：穷则独善其身，达则兼济天下——修身齐家治国平天下。字体端庄古雅，透着骨气与静气。

环顾四周，我听见南厢房有两个老者的声音。推开门，一个坐在轮椅上，另一个站着倒水。一打听，坐轮椅上的叫谢显义，是谢家第五代，另一个是他的表弟，来照看生活不方便的表哥。谢老爷子说："房子建于道光年间。祖上由开手工作坊发迹，官至礼部侍郎，几代书香门第，'文革'时衰败了，所以自己没读啥书，原在工厂当工人，现在靠微薄的退休金勉强糊口。"我问墙上的粉笔字是不是他写的。他点头，现在穷，就守着老房子独善其身了，不给国家添麻烦。我默默看向他，看向屋中破旧的家具、堆放的纸壳子、蛇皮袋，心头一紧，告辞而出。

出了谢家院落，斜对面一户，门口堆放着摇床、大花瓶、火桶、菜篮等老物件。入内，一对大花瓶分别立门两旁，里面全是古色古香的家什，石雕、竹雕、木雕琳琅满目，石柱基、古水缸、金文、青铜器拓片，还有本地著名书画家的作品，配以草编、扎染的饰品，古朴有情调。天井里草木茂盛，菖蒲一片碧绿，虎耳长势葱茏，映山红火红欲燃，室内的人文与室外的自然相映成趣。第二进房门上悬一横匾，上书"尚武精神"，这应该就是传说中的武师程俊峰先生的住宅吧？听说他不仅武艺高深，为人侠义，在街坊邻居中颇有威信，好交友，"谈笑有鸿儒，往来无白丁"，还有着保护弘扬传统文化的情怀，带头捐献藏品给市博物馆，还成立了"博物馆收藏藏品联络站"，是个大隐隐于市的高人。如此看来，此言不虚。

第一进房是展设，第二进房是住房。至第二进，左厢房传出说话声，房门紧闭，说话声不大，但很有穿透力，像是两人对话，是武师在教授徒弟？我不敢偷听，也不敢打扰，有种"不敢高声语，恐惊天上人"的惶恐，不觉屏住呼吸，轻轻退了出来。

我有些恍惚，也有些失落，还有些伤感。盛极而衰，这是自然规律，人逃脱不掉，王朝逃脱不掉，街市也逃脱不掉。

出了街口。就这样回去了？不甘。我骑车绕到观音巷，这里稀稀朗朗的有些行人。路口一个修车摊，几个废旧的轮胎和一个老式打气筒躺在地上，一个老头坐在摊后小板凳上。如今城市里很难见到这样的修车摊了！我的自行车因找不到师傅调，一直不好骑。遂停车，交给了修车老汉。旁边有个锁匙摊，几串铁丝串成的钥匙，发出轻轻的脆响。我伸手在包里摸，想掏出钥匙配几把，才发现钥匙忘带了。几个老太太围着一个平底大铁锅，候着锅里烤着的绿油油的蒿子粑，香味儿随着白烟弥漫开来，忍不住咽了一口口水。挤进去，买了两个，趁热吃下，香，脆，满是儿时的味道，一下觉得心满意足了。

车修好了，试一试，好骑多了，调闸、打气、加润滑油，一共两块钱。我问老师傅："怎么这么便宜？您这样做一天，也不过挣十来块钱呀。"老人说："我拿退休工资，不缺钱，就是混混日子，有活就练练手，没活儿就望望街，权当玩儿了！"老城区，老街巷，老房子，自然住的多是老年人。熟识的物，熟识的人，构成他们一生的"真"空。他们在老街上生活着，平淡而知足。可是，这样的生活还能持续多久？

想起作家简平先生的话：一座城市的根基在于生活在那里的普普通通的百姓，他们才是这座城市的主人，赋予了这座城市以灵魂、精神和存在的本质。如果没有他们所带来的喧闹、能量和活力，那么，这就是一座空城，一座死城。

真的希望，改造后的老街不要成为空街、死街。

我骑上车，当车轮滚过蜿蜒的石板路时，只觉眼里蒙上了一层雾气。我知道，我的心里生出了一种潮湿的情愫——怀旧。

补记：
2022年5月，大王庙历史文化街区修葺成功。

长风沙万里

喜欢"长风沙"这个词,因为这三个字的组合就是一幅苍莽的画面,悲怆而壮美,雄浑而豪放,有江湖气息,亦有儿女情长。

画风的形成源于特殊的地势。长风沙身处大别山山脉与黄山山脉形成的河谷风道,故大风长起,沙尘弥漫;大片滩涂湿地,白沙如水;江中礁矶林立,水流湍急,冲滩与触礁的危险,使往来船只都得在此停泊,陆游有诗云:"南船北船各万里,凄凉小市相依住。"

秋日,一行人在丛林中穿梭,周遭绿油油一片。林木的野气澎湃而来,深吸一口气,有新鲜的艾蒿清气。鸟虫的鸣叫声自丛林深处传来,咕咕、唧唧。

绿树丛中,一座古色古香的门楼,上悬"长风沙碑林"匾额,左右两边挂黑底白字楹联。进门,一眼看见照壁上李白的《长干行》,墨色石碑上字迹漫漶,走笔纵横恣肆,体式奇崛,既活蹦乱跳,又飘逸俊美。

照壁后面,草木茂盛,竹子、蒿草遮天蔽日。拨开枝叶,往里走,走得深了,枝叶在脚边轻轻哗动,越发显得碑林幽静。长长的碑廊上嵌着一块块石碑,历代文人写长风沙的诗刻在碑上。我不由得屏息静气,凝神观望。看着看着,心里生出静气缓缓流动,静气像江雾,又有江水浩渺而激荡的况味,正如陆游诗所云:"江水六月无津涯,惊涛骇浪高吹花。"

阳光透过雕花木格,筛下斑驳的光影,很容易让人穿越时空。公元725年的一天,一位英姿勃发、腰佩长剑的年轻人,昂首立在船头,看着滔滔江水，意气风发，朗声诵道："妾发初覆额，折花门前剧。郎骑竹马来，绕床弄青梅……相迎不道远，直至长风沙。"他就是二十五岁的李白。彼时的李白初出襄汉，开始了仗剑天涯的行旅，他南至洞庭湖，东至金陵，在离金陵七百余里的长风沙，留下了脍炙人口的《长干行》，从此，"青梅竹马，两小无猜"妇孺皆知，而"相迎不道远，直至长风沙"点亮了这块荒莽之地。761年，李白又乘舟至此，作《江上赠窦长史》。历经浪尖弄潮和触礁翻船后，六十多岁的李白已是化作荒漠衰草之时。长风起，沙如烟，枯苇舞，应和了他内心的荒凉。诗中"万里南迁夜郎国，三年归及长风沙"，把长风沙称为"归及"，让人既感念又叹息。一年后，李白命丧江东。

长风沙停留过这样一个丰富而伟大的灵魂，更见证了一个站在文化之巅的诗人人生的出发与抵达。

李白去后，长风沙置镇。一条古长风街连接鸭儿沟码头，延绵数里。各种商铺、酒肆、客栈比比皆是。夜晚，灯火闪耀，船家栖居于酒肆饮酒娱乐，文人墨客把酒斗诗，梅尧臣、陆游、朱熹、揭傒斯等，都在此驻留、赋诗。时光如流，文人墨客消逝在时光深处，唯留下永恒的文化结晶。

长风沙亦有战争遗迹。拦江矶古炮台便是见证。踏上寻访古炮台之路，几百年前在疼痛中踩出的小径，已被无数度春风豢养的野草覆盖，炮火的喧嚣，早已平息在树林巨大的寂寥中。一方高台苍茫古旧，由大小均等的卵石一层层垒砌而成，坚实、稳固、厚朴。高台前立一石碑，上刻"拦江矶古炮台"。

立于台上，视野开阔，江上、陆地风吹草动，皆能尽收眼底。站在这里，耳畔自然会响起战马的嘶鸣声、战士的咆哮声，以及追人魂魄的大鼓声，还有惊天动地的炮声。是的，千百年来，鼓声、炮声是这里最

069

嘹亮的声音。

长风沙地理位置特殊，连荆楚，扼吴越，通三巴，因此历来是兵家必争之地。史载，它是春秋时吴楚大战的鹊尾渚，清太平天国的安庆守将建炮台于此。村中老人说："清代有五百多水师驻扎，民国时亦有三百多营兵，而最著名的战役要数渡江战役。"1949年，中国人民解放军渡江战役的中线范围东起无为、南至安庆以东的鸭儿沟，汇集了第三野战军和第二野战军共四个军的兵力，胜利越过长江天险，抵达南岸。

站在这里看江水，看得久了，隐隐有着直指人心的悲壮与豪迈。

我们来到合兴江段时，忽闻一阵礼炮声，紧接着汽笛长鸣，江中一道闸门缓缓打开。原来，"引江济淮"工程之枞阳、菜子湖航道正开启试航。闸门的开启，标志着连通长江与淮河的江淮运河全线开通，成为中国第二条南北水运大通道。

长风沙江流呈"S"形，表面平缓，暗底却潜伏杀机，江矶丛生、暗礁密布，水流湍急，正如北宋诗人梅尧臣言："长风沙浪屋许大，罗刹石齿水下排。"元人揭傒斯更是发出"但祝行人好心事，长江何处是安流"的感叹。明代，长风沙"江滩扩展，港湾淤塞，筑堤围垦，面貌变更"。广济圩建成后，长风沙的通航条件得到改善。特别是新中国成立以来，长风沙江段中的礁石多次被爆破清除，加上永久性航标的设立，长风沙江段已成安流。

相较于长江的丰盈，临近的淮河却有季节性的缺水。面对皖北大地的常年干旱，早在一千多年前，曹操曾做出"引江济淮"的宏伟构想，但终因河道"日挖一丈，夜长八尺"而作罢。

2017年，面对皖北缺水的千年难题，经过半个世纪的酝酿，终于开启一项伟大的工程：自长江下游引水，经巢湖，穿越江淮分水岭，向淮河中游地区补水。长风段，既是"引江济淮"工程水源，也是巢湖第二通江航道。

  潮起潮落，冬去春来，五年风雨兼程，实现了江淮连通。这不仅解决了一千多年前的"曹操难题"，而且解决了皖豫大地的农田灌溉难题。一泓清泉北去，两岸四季芬芳。"引江济淮"的长风画卷正在徐徐展开。

  望着静静的江水，我问，它还是那条自远古流来的江水吗？是，又不是。长风沙以生生不息的流动，诠释着生命的更新与嬗变，文明的延续与发展。

皖口烟雨

一

一条河从天边来,到天边去。

它从大别山密密的森林中来,撞开岩石,穿越山冈,一路东下,蜿蜒千里,人们谓之"长河"。长河与潜水、皖水汇成一流,千百年来滋润着这块叫"皖"的土地。皖地的人给这条母亲河取名为"皖河"。皖河一路奔腾,在安庆城西的百子山下,实现了质的飞跃——浩浩荡荡地奔入了滚滚长江。这个入江口被称为"皖口"。因其在百子山下,又名"山口"。

六月的雨天,一行人来到皖口,撑伞行于静寂的山路中,看到路两边被雨水清洗得发亮的叶片,觉得来得适时,风声雨声,天籁之响,世上的嘈杂已远。

古庙,古井,古砖,古道。

我们行走在山口镇村的老街上,走着走着,就心生敬畏,不由得放轻脚步。城隍庙里方体直书的"城隍庙"石碑、巷陌交错处刻着"同治年置"的井栏、空寂的老屋砌着的明代字砖,带着厚重的岁月痕迹,一一闪入眼帘。它们像一句一句的叮咛,是先人们对我们这些居住着的、行走着的后人的一种嘱托,甚至是祝福、祝愿。遗迹的作用就是这样啊,即便剩下残碑断垣、破砖碎瓷,也能传递当年的气象。

早在225年,《三国志》中就有"皖口言木连理"的记载。559年,南朝陈高祖派临川王陈蒨（后继位为陈世祖）在皖口筑了城栅。唐高祖时曾设置县治。宋嘉定十年（1217年），为防金兵劫城，知府黄榦将怀宁县邑从潜山迁移至此，长达四十三年，因而这里又有"皖城"之说。

这片土地，风雨打过，野火烧过，先人们用粗糙的脚板踩过、耕种过，四野八荒，始于这里；这片土地，繁华过，喧闹过，先人们用原始的工具夯过垒过，千年文化，蕴于这里。

二

在老街中蜿蜒前行，一路向南，眼前豁然开朗，皖河浩荡的身姿铺陈在视线中。宽阔的水面茫茫无涯，东贯一望无垠的长江，西接不见源头的七里湖。南望，远处的绿洲翠色葱茏，与西南的岛屿相连接，最远的翠微淡成一袅青烟，忽焉似有，再顾若无。北看，连绵起伏的百子山头，霭霭暮云横。

"其地上控肥淮，山深水衍，战守之资也。"因得天独厚的地理条件，皖口历来成为兵家必争之地。早在三国和魏晋南北朝时期，就有许多英雄豪杰在这里叱咤风云，金戈铁马，争主沉浮。《三国志》载，东吴的诸葛恪屯兵于此。213年，"曹公遣朱光为庐江太守，屯皖，大开稻田"，于是"孙权亲征皖……张辽至夹石援兵，闻城已拔，乃退"。曹操和孙权都非常重视此地的得失，争夺很激烈。228年，魏明帝曹睿命大将曹休攻打皖城。孙权再次亲征，"命陆逊率江南八十一郡并荆州之众七十余万拒敌"，吴太守周鲂断发诈降，赚曹休进入陆逊的埋伏圈，大获全胜，仅降吴的军士就有数万之众。此役被写进《三国演义》第七十六回"周鲂断发赚曹休"中。魏、吴的拉锯战持续了数十年。975年，宋太祖命曹斌破南唐十五万大军于皖口，致使金陵成为孤城，南唐后主李煜不战而降，从而实现了北宋的统一。

雨越下越大，风声水声鼓荡着激流，天地日月都摇动起来。喑哑的水流声中，依稀掺杂着战船击浪的咆哮声、千军万马的冲杀声。皖河的水，如生死歌哭，泥沙俱下。滔滔河水磨洗着折戟沉戈，这是向历史的抵达还是对历史的敲打？

三

水面笼上了一层灰茫茫的雾霭，一切都模糊了，亦幻亦真，像开着一面玄奥的迷镜。河，变得神奇莫测。

就在这古渡，一千多年前的唐代，也是一个风雨交加的月黑之夜，发生了一个名士遇盗匪的逸事：

涉尝过九江，至皖口，遇盗，问："何人？"从者曰："李博士也。"其豪酋曰："若是李涉博士，不用剽夺，久闻诗名，愿题一篇足矣。"涉欣然书曰："暮雨潇潇江上村，绿林豪客夜知闻。他时不用逃名姓，世上如今半是君。"

文弱书生夜遇悍匪，本是一个悲催的事故，但当听说是大博士李涉时，盗匪当机不剽夺钱财，而是请题诗一首。而李涉呢，不慌不忙，赋诗一首，诙谐中自我调侃：没想到我李涉的名气竟然很大，连绿林豪客都知晓，"他时不用逃名姓"了。最妙的是末句，"世上如今半是君"。世上两人中就有一个您这样的人啊，有理解，有包容，也有对乱世争雄的时局的暗讽。盗匪自然大喜，当下酒肉招待，叩头相送。名士有义气，盗匪有文气，一个雅兴，一个雅量，自当相逢一笑泯恩仇，事故变故事，悲剧变喜剧，留下一则佳话。

王安石宽大的袖袍迎风鼓起，他目光深邃，凝视着莽莽苍苍的河面。"皖城西去百重山,陈迹今埋杳霭间。白发行藏空自感,春风江水照衰颜。"时年三十一岁的王安石就任舒州通判,经过皖口时,作下这首《过皖口》。那愁肠百结、辗转反侧的正是诉不尽的国忧啊!三年舒州通判任满,离别路上,望着雨中浮烟漠漠的皖口,正值壮年的王安石既满怀忧虑,又志存高远。政治江湖的波谲云诡、心中的改革抱负,让他临水兴叹:"浮烟漠漠细沙平,飞雨溅溅嫩水生。异日不知来照影,更添华发几千茎。"(《别皖口》)暮年,当带着变法失败的落寞,从长安岭再经皖口时,他又发出"天低浮云深,更觉所向高"的感叹。两次拜相又罢相的王安石,人生在变法与废法中沉沉浮浮,对着过往的人生之路,自然感慨万端。而这种山湖诗境,该是人生最难得的心灵抚慰和怀乡望远的生命归宿吧。舍此,还有什么可以填充一个人内心世界可能出现的断层与裂痕呢?

与王安石同时代的黄庭坚也作了《发舒州向皖口道中作寄李德叟》,还有明代曹学佺的《皖口阻风二首》,清代邓石如的《皖口新洲诗》……

数千年的积淀次第展开,铺锦叠绣,笔墨淋漓,点染出一幅苍苍茫茫的画卷。

四

雨停了,河水变得平静而温柔。岸上疏疏落落有几户人家,渔网围成的篱笆空隙里透出的一两朵黄花,在细雨中妩媚地摇曳着,青瓦圈成的院落里,码得方方正正足有一人高的蒿堆旁,一位老人在悠闲地踱步。

"为何把房子建在河边?"我问。

"一生与河打交道,白天开门见河,夜晚枕听河水,心里踏实。"老人望着河水,"现在禁捕了,以前这时候是最忙时,百十条船早出晚归,可热闹呢!"老人的眼里放着光。

我仿佛看见:白天,男人迎朝旭,沐山雨,栉江风,撒网捕鱼,渔舟唱晚;女人听滩声,听渔歌声,濯衣织网,煮鱼做饭;夜晚,波心月,清辉发,映篷窗,水声汩汩,人语喁喁。"那得共、春潮皖口扬舲度。沉吟归路。算二顷湖田,一丝钓艇,肯付绿蓑雨。"我轻吟清代朱彝尊的诗句,不禁悠然神往了。

一只白鹭盘旋着,停栖在一棵露出水面的苇秆上,凝神默思着。想起《安庆府志》中"皖水落,渡仅里许",我问老人,这里是芦苇荡吗?老人手一划:"水退了,这一片都是密密匝匝的芦苇。春天,植物茂茂密密的一大片,好多鲜嫩的藜蒿。"一种意象旋即汹涌而来:蒹葭苍苍,带着野蒿的清气,夹着河水的声声慢拍,铺陈开来,成群的白鹭飞起又飞落,无数的蜻蜓与风中的芦苇相缠依恋……

我知道,一只鹭,一片芦苇,一个村庄,一个安静的山坳,它们见证了一个个清晰的日子和模糊的前生后世。

它们因水而生。

五

地面的雨水倒映着天光和屋舍。巷陌交错,像一片发黑的桑叶。叶脉般的巷陌,曲曲折折地进入了幽暗的深处。如果从高处往下看,你会看到散落在楼房中的老屋鳞次栉比的屋脊,如同一件件打满补丁的破衣裳,晾晒在日头底下。明瓦上发出刺眼的光亮。这不禁让人揣度:不知这看似悠闲平静的村庄中,深藏了多少过往,又有多少故事正在发生。

折进一条老巷,见一座灰瓦青砖木门的老宅,轻轻跨进深凹的门槛,便一脚跌进了悠远的古皖城。鱼鳞似的旧瓦,桐油浸过的木梁,供着宗谱的阁楼，长着青苔的地砖，还有古旧的家具，皆是幽暗的，只有中堂上的大红对联和圆形的天井，显出光和亮。

雨水顺着天井往下滴，形如一席环形珠帘。雨帘后，一个盘髻的老太太坐在竹椅上，望着雨水滴落在石槽里，一脸的恬淡宁和。时光在这里交错了，重叠了，模糊了，仿佛一张房契上不同人的指模。这个早晨和几百年前的早晨，看上去并没有什么区别。日头还是原来的日头，门还是原来的门。现在开门的吱呀声和几百年前的开门声，是一样的。

"房子多少年了？"我问。

"这是祖屋，一代代传下来的。"老太太指着阁楼上厚厚的《杨氏宗谱》说，"从这房子里走出几百号杨家人了。打鱼的，教书的，经商，种田，做手艺的，都有。"

雨水敲击着石槽，平平仄仄，仿佛敲打着生生不息的生命密码。杨氏家族在这里繁衍生息，连绵不绝。

走出老屋，雨似有似无，轻飘飘地飞着。一曲黄梅小调从巷陌深处冒出，伴着几声犬吠，如石缝间开出的花朵，带着烟火的气息，经由耳、鼻的传递，扎进落地的根须里。村庄宛若一首现代朦胧诗，却朦胧得如此淳朴，如此自然；亦如仙人杯中的酒，滤尽了尘世的铅华和浮躁，盛满的是日月的温厚与明澈。

一行人撑伞而行，感受着天风天雨的丰沛，在千年古道上，拾级而上、而下，迎面浮动许多过往的人生，如同过往的风景。

风雨中方寺

仿佛虔诚的朝圣者，一个人在细雨霏霏的初冬，徒步上山，寻访坐落于安庆杨桥镇小龙花山北麓的中方寺，只为求证一段历史，一个传奇。

史料载，中方寺始建于宋代末年。明末名臣何如宠（原安庆枞阳人）兼任该寺大护法时，重建并增其旧制，鼎盛时有僧人逾千，掌管着桐城、枞阳、怀宁几县交界地带大小寺庙。因该寺位于这块地域的中部，故名"中方寺"。

而传奇说的是，当地一曹姓农妇，夫早逝，女远嫁，孑然一身，在庙旁苦修，终成仙，当地百姓称她为"火炼娘娘"，朝廷也御封其"火炼佛"，并敕建"金栗庵"。这样的传奇似乎不足为奇，但一个普通农妇苦修成佛，且是身边人身边事，就令人倍感亲切。又因寺后有一棵神奇的五谷树，驮着观音殿的神龟、梨花墓，更给此寺蒙上了一层神秘的面纱。

古老的历史加上传奇，化成一个偌大的问号横亘在心间，便引发我一探究竟的冲动。

原无意赏景，爬到半山腰歇息时，抬眼一望：山已被自然这位画师涂抹了一层层浓酽的油彩，黛的松，青的柏，红的枫，赭的乌桕，黄的白杨，还有绿的、褐的、半绿半黄、半黄半赤……荒草在其间随风散乱着，平添了几分深沉与沧桑。霏霏细雨，又给画面蒙上了一层薄纱，些许灰色调，配上峥嵘如鬼工的巨石，庄严肃穆。远山好似水粉画里被浸透的色调，灰而黑，带着潮湿和被渲染的轮廓。回首俯瞰：一方方形态各异的水潭和田畴，明的光与褐的色交相辉映。再远处，一座座小岛浮在水面，笼着一层青灰色的薄雾，在水里映着参差的模糊的影子。更远处，水天一色，无垠的湖消逝在天的尽头。

明末清初享有盛誉的禅师道盛在《小龙花山中方寺记》中描述："登山远眺，枞阳为案，大小龙为屏。鹿湖、梅岭诸湖汇之，七十二螺点缀，几席之下，洵隐龙之地也。"我不由得感叹三百多年前的俯瞰竟与今日所见略同。而他所说的"隐龙之地"呢？传说，有条巨大的乌龙隐于山中，每年清明前后，在林冲上方云雾中依稀可见乌龙的身影，故寺又名"龙隐庵"。

来到庙宇前一看，这果然是一块风水宝地。寺庙背靠莽莽青山，面临一池碧水，赭灰色屋脊，飞檐翘角，深红木门，棱格排窗，门楣悬一烫金"大雄宝殿"匾额，两侧金黄墙壁，与殿前枝叶金黄的银杏树相呼应。一个穿土黄袈裟的和尚，一只灰褐色的狗，也成了画框里的风景。

因殿宇太新，便没有入殿的兴致，我就向那和尚打听古迹。一交谈，方知和尚乃寺中值守法师，法号"果缘"，寺中只他一个出家人。八年前，他云游至此，其时这里还是一片荒凉。殿前的花木和远处的菜园，皆是他开垦种下的。我感其当家不易，遂入殿奉些香火钱。殿内，肃穆的殿柱与庄严的佛像只在隐约的琉璃灯光与炉香的光点内可以瞧见，沉默充满了寺内殿堂，寂静弥漫了寺外的山岭。我不禁跪下，闭目，磕头，耳畔响起三声悠长的磬音。

果缘法师听了我的来意，便主动给我带路，从大雄宝殿的西侧入了竹林。那只被法师唤作"灰灰"的狗，不声不响地到前方，边走边嗅。法师说："它在为我们探路，发现有蛇或毒虫，就会跑回来告诉我的。""有蛇？""有的，还常有野猪出没。"法师扒开一块竹地，指着一棵只剩竹皮的竹笋："这就是野猪啃的。"忽然间，一阵风来，吹得竹叶哗哗作响，林后的老松怪柏簌簌地呼叫，夹着从远峰飘来的瀑布的声响，如战马奔腾，怒涛澎湃。

　　林中长满青苔的麻石路蜿蜒而上。几百年的风吹雨蚀，将岁月一寸一寸地刻进了石头的深处，那深藏在骨骼之上的黧青色，发出酸涩的时光气息。枯黄的竹叶铺在上面，在风中打着旋儿，脚踩上去，发出一阵金属的脆响。风裹挟着竹叶而去。宋朝的风携着元朝的雨，吹到文风最鼎盛的明清。那么，杨桥大龙湾的状元郎龙汝言是否曾到此"独坐幽篁里，弹琴复长啸"呢？白鹿山庄的贤哲鸿儒们是否曾集众于竹林之下，吟诗作赋纵谈古今呢？

　　沿着麻石路走进竹林深处，便见杂草丛里卧着几块褐中泛青的长方形石块，它们就是原寺庙的遗迹。细看那些石块，造型各异，依稀可辨曾是寺庙的基石、梁托和门楣，均刻有凹凸有致的雕花。图案虽已模糊，但仍能想象出庙宇当年之盛。那古朴敦厚的基石上似乎还残存着几百年前的体温，精美典雅的雕花门楣上依旧回荡着空灵的磬响。看上一眼，仿佛便嗅到远去的法师袈裟上的檀香。耳畔还有梵音袅绕，古钟鸣响。

　　再看眼前这些石块，从它们的质地、工艺及卧地的深度看，石庙应该不是因风吹雨蚀、岁月荒芜而倒塌的，而是人为所致，且倒塌年岁不长。

　　我的猜测在这座石塔上得到了证实。这是座一眼就能看出岁月久远的古塔，但细看，石缝是用水泥涂抹的。果缘法师告诉我，石塔建于元代，"破四旧"时被砸。

　　他又说，抗战时期，作为安徽省府的安庆即将沦陷前，一群有识之士和僧人秘密将省图书馆珍藏的皖省八百年来的府志典籍转移到这座古庙收藏，使得皖省的母地文化得以传承。灾难来临，它庇护了文化，庇护了众生。

不知何时，石塔被砸下的石头一块不落地被信徒按原貌垒了起来。眼前这座修复后的石塔有五层，顶部是三个石葫芦，底部空心，设一圆拱形石门。果缘说："石门原是封闭的，藏有装舍利的陶罐和一个护法金佛，后被人掘开，陶罐与金佛不知去向。"我向内探望，塔底有一个黑咕隆咚的圆形地洞。据说洞内藏一巨蟒，每年清明前后，它就爬出地洞喝水，不觉想起雷峰塔下的白蛇仙。我屏气凝神，朝着石塔拜了三拜。

古神龟殿、五谷树、梨花墓，古老的历史在这些奇树异石、古墓碑刻上回响着杳渺的自然之声，神奇的传说又使它们弥散着朦胧幽秘的气息，让人惊叹造化之机巧、宇宙之能量。

果缘法师指着观圣殿旁的一块大石说："这就是'火炼娘娘'倚石搭棚修炼的地方。"大石块约两人高，宽七八尺，形状稍扁，面朝观音殿，如一块屏风直立在小山坳中。"火炼娘娘"以石为壁，搭的棚屋早已不存，但从石前依稀可见的柱石看，棚屋十分简陋，即使有山石遮挡，也难挡凄风厉雨、冰雪寒霜。另一块大石轮廓较浑圆粗犷，显得端凝厚重，石色灰白与黝黑杂陈，四周长满幽绿的苔藓，中部被凿了可容一人的正方形洞，底部设一方石墩，这便是"火炼娘娘"坐禅的地方。现石墩上放一块石碑，刻"古龙隐庵"四字，落款为"松柏居士"，原来是著名革命党人、时任安徽都督柏文蔚所题。方洞内壁与石凳都十分平整光滑，而这些竟是在一块整石上挖凿出来的。我不禁惊叹：这样的工程，一个平凡的女性，凭一己之力，仅靠原始工具，一点一点地凿，得经过多少日月星辰，经历多少风霜雨雪啊！

回返的路上，我与果缘法师攀谈，得知他五岁时患小儿麻痹症跛足，被家人托付给来家中化缘的游僧带走，在四川峨眉山下的一个小庙修行。十八岁腿痊愈，师父圆寂，他便踏上一条艰辛的朝圣路，三步一拜，以 5 年 11 个月 21 天的苦行到达布达拉宫。随后他继续苦行，云游四方，直至此地。其时，寺庙早毁，人迹罕至。八年，他一个人，还有被他捡来的小狗"灰灰"吃什么、住哪儿，这些细节，对于佛家，我不好追问，只是从果缘法师脸上的皱褶中，读出了一个栉风沐雨、风餐露宿的苦行僧坚如磐石的信念。

我妄加揣测：苦修的"火炼娘娘"，还有眼前这位果缘法师，以及众多修行者，未必能完全领悟佛教之深邃，但他们有着坚定的信仰。《大乘十法经》说："信为最世间，信者无穷之。"在信仰里，人可以有奉献、宽容、自在及无穷的力量，可以克服苦厄、浮躁、孤独……靠着信仰，他们度己，度人，度众生。

那么我们是否也可以这样活着：上下左右全看空，万般名物全看破，以自如、自由、自在之心，面对一切灾难和不测，化解一切苦恼和恐惧，度化一切迷惘众生，一起解脱。

告别时，在风雨中，果缘法师双手合十："阿弥陀佛——"我也双手合十，对着法师，对着青山绿水，对着庄严的庙宇，深深一拜。

辑二　烟火人间

　　随着年岁的增长,我越发喜欢这样的慢,越发怀念往昔的时光。我常常想,能把现世的快乐活色生香地过在每一寸光阴里,该是怎样的一种富足?

《雨天里的瓦屋》

故静写于卫门口街

老街炉火

一

晚霞如浩荡的火焰，在老街尽头的上空烈烈地燃烧着。街道两旁店面的卷帘门多已关闭，像封了炉门的白铁炉。我站在空荡荡的老街上，仰头观望天空，想起那一场场红彤彤的炉火。

老街上原有一铁匠铺，敞口，有炉床，用砖块和粗糙的黏土堆砌而成，一只高高的烟囱直通向房顶。一堆煤散乱地堆放在墙角，煤堆旁是一个巨大的风箱。田老铁和田小铁父子俩打着赤膊，系着油布围裙，下身穿一黑布挎裤。红彤彤的炉火映着一大一小两副壮硕的身躯，颗颗汗珠在紫铜色的皮肤上闪着光。唇上长着茸毛的田小铁双手拉风箱，前倾，后仰，臂膀和胸脯的肌肉一块块隆起，把一个沉重的风箱拉出一股一股强劲的风。风助火势，火烧铁红，田老铁钳起一块烧红的铁快速放在砧板上，提气凝神，将全身气力灌注在铁刃上，敲打。火花四溅，像是点亮了满天星辰。

叮——当，叮——当，打铁声在长长的街道上空传得很远。大树颤抖着，枝叶瑟瑟，墙皮哆嗦着，似乎要脱裂。不出半个小时，铁器成型。田老铁用铁钳夹住铁器，上下检查，然后浸入旁边铁皮桶的水中。噗、噗、噗噗，一阵白烟和刺鼻的味道过后，成型的铁器被打磨成一件利器。

田记铁器在十里八乡是出了名的：材质好，淬火好，做工细，经久耐用。至今，母亲家还用着錾有"田"字的菜刀。

田家爷儿俩是从淮北乡下逃荒到安庆的。田小铁的妈，我们都没见过。有人曾想问田老铁，可话还没说出口，就被田老铁沉着脸、抡起铁锤"当"的一声岔开了。此后就没人敢问，只在背后揣度："许是逃荒时饿死了，或是跟别的男人跑了？"

虽然田小铁的妈始终是个谜，但不影响街坊们对田老铁的信任。田老铁手艺好，为人实诚，铁匠铺的生意自然不错。对自己的活计，田老铁是满意的，不满意的则是儿子田小铁。

田小铁原有正经八百的学名——田文才。他在老街旁的四照园小学读过书，只是入学迟了两年，因而比其他同学高一大截，身体又黑又壮，再加上他的淮北口音，在学校里显得很另类，尤其是嘴里的大葱味儿，常被同学嘲笑"侉子"。开始他只是沉默。有次，冯三猴叫他"野侉子"，他攥起拳头就挥了过去。三猴的鼻孔下喷出两条"血河"，跟着三猴起哄的伢子全作鸟兽散。此后，田小铁凭着一双"铁榔头"打遍校园，还常逃学，跟着小混混在社会上打架，说是要打遍天下。原指望儿子读书成才不再干苦力的田老铁，最后一次被老师"请家长"时，朝着老师深鞠一躬，说："对不起，蠢子不是念书的料！"然后他揪着田小铁的耳朵，把他拎回了家。

一根粗麻绳，一头拴住田小铁的一只脚脖子，一头拴在砧板的铁柱上，田小铁在铁匠铺里学起了打铁。炙热的炉火旁，田小铁拉风箱、挥铁锤，一双手又红又肿，像烂了又发泡的胡萝卜。看着同学们背着书包欢蹦乱跳地从铁匠铺经过时，田小铁的眼神里似乎有一丝悔意。后来，田小铁抡大锤了，田老铁用小锤敲一记铁器的某个点，田小铁的大锤就准确无误地砸下去。田老铁抬起眼皮，瞟一眼田小铁，眼角里是藏不住的赞许。叮——当，叮——当，大锤、小锤默契地演奏着。

每当风箱响起时,好像世上的风都集中在铁匠炉里,催动火焰,催动叮当的打铁声,火光映红了天空。

二

老街的另一头有家锡匠铺,补锅补搪瓷缸。锡匠铺也烧火、敲打,但炉火和敲打声比起铁匠铺来,真是小巫见大巫了。瘦弱驼背的冯锡匠在五大三粗的铁匠面前,连说话的声气都弱了三分。可再破再烂的锅盆,只要拿到锡匠铺,钉上几颗钉,焊上锡,就滴水不漏了。试水时,冯锡匠端着盛了水的器物,细长的眼睛从老花镜镜框上方瞄着,淡淡的眉梢向上挑起,眼里写满了得意和神气。

锡匠手艺虽好,生意却越来越清淡了。眼看要关铺子了,冯锡匠"翻筋"跟人跑了的儿子冯三猴回来了,还骑回一辆屁股冒烟的红摩托。三猴变了样:小小的脑袋上梳着大背头,油光水滑得"苍蝇都站不住",细细的脖颈上套着粗粗的黄灿灿的金项链,手上戴着一枚硕大的金戒指,亮得直晃人眼。

红摩托在老街来来回回"突突突"放着响屁。几天后,锡匠铺的招牌换了一块金光闪闪的牌匾——飞黄金银铺。金银铺不烧火,烧气。那玩意儿看着邪乎:细细的黑管子吐出幽蓝的光,"吱啦啦——"像蟒蛇吐信子,灵活而凶猛,一舔两舔,白的银、黄的金就化成了水。银水、金水倒进模子里,一个錾花面戒指就成了。再一抛光,嗬,亮瞎了眼!

街坊们把压箱底的老货都拿了出来,改戒指、耳环、镯子、项链。看着人家穿金戴银,我和姐眼馋得紧,缠着母亲拿了奶奶留下的一枚"袁大头",打了三枚银戒指,我和姐还有妈,一人一枚。

金银铺的生意热火朝天,铁匠铺的生意却越来越清冷了。火炉上,只有吊着的大铁壶里的水不停地翻腾、冒白烟。不到天黑,铁匠铺就打样了。冯锡匠过来,笑着倚门招呼:"老哥,喝一盅去?"脸上每一道褶子里都溢出得意。田老铁拧着眉,摆摆手,"哗"地关了门,独自喝闷酒去了。

过段时日,冯三猴的红摩托换成了四个轮子的"甲壳虫"。三猴一手握方向盘,一手握"大哥大",边开车边哇哇地谈生意。副驾驶上坐着一个妖娆的时髦女郎,两个硕大的金耳环在腮边直晃,抬手一捋大波浪卷发,腕上三道金手镯当啷响,手上一排戒指五花八门,白花花的脖子上戴一条金凤凰项链。车门打开,一双镶钻的高跟鞋探出来,哟,脚脖子上还套着金晃晃的脚链。女郎亲昵地挽着冯三猴,屁股一扭一扭地进了金银铺。看样子,"飞黄金银铺"真的飞黄腾达了。

可不知为什么,冯锡匠似乎不太高兴,有人见他黑着脸,压着嗓门,跟儿子嘀嘀咕咕,像是闹不愉快。为的啥?不清楚。

直到胖婶一声又尖又亮的叫嚷戳破了天。胖婶说:"把三猴家打的镯子拿去检验了,分量不足,成分也不纯。"

"分量是当你面称的,金子也是当你面化的,你家镯子原本就不纯,还跑来讹人!"三猴振振有词。

"哎哟喂——"胖婶一屁股坐在地上,双手直拍大腿,身上的肥肉剧烈地晃动着,"我家那对传了三代的足金镯子啊,被掺了假,咋对得起祖宗哦!你家那火,邪气!"

三猴翻起白眼正要还嘴,冯锡匠忙给胖婶赔礼,并拍着胸脯保证给她重打一只足足的金镯子。

胖婶走后,冯锡匠就关了铺子。只听见"啪"的一声,接着是丁零当啷声,像是打起来了,还砸了东西。

街坊们开始怀疑那蓝火邪气,纷纷把改过的金银器拿去检验。"飞黄金银铺"再没见着冯锡匠,生意也渐渐冷清了。此后,老街刮来了一股时尚风,喇叭裤、流行歌曲"烧包"起来了;老街也刮来了一股假冒伪劣的邪风,吃的穿的用的常沾了那邪风。一家家服装店、音响店、烟酒店,像一簇簇火,在老街一一点燃。不断有人发达,不断有人落寞。

田老铁把一堆生了锈的铁器扔到火炉里:"要变天喽!"

三

不变的是那间开水炉房,总是老远就见白汽缭绕,锅炉里的水也总是咕嘟咕嘟地响。水泥砌的炉灶占了半间屋,一人高的白铁锅占了前半间,锅下两个水龙头都包着白老布,方木凳上搁一只方形白铁匣子。来打开水的人,把一分、两分的角子往铁匣里"当"一扔,自个儿把瓶口对着白布嘴儿接水,"嘟"满了,雾气弥漫中,开水炉师傅不用眼瞧,凭声音就利索地关了龙头,一滴不多,一滴不少。

那师傅比我大不了几岁,人称"兔子"。他原跟大院的人一道读书,初中没毕业就停了学。他因那一言难尽的长相——豁嘴唇——而得名"兔子"。"兔子"换牙后,上排两颗牙缝很大的门牙暴露在外,看着瘆人,说话也口齿不清。伢子们膈应他,"兔子"总形单影只。

那年,学校举行大合唱比赛,老师刻印了词谱发给学生回家练习。"兔子"对着词谱,一个字一个字反复练,早早晚晚,那公鸭嗓唱得我们直叫头疼,但不得不承认他进步很大,尤其是吐字已相当清晰。彩排那天,"兔子"穿着雪白的的确良衬衫和藏蓝的中缝笔直的裤子,兴冲冲到学校,老师却说:"前线后方都是英雄,'兔子',你给同学们看衣服吧。""兔子"愣住了,回过神后,拔脚就跑,晶莹的泪珠摔碎一地。跟着碎的,还有一颗琉璃心。

"兔子"再没进教室。过了大半年,"兔子"的豁唇封门了,听说去上海补了唇。豁口是补上了,疤印却很明显,一说话,嘴角扯着疤痕,很费力的样子。"兔子"爸妈腾出一间屋改造成开水炉。"兔子"就守着开水炉,天不亮就生火、烧水。生意不咸不淡。每次停水时,开水炉前就排着两条长龙。不管人多人少,"兔子"都鲜少说话,除了生火捅炉,就捧着一本书,自顾自地看。

一天,我放学从开水炉前路过,一眼看到"兔子"手里捧着一本《红楼梦》。那是我看了一半被母亲没收的禁书。我立即回家,拎了两只水瓶出门。返家时,母亲不知我裤腰带上掖着的"秘密",更不知每天夜里我都躲在被窝里打着手电筒享受着这"秘密"。作为交换,我把爸爸书箱里的《林则徐》《红旗谱》拿给了"兔子"。就这样,我们成了"书友"。

一次,"兔子"递给我一手抄本,神情有些忐忑:"看看这篇咋样?"虽是手抄本,但字迹清晰端正,我一口气看完了。故事说的是一名支边工人,一次发现管道漏气,叫大伙儿逃散出去,自己却冒着生命危险关了阀门。中毒的他最终被抢救了过来,但一年后生的儿子是豁唇。一家人为了给儿子整容,付出了很多。诸多的细节,写得很感人,文笔也相当清丽。我这才知道,为何"兔子"爸妈和姐都相貌堂堂,只有他豁唇了。

听我夸文章写得好时,"兔子"眼里闪着的光比炉火还旺。他告诉我,他准备上自修大学自学中文,还说他想成为一名作家。作家,多么神圣而遥不可及的字眼!我惊呆了,怔怔地看着他。那张满怀憧憬仍存忧悒的脸,深深烙进了我的记忆中,并像一颗火星子,总在我理想之火即将燃尽时,倏忽出现。

我记得,当时我说了一些鼓励他的话,并从那以后,我常吵着家里煤炉烧水太慢,要去开水炉打水。因为我知道,方铁匣子里的一枚枚硬币，会在旧书摊上换成一本本旧书；因为我还知道，烟雾弥漫中，一个烧水大哥哥有一个天大的理想！尽管没人在意。

也没人在意，铁匠铺、金银铺和开水炉何时从老街上消逝的，就像红彤彤的炉火，烧着烧着，火力越来越弱直至熄灭一样，没人在意。某日家里菜刀坏了，锅底通了，突然想起它们，感觉像是约好了，它们一起在某个夜间消逝了。

暗黑的夜色中，流水湮灭的不仅是红彤彤的炉火，还带走了一个年代的回声。

四

那些开了关，关了又开，开后永久关闭的时装店、鞋店、烟酒店，如一炉一炉的火，在老街上明明灭灭。

明明灭灭的还有烧火人的命运。田老铁在一次醉酒后摔倒，殒了。田小铁去了外地打工，扎钢筋。春节回乡前酒后滋事，用一根钢筋打残了拖欠工资的包工头。事件报道后，他那谜一样的妈认了他。从监狱出来后，他就和他妈住在了一块儿。冯锡匠回乡下老家了，冯三猴因投机倒把进了监狱，那全身"包金"的女郎自然是跟人跑了。

"'兔子'呢？现在在干什么？有没有成家？"

街坊们都摇头说不晓得。

他们也不晓得，其实我最想问却觉得问不出口的是："'兔子'的理想，实现了吗？"

如今开水炉变成了快递驿站，正灯火通明，里里外外围满了人。这里，又一簇炉火燃起了。

西天的火焰已冷却，焚烧的代价是整个自然岿然不动的黑暗。正如炉火焚烧后火堆上会升起灰烬，在天火之外，一群燕子如焦煤色的灰烬升腾着，漫天飞舞的镰翼似乎要割断昼夜相接的筋脉。但我知道，割不断的。

　　明天，东方会燃起火焰。

人间的雪

节气明明是"雨水",却细雨夹雪。雪粒子敲击着玻璃窗,噼噼啪啪……沙沙沙……时急时缓,时重时轻,本在窗外,却显得遥远。一会儿,雪粒子变成了雪花,飞絮般飘舞。我喜欢这漫天的春雪,纷纷扬扬,把世间所有的悲欢都暂时覆盖了。

悲欢总会隐藏在人间:白雪皑皑的村道,一头通向家,一头通向远方。男人背着包袱又要启程了,留守的老人、妻子和孩子,在村口老槐树下告别。苍发如霜的老父老母拉着儿子的手,千叮咛万嘱咐,迟迟不肯松开。妻子眼望启动的汽车,背过身去抹眼泪。丈夫跳下车,从身后抱住妻子,替她擦干眼泪。车站上,夫妻二人拖着行李,五六岁的女孩穿着桃红色羽绒服,一手牵着爸,一手牵着妈,粉嘟嘟的脸蛋似一朵盛开的桃花。爸妈同时松开了手,向女儿挥手告别。小女孩惊慌失措,接着号啕大哭,紧紧抱着妈妈的双腿,哭叫着:"不要走!不要走!"火车"轰隆隆"地开走了,只剩下车轨卧在雪地里,就像小女孩脸上的两行泪。

比生离更痛苦的是死别。去年正月初三,中午从医院大楼出来,早上的太阳不见了,天变得晦暗,风肆虐地刮,雪花漫天飞舞,似乎非得从这人世间带走些什么。晚上,父亲走了,走在茫茫雪夜,走进茫茫天宇。大雪将他足迹很快覆盖。我一个人在雪地里走来走去……路面仿佛是河面,河水白了,每一道波纹都有月光的幽深,忧伤而寂静到不可言说。

今年"小年",又一个飘雪的日子,母亲带我们去墓地祭拜。雪落在茔地上，消融了。父亲、伯父、大舅、二舅，也如雪一般消融于大地之中。

亲人一个一个走了。世间的无奈与悲欢，一幕一幕上演。

一个人走在雪地里，听着脚下嘎吱嘎吱的声响，声声慢，裹着悲悯与忧伤。我不知道灵魂去往何地，在白雪中走来走去……低头，见一丛小草，从雪中探出小脑袋，那股嫩绿在白雪的映衬下，越发葱茏，像新生的婴儿一般鲜嫩，无知又无畏。我心头一动：难道这是上天派来的绿天使，告诉世人，一切都将从头来过，温暖的春天就要到了？

万物轮回，该走的终究要走，该来的也终究会来。

雪天的夜晚，正是守静的好时刻。将心思定下来，翻阅林洪的《山家清供》。红尘烦恼，一时都忘却。《酥黄独》中写，雪夜，芋正熟，喜欢吃芋的朋友带着一壶酒来敲门，于是跟朋友一边围炉吃香芋，一边交流"酥黄独"的做法：熟芋头切片，研磨榧子、杏仁，和上酱，拖面煎之，煎至略白滋味最妙。正如诗云："雪翻夜钵裁成玉，春化寒酥剪作金。"读到这句，我仿佛嗅到丰熟的谷香，看见白芋煎金的模样，嚼着酥软香甜的芋头，不由得感叹，这世界竟是如此美好！

想起儿时居住的瓦屋。那时的雪更大，瓦屋顶上盖满厚雪，屋檐下挂着一串串亮晶晶的冰凌。孩子们喜欢看那透明的冰帘子，也喜欢拿把雨伞，敲下冰凌，当作冰棍嘲一嘲，冰凉，还有一丝丝清甜，用牙嚼，嘎嘣嘎嘣脆响。牙齿被冻得发麻，心里却爽歪歪。大人们拿铁锹，哗哗地铲雪。孩子们在一旁堆雪人，在雪地上奔跑，砸雪球，欢叫……

太阳出来了，雪开始融化。大院里，瓦屋融雪之声叮当作响，偶尔"轰隆"一声，是雪人訇然坍塌。清早，井边一定有几个女人在弯腰提水，屁股很大。大妈们趁着天晴抢洗被子。大人们隔着水帘子，坐在阳光下，在一片滴答声中，忙着准备年货——炒米、炒花生、做酥糖。孩子们在一旁殷勤地跑腿，讨得父母赏一块酥糖或一把花生吃。这是春节进行曲的前奏，高潮在后头——除夕此起彼伏的鞭炮声，初一到十五舞龙舞狮的锣鼓声，热闹着呢！

雪天的早晨醒来，天蒙蒙亮，我赖在被窝里不肯起，迷迷糊糊睡了个回笼觉。再次醒来，阳光照进窗棂，听到窗外融雪声，滴答滴答，一下一下，一声一声，清凌凌，清脆极了，也纯净极了，宛如天籁。真是天地之风雅颂！恰时，浓浓的豆香飘来，开水壶嘟嘟地叫着，爱人在准备早餐。我伸个懒腰，想起白居易的《晚起》，记不全，随手从床头翻出《唐诗三百首》：

> 烂熳朝眠后，频伸晚起时。
> 暖炉生火早，寒镜裹头迟。
> 融雪煎香茗，调酥煮乳糜。
> 慵馋还自哂，快活亦谁知。
> 酒性温无毒，琴声淡不悲。
> 荣公三乐外，仍弄小男儿。

哑然失笑，白居易的日子竟过得如此惬意、闲适，果真是"乐天大人"！最有意趣的是，床边生着火红的暖炉，"融雪煎香茗"。妙玉给黛玉她们喝的茶，是采撷梅花上的雪煮的，那般风雅，怕是世间无几人能及，连黛玉这等清高之人在妙玉面前也自叹弗如了。

古人可比我们有趣、会过日子多了！想来，自己今日也像古人一样过上"慵馋还自哂，快活亦谁知"的生活了，但要达到"酒性温无毒，琴声淡不悲"的境界，还需更高的修为。

或许，以安然之心顺天地之机杼，便可发现天地之意趣吧。

雨天里的瓦屋

一

梧桐树开花时，江南的梅雨天就到了。雨一落，湿热的空气中溢淌着淡淡的甜香，混合着一丝霉味，让人想起老屋的气味。

老屋是个四合院。院里的梧桐开着花，树丫伸到瓦檐上。落在瓦上的桐花，被雨一冲，吧嗒吧嗒，顺着天井的瓦当往下落；青石砖上的苔藓和砖缝里几丛鸡脚草格外青翠；闪着幽光的地砖上，蚂蚁排成行来回穿梭着；飞蛾、蚊子、苍蝇在光影中飞舞。这样的天气，虫蚁都过得不安稳。

空气里弥漫着艾草的烟熏味，房门也都敞着，门口放一长条桌和屋凳，桌上放着糨糊和一摞纸壳子。几位大妈坐在门口，双手飞快地刷糨糊、叠褶子，偶尔抬眼瞅瞅人家糊好的纸盒子，双手暗地里加速，相互较量着。

朱家门窗紧闭。朱二哥双腿浸在凉水桶里，伏身在堆满资料的桌上，做高考前的最后冲刺呢。他偶尔出门，顶着一头被揪得一撮撮支棱起的乱发，打一桶井水，又钻进屋了。

油光发黄的竹躺椅上，露出一个老葫芦似的秃脑袋，轻轻晃着。吴爹正仰在躺椅上，闭目听着小收音机里的黄梅戏，一只手摇着芭蕉扇，一只手轻叩着节拍。听完一段，他觑眼看看堆放在墙角的几摞瓦，发一阵子呆。

吴奶穿一件蓝灰色大襟裳，稀疏的银发在脑后盘个小鬏，佝着背，坐在小竹椅上，摇着蒲扇，看着煤炉上炖着的一罐绿豆汤。

放暑假的伢子们，雨天没处撒野，心里烦躁，就用瓦渣在地上画一间间格子，跳房子。闻到绿豆的香，肚里的小馋虫开始躁动了，搅得他们心神不宁，隔一会儿就跑到炉边，掀开盖，看绿豆有没有煮开花。

绿豆开花时，吴奶倒入结了块的蔗糖，用长勺搅拌几下，浓绿的汤随着旋涡飘出更浓的香味。伢子们的哈喇子已溢出口角。吴奶却不紧不慢地说："烫，要浸凉了才能喝。"

说话间，冯大毛已打来一桶井水。绿豆汤过两次凉后，伢子们捧着粗瓷蓝边碗围成了一圈。吴奶一边给伢子舀绿豆汤，一边用吴侬软语念叨着："绿豆汤，败心火，弗生疖子，弗生疮。"

瓦屋下，响起一片吱溜吱溜声。

吴奶咧开缺了门牙的嘴："慢点，别呛着！"

糊纸盒的大妈们望了望自家的伢，口中骂着："小趄寿鬼，饿牢里放出来一样！"

一阵叽叽嘎嘎的笑声传过，荡在屋顶的瓦上，又弹回来。雨如同小兽，轻轻巧巧，和着欢笑声，叩打着瓦片，淅沥沥，淅沥沥……

喝了绿豆汤的伢子们，通体舒畅，精神焕发。女伢帮着吴奶洗碗、抹灰，男伢给她家水缸打满水。吴奶雪白多褶的脸，笑成一朵盛开的白菊花。

吴奶跟吴爹没生养伢子，大院的伢就是她的伢，吴奶就是大院伢的奶。吴奶原是江浙大户人家的独生小姐，父亲是开明乡绅，新中国成立前夕，把几百亩田分给了他们家的佃户。佃户们感老爷的恩，每年豆子、花生等收获后，都要送些给已逝老爷的独生闺女。

江浙一带土质好，吴奶家的绿豆汤格外沙糯香甜。被绿豆汤滋润过的瓦屋下的伢,犹如一粒粒圆润光滑的豆子,安静地待在壳里,享受雨天的清凉舒爽。

二

时光的脚迈进七月,老天爷的狂躁症就犯了,抡起大锤,撞得轰轰响,又挥剑劈来,金光直闪,随后稀里哗啦一阵大哭,肆无忌惮,像不讲道理的孩子,哭得没完没了,不达目的誓不罢休。

门外的世界,已明晃晃的,如在水底。窨井周围,水慌慌张张地拥挤着要进洞眼,总也挤不进,急得直打转儿。青石门槛已拦不住水了,雨水还从瓦缝间窜进屋来,落在白铁锅、搪瓷盆、木桶、砂罐里,发出各种急促的滴答声。

屋里的桌腿、凳腿、床腿都泡在水里;菜柜、衣柜蹬上了红砖"高跟鞋";黑白电视机被架得高高的,用塑料皮蒙得严严实实的;全家老老少少总动员,锅碗瓢盆全上阵,接水、舀水。

老天爷喘气歇息时,靠在院子一角的木梯登场了。伯伯们穿着短裤衩儿,打着赤膊,哗哗地蹚着积水,走到屋基角,爬上木梯,蹲在屋顶补漏,这里添几片瓦,那里压几张油毡。

屋里的雨停了。那一刻,屋里的人感到家是那么温暖。伢子们拍手唱道:"鳞是鱼的瓦,甲是兵的瓦,爸是家的瓦。"

冯伯很快从自家屋顶上下来了,他家的瓦大多是簇新的,又排得整齐密实,因为他是大瓦匠呢!紧挨他家的是吴爹家。吴爹家的瓦老旧残缺,屋内漏雨最多,好在他家没啥家具,一张黑乎乎的木床和一个木桌,一个用半截砖头垫一只脚的菜柜,还有墙角堆放着的几摞瓦,最金贵的莫过于那只用铜锁锁着的红木箱,此时早已架到了床上。

冯伯和吴爹不对付。冯伯是远近有名的大瓦匠,吴爹原是保长。他俩都腰杆挺得笔直，都爱在院里摆张方凳，用小搪瓷缸喝酒，喝得脸膛儿通红时，冯伯指着吴爹家弯了檐的屋脊说："这屋子太破了！"吴爹一翻白眼："老子住好屋时，你小子还没出世呢！"两人说着说着就骂仗，搪瓷缸摔了，小木凳踢翻了。两人都虎着脸，互不搭理。

可这会儿，冯伯已不声不响地爬上了吴爹家的屋顶。

冯伯从木梯上下来，一只脚还没落地，吴爹就递上一支烟。由此，他俩开启了一年当中最友好的相处时光。

吴奶先于吴爹走的。躺在床上的吴奶，喝了一年多黑乎乎的中药，最终还是没了。那只红木箱也没了。

吴爹走时，仅有的财产是屋角旁摆了好大一堆的瓦，那是他多年的积蓄。每捡回一片较为完整的瓦，他都要摆放在那里，或许他对瓦有着什么念想或寄望？

吴爹说："盖三间房，需要一万片瓦。"我曾对着屋顶一片片地数过瓦，从来没有数清楚。一万片，真的不是一个小数目，密密匝匝地将一个新生活护佑在下面。

瓦下的人该生活得多安逸！

吴爹走了，那堆瓦还在等他，瓦知道吴爹的心思。

三

吴奶告诉我，乳牙掉了，扔在瓦上，长大了就能说会道。每颗乳牙落下后，我都尽力往上一抛，让它当的一声落在瓦缝里。瓦，收藏了我的希望和梦想。

瓦不仅对孩子们表示出友好，对其他物种也表现出亲切的包容。比如鸟儿飞过时忘掉的一颗草籽或瓜子，瓦会精心地为它们保存下来，供养它们生长，长成草，长成花，甚至结成果。

瓦上植物长得最多的是新民里巷的一座大瓦屋。屋顶上长满了瓦松，常有一些黄的、紫的花攀着老青藤从屋顶上垂下来，悬在红漆斑驳的大门头下。那门虚掩着，门上一对铜狻猊瞪着大眼在放哨。推门，吱呀呀，门似乎在说"快进来"。

　　门内天井中，雨滴形成的透明珠帘仿佛要遮掩什么。天井四周的长条凳上坐满了人，空气中弥漫着一股汗馊味。礼拜天下雨，日子清闲——男人们不用双手漆黑做煤球，女人们不用大床大被洗涮，都聚到这大屋里来，摇把扇子，看着立在正中的说书人。

　　说书人六十岁开外，梳着"二道毛子"，腰板笔挺，双目炯炯，双手持鼓槌，身旁摆一架红漆铜钉的扁鼓。开讲前，她先敲一阵鼓，鼓点轻重缓急、不慌不忙、稳稳妥妥；再一手持鼓槌，一手持折扇，说起老旧的故事。手中那把折扇，"啪"的一声合拢，化作武生的刀剑，嗖嗖地舞动着，口中大喝："来疑沧海尽成空，铁马从容杀敌回！"又"哗"的一声打开，成为儒生的羽扇，悠悠地摇着，念念有词："何人月下临风处，忽起一阵羌笛声。"说到高潮部分，又一阵鼓，鼓点密集，如千军万马冲锋陷阵，震得屋顶的瓦发出了回声。

　　观众们情绪高涨，掌声如雷，轰轰然。雨也情绪高涨，噼里啪啦，叫好助阵。天井边的洗澡花、指甲花像喝高了，使劲踢腾摇晃。

　　穿蓝士林衫的老头，捧着一个硬纸盒，绕场走一圈。一枚枚硬币蹦进了纸盒里。对我这种坐在拐角蹭故事的小伢，他似乎没看见，绕过去了。

　　故事总在最精彩处随着"咚"的一记鼓声戛然而止——欲知后事如何，请听下回分解！听众们发出一声叹息，带着满足，也带着遗憾，更带着期盼，纷纷散场。

　　我总不甘，赖在院中迟迟不走。因为我窥探到一个秘密。听众走后，说书人系上围裙烧饭，蓝衫老头捧着一本发黄的书读给她听。一些"之乎者也"，我听不太懂，但能听出，他读的正是说书人讲的"后事"。原来那些好听的故事竟出自古书上！只是老头读半小时的内容，说书人能讲三小时。

花窗下的偷听，让一个七岁的伢过了"欲知"的瘾，并见识到书的神奇和说书人再创作的魅力。

不知何时，说书连同那些瓦屋在古城里消失了。我收藏在瓦上的理想——当个说书人，自然也破灭了。

但瓦屋下那一个个精彩的故事，还有故事里的仁义礼智信，在我们心里播下了种子，生根、发芽，活泼泼地生长，正如这瓦上的植物，长成草，长成花，甚至结成果。

四

瓦收纳着美好，也包容着龌龊。

那年夏天，每到夜里，我就听到一个幽灵般的哭声传来，"儿啊，儿嘞——"凄凄惨惨戚戚，震得黑暗中的老街瑟瑟发抖。

声音来自吴爹家后面的瓦屋。那间屋子坐落在另一座大院内。那家大院的女人总穿一件蓝布衫，粗黑的鹅蛋脸，乌黑的眼珠，脑后盘着油光水滑的麻花辫，一笑就露出一排雪白的牙齿，还有对小酒窝，看得出年轻时是个美人。她待人谦卑而热情，邻居拉煤，她立即上前帮忙；井边浣洗，哪家女人洗大床大被，她就主动抢过来。她男人叫"老磨"，又老又丑，还瘸了条腿，总是闷声不响地坐在长条凳上，磨剪子抢菜刀，双手染了总也洗不净的铁锈。令我好奇的是她家儿子。我每次经过那院时，常见一些男女青年，穿着喇叭裤、花衣裳，夹根烟，哼着《流浪者之歌》："阿巴拉乌，阿巴拉乌……"进进出出。其中一个男青年，烫着《流浪者》主角拉兹的卷发，身材高大健硕，浓眉大眼高鼻梁，一脸的不羁。他就是那家的儿子。好几次，我都想随他们进院，瞧个稀罕。可我妈说："敢踏进一步，就敲断你的蹄子！"我不敢跟，心里却魔怔般揣着好奇。

直到那个雨天，一辆警车停在了院门口，那些男女青年戴着手铐，被警察押上了警车。大人们说，那些男女在屋里干坏事，头目就是"拉兹"。女人披头散发跟出来，哭叫着："塌天了，我儿刚刚十八岁啊！"警察铁青着脸："十八岁成年了，这是犯罪，你不知道吗？"他妈瘫坐在大院门槛上，哭得好伤心。

雨下大了，有人搀妇人回屋，她不肯，任凭雨水淋在头上、身上，似乎要让雨水冲走那些罪孽。

听说，那妇人是改嫁到这家的，儿子是她跟前夫生的。儿子小时聪明又能干：他第一个把自制风筝放上天；他做的手提红灯笼穿梭于小巷后，无数翻版小灯笼映红了老街的春节；他发明的罐头瓶粘蚊子，赢得乘凉的男女老少夸赞；他带伢子们坐在屋顶上认北斗七星、牛郎星、织女星……

后来，不知谁听说了他生父是杀人犯，伢子们都像躲瘟疫似的躲着他了，尽管他妈捧着一把蚕豆，站在门口招呼伢子来玩，也没人去了。夏夜乘凉时，他一个人坐在瓦屋顶上，身影黑黑的，如一朵雨意浓厚的云。

几年后，他长成帅气的小伙子，有男女生去他家了，一大帮人在屋里玩得很嗨。他妈把屋子让出来给他们闹腾，只要儿子开心……

布告贴出来了，"拉兹"被判了极刑。他有无忏悔自己的罪过，有无责怪他妈对他的纵容，人们不得而知。人们知道的是，把他作为反面教材，加强了对伢子的监管和教育，尤其是青春期的伢泼头。

女人疯了。这个无根无蒂的乡下女人，所有的念想和希望都断了。她家的院子扔了，空无一人，一丛丛面目张狂的野草从瓦上伸出来……

五

几年后，瓦屋也在时代的洪流中被推翻了。

一片废墟留在那里，瓦砾散乱，一双双灰扑扑的鞋走在上面，瓦片发出破碎的声音。阳光破碎在瓦上，也是一片片的。瓦，或许不明白为何有一天，会乍然破碎。一片房脊挺立着，把最后一溜瓦托举到天上。

一块块墙皮脱离了原来的位置，露出里面一块块土坯，同托举的瓦形成了最后的和谐。

一条狗不知道从哪里衔着一片瓦跑了过来。

不知道狗对这片瓦有什么情愫，难道它认得这片瓦或瓦的主人？

大院的人都散了。我家率先响应政策搬走了。邻居们去哪儿了，我们不甚清楚。只知道，他们都住进了大门紧闭、钢筋混凝土的楼房。没人住进瓦房。冯伯的大儿子冯大毛继承了父亲的衣钵，在建筑公司当瓦匠，也没能住进瓦房。

后来听说，大学毕业后去南方工作的朱二哥，发达后回安徽仙寓山投资，盖了一排民宿，一溜的青砖瓦屋，取名"慢庄"，粉墙上镌一行字：从前的日色变得慢……

黑脸的张飞叫喳喳

一

人生如戏。日子从春走到夏，也像演戏。春天上场的全是旦角，青衣、花旦、刀马旦，柔媚明丽。夏至，就换净角了，依次登场的如歌里唱的"白脸的曹操、红脸的关公、黑脸的张飞，叫喳喳——"一个比一个阳刚炙热。酷暑就是那猛汉张飞，腾地杀出，一声"哇呀呀——"铺天盖地的热潮狂飙而来。

接着便是一番耍枪弄棒。他甩出一个烈烈燃烧的大火球，你一出门，脸和手臂就被烤得发红，衣服前襟后背都被汗水浸透，那火球强烈的光让你无法看清它，却被它瞬间摄取了体内的水分，就像遇见蒙面大盗，未看清其面目，就被掠去了身上的银两。只好沿着街边，藏在建筑物的阴影中，可沿街店铺一个挨一个的空调外机散出的热浪，令人窒息。到了十字路口，便无处可遁，像到了火焰山，神通广大的孙悟空都得借芭蕉扇，何况肉体凡胎的人呢！钻进汽车，又像进了妖怪煮唐僧的蒸笼，把冷气开到最大挡，发烫的座椅散发出一股浓烈的味儿，让人如坐针毡。

道路两旁的树木已"缴枪不杀"了，一动不动地呆立着；草儿呢，早已趴下告饶了；可着劲儿吹的喇叭花也吓得花容失色，乖乖收起了喇叭口；蜻蜓、蝴蝶更不知逃到哪儿去了；小区里叫春的猫和公园里呱呱叫的青蛙也安静了，平日欢蹦乱叫的"爱犬们"龇着白牙、拖着红舌条，身上的毛被剃光，只留下蓬蓬的脑袋和尾巴梢，那戴绒帽穿绒鞋却光着身子的形象很是滑稽；倒是树上的蝉儿不分昼夜、此起彼伏地叫着，像是大王手下的小喽啰，殷勤地给大王鸣金击鼓，助威呐喊。

二

那个毒辣辣的下午，在银行大厅听到扎堆乘凉的一位大爷说："世界变得快，地球变成怪，春秋跑得快，冬天不结块，夏天更加坏！"我不禁莞尔：一切都在变，不变的或许唯有那旧时光里的记忆吧。

四照园街的柏油路，沥青化出一湾湾油，犹如一块块碎玻璃闪光。路边建工局大院里的小红楼格外炫目，火焰一样燃烧着。楼内午睡的伢子们，身下的凉床早已发烫了，在床上翻来滚去，心里也猴急毛慌的，盼着大人快去上班。一会儿，小红楼对面的平房——瓦工头冯大瓦家里响起一声口哨，冯家四个小子，从大毛到四毛，鱼贯而出，个个光着黑膀子，穿条大裤衩儿。大毛肩上搭条旧毛巾，二毛举着个铁箍绿网罩，三毛提竹篓，四毛拎蝈蝈笼，不用问，肯定要去外面撒野了。院里的男伢们，纷纷急吼吼地跟了去。上海佬"王鬼子"家的王小鳖从阳台上探出脑袋，叫一声"等等我——"也抓条毛巾跟上去了。

等到我们从井里摇出冰镇的西瓜，用井水把院子里发裂的土地、搬出的凉床、竹榻，连同芭子叶（葵扇）浇个透，冯大瓦把大方凳搬到柿子树下，摆出腌萝卜、油炸花生米，用一个泛着黄、缺了瓷的白搪瓷缸喝扎啤时，冯家四个小子每人头上倒扣着一片荷叶，嘻嘻哈哈、大摇大摆地进了院子，头发、裤头湿漉漉的。瞧那神气活现的样儿，就知道拎着的竹篓、竹笼里一定又装满莲蓬、藕及黑知了、大蚱蜢了。冯大瓦瞥了他们一眼，骂句"龟仔儿们，野到现在才家来！"就自顾喝酒了。

跟在最后的王小鳖把头探进院门，眼珠轱辘转，再探身进院，瞅瞅他家窗户，"刺溜"溜进了屋。不一会儿，就从他家传出一阵鬼哭狼嚎声和尖厉的喝骂声："侬个小赤佬，看侬还敢不敢去游泳啦！"王小鳖窜到了院中，衣服被扒个精光，白净瘦小的身上一道道红杠子，尤其那屁股红通通的一片。他用手捂住身上那一点，哭得直哆嗦。他爸"王鬼子"追出来，举起鸡毛掸子又要打，他妈冲出来，用瘦小的身体护住儿子，冲着冯大瓦家说："伊是恁家唆道的，阿拉就一个独囡囝，打坏了伊个办？"

　　冯大瓦冲着笑成一团的四个毛瞪眼喝道："龟仔儿们，还不冲澡去！"四兄弟就在院中洗起了"太阳水"（"太阳水"是他爸发明的，做几个壶嘴套上莲蓬头的大白铁壶，壶中装满水放在太阳下晒。傍晚，壶中水就被太阳烤得温热），四小子又是一番戏水、打闹，惹得满院的人眼馋。不几日，王小鳖和他爸"王鬼子"也在院中洗起了"太阳水"，据说，白铁壶是"王鬼子"用一包烟贿赂冯大瓦得来的。

　　夏天注定是男孩子的天地，也是男人们的竞技场。见冯大瓦家用"太阳水"洗澡，保卫科科长余鲢子（他原在部队当连长，且擅钓鱼）就用印了大红"奖"字的绿色大军壶在院中冲澡，还用子弹壳做成一把金光闪闪的水枪给他儿子小平玩。往日蔫头吧唧的小平有了水枪后，见到小伢子就射，喷得我们大老远看到他就躲，让他很是神气了一阵子。余家对面平房里的"朱拱拱"更牛，竟在屋顶上种起了丝瓜和葡萄，不仅给屋子铺上了绿茵茵的隔热层，嫩绿的丝瓜和晶亮的葡萄还顺着藤垂到他家窗前，让人眼红嘴馋。勘测队队长"韩鸭子"呢，索性在自家院里凿了一口井，还安上了水泵。每天傍晚，他家院中就开了气势昂昂的喷泉浇院子，水花直溅到我家阳台上。我妈看着韩家大小五个在喷泉下戏水，直撇嘴："这下旱鸭子成水鸭子啦！"平日见人就点头哈腰的吴爷爷也不甘示弱，把那豆绿色的大蚱蜢，用油炸了当下酒菜。看他坐在院中，喝一口酒，咬下一只蚱蜢的头，嘎吱嘎吱地嚼，我们目瞪口呆。

满院的男人都在暗自较量着"斗暑"，就我爸不。满院的男人都打赤膊，也就我爸不。满院的男女老少都出来乘凉，我爸也很少出来，更从不加入他们的胡吹乱侃中。当此起彼伏的鼾声从星空下的小院旋起时，爸还在如豆的灯下看书、写材料（我爸那时是建工局办公室主任）。我问过爸："为啥不怕热？"他说"心静自然凉"，又说"心若冰清，天塌不惊！万变犹定，神怡气静……"。虽然我没听懂，但我知道，爸虽然没法儿像冯大瓦他们那样去"斗暑"，但也有自己的能耐来消暑。

但我们姐妹仨不行，因为我家住在小红楼的西二楼，占西晒的屋子像蒸笼，热得我们姐妹仨害了一头的疖子。妈托二舅从乡下扛来青竹，剖成细条，用麻线串成了竹帘，挂在窗户和阳台外檐下。早上把竹帘放下来，挡住外面的热气。等到太阳西下，再把竹帘卷起，让凉风进到屋内。后来，我从书中知道，清代皇宫里的寝宫就用支摘窗、外檐挂"堂帘"防暑。这"堂帘"竟与我家的竹帘一样，心中不免得意。当然，像圆明园里的"水木明瑟"（将水引入殿宇，利用水力推动风扇，水声潺潺中送来凉风），我等平头百姓只能闻个稀奇了。

现在想来，别人消暑是靠"斗"，我爸却靠"静"，我妈靠的是"藏"。斗是能耐，静是修炼，藏是智慧。

三

在空调已"飞入寻常百姓家"的今天，人们大多喜欢藏。上班族除了上下班途中被太阳炙烤，大多门窗紧闭，窗帘拉上，开着冷气，藏在屋里。女人们最会藏，出门涂上厚厚的防晒霜，并从头到脚把自己裹得像只粽子。老人们也会藏，钻进超市、银行或大商场蹭免费空调。

等到日头落下，蛰伏在屋里的人才出动。夜宵摊是汉子们爱去的地方，油腻的桌子上摆上龙虾、烤串和冰镇啤酒。他们围坐一桌喝酒，粗黑浑圆的前胸后背上长汗直流，通红的脸油光腻亮，喝到兴头就划拳："五魁首啊，六个六呀……"输的人抓起啤酒瓶，一扬脖子，咕咚咕咚倒下一瓶，颇有梁山好汉大块吃肉大碗喝酒的豪气！大叔大爷们呢，上了年纪还好斗，聚在街边路灯下，支起一个棋盘博弈，棋子拍得"啪啪"响。观战的人围成一圈，摇着折扇，当仁不让地指点着——"拱卒""轰炮"。大妈们呢，在《最炫民族风》的歌声中，大刺刺地跳着广场舞。为啥不呢？不花钱的减肥排毒养颜呀！当然，还有很多尤其是年轻人宅在家里玩手机，但他们可以惬意地吹着冷气，不用像我爸那样靠屏息静气的"心静"去换"自然凉"了。

如今四季不再分明，尤其春秋很短，当你刚有感觉时就换季了，像是小猫从你跟前经过，爪子轻轻踩了你一下就不见了踪迹。但是夏是绝不会被混淆的——这炽烈阳刚的火季，就连下雨也是那么粗犷豪放率性：刚刚还得意地甩着大火球，突然脸色大变，黑沉沉的阴云压下来，顷刻湮没了半边天。一阵狂风旋起，明晃晃一道闪电，嘎啦啦一声炸雷，如张飞领一队黑骑至长坂坡，拔出丈八蛇矛，一声断喝，震得地动山摇，人仰马翻。青灰色的大雨点子啪啪砸下来，声如战鼓、速似跑马，迅疾猛烈。一时人如潮涌，抱头急窜，四处寻屋檐躲雨。哪来得及？个个被浇成了落汤鸡，却也不恼，只连声道："哎呀，哎呀呀！"面上狼狈着，心里却是欢喜的。

这猝不及防的雨，猛是猛了些，却也爽爽落落，不像春雨那般柔柔绵绵，也不似梅雨那般腻腻歪歪，而是说下就下，说停就停。盛夏这位黑脸猛将的做派总是顿挫分明，大开大合，痛快淋漓。

人与季节共生，何不与季节相拥？老公在厨房里挥汗如雨，舞动着锅铲，冲着窝沙发上看书的我说："这日子啊，需要文火慢炖，也需要急火爆炝……""嘶啦——"热烈的火炽中味蕾被辛辣的洋葱攻陷。咂摸咂摸，有味儿！我"嗖"地起身，开一罐雪花啤酒："好吧，咱就在黑脸张飞的叫喳喳中，把粗糙的日子过出豪迈来吧。"

旧时雨

雨，一直下。

我家住楼房，不用舀水，也不用捡漏。我站在阳台上，望着四周的瓦屋顶，一千条又一千条雨水的河流，沿着每个瓦片的瓦隙，奔腾向屋檐，一道道又一道道瀑布飞流直下，汇成一条条溪流，奔向大街小巷。

街上已汪洋一片，沿街的店铺门前搭起了木跳板。有人艰难地蹚着水，裤子已卷到大腿根；有人推着自行车，自行车只露出车龙头；有人划着腰子盆，在水中漂行。

我家虽淹不着，但我焦虑无比。我对着老天作揖："天公公，求求你别下了！"因为雨再不停，爸就回不了家，院里的男人们都回不了家。他们要到江边护大堤，扛沙袋、堵江水，一干就是几天几夜。爸回家时，全身是泥，瘦得更像豆芽菜了，胡子拉碴，眼镜架裹着橡皮膏，眼镜片碎成冰花。

妈赶紧端上两大盆热水，给爸洗脸、泡脚，口里抱怨着："你一个书呆子，手无缚鸡之力，上江堤哪干得了扛沙袋那样的重活？"说着说着，妈眼圈红了。

我知道妈是担心爸一劳累就会发病——爸患有严重的肺结核病，每次发病就整日整夜咳嗽，一口一口吐血，要住进医院。爸一住院，家里就被阴霾笼罩：一向和蔼的父亲愁眉紧锁，母亲的坏脾气更坏了，工作、家务一肩挑，还得伺候父亲。更难的是，父母那点儿微薄的工资平日供养一家五口就紧巴巴的，还要给父亲治病、买营养品，母亲只得厚着脸皮找人借钱。一个冬天，一家人都生活在阴霾中。

妈说要去找爸单位的领导，申请不上江堤。爸坚决不允，说："保卫长江大堤是每个男儿的责任，大汛当前，怎能当逃兵呢?"妈低下头，叹了口气，不再吱声。洪涝厉害时，妈和院里的女人们也都要上江堤。

抗洪护城，于安庆人来说，天经地义，也都习以为常。正如每天饮长江水一样，无须发动，也无须宣传。每天江水水位的升降，是男女老少最关注的问题，人们去江边看水位，家里家外谈水位。

老人们常念叨从前发大水的情景：洪水淹没了道路、淹没了庄稼……所有人都无路可逃。大水退后，庄稼颗粒无收，农村人、城里人都没得吃，只好背一卷芦席，拖着全家老小外出讨饭，甚至卖儿卖女。

那是苦涩的回忆，更是严肃的警示。面对天灾，人们无处去诉这个仇怨，唯有尽人事。

1998年的一场洪灾，五十八岁的父亲又一次加入了抗洪抢险当中。洪水退后，父亲再次住进医院，领导去看望他，并带去一个"抗洪抢险先进个人"的红本本。此后，安庆长江防洪大坝修建得坚如磐石，高高的防洪墙上刻上铭文。人们不用担心长江破堤了。

但2016年，又一场暴洪袭来时，长江没破堤，城市还是沦陷于水灾中。安庆城内水网密布，湖泊、河流多年未挑淤疏通，雨水无处可去，就淹没了农田、房屋。面对汪洋般的内涝，人们痛定思痛：我们都是罪人!

两年后，地下管道改建全部完成。今年的又一个汛期到了，水像吹响了集结号，哗哗地落，又哗哗地流进了窨井。一连几周的暴雨，市内的道路始终通畅着，公园也始终开放着，"发大水"已彻底成为过去。

烟火人间双井街

双井街是安庆老城中心的一条南北向主街道，也是安庆现存的两个以"井"命名的老街之一。这条"井"字形的街道通往各条小街小巷：大一点的叫街，四照园街、宣家花园街、卫门口街等；小一点的叫巷，汪家塘巷、系马桩巷、新民里巷等。

昔日的双井街，街中有双井，市与井兼具，显示着安庆的市井繁华。这一片安庆老城区，各角落都留下了我孩提时的身影和足迹、欢声与笑语。我和小伙伴们在麻石路上走来荡去，岁月也就从鞋底下溜过去了，一晃就是整整四十年。

双井街有多少岁，我不得而知，但昔日街中高高的麻石井台上的两口老井，还有井壁内深深的绳印，我还记得。印象最深的是，粉碎"四人帮"后，双井街的汪家塘巷进行平房改造，从地下挖出了一些宝贝，大人小孩们争相去看。我也去了，看到一个大陶罐里装了一些坛坛罐罐的，觉得没啥稀罕。后来，我到安徽省博物馆参观，方知当年挖出的那些坛坛罐罐竟是无价之宝——元青花和钧窑瓷！惊喜之余，我查阅了资料，专家推测，1977年在双井街挖出的那些文物，是元末朱元璋和陈友谅轮番攻城，安庆四次陷城中的一次，守城将领弃城时仓皇埋下的。这么看来，双井街在元代已有驻军，并作为重要的军事防御地了。至今，双井街依然保留着坡形地貌和"卫山头"的地名。

双井昔日喧闹无比，每天天不亮，咚咚的打水声和梆梆的捶衣声就把沉睡的老街唤醒了。双井的上午是最红火的时候，淘米的、洗衣的、刷马桶的，人攒成一圈圈。女人们那极有节奏的捶衣声、黄梅调的调侃声和银铃般的嬉笑声，汇成了市井生活奏鸣曲。此刻，我们这些"小萝卜头"也会聚集在周围，男孩摧跛子、打弹子、砸纸鳖，女孩跳房子、踢毽子，说不出有多快乐。一直到天黑，还见井台上人影晃动。

好玩的不只是在井边，沿街的小人书摊、补锅的、卖糖人的，都引得我们驻足；体育场草丛里的蝈蝈、医院池塘里的小蝌蚪，也总是让我们兴趣盎然。我们玩得最多的是在双井街周围的巷道里躲猫猫。巷子多，七弯八拐；院子也多，交叉错落。捉"猫"人是很难迅速把躲"猫"人抓住的，就使诈："哈，你屁股露出来了，快出来吧！"呵呵，还真有"小孬子"现形了！还有跳皮筋，"小皮球，香蕉梨，马兰花开二十一……"，我们俨然成了瓦屋下飞来飞去的小麻雀。可常常跳得正欢时，"四鬼子"和"鼻涕虫"冷不丁地丢来一个爆竹，吓得我们一阵尖叫，他们却幸灾乐祸地笑，冲我们扮个鬼脸，一溜烟钻进了巷子里……黄昏夕照，金色油漆一样刷在街上的板壁与青砖墙上。家家户户的炊烟起了，巷子里弥漫着饭菜香，大家猛然想起要回家了，赶紧四散狂奔。爸妈一看到那汗涔涔的头发，免不了一顿鸡毛掸子打手板。

双井街与四照园街交叉口，有个小百货店。店内有个大酱油缸，盖着大木盖子，木盖上放着长柄的竹舀子和漏斗，五分钱两勺半的酱油，顺着漏斗把油瓶灌满。小时最爱干的活就是打酱油，我总是趁着打酱油之际，瞅瞅那酱色木柜台上玻璃瓶里的糖，解解眼馋。遇到父母高兴，还能奖赏一分钱，买一个辣椒糖吃。当然，通常我都把钱攒起来，买一把玻璃纸糖，吃完糖，把彩色玻璃纸蒙在眼睛上，看到红的、绿的、黄的天空、房屋、树木、人——世界在玻璃纸下变得花花绿绿，多好看呀！

小百货店的对面就是侉饼店，每天清晨，袅袅的白烟里飘着浓浓的烤大饼和炸油条的香味，总是诱得我们直咽口水。

老街最常来的"客人"就是爆米花伯伯，一个扎头巾的北方人，脸和手黑黢黢的。一声轰响，把孩子们肚里的馋虫全勾出来了，孩子们抱着洋铁箱从四面八方飞奔过来，排着长长的队，看着伯伯一手摇铁轱辘，一手拉风箱。"咔嚓"一声铁咕噜竖起，我们赶紧捂住耳朵，"砰——"地爆出一团烟雾，白胖胖的米花，伴着我们的欢叫，欢蹦乱跳地涌出来。夏天，爆米花伯伯不来了，却来了卖冰棍的。十五六岁的男孩，用自行车推着冰棍箱，打开冰棍箱，掀开冒着冷气的厚厚棉被，里面躺着排得整齐的香蕉冰棒、豆沙冰棒、奶油冰棒。买一根最便宜的香蕉冰棒，在嘴里嘬着，透心凉！

最热闹的莫过于盛夏的傍晚，老城还在昏赤的烟雾中，各家就从井里打了水，来到通风的巷道，洒在被太阳烤了一天的巷陌上。等到地上热腾腾的暑气散了，凉床、藤椅、竹榻、小板凳，挤挤挨挨地摆到了巷子里。大人们芭蕉扇摇着，天南海北地扯着，黄梅小调哼着。一旁的我们或吃着井水冰镇过的西瓜；或聚在一起用布兜罩萤火虫，用糖罐粘蚊子；或在繁星下静静地听着大人讲那牛郎织女的故事……彼时的老街，充溢着满满的欢乐。

刻在记忆里的，还有老街的声音。磨剪子的，扛着刻有深深年轮的长木凳，一头挂工具，一头挂小铁桶，一声吆喝："磨剪子嘞——抢菜刀——"老太太、小媳妇都送来了刀剪。还有收破烂的，穿梭在小巷中，抑扬顿挫地叫卖，是"王小六"的腔调："可有——生铁破货铁卖？可有碎布儿——破皮鞋卖？"我们忙不迭地翻出平日攒下的废铁、旧纸盒、酒瓶子等，换得几分零花钱。最有诱惑力的声音还是货郎的拨浪鼓声，因为货郎的货担里总有我们没见过的稀罕物。还有弹棉花的嘣嘣声、磨剃头刀的嚓嚓声……铿铿锵锵地响在老街上，响在我们的童年里。

那时，老街的街口还常坐着一个智力障碍者，胖憨憨的，穿着发白的蓝卡其服。他一年四季坐在街口，用粉笔在地上写写画画，边写边喃喃自语。一次，我们嫌他占了我们的地盘，就一起哄笑他，"孬子孬，吃元宵，不把钱，割耳叨（朵）"，还朝他扔小石子。吴妈出来骂："鬼伢子们，莫欺负孬子哟！唉，怪聪明的一个人，怎就这么吓孬了？作孽哦，家里就一个老母亲。"我们不吱声了，打那以后，再没跟他抢过地盘。

后来，听大人们说，傻憨的父亲原是国民党军官，新中国成立前夕跑到台湾去了，留下他们孤儿寡母的相依为命。傻憨学习很勤奋，也很聪明，考上了大学。"文革"时期，被人贴了大字报，"揭露"他是潜伏的特务。一夜之间，他就变得疯疯癫癫了。

我们"学雷锋"小组把他列为帮助对象之一，常送点吃的穿的给他。很多年过去了，他就像老街砖缝里的青苔，随着老街一起长在了记忆里。每每念及往事，我都不禁会想起那个人，想他们母子过得怎么样了，是否还健在。

双井街仿佛是岁月的容器，盈满了旧时光。我在这条老街上走着，回忆扑面而来，往事、故人历历在目。老的街巷依旧，只是麻石路变成了柏油路，那承载了一代又一代人记忆的双井，也变成了两个窨井盖。昔日的小百货店、侉饼店等早已不在，取而代之的是五花八门的店铺，超市、花店、鸟店、银行、理发店、服装店、寿衣店、布鞋店，还有卖牛肉包子、卤肉、瓦罐煨汤、烤山芋、炒栗子等的小吃铺，以及挑担子卖鲜鱼时蔬的。每当晨起，街上便飘起袅袅烟火气，上学的、买菜的、上班的、收破烂的、送快递的，人来车往，川流不息。这儿的市井生活依然元气饱满，活泼鲜亮。安庆人是晓得如何把日子过得有声有色、有滋有味的。

  时光在双井街流逝，亦在双井街驻留。我曾抱怨安庆发展太慢，可随着年岁的增长，我越发喜欢这样的慢，越发怀念往昔的时光。我常常想，能把现世的快乐活色生香地过在每一寸光阴里，那该是怎样的一种富足？

  如今的我，每天都蹬着自行车爬上长长的陡坡，随着熙熙攘攘的人流，穿过双井街去上班。将来退休了，我还会去双井街兜兜转转。这地方，每次经过或站定，皆会让我感到一种心安。

四照园忆事

一

逼仄的小巷，两边歪歪斜斜挤着居民的瓦房，街头有个开水炉，开水炉斜对面有个公共厕所和一口井，井后有座小红楼，我家就住在小红楼里。街尾是煤球店，对面就是四照园小学。

那天清晨，从小红楼出来，母亲牵着我的小手，去四照园小学报到。我的手心手背都是汗。手心里的汗是我的，手背上的汗是母亲的。母亲边走边叮嘱："别紧张，老师问什么你就大声回答。"我点点头。因为不到入学年龄，而我又渴望能跟大院的小伙伴一同上学，所以早早做足了功课，能流利地从一到一百顺数、倒数，会算二十以内的加减法，背几十首唐诗，认得百来个字，还能用词造句、看图说话。

母亲穿了件雪白的的确良衬衫，头发用烧红的铁棍烫出一道道波浪，看得出，她也很在意这天。因为这也是母亲去四照园小学上班的第一天。她之前在郊区学校上班，风里来雨里去，要步行十来里。所以尽管听开水炉的师傅说"四照园，真可怜，盲人当校长，跛子当教员"，但母亲还是欢喜的，毕竟是城区学校，且离家很近。

我们来到锈迹斑斑的铁栅栏前，栅栏上竖着五块红色铁质标牌，上书"四照园小学"。栅栏内是两排老旧的瓦房，屋顶上长满苔藓，有些屋檐已塌陷。一块麻灰色、凹凸不平的操场，低矮的石灰围墙上用红漆刷着"团结　紧张　严肃　活泼"。教师办公室里摆着十来张旧木桌，墙正中挂着毛主席画像。

母亲叫我等着,她先去校长那儿报到。我偷偷瞅了校长一眼,既不跛也不瞎,而是个健硕的女人,五十来岁,二道毛子用铁丝夹别在耳后,纹丝不乱,眼神很犀利,不怒自威。母亲从校长那儿回来后,舒了口气,领着我去一年级老师那儿报到。她是个年轻美丽的老师,说话柔声柔气。我一下就喜欢上了她,一点也不紧张了,老师所有的问题我都能对答如流。

二

开学第一天,我端端正正地坐在位子上,看着黑板上方"好好学习,天天向上"八个字。琅琅的读书声在四周响起来,一遍又一遍地响起来。我第一次感受到教育优美的秩序和韵律。

还有那钟声。那个外壳锈迹斑斑、内里光得发亮的大铁钟,倒挂在老梧桐树下,钟锤系一根油光水滑的麻绳,拽动麻绳敲打,钟就发出响亮而清脆的声音。那声音不同时刻响得不一样:上课的铃声响亮,"当当当——当当当——",像是呼唤奔跑打闹的孩子"上课啦——进教室——";下课铃声柔和,先弱后强,"丁丁,丁零零",像是提醒不知疲倦的教师"累了,歇会吧";做操的钟声干脆利落,"当当当,当当当",仿佛唱着"向前进,向前进"。

敲钟人是个佝偻瘦弱的老头,冬夏都穿着乌蓝色的布褂布裤,从宽大的衣领里歪歪地伸出一截细脖子,像锅沿倚着一根勺柄。除了打扫卫生、烧开水、送开水,他每隔一段时间就勾着身子,走到梧桐树下敲钟,其他时间就袖着手坐在一把破藤椅上,眼睛半睁半闭地打瞌睡。奇怪的是,他每次都能准时敲钟,从未出过差错。

清晨,小鸟飞离巢穴,虫子在泥土下拱动,亚麻色的早晨开始说话。井边的棒槌啪啪有声，大扫把哗哗刮擦着地面，学校对面煤球店的出煤机咔嚓咔嚓。当《东方红》嘹亮响起时，整个早晨像一只薄薄的铜盆发出金属样悦耳而盛大的回声。

我以极快的步伐，迎向箭矢般射出的阳光，来到学校。因为我当上了班长，每天都有重要任务。门房大爷勾着身子来到老梧桐树下，敲响大钟后，孩子们在钟声中奔向教室，开始晨读。我踮起脚，用教鞭指着挂在黑板上的卡片，带领全班同学晨读："a、o、e、i、u、ü……"

"准备好，现在开始做第七套广播体操……"每当学校后面的体育场传来这样的声音时，工厂、学校、机关的人们便听从号召，活动着灵活或僵硬的腿脚。我在阳光普照的操场上一边做操，一边想着一个问题：学校为什么叫"四照园小学"？

三

很快，我的问题有了答案。"四照园就是光芒四照的校园！"说这话的就是那位威严的校长，她说得那么不容置疑，所以全校师生都信。

后来，我听说，原来有四户人家东西南北围坐一圈，每家的照壁面面相对，所以称"四照园"。清末，四照园用作湖北会馆，民国时改办学校，取名"四照园小学"，"文革"时更名为"赤卫小学"，后复名"四照园小学"。这是我懂事后才知道的。当时，我们都坚定不移地认为"四照园就是光芒四照的校园"。

那天，校长给全校师生做忆苦思甜报告。她侉子音，嗓门大，中气足，不用麦克风，声音就能传很远。年终表彰宣读获奖学生名单时，虽然她常把学生名字念错，但师生们对她都带着七分敬重、三分惧怕。谁走到她跟前，声音都小了下去。她背着手在校园里巡查，正在打架的孩子立即作鸟兽散开，举着扫帚追逐的孩子连忙埋头扫地。连倒挂在老梧桐树下的那口破钟，见到她走来，都恨不能自动敲出上下课的铃声。

她给师生做报告时，捋起裤腿，指着腿上一块瘆人的疤子说，这是被地主家的狗咬的，痛斥地主恶霸的反动，再说自己如何千辛万苦加入革命队伍，说旧社会穷人读不到书，自己只在部队扫盲班上识得一些字，最后带领全校学生集体宣誓，要好好学习，天天向上。她的号召有指挥千军万马的威武气势，同学们热血沸腾，操场上回荡着响彻云霄的呼喊声。接着，她大手一挥，让周老师指挥大家唱歌，唱《社会主义好》《南泥湾》《我的祖国》，嘹亮激越的声音震得梧桐树的叶子轻微地颤抖。随即，歌声越过铁栅栏，传到学校对面的煤球店、街头的开水炉、转角的建筑公司，抵达正在做蜂窝煤、烧开水、做瓦工的人们耳中。人们纷纷放下手中的活儿，走出来，拥到校门口，笑嘻嘻地盯着挥舞着教鞭指挥唱歌的周老师。

有男生故意唱跑了调，把大家逗得哈哈大笑。校长朝出洋相的学生瞪了一眼，破锣嗓子立刻像寒蝉一样噤了声。看热闹的家长们也缩了一下身体，为刚才的失礼感到羞愧，又恨自己衣着邋遢，满是灰尘。女人们甚至整了整衣襟，理了理头发，让自己体面起来。

演唱结束后，学生们搬着长条凳回教室，五星红旗在空中发出啪嗒啪嗒的声响。梧桐树阔大的树叶迎着清冷的夕阳，发出圣洁的光。

四

那次集会的第二周，母亲两眼发光地说："校长在教师会上宣布一个决定，学校要把文艺作为发展的突破口，办文艺班。办出品牌来，四照园就能光芒四照了。"

从心上漫开来，继而涌遍全身的一股信念，会让人坚定并不倦地去做一件事，做成一件事。这是我日后得出的结论。老校长将自己的工资垫付进去，拉来两板车的乐器，任命教音乐的周老师为文艺班班主任。周老师是校长费尽心思从江对面的学校挖来的。因为他是个奇才，二胡、笛子、扬琴、琵琶等所有乐器他都会教，不仅会吹拉弹唱，还会作词作曲。他一个人住在隔了三分之一的教室里，上班教学生，下班就用松香擦琴弦，晚上还给落后生开小灶。不到一年，文艺班学生的乐器演奏得就像模像样了。姐姐是文艺班拉二胡的，开始拉得像阿公阿婆吵架，吵得我直往耳朵里塞棉花，没多久就拉成了调。爸妈都夸周老师是天才教师。

有一年举行全市文艺比赛，其时刚刚粉碎"四人帮"，各校的节目多是打倒"王张江姚"的主题。我校节目是周老师自编自导的歌舞剧《百灵鸟》，唱歌、跳舞、演奏，周老师一人包干。服装是学校里几个手巧的教师设计制作的。各种小鸟头饰的紧身衣，手臂上带了翅膀，衣服上缝了金银亮片，一闪一闪的，好看极了！母亲是服装队的一员，我因而享受到去剧院看演出的待遇。骄傲的花孔雀、聪明的百灵鸟、坏心眼的乌鸦，简直太生动了，让人百看不厌。最终，这个节目在文艺比赛中脱颖而出，一举夺冠。这震撼人心的消息传遍校园，师生们欢呼着奔走相告。这是校史上的第一次获大奖，让四照园人昂起头、挺起胸。

又一届文艺班成立了，我被选进了文艺班。我们常常脸上抹两坨水粉，嘴巴涂得猩红，扛着队旗，到工厂、街道、农场演出。我最喜欢到米粉厂、油粉厂演出，因为可以吃到香喷喷的大花卷。母亲作为化妆师兼服装师，总是带队随行，她每次还在厂食堂买上几个大花卷带回家。

文艺与美味的结合，滋养了我的童年，也给我的人生抹上了一层亮丽的底色。

五

一天，母亲兴奋地带回一个消息，说学校要办印刷厂了，不仅可以自己印本子、试卷，还能改变校容校貌，提高教师福利，但创业初期有些困难，需要群策群力克服。

所谓"群策群力"，就是母亲下班后，要跟一群教师搬砖拉瓦。每天，母亲汗流浃背地回家后，要我给她捶背揉腰。

很快，学校操场后面建成了一排厂房。过段时间，学校第二排平房被推倒，一座红砖水泥顶的楼房骄傲地矗立在校园里，矗立在卫门口街上，也矗立在人们心上了。

校大门也换成了银闪闪的镀镍大门，大门一侧还盖了间传达室。原门卫住的毛毡房，被母亲申请作为我家的厨房。母亲用红砖给小坯房砌了半道墙，一边放煤炉和案板，一边放饭桌和床。

厨房虽小，作用可不小。每天放学后，母亲就会把后进生带来，每人搬张小板凳坐在门口，母亲边做饭边辅导他们。有时，母亲忙不过来，还要我给他们抽背课文。吃饭时，母亲又给他们每人盛一碗堆得尖尖的饭菜。

小厨房不仅成了母亲给学生义务"开小灶"的地方，还成了教师聚会的后厨。学校每年元旦都举办教师大聚餐。大家在大教室里，把课桌拼成几大桌；黑板上，用彩色粉笔写着"欢度元旦"；教室四角拉起彩色皱纹纸做的彩带和花。大家分组在住校的老师家里烧饭做菜，洗、切、炒……忙得热火朝天。母亲会拿出看家本领，做的菜不仅色香味俱全，还能弄点新花样。记得有一年兔年，母亲蒸制了一笼"小白兔"，围着红红的胡萝卜，四周是青青的草地，可爱极了。各组饭菜做好后全部端到大教室里摆放好，校工会组织评委，一桌桌品尝，从色香味几方面评出一、二、三等奖，每桌都有奖，奖品是啤酒和饮料。

酒花冲天中，大家碰杯，祝福学校越办越好、光芒四照。

六

  一茬茬孩子毕业，一茬茬孩子入学。一茬茬教师退休，一茬茬教师上岗。1986年，我作为教师回到了四照园小学，心中有些许忐忑，更多的是骄傲，因为学校已发展为老百姓心中的好学校，以至每年一年级新生报名，家长凌晨就拎着菜篮子排队，真的是"光芒四照"了。老校长已退休，美丽而年富力强的新校长语重心长地对我说："四照园人，干啥都要争一流。"

  若干年后，我被提拔，调离了四照园小学。那是个秋天的傍晚，我独自留在办公室，改完最后一本作业后，回到了我的班上，把桌椅一张张摆放好，把黑板擦得能照得见人影。我站在讲台上，环顾着整整齐齐又空空荡荡的教室，心里忽地涌起一丝惆怅，仿佛站在秋天的田垄上，看到收割后空空荡荡的大地。

银杏树下

我站在街口望着树。

仿佛油画里透视的构图，街巷两旁一棵棵银杏树伸着银的枝、金的叶，一直伸到远方。路面上铺满了金黄的银杏叶，气氛显得安谧而有生气。想必是约好的吧，那些落叶没人踩踏，也没人清扫。是呢，一片片金黄的银杏叶像一把把可爱的小扇面，谁忍心踩踏，舍得清扫呢？

清冷的秋风在街道上流淌，树上的银杏叶仿佛是栖在树冠的蝶群，受了风的惊扰，不约而同地飞离了树梢。只是飞去的蝶群没有它们这般安然自得罢了。它们蹁跹而舞，时而在空中瑟瑟抖动，时而起伏飘摇在我的眼前，搅乱了那穿过树叶缝隙洒向街道的阳光，亲吻着行人的面颊和衣襟，然后才将街道装点成一地金黄。

身边闪过一抹红，有人踮着脚尖，轻轻挪着脚步从我身旁走过。我没看清那位穿红裙子姑娘的眉眼，但捏在她指间的那一沓亮闪闪的银杏叶，让我在想象中完成了对那张面孔最美丽的勾勒。风又起，脚边的银杏叶或许不甘心就这么落在地上，它们借着风势，再次离地旋起，飘向空中，似乎非要追上那位穿红裙子的姑娘。几片色泽金黄的银杏叶，在那位姑娘的头顶上飞呀飞，最后落在了她那身红色的裙子上。

几个孩子在收集落叶，我也情不自禁地拾起几片。叶柄柔软而黄中泛青，金黄的叶片依然水润光鲜，茎脉细而清晰，充满生命的汁液。这是活的叶子，我甚至能感觉到那汁液正汩汩流动在叶片的茎脉中，简直就在向你低声细语着什么。它选择在生命最美丽的时刻告别人世，是深思熟虑后的超然，绚烂而庄严，洒脱而沉静，充满了大彻大悟的味道。

有多少人读懂了落叶之美？我又读懂了落叶之美的多少？

莫名，我常常为一片金色叶片而感动。它带给我的触动远超任何一种花。也许因为枝头的几片黄叶，更能够让我回到那回不去的从前。一片又一片黄叶从树上飘落，我将那片落在我头发上的银杏叶摘下，举在眼前，凝视它。在我眼里，它系着过去与将来，让我陷入冥想、陷入沉思，也陷入希冀。但当它如青烟般，或如那只灰鸽一样，飞掠过街道那片狭长的天空时，我又感觉到它是一种召唤、一种抚慰、一种弹拨了。

四十年前，在这条路上，一个七八岁的"羊角辫"从街边的四照园小学走出，捧着她刚获得的作文比赛的奖品——一本崭新的《少年文艺》。一片银杏叶落在书上，如一只金色小蝴蝶。"羊角辫"望着"小蝴蝶"笑了，把它藏进书里，藏进那些有趣的故事里，悄悄地做着香梦去了。

"羊角辫"与银杏树一起成长。十年后，一个长发披肩的姑娘走出校园。"老师！"三个稚童跑了过来。姑娘驻足，转身，弯下腰："有事吗？"三双黑眸子互相望了望，一个小女孩从身后拿出一张大卡纸："我们做的，送给您！"姑娘一看，墨蓝的卡纸上是银杏叶做的贴画。画面上，一位长发姑娘带着一群孩子在玩"老鹰抓小鸡"，头顶有小黄蝶欢舞，脚下是黄的碎叶和点缀其中的红豆，一旁用稚拙的铅笔字写着"我们的鸡妈妈"。长发姑娘望着远去的稚童蹦跳的身影，笑了……

落叶纷飞中，我倚着树干，脑海中尽是这样的追忆。"叶子是岁月蜕变的衣裳，在那排银杏树下我们埋下了希望，一点一滴的幸福是我成长的阳光……我们的回忆好像银杏叶一样，随风慢慢飘下却点缀在路上……"轻轻哼起这首《银杏树下》，眼里、心中已是潮湿一片。四十年过去，人，芳华已逝；树，仍在成长。

我们为什么竟不如树？

一片叶子，悄悄地落在我肩上。我抬头望树，树亦在望我。我知道，以树的年轮和沧桑，一定能感知，一个静静地伫立在它面前的女人内心的柔软和沧桑。树的心思，我也知道。它守候在这里，望着四季轮回，望着世间万象，望着一群又一群孩子从阳光中走来。岁岁之秋，撒下漫天的金色小扇，拂去红尘间的阴霾和焦躁，让人心亦如它那般淡泊平和。

那份生命的高贵，有谁能比？

街道两旁新的银杏树已有不少，年轻的银杏树也很直，年复一年由绿而黄。不知有多少孩子走过这条路，迎着新芽，踩着落叶，来了又走了，走远了……

而树，还在这里生长。

故园梧桐

儿时居住的卫门口大院里，有一棵大梧桐树。

梧桐树是大院里最早的"居民"。谁也说不出梧桐树的来历，连大院的原主人吴爹也说不出。有人说，是鸟儿从卫门口街行道树上衔来了树种子。那行道树是何时栽种的呢？又没人说得出。只记得那时，梧桐树遍布安庆大街小巷：夏天，绿叶遮天蔽日；秋天，黄叶满街飘舞。而我更愿相信另一种说法——梧桐树是卫山头"卫士"的后代。卫山头自元代便是"安庆卫"的重要军事防御地，山上梧桐蓊郁，利于隐蔽，犹如卫士守卫着山头。卫门口则是卫山头的关口。元末，朱元璋、陈友谅、余阙曾在这里展开激烈的战斗。那卫门口大院里的梧桐，应该是经历过战火的英雄。

梧桐立在大院正中，不偏不倚，像一把巨伞庇护着院中七户居民。树荫下，女伢子跳皮筋、踢毽子，男伢子打弹子、摧跛子，脆嘣嘣的嬉闹声随着风撒欢儿，撞在墨绿浓荫的树冠上，秋千般荡来荡去。星空下，吴爹坐在凉床上，摇着一把芭蕉扇，哼起了黄梅戏。伢子们一窝蜂围上去，缠着他讲《天仙配》，听着听着，就把梧桐当作"做红媒"的槐荫树，想象它现出一张满是皱纹的脸，笑纹一颤一颤地开口讲话："董永哎——我来把你做红媒。"我们也爱听鬼故事，听得心惊肉跳，梧桐森森地伸着手臂，树叶一动，我们吓得抱成一团："啊，鬼来了！"一边害怕着，一边仍忍不住要听。

秋天，梧桐叶簌簌地落。叶子黄褐色的，弯曲的，像一只载着梦的小船，船舷上长着两粒美丽的梧桐籽。姐姐和我，一个拿竹竿打，一个拎竹篮接。梧桐树像被挠了胳肢窝，呵呵地笑，笑得梧桐籽泪珠子般叭叭地落。妹妹拍手叫："下雨啦，下雨啦！"母亲把梧桐籽洗净，晒干，炒给我们吃。它算不得美味，却别有一股特别的清香。

梧桐温柔敦厚。它包容着小鸟在它头上做窝，虫蚁在它身上挖洞；宽容着女伢把皮筋勒在它身上，男伢对着它"嚯嚯哈哈"练"铁砂掌"。甚至伢子们吵架后拿小刀轮番在它身上泄愤，这个刻上"××大坏蛋"，那个刻上"打倒××"，它也一声不吭，似一位慈祥的老人乐呵呵地任由着这群淘气包在它身上戳戳倒倒。因为它知道，过不了几天，吵架的伢子就会重归于好，在树下追逐嬉闹了。

鸟儿雀跃在树梢，欢快地对着大院人啁啾，或行走于庭院之中，旁若无人地觅食。日复一日，它们早已与大院人相遇而安，一起在阳光下打理各自的生活。

在大院里，春夏，人们在鸟儿的歌声中醒来；秋冬，"哗哗"的扫落叶声则成了大院人的起床号子。

吴爹和吴奶，一个挥着大扫帚，一个拿着簸箕。他们把堆成小山似的落叶点燃了，大院里弥漫着一股呛人又馨香的草木烟气。不一会儿，一家一家的炊烟升起了。炊烟在大院上空碰面，然后缠抱在一起飘远了……

"吴爹爹、吴奶奶好！"背着书包的伢子们脆生生地叫。

"好好学习！"吴爹、吴奶笑道。

对于吴爹、吴奶的身份，大院人一直讳莫如深。大人不提，也不许小孩问。吴爹给我们做过光溜溜的小木偶、铜钱底的鸡毛毽子。吴奶每年送来一篮红柿子。印象最深的是吴爹讲他们团与小鬼子打仗的故事："一个团的人全打光了，只剩下我一个人，狗日的小鬼子清理战场时，老子趴在死人堆里扮死尸，才死里逃生。留得青山在，不怕没柴烧！"说这话时，吴爹脸上一改平日的谦恭温顺，显出一种悲壮桀骜的英雄气。一旁低头纳鞋底的吴奶总要抬起头望着吴爹眯眯笑，清秀而苍白的脸上瞬间有了光彩。

如水的岁月中，大院人与梧桐树相互偎依、相互守望。梧桐树将大院人经历的风风雨雨、酸甜苦辣，一件件刻进年轮里，变成一种不离不弃的陪伴；大院人将梧桐树经历的风霜雨雪、雷电虫害，一桩桩印在记忆中，并从树的身上学会了生存与成长。

梧桐叶落了长，长了落，年复一年。

"人是活不过一棵树的。"吴爹常这样说。

然而，树却没活过人。大院拆迁，老墙轰然倒塌的时候，梧桐树也跟着倒下，钢齿咬进刻满记忆的年轮，锯断绿色的灵魂，流出乳白的血。大院人都散了。

从此，梧桐长在了大院人的心上。

风，吹进铁佛庵巷

一

左弯右拐，上坡下坡，我在铁佛庵小巷慢悠悠地走着。时间也在慢悠悠地流淌，如一架老钟表，指针上沾着灰，一步一步迟钝地走着。

一口老井卧在那儿，井外围着几个硕大的磨盘，一圈高高的井栏把它们圈起来，固定在岁月的河中，不动了。

风来了。风摇落了井边枇杷树上的花，细细碎碎的，纷纷扬扬地落进了井里，扰了井水的平静。

井说话了。它语声幽幽：

很久以前，我是那庵中的井，因庵中供着一尊大铁佛，人们称其"铁佛庵"，我被称为"铁佛庵井"。我与庵中尼姑一样，过着清净的日子。一百多年前的炮声，扰了我的清净，铁佛被熔化，筑成炮弹。炮弹爆破的烈焰笼罩了四野，我的身上染满了血。后来，天下太平了。我成了人世间的"市井"，迎来了我最开心的日子。每天，天刚亮就有人来取水，水桶撞击声、木杵声、说笑声，不绝于耳，直到天黑还人影绰绰，那个热闹哦——

围在井边的石磨也说话了：

当年，我们在石粉厂工作时，也是忙个不停，那么多大磨子一起转起来，呼呼嗖嗖，轰轰隆隆，那排山倒海的气势！

星子般的花瓣儿，随着风在石磨上打着旋儿。

唉！老井与石磨一起叹息：我们退休了，那些过往，人们恐怕早已忘了。

忘了吗？井东边一排长条石凳上，三五个老人坐在那里，面朝着老井呱白：从先，人到了棺材里，棺材到了庵里，庵里老尼姑坐在青灯下为棺材里的人超度；石粉厂磨出的白粉，白烟弥漫了一条街。近前去打听，他们十分笃定地指出了铁佛庵及石粉厂的位置。自不消问，他们是否记得当年打水洗濯的事了。

打水的铅桶、井边的晾绳早已在风中不知去向，还有当年让小巷冒出炊烟的一套工具——煤球炉、芭蕉扇、火钳、一小把劈柴，也都随风星飞云散。旧事里那辆板车也耗尽一生精力，去向不明。

旧物不存，却以另一种形式存在着——蹲在人的记忆里，冷不丁雀跃而出。

"万物轮回，这是自然规律……"已然走远，风又把井边老人的话送过来。

二

被风送来的还有季节的口信。

碧绿的莲蓬，鲜红的菱角，萝卜，茄子，青瓜，活蹦乱跳的小虾，扑棱尾巴的时鱼，笼子里瞪着眼睛的鸡鸭，还有浸在水盆里的粽叶、门上插的菖蒲，牵着泥土，带着池沼，挽着时令节气，一起来到小巷里；撒着黑芝麻的白糍糕刚出笼，袅袅的白气飘着诱人的甜香。好吃的多着呢，甜米酒、炒米、芝麻粉、豆腐脑，还有骑着电动车、挂着喇叭来回叫卖着的"北方大馍——老面馒头——"。与高音喇叭声应和着的，是穿蓝布衫的老奶奶悠悠一声"白兰——花——"，她坐在掀着一角白布的竹篮边，一股幽香钻出了布角，袅绕在小巷中。这些声、色、气味尽是季节的味道、色彩和诱惑，让人活色生香地生活在那天那月那年里。

"冰箱、彩电——洗衣机卖——，空调、电脑——电视机卖——"一声吆喝穿云裂帛般传来，一个戴草帽、皮肤黝黑的老汉踩着三轮车来了。这迥异于大街上用扩音喇叭反复播放的叫卖声，有着金属般质感，抑扬顿挫，极有韵味。

听着听着，耳畔便响起一串串悠长悠长的声音："可有——生铁——破锅铁卖——""修——伞——""补锅——""磨——剪子嘞——，抢——菜——刀——"。磨剪刀的一出场，那气贯长虹的吆喝声把收破烂的、修伞的、补锅的、卖豆腐的、卖香烟的、卖芝麻糖的声音，全给盖下去了。

那些吆喝声回响在童年的小巷中，被风中的瓦楞慢慢隐去，或消磨。

三

风在巷道中左弯右拐，似乎撩拨着什么。

它触动了谁的心思？是挂在防盗栏上的干辣椒？烂脸盆里种着的一簇葱？或是褪色的春联、生锈的门环？还是小店门前站立的中年汉子？

哦，他身后小店的门脸可真小啊，楼梯道改造的，只容得下一张小桌和一把椅子，地上堆着快递物品，门口摆着蔬菜，那是个快递点，捎带卖菜，生意看上去有些清淡。老板好像并不着慌，常坐在小桌前，目光悠悠地打量着来往行人。此刻，早市已过，他又闲下来了，在店门外站直身子,唱着《卖油郎独占花魁》选段:"劝小姐莫悲伤,暂且忍受心宽放,待等打退金寇贼,我们一道回故乡……"略微沙哑的歌喉带着一股沧桑感。望一眼那布满风霜的脸,想到店里只见过他一人和他的枞阳口音,从他身边走过,背身驻足细听,听着听着,眼睛发酸,眼泪沾在睫毛上,哭了吗?怎么会!

拐弯,风送来一阵悠扬的胡琴声。楼道口,一位穿白汗衫的老头坐在小木椅上,低首垂眼,对着摆在小木凳上的琴谱,咿咿呀呀地拉着《天仙配》选段;不知谁家窗户飘出了严凤英的声音:"架上累累悬瓜果,风吹稻海荡金波,夜静犹闻人笑语,到底人间欢乐多。"音与词皆醉人,一时又凝在那里。

那混合着泥土、青草、江河湖水气息的黄梅戏啊,是百姓的精神盼头,也是苍生心绪的突围,是活泼泼的人间烟火,也是安稳稳的绵长岁月。

不由得心生欢喜。

外地人来安庆,听巷道里的安庆人呱白,也觉得是听戏。安庆人说的话是黄梅韵白,清清的、脆脆的、嗲嗲的,拖着尾音,打着拐儿,说不出的婉转悠长,就像这小巷,似乎已到尽头,走过去,一个或左或右的转弯,又是巷陌深深。

四

风又追着我的脚步上坡下坡。

"阿惠理发店"的推拉门半敞着,一张理发椅占据了理发店的大半个空间。理发椅的黑皮套子已皲裂,扶手的白瓷漆也已剥落。理发师阿惠四十来岁,总是罩着红格子套袖衫。她一边笑微微地陪顾客聊天,一边不紧不慢地干着活儿。顾客七十来岁,一条蓝围脖罩住了身体,他闭着眼睛，两手搭在扶手上。阿惠手握推剪，那推子手柄一紧一松，弹簧一张一弛，梳齿状的推剪在头顶上"嚓嚓"地响，头毛一茬一茬地落，仿佛农人割下一茬一茬的荒草。顾客再头靠椅背，仰脸望天花板，开始刮胡子，刀片在涂了白沫的脸上上下翻飞。洗净脸，摘下围脖，一个焕然一新的人，喜滋滋地出了门。

跟人一样，那些灰头土脸的旧衣旧鞋也在修理。铁佛庵巷与解除巷的交叉口，支着一把红白相间的遮阳伞，伞下一位老鞋匠，七八十岁，瘦瘦的，戴着草帽，坐在一个破旧得只剩下机头的修鞋机旁低头修鞋，几双灰扑扑的旧鞋，或俯或仰在他脚边。旁边支一小马扎，坐在小马扎上等候的多是老年人。一台缝纫机旁，一个眉眼含笑的妇女，"嗒嗒嗒"地踩着缝纫机，与身旁的老太太有一搭没一搭地说笑。缝纫机旁大大的塑料袋里，装着各色各样的衣服，它们就像等着看医生一样，静静地候着。

看着那些旧衣旧鞋，我竟有些感动：它们很幸运，老了没被抛弃，"病了"被送来诊治，治好了再发挥余热。它们就像幸福的老人一样，被珍念、被善待着。

一个老人背着一床棉絮缓缓走来。弹棉花的呢？哦，就在出了小巷的街店。一床棉絮差不多占了整个店面，棉线正像蜘蛛织网一样往上攀。我的脑中也织起了一张网：修伞的、修钟表的、补锅的、绷棕床的……一个个纵横交错在脑中。如今，这些手艺人在哪儿呢？

想必，他们已随风远去。

五

小巷的天，被楼房切割成狭长的"天井"，蓝是蓝的，但树影旁逸横斜，把"天井"撑得很拥挤，没有要人展翅欲飞的感觉，只想坐在

"天井"梧桐树下发黄的竹椅上，慢悠悠地摇一把蒲扇，像那位老奶奶一样，半阖着眼，阳光洒到梧桐叶子上，穿透下来，星星点点的光斑在她身上跳动着；或像那俩老爷子，携一杯茶，支一块棋盘，坐在小马扎上，在三五人的围观中杀上几盘。棋牌室，垂着发黄的软塑门帘，人影绰绰。和牌声、说笑声混合着香烟的烟雾钻出了门帘。告诉你，他们生活在简单而弥漫着白光的下午；也告诉你，这份慢与闲，可珍又可贵。

黄昏时，太阳已被揉皱，宛如穿旧的毛线团。这种时刻的小巷，最易让人怀旧。最怀念的游戏，是与小伙伴们一起移动了岁月：滚铁环、抽陀螺、拍洋画、跳房子、跳皮筋，还有在小巷里穿来钻去的躲猫猫。那长得没有边缘的闲散童年，为小巷留下快乐的童梦。

站立在这样没有思想只有感叹的暮色里，目睹太阳从"天井"跌落下去，我看到落了几片黄叶的木质长椅，因为时间的作用，已经变得腐朽，像一个宁静的、有待被发掘的句子，在落叶与长椅的沟通中，被唤醒、被珍重。

没有一直在此逗留，那些过往的岁月都如旧书，发黄、陈旧，写满沧桑。我需要一点一点地破解它们。我需要一点一点地爱它们。

六

楼房有年岁了，一排、两排、三排，五六层高。墙是黄的，面上的粗粝都凸显出来，沙沙的一层。窗玻璃也是黄的，有着污迹，看上去有些花。朝阳处，各式各样洗净的衣服、被子穿在晾衣竿上，从一家家的阳台伸进天空，朝着太阳招展；阳台上披挂着的紫藤、牵牛花，花盆里栽着的凤仙花、青葱、大蒜，都在日头下闪着光。一家小院栅栏上的蔷薇，层层叠叠的花，把小院装扮得像童话里的城堡；楼房背阴处，太阳似乎有些嫌弃它，下午两点才探过头来，四点多就没了影儿。青苔倒是喜欢，在湿漉漉的墙面、角落里，青乎乎地趴了一层。油烟机沾满黑腻的污垢，阴水沟里漂着鱼鳞片，夕照里的一些尘埃飞舞着，那些毛色或深或浅的野猫也在这里出没，家长里短的闲言碎语也正在酝酿和滋生。

楼房旧是旧了些，相比那些耸入云天的"高层"显得有些寒碜，却有着一股蚀骨的感动，这感动不是云水激荡的，而是一点点累积起来的，这是有烟火气的感动。在老房子下，一股气味、一缕炊烟、一声叫骂，就能唤醒儿时大院里的记忆：你帮我家收被子，我帮你家扛煤球；做了好吃的，相互赠送；一家办大事，家家去帮忙……想起这些，胸口就像被暖水宝焐过一般。那感觉，只有经历的人才会懂。昔日的美好在生命中沉淀下来，而那些鸡零狗碎的口角已随风而逝，即便偶尔谈及，也都是笑谈了。

一个拄着双拐的老汉正在走路，大颗的汗珠从他古铜色的后背滚下来，他的两条腿无力地悬着，但肩膀很宽，臂膀肌肉一块块隆起。听说这里曾是"板爷"生活区，无疑，眼前的老汉过去是位"板爷"，只是他已不能健步如飞地拉着板车跑了。看他艰难地一寸一寸地挪动着，我上前要扶他，他嘴里含糊不清却坚决地说"不"。我顿时觉得自己的不妥当：靠力气扛起一大家生活的人，怎会接受走路还要人搀扶呢？

"叮铃铛——"，一辆三轮车驶来，车头一位妇人使劲踩着，车上载着一个男人和工具箱，是修鞋的老夫妻。车上的男人递一个饼到女人口边，女人歪过头咬了一口。我心头一热，迎上前，"收摊了？""收摊了。""好走啊！""好走。"

老城区，老街巷，老楼房，自然住的多是老年人。熟识的物，熟识的人，构成他们一生的"真"空。他们平静而缓慢、平凡而顽强、平淡而知足地生活着，不管朝阳还是背阴。如果老房子要拆迁，想必这里的居民们连同我都会说"不"，因为人躺下，"一"就够了，不必也不能成为"三"。

七

没有月光的夜晚，小巷隐进黑色的幕布后。只在拐角处有一盏路灯，戴着最寻常的铁罩，罩上生着锈、蒙着灰尘，灯光昏昏黄黄，下面有烟雾般的东西在滋生和蔓延。

我走在夜的小巷中，投在巷底的身影被拉长。

那沟壑般的巷底，有的是水泥铺就的，"笃笃笃"——踩在上面的声音清脆响亮，但到底有些隔心隔肺，说的是客套，我与它们一一寒暄；有的是青砖铺的，"咚咚咚"——脚步声是吃进去闷在肚里的，那是肺腑之言，我与它们轻轻私语。

一阵风来，我伫立在铁佛庵巷的风中，任思绪的浪潮卷起：这一生走过了很多街巷，左拐右弯，我一直在左冲右突；上坡下坡，我爬过了一个又一个坡，总有一种冲动——想让所有的坡为我让路！在这"九头十三坡"的老城里，我已行走了半生，终于明白，自己只是风中的一粒尘埃，改变不了坡，更奈何不了风。静静地潜回尘世，我学会了左右迂回，坦然地上，淡然地下。

吹来吹去的风，吹旧了一座座房子，吹枯了一片片树叶，也吹老了人间岁月。一拨又一拨的风，吹走了许多东西，又吹来了许多东西。树在风中回黄转绿，野猫在风中发情，鸟雀在风中飞翔，婴儿在风中啼哭……

一起来唱

我不喜欢唱歌。因为天生的"左嗓子",一开口,那调儿就像脱了缰的野马,不知"野"到哪儿去了。但最近,我跟好多人约了一起唱歌。

第一个约的是陆师傅。我不了解他。他好像还不知道我姓什么。

那天下午,轮到我去社区卡点值勤,头天晚上就看《天气预报》说将有暴风雪,出门时,厚厚的羽绒服里又塞了两件羊绒衫和一件羽绒背心。下午三点多,暴风雪果然来了。风狂吼着,把卡点的棚子撕开了;雨夹着雪子,肆虐地打在脸上、身上。我撑开伞,伞旋即被吹翻过来,索性不打了。我们要给每个进小区的人测体温,查出入证并写上时间,腾不出手打伞。不一会儿,帽子、衣服、鞋全湿了。我的两条腿冻得直哆嗦。有人跑过来,白雪覆盖的滑雪帽下,一双笑盈盈的眼。她递来一个塑料袋:"看着窗外下雪了,想你们在风雪中一定很冷,就把家里的暖宝宝全拿来了。"真是雪中送炭!我们把暖宝宝贴上,暖和了许多。

下班高峰过去了,行人、电瓶车、汽车渐渐少了,我们终于能喘口气。风雪却更气势汹汹。我的双腿又打战,掏出手机一看——零下二度。社区居委会的李主任说:"现在出入的人少了,外面留两人执勤,大家轮流到值班房取暖器旁烤烤火。"

"我和六三在外面,你们进去烤火。"一个浑厚的声音说。我这才注意到,又来了一个戴红袖章的人。他戴着鸭舌帽,腰杆笔直,虽然口罩遮住了脸,但我能判断他的年龄在六十岁上下。李主任说:"你要守一夜，还是留点精力值夜班吧。"那人说："放心，我夜里一刻都不会睡的。"旁边那位被他唤作"六三"的小伙子说："是的，昨天跟陆师傅值夜班，他唱了一夜的歌，我也一刻没睡。"

于是，我记住了这个门卫姓陆。

下一次值班，陆师傅不到六点就提前来了。那天没有雨雪，但站在外面仍然很冷。晚上八点多，小区没人出入了，感觉格外清冷。

我对陆师傅说："听说你喜欢唱歌，给我们唱一首吧。"旁边几个人一起附和。陆师傅有些扭捏。六三说："昨天夜里你又哼歌又谈发声的，在大伙儿面前展示一下吧！"陆师傅挠挠脑袋："你们要听什么歌？""《在那桃花盛开的地方》！"我脱口而出。

陆师傅清了清嗓子，唱了起来："在那桃花——"歌声被口罩闷着有些喑哑，但陆师傅唱得很动情，手臂和上身随着歌声摆动着。一句一句歌词如桃花，一串一串、一树一树，灼灼地开在了我的心底。一曲唱罢，我对陆师傅说："你的歌唱得真好！"陆师傅说："戴着口罩唱，不得劲，等哪天不用戴口罩了，我们一起唱。"我说："好！"

中午，我打开微信，看到群里一个链接——《师生自创歌曲"声"援抗疫》。点开，音乐响起："踏上逆行的列车，奔赴荆楚汉江。透过迷蒙的泪眼，眺望家的方向。躺在冰冷的地上，梦回三月黄。脸庞深深的痕迹，胜过淡抹浓妆。你的模样，就是中国的模样……"听着一段段稚嫩的童音，看着一张张动情的小脸、一幅幅"武汉加油"的画，我的眼睛潮湿了。想到词作者朱老师从正月初四开始制作"空中课堂"，每天忙到深夜，又接着作了这首词，感动又心疼，我发信息过去问候。她说："眼下虽不能在学校上课，但跟孩子们约好了，开学那天师生一起合唱这首歌。到时，您也一起来唱吧。"我说："好！"

闺密琴快退休了，去年十二月报了一个合唱班，几次邀我参加，我

139

始终都没答应。那天，我打电话过去。那边说："宅了这么久，心里闷得慌，五月份就退休了，到时不知合唱团能不能开班？"我说："一定能。"她说："到时一起来唱啊。"我说："好！"

爱人说："你最近变了很多。"稍稍愣了一下，我便点头。想起卡点的韩主任夸我"特亲和"：原本跟熟人都聊不上几句话的我，竟与卡点素昧平生的男女老少打成一片，颇有种相亲相爱的感觉；已十几年没在课堂上讲课的我，在网上讲起了"绘本故事"；很少发朋友圈的我，连续数日每天发六篇"空中课堂"；甚至不喜欢唱歌的我，竟跟这么多人约了一起唱歌。

其实改变的，何止是行动呢？又何止我一人呢？

经过一段恐慌、焦虑后，我们已学会用微笑细数每一个日子，用爱牵连着彼此。朋友发来的"每日一图""每日一诗""每日一曲"，以及八十四岁老作家石楠老师的画，从蜡梅画到杜鹃，哪一张不是希望之歌、爱之歌？而这特殊时期的共情，哪一份、哪一段不是温暖之情、动人之情？我不禁莞尔：世界如此美好，生命如此可贵，为什么不唱呢？

晨　欢

醒来，秋阳微温，漫入纱窗。窗台上，玻璃瓶里插的桂花，以不同的角度折射光线，闪动，闪动，告诉我，世界有了不同的明暗与温凉，并随时变换着。我伸伸腰，小狗荣荣欢蹦乱跳地跑到床边，小爪子扒在床沿，亲昵地舔着我的手心，又把头钻进我怀里。

我欣然起床，牵着小狗荣荣到小区遛。

庭院外，沾露带霜的洗澡花、鸡冠花、一串红，还有一些不知名的花儿，肆意地开着。我轻轻覆上手掌，与每一朵花握手。一棵香橼树，半青半黄的香橼伸出院墙外，无风也微微晃动。一股沁人的甜香直冲鼻息，地上躺着两只金黄的香橼，轻轻拾起，汁水从裂缝中溢出，散发着浓郁的香。一定是淘气的孩子用竹竿打下的吧？我想起儿时拿竹竿偷打吴奶奶家柿子的事来，不禁莞尔。

一竿褂子、裤子、胸罩、内裤，似五彩旗帜在微风中飘扬，未拧干的水不紧不慢地滴着。等阳光升过屋顶，穿衣而过，水滴声渐渐停息，衣裳也就慢慢干了。每次傍晚收衣回家，我都忍不住嗅嗅阳光的味道，真的好闻。车库旁，一个妇人正在专注地浇大蒜、葱、空心菜，还有玉兰花，它们在烂脸盆、木澡盆、废痰盂里野泼泼地长着，车库围墙的绿藤吊着一个屁股拖着小黄花的丝瓜。楼道里，陆陆续续走出拎着纸袋去买菜的人。

两只小狗冲过来，一前一后。前面的狗刚靠近我家荣荣，后面的狗就大声吠，前面的那只也跟着吠。主人一声呵斥，后面的狗不叫了，前面的萌哒哒看着它,也不叫了,试探着朝荣荣靠近,后面的狗又大声叫,似是发出警告。主人说:"它们是母子,压阵的是妈妈,冲锋的是儿子。"原来狗妈妈怕狗儿子吃亏,时刻戒备着呢。全天下的母亲都一样啊!

一只猫从树丛中出来,身上冒着热气儿,大概是在草坪上打了个滚儿,采了小花,扑了蝴蝶,咬了几圈自己的尾巴。另一只猫在庇荫处的青苔上跳来跳去,那是它的琴键,它弹出的音符只有它自己才能听得懂。

几个老妇人坐在石凳上,慢悠悠地剥着毛豆,互话家常。"笃——笃——",豆子不紧不慢地落进铝盆里,青壳满地,一股鲜嫩的清气四散开来。骑着三轮车收破烂的老汉,一串串"酒——瓶子——纸壳子——卖呀——"的叫卖声,如长了绿锈的老铜管吹响了晨曲,嘹亮又沧桑。

巷口,一辆三轮车上,卖糯米饭的大木桶腾腾冒着热气。卖糯米饭的妇人手脚麻利地揉着糯米饭,一旁的男人给她递油条、塑料袋,两人双手配合得天衣无缝,像是长在一个人身上。得空,男人就将女人耷拉到眼皮上的发梢拂到耳后,女人眉眼弯弯,回望一眼男人。一旁炸糍糕的,金灿灿的糍糕和麻球在油锅里滋滋漂着,那香味诱人得紧。

去菜市场,穿梭于新鲜的茼蒿、扁豆、鸡毛菜中,自这头到那头,蔬菜的清气杂糅了鱼虾的腥气,于鼻腔中彼此纠缠……

晨曦笼罩着热闹尘世,让人忘忧。

回到家,豆浆混合着肉包子的香气扑面而来。餐桌上,已摆好热腾腾的早餐;白瓷盘上,盛着削好皮、切成块的苹果和梨。先生递过一杯白开水。水温温的,"咕嘟咕嘟"滑进了喉咙,润得五脏六腑舒舒坦坦的。

女儿在她的小房间里迅速地穿衣服，她必须加快速度，因为爸爸说她再不赶快来，肉包子就要被她狗弟弟全部吃光了。他们的对话让恍惚里的时光细致了起来。打开音响，一首《卡萨布兰卡》细细流来……
　　我不知道我们将在这样的意境里漫洇多少晨昏，但我知道，平凡烟火，人间至美。

"湖畔聊吧"三题

入　巢

人之外，还有人。世之外，还有世。

我们的那个"世"，在安庆市郊的杨桥镇，一个依山傍水之处，一个暂时供我们栖息的小巢。

那日小雨，雨小到几乎肉眼不见。那是秋天的第一场雨，也是久旱后的第一场雨，因而来得喜庆。雨丝凉凉，落在头发上，轻轻一捋，手中湿漉漉的，干燥的头发连同一颗干旱的心，都舒润了不少。我们仨携着被褥家什，至杨桥石塘湖畔的一个小巢——"湖畔聊吧"。

车驶入一条杂草丛生的窄道中，引得一阵犬吠。狗对我们这些从城市逃离的闯入者发出严正警告。车停在一家小院前。小院门庭清幽，草木扶疏。院中的紫薇开得很盛，花瓣片片，经雨淋湿后落在湿润的土地上。辣椒也穿红戴绿，似欢迎我们的入住。再看身旁岚姐一袭红旗袍，紫艳姐一身绿裙，我笑："你俩真默契！"她俩也看着我笑："你今天咋穿成这样？"我掸了掸身上的短褂短裤，"来搞卫生呀！"其实，到这儿来，我喜欢粗布麻衫，自在逍遥。

我一直崇尚散步式活法，那种挂着草鞋、脚上带泥的徒步人生，那种溜溜达达、拖鞋节拍的人生。而我们现在无缘泥泞和草木，是沥青路和跑步机上的人生。

不甘心乖乖在笼子里踱步，不甘心肉体被驯服后还要交出灵魂和梦，并让该逻辑无理地合理化。它要挣扎、突围，试图溯源而上，循着古老的脚印搜索未来的马匹。岚姐的突围欲尤为迫切，说很想在郊外觅一小巢。我和紫艳姐一拍即合。于是便有了渴望中的灵魂栖息地——"湖畔聊吧"，名字也是岚姐取的。

上二楼，会客室门上"湖畔聊吧"几个字，一下就吸引了我。那是岚姐请画家石宾虹老师题写的，顿觉亲切和清朗。典雅的匾额和站在门边穿着一袭红旗袍的岚姐，相互映衬，构成了一幅画。我忙掏出手机拍了下来。

窗明几净的四个房间内，岚姐已挂上了字画，心下暗自佩服岚姐的行动力。她永远这样，想到即做，做就做好。

一阵洒扫忙活后，静倚栏杆，抬头看远山起伏，层层树叶被雨洗过，绿得发亮，阳光从缝隙中穿过，在地面上投下点点白光，如碎星般移动。在明媚的阳光里，在葱郁的树荫下，心上的尘埃也被扫净了……

茶几上茶汤咕嘟，一股浓郁的普洱茶香弥散开来。握一盏茶，于一幅幅画前，徘徊又徘徊，茶气氤氲中，心儿有细雨斜出，梁燕双飞……

中午，房东大姐做的农家饭，味美至极，尤其是那活水鱼，肉质鲜美，带着一丝丝甜。

午休，门和窗，都坦荡荡地敞着，全身放松地躺在床上，看着屋前青山和屋后绿树，仿佛躺在大自然怀抱中。想起我家小狗四脚朝天、仰着肚皮在草地上酣睡的模样，不由得笑出了声。听着鸡叫、蝉噪和鸟鸣，间或几声犬吠，迷迷糊糊睡了过去。

醒后，慵懒地躺在床上翻看手机，房东曹老师拿着两副扑克来了。

我们掼蛋、喝茶、吃零食、聊天，嘻嘻哈哈开着玩笑，"偷得浮生半日闲"，时光变得慢悠悠的，跟着悠闲、闲散、散淡、淡泊，一起涌来。

唐代诗人段成式在《闲中好》中写道："闲中好，尘务不萦心。坐对当窗木，看移三面阴。"闲的好，不过是把平时不得不戴上的面具卸下来，还身心以自由，摆脱各种纷繁冗杂，清除脑海中成堆的公文，洗净心里塞得满满的是非。这样的闲适，是一种对自己的放逐，对尘世的剥离，对世间喧嚣的隔离。

如今，我们只有"快生活"。匆匆忙忙的行人、来来往往的车辆、一次次的擦肩而过……仿佛每个人都只是为了忙碌而忙碌。但其实，当你从忙碌的生活中闲下来，你会发现这个宇宙是遥远苍茫的，你会发现在这个世界上你只是一粒尘埃。

年纪渐大，很多东西看得通透了，就喜欢闲适的生活。我们所要的闲适，不是独处闭关，所以不必高山云深处，便取名"聊吧"。诚如爱敏老师说："并不喜欢那种独居山林的冷寂，喜欢有烟火气的闲适处。"说到底，人最怕的即是孤独，尤其是精神上的冰雪冷寂，布衣贩足、清流高士皆然。特别是后者，无不染此疾，且发作起来更危重。所以围炉夜话，抱团取暖，便是人生大处方了。正所谓"闲谈胜服药"，朋聚、访友、路遇、重逢、邀客——乃天下文人竞趋和必溺之题。那"寒夜客来茶当酒，竹炉汤沸火初红"的场景，"柴门闻犬吠，风雪夜归人"，不知感动和惊喜了多少寂寞之士。

有人说，选择一个住处，就是投奔一种生活；规划一个住处，就是在设计一种生活。我们仨不约而同地在朋友圈发出了邀请：朋友，来"湖畔聊吧"喝茶吧！

聊吧赏画

一点红落在柔白的宣纸上，羊毫轻揉，晕开，再一点，一片，深红、胭脂红、朱红、粉红、水红，倏忽间，一朵牡丹盛开了，大方地露出黄色的花蕊。又一朵抿着嘴儿笑，欲迎还羞。一朵，一朵，又一花骨朵，攒着劲儿，小脸憋得通红，在风中嚷着："我要开花，我要开花！"

鹤发童颜的老画家手中羊毫提起，放入水盂中。红在水中化开，如戏曲中的花旦飘飘然下场。青上场了，体态轻盈，轻挪步伐，挥动水袖，唰唰唰，一片一片碧叶现身。再添几笔，它们活泛起来，绿色的汁水在叶片里流动着，浓浓淡淡，层层叠叠。褐稳重上台，骨骼苍劲，枝叶相关，衬着牡丹花格外妍丽动人。

"这花活了，这是活的花！"我们站在一旁啧啧赞叹。手握羊毫的画家，笑眯眯地看了看画，意犹未尽，又蘸了石青，一个椭圆，又一个小圆，再用笔尖轻轻一勾，一只胖憨憨的鸟儿立在了花上，再一勾，鸟的小眼睛骨碌转了。那歪头张望的憨厚模样，着实惹人喜爱！我忙用手机拍下这幅生机蓬勃的牡丹图。

"喜欢吗?"画家这才说话。

"喜欢，太喜欢了！能送给我吗?"我的心怦怦直跳。

画家笑了，"报上名来"，遂欣然提笔：胡静女士雅鉴——吴会源画。

桌子的另一边，画家余河清老师的笔下，红得透亮的小柿子也累累地结在果树上了，小灯笼似的，将小屋点得更亮了。一旁的亚莉姐看得入了神。我看出她心里欢喜，便向余老师讨要了这幅送给亚莉姐。亚莉姐抿嘴笑："事事如意好！"

吴老师在走廊上踱步，回来后兴致更高，调色，运笔。远远地，看见树在山岚间一片又一片。叶子和枝丫，以墨点绘成。有树就有草，浅浅地生在画面下端。不远处是河，河上有乌篷船，淡墨寥寥几痕人影，无面目有精神，无线条有气度。岸上有亭，空空无人。远山处有大片的云。我看得呆了，进入那意境中，许久没说话。回过神来，我忙叫来了在客房中打牌的几位友人。众人皆赞叹：太美啦！这就是"湖畔印象"。画家遂给画题款。

我们就这样欣赏着两位画家绘画，看他们手中的羊毫，或疾或徐，或重或轻，在纸上极有韵律地点按提揉，似舞蹈，似音乐。秋日的阳光透过窗棂，照在画家们的银发和发红的脸颊上，闪闪发光，也照得画面格外鲜妍。两位画家一口气各画了三幅：红梅、山水、树影。每一幅笔情恣纵，苍劲圆秀，逸气横生，水墨的控制灵活自如，恣肆中见沉雄，苍郁中见妩媚。花鸟山水，之娇艳，之高雅，之雄浑，之淡泊，其形现于笔，其魂出于胸。

女画家袁小荣老师说："今日身体小恙，不现场作画了，带了一幅画作，权当留作纪念。"展开一看，是一幅山水画，画得颇为精致。

我欣赏着画作，欣赏着作画，心中仿若春水荡漾。多么美好的生活状态——醉心于自然，沉醉于宠辱不惊的心境。

湖畔野趣

沿着田埂路，我们去寻湖。几经周折，岚姐劈开一片蓬草，我们寻到了湖，准确地说，只是一条沟壑。岚姐有些失望。

抬眼，天湛蓝湛蓝的，悠闲地飘着几朵白云，一棵枯树婆娑虬枝，自在安稳，衬得天更远了，水更透亮了。干与湿、润与枯、生与死，竟那么和谐共生。我忍不住叫了起来："呀，真美！"画家吴老师说："我打老远就看中这枯树枝了！"我用相机取景，画面果真有一种况味。

突然，亚莉姐叫女画家袁老师别动！原来袁老师黑色针织衫上赫然扒着一只蚱蜢，像是黑衣上点缀了一只大胸针。岚姐忙说："别动，拍照，拍照！"众人一看，全都掏出手机，一通"咔嚓咔嚓"。蚱蜢一点也不认生，慢吞吞地从下往上爬着，袁老师笑着，任由它从胯部爬到肩部，直到张开翅膀自己飞走。我暗自佩服女画家的定力。如此和谐的画面，定格在每个人的手机里，也定格在每个人的脑海中。

众人继续赏景、拍照。油画家余老师大概觉得还缺了点什么，要身穿红裙的袁老师坐在石头上，又转身折了几根红蓼的枯枝，递到袁老师手上，才满意地点头。我用手机取景，秋阳斜斜地照在袁老师恬淡的脸上，照在她那身红裙上，给蓝天、碧水、枯树添了一抹色彩，更添了一种氛围感。众人皆叹：太美了，太美了！

我们坐在湖边，静静地看着果园、菜地、湖水、芦苇。这里的果园、菜地诱得你去亲近，忍不住要采摘它，而湖、芦苇是让你做梦的……

辑三　光阴厚朴

　　它们和我们一起凝视这个世界、应对这个世界；它们目睹我们的喜怒哀乐、成败得失，渐渐成了我们的家庭成员；它们帮我们滤掉人生杂质，保存着生命的纯净和美好。

桐梓马丁墨子巷
2024.9.12

与旧物对视

从小，我就有个癖好——爱逛旧货店。

四牌楼街口有家大旧货店，母亲常带我去，说这家旧货店是国营的，不欺客。店是两层老式木阁楼，雕花门窗，底层敞口，端方四正的厅堂，一只大肚细颈的青花瓶堂堂地立在中间，瓶内插着五彩的翎毛。一见它，我就想到戏曲《穆桂英挂帅》。身上插满彩旗的穆桂英舞动着双枪，头上翎毛一抖一抖的，好不威风！厅内还有古旧的雕花木床、八仙桌、橱柜、梳妆台、脸盆架、食盒、台灯、杯子、熨斗、碗勺、唱机、洋娃娃、钩花桌巾……

我在这里摸摸，那里看看，心中又好奇又欢喜，忍不住胡思乱想：这些物什与多少旧人有关？

墙角的摇篮，曾睡过怎样粉嘟嘟见风长的婴儿？门边三屉书桌上，那道刀痕是哪个淘气伢子划的？那盏旧台灯，曾照过怎样一个灯下奋笔疾书的人？描漆绘花的食盒，一层层小笼屉，打开就会嗅到岁月的米香与菜香吧？古铜色大喇叭的留声机播放过好听的洋曲吧？怎么会有这么好看的首饰，密密地摞在精致的景泰蓝盒中？那细细长长的，顶端镂着梅、莲、菊花纹的簪，还有两股簪子交合而成的钗，是怎样的女子用怎样的手拿起，在镜前摆弄、顾盼，随着一颗女儿心插入云堆雾绕的青丝？那金银镶成纷飞的羽翅、坠了珠玉的步摇，摇曳出一个女子怎样的娇柔来？

它们都无声地沉睡在那里，散发着木或金属的气息，承载着似水流年。

最让我感到新奇的是橱窗里那副石片墨镜。黑幽幽的镜片上镶了铜架子和铜腿子，铜架子上嵌着祥云，铜腿子顶端焊着两枚铜饼。铜饼上镌刻寿星捧桃的图案，饼圈里拴系一溜小巧的铜链子。这么时髦的墨镜，定是个风度翩翩的公子用的。那公子着白织锦长袍，罩黑云缎马甲，头发梳得水光溜滑，戴着墨镜，铜链子紧绷脑后，摇一把折扇，大摇大摆地走在街上，身后跟着几个布衣短衫的家丁。

为何连墨镜都当掉？定是遭了大事吧？会是什么样的大事呢？

旧货店里的旧物帮我打开认知和想象，家中的旧物则帮我收藏光阴和记忆。

一对老檀椅，总是端庄稳重地坐在我家厅堂里。那是父母结婚时花六元钱从旧货店里购来的，据说原是大户人家祠堂里的太师椅。它至少见证了两个家族的兴衰，现已上了一层暗色的包浆，泛着沉稳内敛的光泽。椅背上依稀可辨刻字，一曰"吉祥"，一曰"如意"。早先，父母一人坐一张，写材料、批改作业。后来，我和姐姐一人一张，看书、写作业。寒假里，母亲接了糊火柴盒、折牛皮纸袋的零活，大方桌、老檀椅就成了工作台。母亲右手从"吉祥"上取材，双手在大方桌上上下翻飞，左手放到"如意"上，像是手工作坊的流水线。我和姐姐各站一边，被母亲"吉祥""如意"地使唤着当下手，似两个小仙童。一个冬天忙下来，我们就有了过年穿的花衣裳和丰富的年货，可以过一个吉祥如意的新年了。

樱桃红的婴儿车，内圆外方，可坐可立可跑。车前栏板的长形凹槽上，放过"咚咚"响的拨浪鼓；右边碗底大的圆形凹槽，是放小木碗的；坐凳下一块斜木条，是引尿的槽；底板下四个敦实的木轮，可供推着婴儿到处跑。婴儿车陪伴过我们姐妹仨，还有外甥、女儿。一个又一个孩童,摇着拨浪鼓,摔着小木碗,在婴儿车上拔节生长。

一只铜炉,是奶奶留下的,炉盖梅花孔里散发出草木灰的香,让人忆起那些温暖的日子。一叠旧碗,大小不等、形状不一,乱糟糟地待在橱柜里,仿佛等你随时来开门,来取用……

我最爱看母亲晒箱。打开箱子上的挖云铜锁扣,一股樟脑寒香就钻了出来,四处弥漫着。母亲把衣物一件件抖开,像展开一段段光阴。那香云纱斜襟长袍和白绸缎对襟裤褂,是英年早逝的爷爷的遗物。我没见过爷爷,但凭这套衣服就能在脑中勾画出一个民国儒商的模样来。一件月白色的棉麻旗袍,淡青色的滚边,精致的盘扣,斜斜的溜肩,窄窄的袖管,朴素而温润,是奶奶少女时穿的。我和姐姐都试过,哪里穿得进?对比奶奶的纤细苗条,我们既羞愧又羡慕。最出彩的是那套大红中式锦绣嫁衣,艳红的缎面上用五彩丝线刺绣着凤凰和牡丹,看到它,就想到了旧时女人出嫁时的排场:唢呐与锣鼓声中,女子在花轿里被颠得目酣神醉。那喜色,浓得似乎好多年都化不开。

那件绣着鱼跃龙门的红绸肚兜,是奶奶贴身嫁衣改的,我婴儿时穿的;黑色"福"字纹香云纱小背心,取材爷爷的马褂,我三四岁时穿的。母亲说,那时的我,头上不长毛,白胖胖的,穿着黑背心,像个神气的小男伢。母亲总让我站在老檀椅上,扮《沙家浜》中的胡传魁:"老子的队伍,才开张……"这些,我竟没有一点印象。旧衣,追述了先人和我自己未知的时光故事,那般亲切可感。

我还喜欢翻旧相片,特别喜欢那张百日照。照片中的我坐在小坐车上,穿着绣花围兜,两只小手拍起,咧开嘴笑着,还调皮地伸出小舌头,笑得那样烂漫。那个天真无邪的时光!

我不能自抑地喜爱那些泛黄的线装书,握着它就觉得握着一脉优美的传统,那涩黯的纸面蕴含着一种古典的美。我很自然地想到,有几个人执过它，有几个人读过它。他们也许都逝去了。历史的兴亡、人物的迭代，本是这样虚幻，唯有书中的智慧永远长存。

那残存着香甜味的糖果纸、硫黄味的火柴花、卷了边的小人书、泛黄的磁带盒……都被我收藏着。我就是这样喜欢着许多旧东西，以至于每每翻出它们时，整个晚上都在痴坐着，沉浸在许多快乐的回忆里。

旧物让童年那么历历在目、栩栩如生，它既没有老去，也没有变形，它依旧雀跃如昨。它只是暂时地封存在角落里，静静地等你来开启，来重历，来品味。在你目光的关注下，它们苏醒，重生。

它们和我们一起凝视这个世界，应对这个世界；它们目睹我们的喜怒哀乐、成败得失，渐渐成了我们的家庭成员；它们帮我们滤掉人生杂质，保存着生命的纯净和美好。

而我们在与旧物的对视中，安顿了灵魂，并于瞬间，抵达某种诗意。

小铜炉

那日,我帮母亲整理房间,无意中发现了那只铜炉,虽然历经岁月磨砺,却依然乌光锃亮。铜炉圆而稍扁,炉身刻有兰花与菊花,提梁刻有文竹,最见神巧处是炉盖上錾着朵朵梅花状的镂空气孔,精美极了,真是"顶伴梅花平出网,展环竹节卧生枝"。

打开炉盖,里面还残存着当年草木灰的余香,那段用铜炉取暖的旧时光好像又回到了眼前……

冬日的早上,母亲早早起床,将铜炉中的灰倒掉,把炭燃着,放进炉中,再罩上炉盖。烟雾缭绕中,铜炉也渐而热起来了。这时母亲就会习惯性地把我们的棉布鞋袜放到炉盖上焐上一会儿,待暖和了,就一一分发给我们趁热穿上。

晚上,一家人围坐在铜炉前,情感好像交融在炉中,并且烧出一股淡淡的香气了。那时的我们,最喜欢的是围坐在一起听奶奶讲故事。吃罢晚饭,奶奶把毛线缠在小板凳的腿上,我们立即围过去。奶奶给铜炉里添一些木屑,随即,那一缕缕细烟柔如细蛇,从梅花孔里袅袅升出,仿佛推开了寒冷的冬夜,推出了一片温暖的天空。

奶奶用火钳在地上写下一个"沪"字,说:"这个水字旁的'沪'是奶奶的老家,奶奶生活在黄浦江边。"她再写下一个"炉"字,说:"这个是'火炉'的'炉',左边是'火',右边是'户',有火就有家,有家就有温暖。"

奶奶有一张白皙的瓜子脸,眉弯目长,唇薄齿密,说话轻声细语,

157

软糯绵甜的江浙口音动听至极。那时的她已年过六十，依然如薄瓷一般纤丽精巧。奶奶边绕着毛线，边操着吴侬软语，说起那些还流动着血泪声香的往事。我们偎在奶奶膝前，张大好奇的眼眸，竖起小耳朵，倾听小铜炉的故事，耳畔便响起远去的爷爷依旧动人的足音。

小铜炉是奶奶的陪嫁之物。江浙一带，姑娘嫁妆中必有一盆烧得旺旺的铜炉，寓意日子过得红火。彼时，年轻美丽的奶奶头戴凤冠、身披霞衣，怀抱一只精致的铜炉，羞涩地迈过那放在门口烧得旺旺的火炉，带着对新生活的憧憬，嫁给了在上海英租界洋行工作的爷爷。铜炉带着喜庆与希望，燃烧了第一炉旺旺的炉火，开始了新生活。

精明能干的爷爷与心灵手巧的奶奶，把日子过得红红火火。奶奶说那时的冬天，铜炉里烧的是从香药局买的炭墼，没有烟且有股幽幽的檀香。每个冬日的晚上，从洋行下班的爷爷都要烤着炉火，与奶奶对饮一杯。幼时的我眨巴着眼睛，眼前浮现出一幅画面：摆满红木家具的屋子里点着铜火炉，炉中的炭火烧得旺盛，绸幔低垂，把暖炉带来的暖意都给笼在了金装玉裹之中，一室皆春。爷爷、奶奶穿着皮袄，坐在紫檀木桌边，桌上摆着银酒杯和腾着热气的饭菜，奶奶笑吟吟地给爷爷斟酒，爷爷给奶奶夹菜……

"绿蚁新醅酒，红泥小火炉。晚来天欲雪，能饮一杯无？"奶奶轻轻吟起白居易的诗。红红的火光透过炉盖上的梅花孔，映在奶奶白瓷般的脸上，一朵朵红梅在奶奶的脸上绽放，璀璨而夺目。我痴痴地望着奶奶，深深地觉得，奶奶是那么美丽！

1937年淞沪会战后，上海沦陷，爷爷所在的英国洋行关闭。精通三国语言、能写会算，时任洋行经理的爷爷，断然拒绝几家日本洋行的聘请，舍弃洋房和红木家具，带着奶奶和襁褓中的父亲、四岁的大伯以及随身衣物和细软，还有心爱的小铜炉，离开了上海滩。他们先回了奶奶的娘家嘉定镇，又辗转回到了爷爷的老家安庆。小铜炉随着主人在炮火中颠沛流离，暖了又冷，冷了又暖，开始了无常的人生。

为躲避日机疯狂轰炸，奶奶一家在阴冷的防空洞中待了整整一周。爷爷把取暖的小铜炉和一点食物让给了哺乳期的妻子和儿子。又冷又饿的爷爷，染上了伤寒。后来，一家人辗转回到安庆时，爷爷已病入膏肓。祸不单行，爷爷奶奶从上海带回的细软，被土匪洗劫一空。那可是爷爷从十二岁当学徒开始打拼下来的所有心血呀！爷爷当即口吐鲜血，昏厥过去……

深夜，狂风，飞雪，到处一片墨黑，唯有一盏枯灯随风摇曳。炉中的炭火已烧成了灰，只有些火星儿还间或一闪。弥留之际的爷爷，看着奶奶怀里搂着的两个幼子，流下两行清泪，拼尽最后一丝气力，指着炉火将灭的铜炉，说出了最后一句话："把火添旺，有火就有家……"爷爷，一个正值壮年的生命如炉中那最后一道火星，倏地灭了。

我无法想象年轻的奶奶失去丈夫的痛，也无法想象财产遭劫后的奶奶如何面对两个嗷嗷待哺的幼子，更无法想象独在异乡的奶奶在那战火纷飞的年代如何排解回不去的乡愁。只是听说，奶奶一度精神分裂，不吃、不喝、不睡，唱着谁也听不懂的家乡歌谣，日也唱，夜也唱，唱哑了嗓子，唱不出声音……小铜炉里的火灭了，冷冷地静卧在满屋寒气、满屋悲凉中。

年幼的父亲因为奶奶病了没人照顾，得了重病，昏迷不醒。生命危在旦夕时，奶奶的病竟奇迹般不治而愈了！奶奶整日整夜地把炉火烧得旺旺的，把打摆子浑身颤抖的父亲抱在怀里……冥冥之中，奄奄一息的

159

父亲似乎感受到强烈的母爱，竟睁开了眼睛，奇迹般地醒了过来。

小铜炉里的火又燃起来了。没有炭，奶奶就用秸秆、玉米须、草木生火。尽管带着让人流泪的烟气，但终究让家温暖起来了。每每此时，奶奶都会喃喃自语："把火添旺，有火就有家。"

奶奶在屋前一锹一锹地刨出了一块地，每日凌晨，就开始了一天毫无停歇的劳作。为了养活两个儿子，她在菜市场里捡菜边，到江边剥准备船运的树皮做柴火，自己一直保持着一日一餐的节俭。奶奶的自强自立与谦逊温和赢得了街坊邻居的信任，他们找她带孩子、织毛衣，介绍她给部队洗衣，给作坊纺纱、剥花生等，奶奶将此换得的收入供儿子读书，直到大伯当了会计，爸爸成了国家干部。爸爸说："奶奶一口珠贝般整齐的牙齿，因为每天嗑上百斤的花生壳，被磨去了半截，更因长期吸入花生壳的灰尘，侵染了肺，最终陨于肺气肿。"

我无法想象奶奶吃了多少苦、受了多少难，只听说其间奶奶变卖了陪嫁的银菩萨，变卖了随身佩戴的首饰，甚至变卖了镶有仅存一张全家福照片的银相框，唯独保存了这只小铜炉。因为奶奶坚信，有火就有家，有家就有温暖。

后来，奶奶去了，铜炉仍在。每到冬天，我们依然常常围着铜炉烘脚、焐手，感觉暖意融融。特别是下雪的日子，放学回家后鞋子总是湿漉漉、沉甸甸的，这时只要脱掉又湿又重的鞋子，坐在矮凳上，将脚搁在铜炉盖上，顿时就有一股说不出的温暖从脚底涌来，很快流遍全身，那感觉惬意得很。在那没有书籍、没有电视的光景里，我常常坐在铜炉边，呆呆地望着外面飞舞的雪花，遥想着白雪公主的宫殿……

在寒冷的冬天，在没有零食的年代，铜炉不仅给我们带来温暖，更给了我们一日三餐之外的美味。记得那时，我们姊妹仨常常围在炉旁，打开炉盖，一边取暖，一边将蚕豆或黄豆埋进草灰里，等到微微升起的烟雾里飘着豆子的香味，炉内"噼噼啪啪"炸响，用火钳快速将它们拣出，吹去灰尘，稍稍冷却后，便迫不及待地抛进嘴里，又香又脆，味美至极。虽然吃得脸上、嘴上都是烟灰，但是唇齿留香，兴趣盎然，成为我童年记忆中最难忘的美味。

如今，铜炉已退出了人生的舞台，静默于一隅。它在时光洗礼与岁月沉淀中，抖搂了光影里的尘埃，细数着如水的流年。那"有火就有家"的烟火人生，依然生生不息地延续着……

老檀椅

一对老檀椅，总是端庄稳重地坐在我家厅堂里。

据说它们原是大户人家祠堂里的太师椅，至少见证了两个家族的兴衰史，现已上了一层暗色的包浆，泛着沉稳内敛的光泽。椅背上依稀可辨其上刻字，一曰"吉祥"，一曰"如意"。

老檀椅是父母结婚时花六元钱从旧货店购来的，是当时家里最值钱的家什了。父亲幼时没了爹，母亲很小没了娘，两个苦孩子，从同病相怜到互生爱慕之心，结合在一起。两人的家境都一贫如洗，母亲当时是村小的民办教师，被选派到师范学校进修，没有收入。父亲微薄的工资，需供养一家三口人。所以他们连婚床都是断腿的老旧床架，用砖头垫脚搭成的。六元钱对于当时的父母来说，实在是笔大数目。可他们实在喜欢这对老檀椅，宽宽大大的，坐着极舒服，这对每天都要长时间伏案工作的父母来说很实用。母亲尤喜椅背上"吉祥""如意"两个词，就和父亲合计，咬咬牙，狠下心买下了。

每天晨起，母亲都要细细地擦椅子，椅面、椅背、椅档，每一个雕花孔都不遗漏。老檀椅总是被母亲擦得油光锃亮。

晚上，父母一人坐一张椅，父亲写材料，母亲给学生批改作业。每到学期末，母亲就把写给学生的评语草稿，拿给父亲在学生成绩册上誊抄。母亲在一旁改作业，改得倦了，就起身拿过父亲誊好的成绩册，目光含笑地看。父亲一手漂亮的钢笔字，是母亲引以为豪的，"每次家长们拿到这成绩册，都夸这字漂亮！"她常这样说。父亲抬起头来，习惯性地用中指推推眼镜，口角含笑，然后继续埋头抄写。母亲便对我们说："你爸的钢笔字写得流利又有劲道，不说千里挑一，也是百里挑一的！"说这话时，母亲的眼里有光，脸上也泛着光。

后来，爸妈退休了，两人每天待在一起，就闹起矛盾了。父母是典型的互补型夫妻。母亲外向、浪漫、随意，父亲内向、务实、严谨，两个性情迥异的人，时时刻刻在一起就起了冲突。隔三岔五，不是爸就是妈打电话要我回家给他们评理。我回家后，见他们一个面朝东，一个面朝西，像斗倦了的公鸡，气呼呼坐在老檀椅上。我一问，都是些鸡毛蒜皮的事，比如母亲画画，画着画着就投入进去了，以至于废寝忘食，父亲在一旁催促，母亲被催烦了，就恼，两人争执起来。我总是先哄哄他们，再各打五十大板，说一个"自由主义"，一个"教条主义"，最后我要父亲表现出男子汉的"高姿态"。父亲每次都能主动向母亲道歉。母亲先把父亲数落一通，但说着说着，脸色渐和悦了，最后被我逗笑了。

后来，我常在闲时坐在椅子上，捧着一本很旧的书，细细地看。时光就在书页的翻开间停驻，以致日已夕暮，仍浑然不觉。有时候会不自觉地睡着了，书就落在怀间，仿佛梦里也氤氲着书香。

而让我心生感慨却又觉得静美的时刻，就是看着父亲坐在夕阳下，白发被染成浅金色……他望向遥远，就像望穿了一生的时光，身畔的墙上有着岁月剥落的痕迹，几只鸟停在树上沉默。他的怀里，躺着一份报纸……

如今，父亲去了。母亲常一个人坐在檀木椅上，看着对面空荡荡的椅子发呆。我走过去，像父亲一样，递过一杯茶，坐下。

棉被里的春天

鸟儿的叽叽喳喳叫醒了我。拉开窗帘，阳光澄黄黄的一片。大好的晴天，该晒被子了。

我是个与花草无缘的人，并非不喜欢，而是不善侍弄，养的花草多是过不了多久就蔫蔫的没了精神，极力挽救也无济于事。偶尔有开花的，也终是残红满地，惹得好一阵的黯然。当你慢慢对它产生感情时，它却弃你而去。我特害怕这种伤离，索性避而不养。久而久之，我对草木鱼虫就比较麻木。每年春的气息，竟先是从棉被中感受到的。春节过后，天一放晴就晒被子。晒过的棉被暖，有股阳光的香味儿，便觉春天到了。

小时，天寒地冻，为节约用炭，吃过晚饭，母亲就让我们早早上床，窝在被窝里取暖。母亲睡中间，我和姐姐偎两边。母亲胖胖的，身子软软的、暖暖的，我们把小脚伸到母亲肚皮上取暖。母亲一手搂一个，给我们讲故事："春姑娘来了，小草探出了小脑袋，小花张开了笑脸，一群群的小粉蝶在花丛中跳着舞……"听着听着，我进入了甜蜜的梦乡，梦见了头戴花环的春姑娘。

遇到大晴天，母亲就把棉被一条一条展在太阳下晒。被面上印着硕大的花，一大团一大团的。我不认得那些花，可看着喜欢。被面底色是大红或大绿的，耀眼得很。阳光掉在上面，"嘭"地开了花。我把小脸埋在被子里，闭上眼，不肯抬起来。母亲唤："丫头，别把汗蹭上去了！""我在嗅春姑娘呢！"我想象着自己是一只小粉蝶，在一片"大花园"中跳着、唱着,"春天在哪里呀,春天在哪里……"

妹妹出生后,我跟姐姐睡一张床,睡前总要互相挠痒痒。先挠背,一人一百下,再钻到被子另一头,挠脚心,挠得咯咯地笑。母亲一声喝:"还不睡觉啊!"我们捂住嘴,吃吃地笑,继续挠,被窝,被我们闹腾得像生了火。挠着笑着,我们睡着了。

当迷上看书时,我就吵着要一个人睡一张床,理由是姐姐睡觉蹬被子。被诬陷的姐姐不知,那是我的小阴谋。因我身体不好,隔三岔五进医院。我的阴谋当然得逞了,因为母亲怕被子蹬掉,我会感冒。于是,每天晚上,我一个人躲在被窝里,打着手电筒看书,看着看着,睡着了。

我结婚时,已流行丝绵被,薄薄的,轻软。母亲却说:"哪有棉花的暖和?"她执意给我置办新棉被。我知道拗不过母亲,因为从我恋爱起,母亲就托人到苏杭捎绸缎被面,并嘱咐要十彩以上的织锦缎。母亲买了红丝线,专门请了最有福气的马奶奶给我缝被子。八床新棉被,红、黄、蓝、紫各两床,光亮柔滑的缎面上开着大团的牡丹或芍药;也有丹凤朝阳,拖着长长的尾巴;还有百子送福,金灿灿的童子,红艳艳的"福"字。母亲是希望我的日子过得红火、富贵、平安、祥和。出嫁那天,被子艳艳地放在装嫁妆的大卡车上,霸气得耀人的眼,听得路人说:"瞧,那些被子。"心里得意,我是被宠爱的女儿呢!

那些被子,我一直在盖着。

女儿小时,一到晚上,就像林间嬉闹归来的画眉欢快地飞回窝里,钻进被窝,一双小手搂着我的脖子,兴奋得小脚在我怀里直蹬,小鼻子在我脸上蹭呀蹭。被子被"小火球"焐得暖和和的。"妈妈讲春姑娘的故事!"女儿一样爱听:"春姑娘来了……"

今年冬天,我病了,从阴冷的医院回到家,一进卧室,床上铺了一床大大的、厚厚的新棉被。被面上红的、黄的、蓝的、紫的,各色像礼花一样的花儿，绽放得恨不得要掉下来。那满眼的艳啊，带来满屋的暖！母亲再三嘱咐："出院后要在家卧床静养一段，被子要盖大点厚点的。人暖了，病就好了。"

母亲送来的岂止是一床棉被，还送来了一个暖暖的春啊！人暖了，我的病果然好了，日子也在棉被里安好。

天阴过一阵，突然放晴，阳光像羽毛般洒落在房间的地板上。对面楼上传来歌声："春天的芭蕾，灿烂的芭蕾，随着脚步起舞纷飞……"和着节拍，脚步轻盈，我把被子捧到阳光下，像母亲那样，把它们一床一床地展开。被面上大团的花儿，就在阳光下欢天喜地地开了，开出了一个满满的春天！

匣　子

常常看到匣子，我就会想起奶奶。

罩着白纱帐的四柱木床后，一道蓝底白花的布帘，隔出一个内间，那是一个阴暗逼仄的储藏室。地上放着些坛坛罐罐，两条长板凳上放着一个大木匣，大木匣上又放一小铁匣。

大木匣，深红色，古铜色的云纹扣上挂着同色的插销锁。大好的晴天，奶奶打开大木匣。雪白的羊皮袄，黑缎面的棉袍，毛哔叽灰西装，烟卡色香云纱，马蹄袖，绣花领子，花丝线以及各种颜色的绸缎、香荷包，搭腰，古色古香，颜色都配得特别好看。箱底还躺着一个小木匣，红绸包着。我伸手去拿，奶奶打手，不给碰。望着打开的大木匣，奶奶眼里闪着迷醉的光，过会儿又黯淡下来，"就剩这点儿了，几大箱老好老好的东西全给土匪抢走了！"奶奶的吴侬软语中闪着刀光，带着风沙。

而后，她郑重又小心地把羊皮袄、大棉袄、灰西装等捧出来，晾在屋外太阳下，并坐在小板凳上守着。奶奶瓷白的皮肤被太阳晒得透明，深凹的丹凤眼幽幽地望着它们，直到日头将落，再将它们一一归放到大匣子里，锁上。

三四岁的我，对大木匣上的小铁匣更感兴趣。方方的小铁匣，四面印着烫着卷发的上海美人。它总能带给我惊喜。我和姐姐一到奶奶家，就掀开蓝布帘，打开铁匣子。匣子圆圆的小口只能塞进一只小手，我和姐姐轮流伸手去掏。有时掏出一把蚕豆，有时掏出一把爆米花，有时掏出几粒糖。彼时，我们是那么惊喜、快乐，不仅仅为了吃，更好比药郎采到了灵芝,渔夫钓到了大鱼。我们欢叫着,把它们揣进兜里,钻出门帘。奶奶坐在纺车旁纺纱,侧过脸,笑盈盈地看着我们。这些零食是奶奶给人看小孩、织毛衣、纺纱、做老虎鞋收到的馈赠品,宝贝似的藏进了匣子里,等着我们每次来时去掏。

青油油的菜地里,小蝴蝶在菜花上跳舞。我和姐姐捉蝴蝶,突然,衣兜被扯住。我们惊恐地望着又高又壮的"小瘌痢"兄弟俩。"就这么点儿,回家再拿,拿不出就偷点钱出来!""小瘌痢"双手叉着腰,光光的头皮上,青筋一跳一跳的。那点儿零食,是奶奶一粒一粒、一颗一颗攒下的,哪里还有?奶奶没工作,靠给人剥花生、洗衣、纺纱赚一点小钱,又怎能去偷?气、急、恨,一齐涌上心头,姐姐突然无比英勇地抄起一块石头砸过去。血从"小瘌痢"的额角汩汩地流。我和姐姐吓得狂奔回家,关上门。很快,"小瘌痢"妈妈牵着儿子上门了,奶奶二话没说,从内屋的坛子里摸出十个鸡蛋,赔着小心,送给他妈。他们走后,奶奶把蜷缩在墙角的姐姐和我轻轻拉到怀里,轻声细语:"勿要紧啦,下次看到'小瘌痢'就躲开,好不啦?"我和姐姐哭了,用力点点头。因为我们知道,那十个鸡蛋对奶奶意味着什么,奶奶每天只吃一顿饭啊!

记忆中,奶奶总是笑盈盈地站在门口,对着野地里撒欢的姐姐和我,用软糯糯的话喊:"小红,小中,快点回来吃饭饭……"我们像小鸡归窝,撅起屁股往回跑。香喷喷的大米饭,黄澄澄的蒸鸡蛋,青乎乎的小白菜,三两下就扒拉到肚里,奶奶笑盈盈地看着我们吃完后,铲起锅底浅浅的锅巴,用开水泡着,就着几根从菜市场捡来盐渍的黄塌塌白菜帮,吃下去。

晚上,我总是搂着奶奶的脖子睡。有时夜里,我醒来尿尿,迷迷糊糊看见,月光下的奶奶抱着打开的小木匣,眼泪吧嗒吧嗒地落。我眯着眼含混地叫奶奶，奶奶把我搂在怀里，睡下了。

天还没亮，奶奶就出去干活了，不是在结着薄冰的塘边给人洗沾满泥土和油污的制服，就是在一小块"歪头斜身"的自留地里忙活。桌上，一只古旧的藤匣子里，放着两个热乎乎的高粱粑。

两个小姑娘在暖暖的爱中蓬蓬勃勃地成长。

转眼间，我和姐姐上学了，去奶奶家的次数少了，可心里总惦记着那只铁匣子。奶奶也惦记着我们。常常，我们还没起床，奶奶就叩开门，青布衫的前襟后背都汗湿了。她笑盈盈地掏出几颗糖，放进我们衣兜里，就匆匆往回赶。母亲怎么也留不住她，叹道："这一来一回几里路，就为了给两个伢子送几颗糖。"

我和姐姐盼着放暑假去奶奶家。窗外的槐树刚冒出点点小白花，我们的心就飞了起来。可没等到放暑假，父亲就眼睛红红地告诉我，不能去奶奶家了，奶奶住院了。母亲说："奶奶是因为常年给一家作坊剥花生，吸进大量灰尘，得了肺气肿。"一周后，父亲和大伯用板车把奶奶拉回去了。母亲日夜忙着做白老衣，缝黑袖章。

奶奶进了一个洁净素朴的白瓷匣子。大人、小孩全跪下磕头，哭声一片，上海来的舅爷爷一声哭叫撕心裂肺："阿姐，侬的命好苦啊！勿享一天福就走了……"奶奶一生的秘密，一生的沧桑，以及一生的爱与恨，幸福与痛苦，全都尘封在白瓷匣子里了。

昏黄的灯光下，母亲把小铁匣子放在桌上，要我们姐妹伸手掏。我们哭着摇头。母亲倒出了几颗糖，要我们吃，说是奶奶走前交代的。我含着泪剥开糖纸，糖已化了。母亲打开那个包红绸的小木匣子，里面搁着三百元人民币，三百斤粮票，还有布票、油票、八块银圆，一对金耳环，嵌着珍珠的银手镯、银发卡……还有一张发黄的照片，照片上的人西装革履，英俊儒雅。他就是我爷爷。

这是我六十八岁的奶奶——一个跟随丈夫从上海来安徽跑反却遭土匪抢劫的外乡人，一个二十八岁守寡温敦的家庭妇女，一个养活两个儿子并供他们读书的坚强母亲，一个带大两个孙子和两个孙女的慈祥祖母，留给子孙的财富。

那是 1978 年暮春。

微步动瑶瑛

我一直在想，怎么会有这种叫"步摇"的首饰呢？可除了叫步摇，它还能叫什么呢？步摇，步摇，这叫法，多活泼！一步一摇，摇曳生姿，顾盼生辉，多鲜活而生动的词儿。

最早见到"步摇"一词，是在《风赋》中："主人之女，垂珠步摇。"只浅浅一笔，淡淡带过，我却念念于心。汉书《释名·释首饰》中说："步摇，上有垂珠，步则动摇也。"原不过是钗一样的饰物，而钗首垂有流苏或坠子。汉代，它被置放到礼服的范围，汉制规定，太皇太后、皇太后祭服中的首服"步摇以黄金为山题，贯白珠为桂枝相缪"。晋代出现了金步摇冠，顾恺之的《女史箴图》中，插入仕女发髻中的是一个底座，底座上伸出弯曲的枝条，枝条上栖有云雀。想象着，随着女子袅袅婷婷地走动，那发髻上的云雀就随之摇曳，就觉着有趣！

与北方女子金雀步摇相对应的，是江南六朝女子的花步摇。梁朝女诗人沈满愿作过一首《咏步摇花》诗，其中一句"低枝拂绣领，微步动瑶瑛"，说出了女子对戴步摇的感受，最动人处正在那起身微步的瞬间，枝弯珠垂，轻拂绣领，珠摇玉动，摇曳生辉。

女人的姿色美在色，胜在态，那是"回眸一笑百媚生"的情态，也是"绰约多逸态，轻盈不自持"的动态。若只有容貌而无姿态之美，再标致也不过是个小瓷人，缺了灵气，美得不生动，亦不耐看。美人姿态种种，头上步摇颤，耳下玉坠摇，一个"颤"字便道出了其中娇媚可怜的风情。想那花一样的女子，云髻上插着步摇，莲步轻移，娉婷而来，

171

钗随人动，弱态生娇，恰似荷粉垂露，该是怎样的楚楚动人，怎能不让人爱怜？

最让步摇出彩的，当属大唐盛世。白居易诗曰："云鬓花颜金步摇，芙蓉帐暖度春宵。"想那贵妃出浴时，被温泉沾湿的云鬓上，斜插着步摇，珠玉缠金流光，流苏长坠荡漾，映衬着那黛眉星目，粉腮朱唇。一低首回眸，环佩叮当作响，莲步生花，腰摆似柳，把那杨美人的风情韵致映衬得何许生动，惹得那唐明皇春心荡漾，集三千宠爱于一身。马嵬坡上，美人香消玉殒，"花钿委地无人收，翠翘金雀玉搔头"，给玄宗留下无限念想的，便是那金钗，"惟将旧物表深情，钿合金钗寄将去"。金钗依旧，而美人不在，玄宗睹物思人，留下"天长地久有时尽，此恨绵绵无绝期"的千古绝唱。

戴不上金钗的乡野女子，粗衣布衫，却也有支钗佩着，哪怕是荆钗。我想，《陌上桑》里的罗敷就应该是这样打扮的，她在桑树林里采桑，发髻上的荆钗，追着她的身影而动，一抬手一扬眉，都藏了万种风情。天生丽质难自弃，那才叫一个惊艳。

奶奶也有钗，银的，嵌着珍珠，亮亮的。奶奶是上海人，白皙的瓜子脸，一头黑亮如绸的发，是一个典型的江南美女。年幼时的我，最爱看清晨坐在窗前的奶奶，她拿着大木梳子细细地一下一下从发顶梳到发尾，梳出一个好看的卷卷的尖儿。沐浴在晨光中，她挽起发，编着细细的辫子，再一点一点地盘成髻，末了，拈起银钗轻轻地穿过髻。阳光淡淡地洒在银钗上，钗晃晃地亮，映在我闪着璀璨光亮的眼睛里。有时，我会冷不丁抢了她的钗，往自己稀黄的头发上插。哪里插得住？奶奶笑，露出贝壳般的牙齿："等小囡囡长大了才行的。"奶奶抱过我来，用大木梳子帮我一下一下地梳头。

随后，我坐在小椅子上，看着奶奶在织布机前忙活。纯白的丝线随着奶奶一踏一踏地踩，从织布机中缓缓地流出。奶奶微笑着，眼里奇幻的微光不时一亮。奶奶取下银钗，发髻不散。她挑起织布机上的丝线，把它们归顺，偶尔也偏过头，笑眯眯地看着我。

光越过房门，静静地笼着。微微的浮尘静止在空中，织布声像老相机按下快门那般轻响，透着沉静的美。银钗在紧绷着的织线上舞着、亮着，划过一道又一道银色的弧线，如夏季夜晚围着我和奶奶的萤火虫，悠悠地亮。

姐姐和我，打小就爱美，七八岁光景，母亲带我们看黄梅戏《牛郎织女》，就对那仙女艳美得不得了，尤其是仙女头上戴着的那摇曳生姿的步摇。姐姐和我也想扮作仙女，没有行头，就偷偷收集了彩色硬塑编织带，裁成细细的条，编织成各色的"钗"，藏好。爸妈一出门，我们便唤来楼下的文子，头上插满"金钗""银钗"，踩碎步，甩长袖，唱着《天上人间》，想象着自己就是仙女，插着那缀着闪亮珠子的金钗，一步三摇。日子里有满满的好，说不上的。

有段时间，小城的女孩流行穿耳洞，姐姐也去穿了，却没有耳坠可戴，姐姐就用一根红线拴着。风吹发动，那红线隐约可见，衬着姐姐如奶奶般白皙的瓜子脸，美得动魄。贫瘠中的美，光芒绵长得足以覆盖一生。

一天，我发现姐姐的耳朵上戴了一对银耳坠，闪闪地亮。原来，母亲把奶奶生前留下的银钗，送到金银店改成了一对耳坠和三枚戒指。耳坠，给了作为长孙女的姐姐；戒指，我们姐妹仨各得一枚。我抚着那银钗改成的戒指，是一千个一万个不舍得。心里也是满满的了，欢喜也有，感伤也有，竟是一种说不出的滋味。于是，我自制了一方真丝手帕，绣上两条金鱼，一条青的，像奶奶的青布衫；一条花的，像我最喜欢穿的花衣裳。我把从奶奶银钗上取下的珍珠，钉在了鱼的眼睛上，闪闪地亮。

　　如今，奶奶到另一个世界已好多年了，我也有了奶奶般乌黑的长发。那日清晨，我坐在梳妆台前梳头，阳光斜斜，照在首饰盒内那枚手帕垫着的银戒指上，闪闪地亮。忽听得一曲"醉人的笑容你有没有，大雁飞过菊花插满头"，顿时泪如泉涌……一大颗泪珠，滴落在戒指上，闪闪地亮。

　　步摇和佩步摇的人，都已成为记忆中的美丽。每每看到那些步摇，我依旧是喜欢，遇上心仪的，总要买回来，只在家中对着镜子簪。每每簪它入发中，那早已逝去却日渐清晰的爱，都在昭示着我，要心怀美好地活着。

一缸岁月

水瓢荡开平静的水面,"哗啦"一声,水从缸里起身,抬脚进了锅灶里。缕缕饭香,伴着草木烟味,弥散开来……

我最近常想起我家那口缸来。它比一般人家的水缸小巧精致些。敦实浑圆的腰身,着了酱黄色的亮釉,两条黄色五爪龙一上一下地扭着身子游着,龙鳞清晰可见,一片一片都是活的。缸壁是碧青色细瓷制的,盛了水后,青玉一般,女人往缸前一站,就成了古典美人。

早先,它蹲守在奶奶家的灶房里,离锅台很近。一顶木盖子守住一缸清澈甘甜的秘密。掀开木盖,一只水瓢漂在水面上,随时听候差遣。

天蒙蒙亮,奶奶就挑起一对洋铁皮水桶,去井台打水。铁皮桶"嘎吱,嘎吱"唱着歌,欢快地远去。回来时,桶一声不吭,沉甸甸的水压得它们只记着责任而忘了调皮。只听见奶奶沉重的脚步声和喘息声,接着是水桶落地轻微的钝响,水倒进缸里巨大的哗啦声。那水是甜的,是离家二里多外井里的水,去得早,水就更清冽甘甜。奶奶每天早早起来,往返五里路,挑两担水。只有一早把水缸挑满,奶奶的心里才踏实。

奶奶家的水缸不大,只能盛两担水。除了我们的餐食洗漱,还要喂鸡浇花,一院子开口的、不开口的,都要水喝。奶奶用水总是算计,几瓢烧开水,几瓢做饭,几瓢洗漱,都计算好了。晚饭后,刷碗时,奶奶总是歪起缸身,用葫芦瓢舀尽最后一瓢水。过日子,奶奶有着她的一套。

我比水缸高半个头时,喜欢看缸里那个扑闪着黑眼睛、额前覆着稀黄头发的小人儿笑,奶奶也笑。我伸手去捞,奶奶打手不允。奶奶对我和姐姐百般宠溺，独在缸事上要求很严。她说："缸里的水是一家人的奶水，不能弄邋遢了。"奶奶不许我们玩水，还不许我们随意掀开缸盖，以防墙上的蜘蛛、屋顶的石灰掉进缸里，污了水。每隔一段时日，奶奶就用细竹帚子清刷缸壁。她把身子弯成一把弓，探进缸里，细细地刷，再清理出有些浑浊的水，直到把缸几近歪倒，舀出最后一瓢垢水。

粗茶淡饭，水一定要洁净。贫贱富贵，做人一定要干净。这是奶奶的信条，也是我人生的第一课。

奶奶虔诚地对待缸里的水，缸里的水也顺从地听奶奶的话。那日，奶奶在灶前忙活，姐姐往灶里添柴，一不小心，火星子蹿出了灶外，点燃了灶边的木柴，火苗蹿得老高，我和姐姐吓得尖叫起来。奶奶抄起水瓢，"哗"地浇在火焰上，只一瓢，就灭了火。我们惊魂未定地看着奶奶。奶奶神色安详，轻轻放下水瓢，说："水能克火呢！这世上，再厉害的东西都有制服它的东西。就像《西游记》里的蜈蚣精，孙悟空奈何不得，卯日金星鸡婆婆，只一根绣花针就收了它。"奶奶这话，我记住了，并受用了大半生。奶奶还说："水缸也叫'太平缸'，过去人家的院子再简陋，也在天井下摆口水缸，随时准备灭火。你爷爷说，故宫里有三百零八口铜质鎏金的大水缸呢！"奶奶的眼神恍惚了，眼里起了雾。那时的我还不知道，奶奶的一生并不太平。

水缸里的水每天倒进去，舀出来。被水滋养的我们，从满地爬到背着书包上学堂。放学后，淘气的我们跳皮筋、掏鸟窝、斗鸡，玩得头发汗涔涔，脸颊红通通，心里火烧烧，一回家就扑向水缸，舀一瓢水，"咕噜咕噜"喝下去——呵，那个透心凉！再舀两瓢水洗脸、擦身，立马，像久旱逢甘霖的小苗，整个人又葱茏水灵了。奶奶从地里汗淋淋地回来，也喝水擦脸，然后抄起扁担，扁担钩子一前一后钩住两只铁桶，奶奶一手摁住腰，慢慢蹲身。一天的劳作使奶奶累得弯不下腰。我抢过扁担要挑，奶奶不让，说："人还没扁担长呢，会伤了苗的！"看着奶奶单薄佝偻的挑水背影，我暗自盼望着自己快快长大。

可我的想法没能实现，缸就搬到了我父母家。父亲抚着缸沿，望着空洞洞的缸："打我记事起，这缸就在……"随即背过身，摘下眼镜。爷爷在父亲五岁时就离世了，跟随爷爷从上海逃难到安庆的奶奶，在家产遭土匪抢劫、丈夫猝然离世的重创下，用瘦削的肩膀扛起了独自抚养两个幼子的重担。这担子，比她一生挑的水都要沉很多很多。母亲叹："老人家一生受苦受累，没过一天好日子就走了，我们要替她把日子过好。"

那时我家已用上自来水，但缸没被闲置。冬天，母亲用缸腌白菜。最家常的事，却被母亲办得跟隆重的大事一样：先看黄历算好日子，在下霜后青菜最甜又将连着几个大好晴天时，父母一块起个大早，买来一担沾露带泥的青菜。再从大院外的井里打来清冽冽的井水，洗净青菜，一棵棵晾在绳子上。经过几天"日光浴"后，青菜的身子骨变得酥软，就躺在了碧青的水缸里。母亲给它们一层层撒上粗盐，父亲一层层揉压，再净了脚，站在缸中踩。看着父亲的双脚一上一下有节奏地踩，我们围在缸周，和着节奏，拍手踏脚欢声唱："解放军那么——嗬嘿！大生产那么——嗬嘿！"热腾腾的欢喜，从屋里漫溢到窗外，温暖了寒冬，温暖了贫瘠的童年，也温暖了长长的人生。

我家的腌菜又嫩又脆，配上姜、葱，略炒几下，就是一道美味又下饭的菜。常常，我放学回家，肚子饿了，就在缸里摸一棵腌白菜，捻着指尖，掐下最嫩的菜心生吃，又鲜又嫩，咸中带一丝甜，清脆爽口，真是一道充饥又美味的零食。一缸腌菜，一家人从冬天吃到夏至才吃完。除了自家吃，母亲还要送一些给街坊邻居，有人问母亲咸菜好吃不烂的秘诀，母亲总笑答："我家的缸好啊，伢子奶奶留下的。"我却发现了其中蹊跷：整个腌制过程中，母亲的手一下也不碰青菜，而是指挥不会干家务的父亲做。

"小鬼头，就你鬼精。"当我把这个发现说给母亲时，母亲悄悄告诉我，她是"火烧手"，腌的白菜容易烂，爸爸是"干柴手"，腌出的菜脆。

日子再清贫，也从不潦草。这是母亲的信条。这信条连同咸菜的味道渗入我的生命，转化成一种近乎偏执的习惯。

夏天，水缸被搬到屋外。我们掀掉缸盖子，让太阳晒水缸里的水，把水晒得温热。我们称这水为"太阳水"。吃完晚饭，我们舀"太阳水"洗澡。温温的水带着股阳光的馨香，淋在身上，只觉浑身每一个毛孔似乎都张开了小嘴，贪婪地吮吸着"太阳水"。水花随着"咯咯"的笑声，调皮地飞到我们的头上、脸上、身上。我们是太阳的孩子呢，也是水的孩子。缸是收纳太阳光和水的魔术袋，装的不仅是阳光，还有它们的精魄。

下雨时，家里的盆桶钵罐都派上了用场，在屋檐下接雨。"叮咚，叮咚"，雨点在各种器皿里，笑出了一个个酒窝。盆桶钵罐里的水接满后，父亲穿上雨笠，把它们一一端起，递给站在缸边的母亲，母亲把它们统统倒进水缸里。她说："这是天水，留着浇那些花花草草、葱蒜豆苗，能把它们喂得肥盈盈的。"母亲把欢喜、把热爱、把对天地的敬畏，都装进了缸里。

缸蹲守在岁月深处，一生接纳和给予，默默滋养着屋檐下的生命。不知何时，缸从檐下消失了，也从我们的生活里消失了。经年以后，在落雨或秋风吹起的日子，我就想起它，想起它的朴素敦厚，和那一缸盈盈复莹莹的岁月。

扇子里的流年

母亲靠在阳台上的老檀木椅子上，悠悠地摇着一把扇子。夕阳的余晖把母亲的白发、手里的白羽扇，都染成了浅黄色。扇柄下的红穗，在母亲胸前火苗般舞动着。我的目光随之迷离起来，心也软融融的。思绪和着暮色，漫过记忆之河。

艳阳天，母亲搬出又深又沉的樟木箱，将箱中衣物一件件拿出晒。我总爱在那些皮袄、缎袍上东摸摸，西探探。那次，我看到箱底躺着一个长长的、套着红丝绒的东西，刚一伸手，就被母亲夺了去。她红着脸，进屋，阖上门。好奇心驱使我定要弄个明白，就故意把一件羊皮袄扔到楼下，嚷："妈，皮袄掉楼下啦！"趁母亲下楼，我赶紧溜进房，瞧那丝绒套里的宝贝。抽出，竟是一把折扇，打开，不过是幅山水画。再细看，扇骨上刻着四行诗句，落款为"海峰"，那是父亲的名。其时，十来岁的我，已囫囵吞枣地偷看过父亲的藏书《桃花扇》，对爱情已懵懵懂懂，便断定，这是父亲送给母亲的定情信物。至于母亲是否送过扇子给父亲，我不得而知。但我猜，如果送，定是用柔韧芬芳的麦草编成，并用丝线在扇芯绣上精美的图案，比如鸳鸯戏水呀，鱼戏荷莲呀……一颗女儿心，全藏进了那扇芯。

夏日里，那芭蕉扇却无遮无拦地天天与我们照面。虽然它最是平常，但扇边和扇柄，都被母亲用颜色鲜艳的布条细细包好。每日清晨，母亲用一把专用的芭蕉扇扇火生炉。炊烟袅袅地升起，升出了一个又一个柴米油盐的温馨日子。夏夜，墨蓝的星空下，母亲用芭蕉扇给凉床上的我们扇风驱蚊。我们嚷着要听故事,母亲说:"先猜谜语,猜对了才讲。"至今我还记得"麻屋子,红帐子,里面住着白胖子"那些有趣的谜语。每次我们总能猜出谜底(猜不出,母亲就会提示),总能如愿地听母亲讲故事,也总在听后望着满天的星子和大月亮,出神地遐想,恍恍惚惚,飞进了神话中的仙境。深夜,被一阵"唰唰"声惊醒,睁开惺忪的眼,母亲正用芭蕉扇为我们驱蚊散热。那扇过来的风,像母亲的手拂过身体,很舒服的,我又沉沉睡去。

我生女儿时是三伏天,在母亲家坐月子。母亲坚持不把外孙女放进空调房,说空调的寒气会伤了囡囡。宝宝睡时,母亲总是轻轻摇着小蒲扇,哼着我熟悉的摇篮曲。宝宝醒来,母亲用一个大蒲扇垫在臂弯里,捧着宝宝,说:"大热天,大人身上有火毒,垫把蒲扇,防止把火毒传给囡囡。"柔韧的大蒲扇,微微弯曲,像一只载着梦的小船。女儿小小的身子粉白透红,穿着外婆做的红绸肚兜,睁着黑葡萄似的眼睛,东张张西望望。初生的小生命,在外婆的蒲扇中,开启了人世间的航行。宝宝倦了,母亲托着扇子轻轻地晃,笑微微地端详着宝宝的睡容,说:"又一个花骨朵,将来好看着呢!"

那年,我陪母亲游三河古镇。在一家扇子铺前,母亲驻足,细细地挑了一把白羽扇。雪白的鹅毛扇面,光滑的竹片扇柄,柄尾缀着红丝线编织的中国结。母亲挑好后还要挑,说给老头子、外孙们一人一把。我笑母亲,家家都有空调,要那么多扇子干吗?母亲将那把羽扇对着阳光:"瞧这鹅毛扇,扇面大大窝窝的,又轻又透气,扇起来,风大又柔和,多好啊,以前咱家还舍不得买呢。"母亲脸上的表情很沉醉。阳光穿过鹅毛扇细细的缝隙,在母亲那满是深深浅浅皱纹的脸上,织出了一道道跌宕起伏的金线,使得那张略显苍老却又从容安详的脸颊为光彩起来。或许,在母亲眼里,那扇子能系住过去与现在,那一个个细细碎碎的日子，一段段温馨美好的时光吧。

孩子们的羽扇，早已不见踪影。母亲和父亲的羽扇，却完好如昔。夏天，虽然屋里有空调，父母依然爱在屋外纳凉。两个人，坐在阳台上的老檀木椅上，遥望头顶上的星空，慢摇着一把羽扇，有一句没一句地搭着话。

婉转的流年，就这样缓缓摇动起来，摇到一地落叶黄。

衣品人生

衣食住行，"衣"为何位列首位？我尚未找到权威的考证，只是在我看来，衣饰是活性的，衣品是人生的修行。

生活在这尘世间，很多东西看在眼里的多，能入心里的少。穿戴什么样的服饰，便是我有生之年最喜欢去发现的事情。小时候，我见过奶奶的樟木箱里收藏的衣物，印象最深的是一套香云纱的斜襟长袍和白绸缎的对襟裤褂，那是英年早逝的爷爷的遗物。

春日融融，奶奶便把箱中衣物拿出来翻晒，那些带着薰衣草和樟脑寒香的衣物，便会勾起奶奶的回忆。一些经年往事，随着奶奶的吴侬软语娓娓道出，懵懵懂懂的我便有了民国印象，也有了民国情结。

一衣一世界。服饰的单调，透射出民族文化的低迷和苍凉。民国初年，全新的时代到来，西装开始在中国流行，但长衫仍是与西装革履并存的礼服，文人们在公众场合中还是穿长衫的居多。如今，名牌西装成了国人最炫的行头，在正式的社交场合中，男人的礼服几乎都是西装，中式服饰反而成为一种怪异的装束，穿了中式服饰的反而会被人笑话。在我看来，中国男人穿西装大多像老人松散的筋骨，缺少棱角、锋芒和气势。偶尔笔挺一下，那神情还是与西装的硬朗不相称，总有一种说不出的别扭。

春节期间，公园门口来了一个做糖人的艺人，十二生肖、花鸟鱼虫，信手拈来，娴熟的手艺让人惊叹，但那男人穿一身西装，就显得很滑稽，要是穿上中式盘扣夹袄和疙瘩裤就好了。再看旁边卖棉花糖的、卖糖葫芦的，就连修鞋的，穿的都是西装。我无法想象，也不明白，一个手艺人在日常生活中为什么要穿西装，既不利落，也不自在，甚至捂不住胸口那巴掌大的热气，稍稍耸肩动膀，就扭曲了形态。我一下子厌恶起西装来。

服饰作为一个民族历史文化的载体，最直接地反映了民族的性格。中华民族历来追求和谐、中庸，所以，中国传统服饰没有过分的突出和刻意，于恬淡之中给人一种含蓄、平和的美。中国画里的"竹林七贤"，其画像人物皆穿着宽敞的衣衫，衫领敞开，袒露胸怀，或赤足，或散发，无羁放荡，似高山流水般随性自然，给人以"不着迹象，超逸灵动"的美感。

《孔乙己》里"只有穿长衫的，才慢慢踱进店里……坐下来喝酒"。长衫是中国文人及风雅的标志，孔乙己即便站着喝酒，也要着长衫。鲁迅先生最经典的照片，是他坐在书桌旁，夹一支烟，一袭玄色长衫，衬着清瘦冷峻的面庞，中国文人的风骨呼之欲出。长袍马褂，只有中国文人才能穿出那股风韵、那股况味。民国的历史，一定要用长衫来演绎。想到民国时期，长袍马褂，由知识分子们在迎宾、赴会或参加庆典活动时作为礼服穿着，我就会激动，就会感慨：我们丢了多少民族的文化与生命的灵性！

女性服装，我最爱丝绸做的旗袍，它有着勾人魂魄的力量，许多女子穿不出那份好来。它表面上不温不火，光滑的面料包裹着柔美的身段，只在大腿两侧一点点开衩下去，肉体若隐若现。那份好就出来了，一股朦胧的潮气，把肉体生命的律动渲染得淋漓尽致，是端庄娴雅的底色，也是不露声色的挑逗，暗香浮动，真叫个难敌风情！

张爱玲说："衣服是一种言语，随身带着的一种袖珍戏剧。"我见过她的很多张照片，单从相貌上看，张爱玲算不得漂亮，但她穿旗袍的照片，堪称风华绝代。高高的滚边立领包裹着细长的颈项，或微昂着脸，轻挑着眉；或轻颔着头，低垂着眼，高贵中显出娇俏，冷艳中透着性感。那般气质与风韵，让人忍不住想去细细品读她，真有一种倾国倾城的美。

抽屉里收藏着一双手工绣花鞋垫，大红的底子，一对鸳鸯在粉红的荷花、碧绿的荷叶间嬉戏，栩栩如生。游湖南凤凰古城时，我一眼便被那些古朴艳丽的各色鞋垫吸引，爱不释手。每每看到它，眼前就浮现出那位灵秀的苗族少女来。

游历过不少名胜，印象最深、最爱回味的还是一些民族风情浓郁的古镇。民族服饰作为民族文化的标识，使这些小镇更有特色和韵味。那些五彩斑斓、艳丽非凡的传统服饰，手工制作，花色杂乱，虽缺乏高雅品位，但是在广袤的原野间，在闭塞的山谷里，美得生机勃勃，美得让人振奋，由内到外都充满了生命的气息。当看到身着如此艳丽传统服饰的人们在田间、坊中劳作时，服饰的美已经远远让人忽略了具体的人，所看到的只是他们内心对生活的强烈热情，对美好生活的朴实表达，让人看了心生欢喜和希望！这时，服饰的美与艺术、与审美、与品位无关，它关乎的是生命，是天地之间的人之本身。

日月变换，光阴流转，快意人生从来没有败在态度上。余生所求不过是自己宠欢自己，在这或浓或淡的岁月里静悄悄地活成诗意，不论际遇种种。

生命不息，优雅不散，衣品人生。

远去的报刊亭

卖报刊的大爷不在了，只剩一个蒙得严严实实的铁皮房。

记得去冬，我还在他那里买了一份《安庆晚报》。是一个文友托我帮他留的，因为出差一周，单位的报纸被清理掉了。我经过报刊亭，看大爷捧着大茶缸悠闲地喝茶，随口问了一句，没想到竟答"有"，递给了我。我看报刊亭上的报纸都有些旧了，问："现在生意清淡了吧？"他说："是哦，要靠这个赚钱，水都没得喝。"交谈中得知，他是退休老人，儿女都成家了，怕寂寞，就在报刊亭"望望街，混混日子"。

如今，这位大爷也不在了，城市报刊亭真的消失了。

在那个网络时代尚未到来的年代，报刊亭不仅售卖着各类报纸和杂志，更承载了一代人的记忆与情感。它们曾散落在城市的各个角落，绿色的铁皮或木质的结构，顶上一块醒目的招牌，写着"报刊亭"三个字，简单而直接，像是一个个守望者，静静地伫立在人来人往的街头，见证着城市的变迁，记录着时代的脉络。

每当清晨的第一缕阳光洒在街头，报刊亭便开始了它一天的忙碌。报贩们熟练地整理着各类报纸，摆放着各式各样的杂志，等待着那些匆匆路过的行人驻足停留，挑选他们感兴趣的报刊。

报刊亭也是城市人情感的寄托。对于许多人来说，每天上下班路上买一份报纸，已经成为一种习惯，一种仪式感。报刊亭的老板通常是一位熟悉面孔的长者，他们对顾客的喜好了如指掌，能准确推荐适合每个人口味的读物。下班，骑车从报刊亭过，不用说买什么，老板就熟稔地递过一份报纸，塞进你的自行车车篓里。

报刊亭，它更是一个信息的集散地，一个文化的交流窗口。家门口原有一家报刊亭，台板上整齐排列着《参考消息》《文摘周刊》《山海经》等报纸，从国际新闻到地方民生，一应俱全；架子上用皮筋绊着一排排杂志，《读者》《意林》《青年文摘》《知音》《恋爱、婚姻与家庭》《上海服饰》《科幻世界》等琳琅满目，满足不同年龄段、不同兴趣爱好的人们的精神需求。在这里，你可以看到最新出版的书，听到最热门的新闻话题，甚至还能感受到不同地域的文化气息。

我常常吃罢晚饭，散步到报刊亭，总不着急买，而是翻一翻《上海服饰》，了解一下最新的时装，有时翻一下《参考消息》，掌握最新的国际动态。遇上阴雨天，报刊亭的生意不忙，翻它个把小时，老板既不催也不恼，还会与你闲聊家常，分享最新的小道消息。由于老板与这一带的人都很熟，有时还热心充当解决邻里纠纷的"调解员"。这样的互动，让买卖中充满了人情味。

数字化的洪流中，纸刊阅读的文明渐渐地远了、淡了，难免荒寒。往昔岁月正一点点地被时代的车轮所碾压，逐渐被尘封，想起来都有些惘然，也应了杜甫那句诗：萧条异代不同时。

但即便如此，依然有那么一些坚守者，仍钟爱于纸质阅读，享受翻阅书页的触感，品味油墨的香气。他们坚信纸质阅读的魅力，努力维持着这份传统。

于是有了书吧。他们不仅售卖报刊，还提供咖啡、小食等服务，将书吧打造成一个社区的文化空间，让人们在这里不仅可以阅读，还可以交流，分享生活的点滴。虽然显得有些落寞，但它依然散发着独特的魅力。它不仅仅是一个售卖场所，更是一种文化和情感的传承，是城市历史的一部分。

快速消费的数字时代,总有一部分人会更加怀念那份翻阅纸张的触感,以及在报刊亭前驻足挑选的慢时光。

时钟声声

儿时，夜醒，耳朵里就会蹑手蹑脚溜进一个声音，心神即被它拐走了。厅堂里有一座木壳挂钟，叮当叮当，永不疲倦的样子。那钟摆声稳极了，全世界似乎只剩下它，我边默默帮它计数——一、二、三，边想象有个小孩骑在上面荡秋千。冷不丁，想起老师说的"一寸光阴一寸金"，我想：这叮当声就是光阴，就是黄金吧？

儿时的我总喜欢拨挂钟。我站在小木凳上把木钟从墙上搬下来，轻轻打开那扇框着有机玻璃的小木门，取出里面的铜钥匙。铜钥匙在手心里凉凉的，用它对准弦孔，轻轻一扭，表盘里发出"咯吱吱，咯吱吱"的金属声。直到扭不动了，我知道弦已上满了。"嘀嗒，嘀嗒"，我听到指针在走动，听到一个个欢喜的日子像一条欢腾腾的小河从前方流过来：儿童节，暑假，国庆节，中秋节，元旦，过大年！那时的我，总是盼着指针走得快一点，再快一点！现在，木钟停了，指针永远指在一个位置上。还有一个指针在运行，那就是我。在人生的时空里，我是一个不断跑动的指针。

儿时闹钟闹不醒，现在听着指针走动睡不着。很多时候，看着墙上的秒针一下一下地走着，觉得自己就像一只钟——然而谁又不是呢？命运上好了弦，弦长等于寿命，它会在准确的时间停下来。

姑奶奶是家族中活得最久的长辈，颇有威望。她把四个儿子和一个女儿都培养成才，到外面大世界去了。姑奶奶自个儿守着老房子，不愿离开。儿时，我跟母亲去姑奶奶家。母亲边走边看手表说："姑奶奶时间观念强，几时接客，几时休息，都掐着点呢！"进门时，我听见姑奶奶家的老座钟"当当当"响了七下。老座钟深红的钟框镶着铜金色的雕花云纹，钟槌正不急不缓地摆动着。白胖胖的姑奶奶身着褐色香云纱，斜倚在紫檀木的贵妃榻上。见我们来，她笑盈盈起身，端来两碗溏心蛋。姑奶奶和母亲拉家常。我看着钟摆忽左忽右地打秋千，听着"咔嚓咔嚓"的指针走动声。时间，像永远也拉不完的家常话，滔滔地流。当钟声"当当当"响九下时，母亲就起身告辞。钟声给了姑奶奶掌握时间又受制于时间的规律生活。

后来，姑奶奶进了养老院，枯瘦得只剩薄薄皮肉。每隔一段时日，姑奶奶就问护工："几点了？"护工被问得烦了，怼她："你急着做么事呀？管他几点呢！"

姑奶奶说："我要回家！回家！"

没人理她。

姑奶奶丢失了钟，也丢失了时间。她住在没有时间的房间里。她成了一个没有时间的人。

某天早上，护工来喂食，发现她没了声息，一摸身体，已凉透了。

终于，八十三年的时间，在她身体里彻底停止了前进。

钟就是这样，无论你关注与否，在意与否，总按它的轨迹和速度走着。不同的是，有些钟会赋予它们的行走以仪式感。

每天傍晚，我坐在办公室里，听到"嗦哆咪哆——咪哆嗦哆——"四个从低到高又从高到低的音符响起，接着是"当——当——"的敲击声，雄浑嘹亮，回声袅袅。在敞着的窗子里，我看到那座钟楼，那座高高扬起风帆的海关大楼。

二十世纪八十年代初，大地回春。每天早晨，我在自家楼上都能清晰地听到海关钟声，它提醒着每一个站着走着坐着躺着的人：抓紧啊，把丢失了的抢回来！

　　现在，白天的钟声被人民路商业街的市井声、人民路小学的喧闹声淹没了，抑或被我总也处理不完的事务忽略了。到了傍晚，六声钟响起，仿佛向市民宣告：收工了，回家啦！一听到这钟声，我心里边那些紧追不舍的狼呀虎呀豹呀，一下就消失得无影无踪了。我长长地吐一口气，静静坐在只剩一人的办公楼里，放段音乐，翻开书，或点开自己的新作，安静地看上或写上几段。有时，什么也不做，双腿架到办公桌上，头靠椅背，静静地发呆，享受着既没公务烦扰又没家务缠身的闲暇时光。暮色浸润，我看见时间踮着脚，小蟊贼一样扛着些破烂玩意儿走过。一扭头，我甚至看见多年后我们自身的白骨，在灯光下静坐。它们洁净、温润，泛着光泽，完好无损，姿态娴雅，仿佛正在轻謦浅笑。这一天，像是过去，又像是将来。眼下转瞬即逝，未来遥不可及，过去是什么，一座钟楼，抑或只是一场回忆？

　　无论时间是什么，我都知道在它沉默的钟声中，有太多负重的生命消逝和诞生。没有什么比时间更具说服力了！因为时间无须通知我们，就可以改变一切。

　　一切都被时间浸泡：乡村年画上破损的灶王爷，熟睡的婴儿，朱红立柱上正在起泡的漆皮，我们自己，此刻的钟表……时光有脚啊，它昼夜不歇、分秒不停地走。叮当声中，昨日还很年轻的父母，而今乌发变银丝，脚步开始蹒跚；昨日还在思考如何"而立"的我，就仓促地跌进了"知天命"之年；昨日女儿还在蹒跚学步，如今已高出我半个头……一切的一切，或许都是时光赐予我们的印痕，成长或衰老，艰辛或苦难；同时，它又不会空手而归，总要带走一些什么，比如青春与美丽、梦想与勇气。生命从来都是这样，残酷而公平。

　　时光原来就是生命的最大预谋者。

人最终选择的，或许就是在与时间的不断无效抵抗中渐渐参悟人生真谛，在生命面前俯首倾听，于漫长修行中，逐渐抵达人生的圆满。

大风汇馆

一脚迈入旧木门槛，我屏住了呼吸，这里拭去了街市的喧嚣和尘土。时间之桨把我载到了先秦、汉魏、明清时期。我兀自一人，站立其间，感受到一种无以言说的气场。这是一个由旧物营造的秘园，石头、家具、香炉、马槽、横梁，散发出古旧气息、道家气息、雅逸气息——寻觅了太久的几乎在现代社会中被遗忘的气息，在这里不期而遇。这里就是大风汇馆。

刹那间，我相信了此岸与彼岸是完全可以通过眼前的旧物沟通的。有的高古，如眼前的石几，布满湖水的足迹，似天然的画稿，这是上亿年前的太湖石，先被拿来造石板桥，又被冲毁于湖底，经受湖水、泥沙千百年的冲洗、包浆，再被打捞起。这样的石板，不仅面貌温润如玉，连声音也清脆如磬了。还有那些或立或坐或卧的金钱石、灵璧石，皆意蕴万象，犹如太华夜碧、人闻清钟；也有的冲淡，脖上挂木珠的陶龟、香烟袅袅的香案；还有当窗的小院，湛蓝的天光从狭长的天井射入，绿色蔓延，涌动着盈盈生机，如惠风徐徐吹拂面颊；有的拙朴天真，装帧上墙的老布画，广西柳州的彩画门板，颜色艳丽又拙朴，如年画的艳俗喜庆；有的精致华丽，描金画彩的柜子，屉子上的云纹铜把手，五彩雕花横梁、檀木桌、梨花椅、錾花铜炉，都透着民间的富贵安乐。尤其那把小巧的红妆椅，是娶亲的花轿中新娘坐的椅子，红艳艳的木质，光滑滑的椅圈，让我想起奶奶檀木箱里的那套红嫁衣，想象奶奶出嫁时的情景，那喜色浓得化不开。流光容易把人抛，红了樱桃，绿了芭蕉——奶奶已过世四十年了。一切都付于那流年，春归已了无觅处。哦，不对，椅上搁着的一把蒲扇，将缠绵的情思在疏影下，倾诉给一双双抚摸的目光。

旧，古旧，旧气，旧念。旧里流着婉转与沧桑。如此丰满的生命个体，蕴藏于民间文化，而这些都被收藏于馆中。大风汇馆布局讲究，入门后由左往右，一进，两进，三进，每一进都需登几层青石台阶，寓意步步高。每进的落差，以入门后的饮马槽等器物抵挡、平衡，每块石头、每张桌子、每道屏风的摆放，都是根据阴阳八卦而设，如香室设在"木"位，老青玉石设在中间的"土"位。汇馆的玄关放一清代案桌。案桌背靠"金山"，上悬"大风汇馆"牌匾。案前置汉白玉鱼缸，内养五行金鱼（金木水火土五种颜色），缸前有灵壁石指向紫微星位，庇护明堂安稳。案桌中间摆一龙龟，右边白虎位供武财神关公招财，左边青龙位放老葫芦纳福禄，一对青铜礼器为清供。中国的风水文化在馆中处处显现。

登上窄窄的木梯，在"硿硿"声中到了二楼。一张长长的木桌，围着十来张木椅。八仙桌上的纹路，其意象如云涌，如狮吼，如菊开，同流逝的岁月相契合。榉木材质，厚重无比。这是文化交流或研讨香经用的。我曾带着一群作家，在这里办过读诗会。一炉烟、一壶茶、一群志同道合之人，两袖清风，穷日彻夜，兴阑归卧，此等逍遥只因文人意趣而越发风雅。醇茶，春意，收藏，文化，全都化在丝丝密密的笑谈中。

两侧的茶座，雕花屏风隔着，可供喝茶、聊天；也可坐在棋桌边，对弈、棋语；或可在香案边，焚香、冥想。时光，如香炉中的香一寸寸萎去。我仿佛看到了庄子"乘物以游心"的逍遥游。人生有多少个平庸的时日要去消遣和打发？此情此景将会镌刻在记忆深处。

馆主叫秦毅，一位有识见的收藏家、企业家。他穿件白色棉布对襟衫，腕上绕一圈檀木珠。旧气，和着秋气，还有散淡闲适之气。他有着文人的博雅和从容，也有着商贾的精明和自信，说起石头、家具、服饰、风水，话语如潺潺流水，自然流淌。

这里经常有文人造访，切磋收藏、艺术、风水。作为美术专业的大学生，秦毅有着专业而独特的审美观，馆中服装、首饰的设计及制作都出自他和女儿之手。工作之余，他给老物件补漆、修复、装帧。几次交谈后，我感叹其有才华，有雅趣，商海漂泊中仍超脱自在，赏山水，懂得珍爱与怀旧，流年暗中偷换时能独坐孤峰。

推开雕花小木窗，微风徐徐。这风，从明清时期起，就在这老宅旧铺微吹开来，有淡淡的香，淡淡的苦，淡淡的温热，淡淡的文人情愫。

辑四　云烟过客

　　照片中，她微笑着。在那抹微笑里，水轻轻流，花静静开。

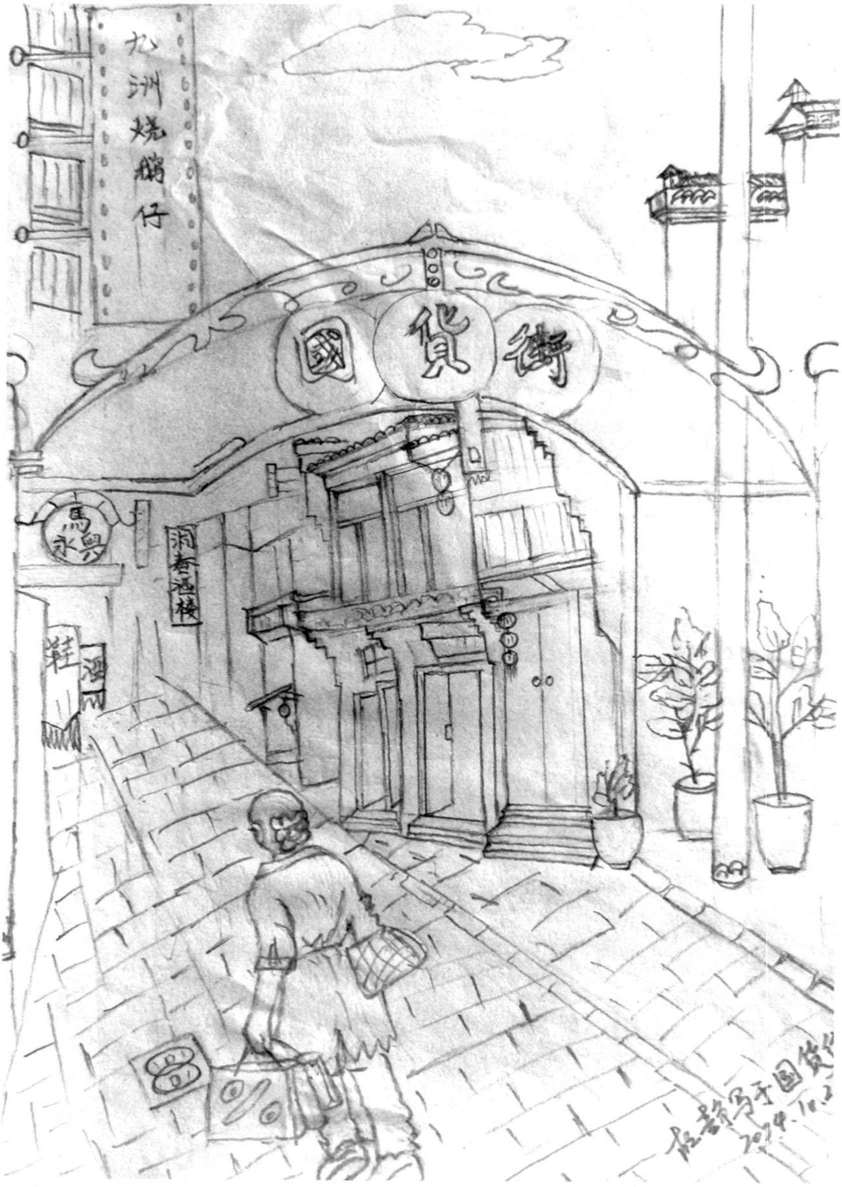
九洲烧鹅仔
國貨街
润春酒楼
鞋

脚底，那抹红

我出嫁那天，大卡车载着嫁妆要开走时，母亲眼圈红了，接着以她惯有的方式发泄出来——埋怨父亲，说，一屋子的人一堆子的事，就她一个人忙前忙后的，父亲像根木头杵在那儿。

是的，父亲一直像个木头人坐在角落里，擦眼镜，一遍又一遍，不曾抬头，也不说话。晨光透过窗棂，将父亲单薄而佝偻的身影投在墙上，光线中微小的尘粒像毛毛雨一样纷纷扬扬，眼看就要落到他的身上。

哥背我下楼时，我说："爸，我走了。"父亲仍低头擦眼镜。我大声说："爸，我走了！"父亲怔了怔，挥了挥手。哥将我背下楼，放到轿车里。车内放着一双与婚纱配套的水晶鞋，夫君弯下腰，准备给我套鞋。

突然，父亲冲过来，手里拎着一双红皮鞋，不由分说，蹲下身就给我套。夫君忙说让他来，父亲执拗地挡手拒绝了。我被父亲突如其来的举动惊住了，愣愣地看着父亲。

红皮鞋在阳光下闪着锃亮的光泽，夺目而诱人，像一道火光倏地点亮了记忆的犄角旮旯：那年，我代表全班参加学校文艺比赛。十岁的我，已有一种为班级争光的使命感，很努力地排练。母亲破例给我做了一条红裙子（除了过年，平时我都穿姐姐的旧衣），一转圈就能开出一朵大花的那种。可我的黑布鞋与裙子很不配，且太土气了。母亲说要给我赶制一双红布鞋，我坚决不要，母亲拗不过一向人小主意大的我而作罢。

其实，我心里是另有所图的——想要一双小琴姐穿的那种红皮鞋，闪着锃亮的光，走起路来呱嗒呱嗒响。每天，小琴姐穿着红皮鞋在院子里走来走去，我的眼珠子就跟着转来转去。可是，就算我现在有了理直气壮的理由，也不敢跟严厉的母亲提。父母微薄的工资养着一家五口人，日子过得紧巴巴的，一双皮鞋要花去父亲半个月的工资呢。但我又太看重这次演出了，就悄悄跟一向宠溺我的父亲说。父亲挠着又黑又硬的板寸头，最后说想想办法。我放心了，一向说话算数的父亲会有办法的！一连几天，我都梦见自己穿着红皮鞋，呱嗒呱嗒地在舞台上转着、跳着，每天早上都从梦中笑醒了。

结果，父亲借来了小琴姐的红皮鞋。

我穿着大了两码的鞋，晃荡荡地上台，一个趔趄摔了一跤，台下一片哄笑……这一跤，摔掉了我所有的自信和从容。演出结束后，我光着脚哭着跑回家，把那双带来耻辱的鞋扔向了父亲……

但过不久，随着我审美观的转移——不喜欢鲜艳的衣物了，这事就像烟雾被大风刮走般消散了。

没想到，这么多年过去了，父亲还记着欠我一双红皮鞋，更没想到，从不关注穿戴的父亲，买的这双红高跟鞋竟这么合脚又时尚！想必，他一直都想买给我，只是怕长大了的女儿不愿穿吧？一直等到女儿结婚这天，作为寓意红红火火的婚鞋送了。

套在脚上的红皮鞋，在洁白的婚纱映衬下红得像两簇火，暖融融的。"爸——"我摸摸父亲已经灰白的寸头，"谢谢！"

父亲扶了扶眼镜，仍低着头："踩实了，路还长着呢！"说罢起身，拍了拍女婿的肩。

"爸，您放心！"夫君郑重地点头。

对这个女婿，父亲似乎一直不太放心。我们恋爱时，每次他到楼下接我，我边换鞋边跟父亲打招呼，父亲总不情不愿地"哼"一声。我冲父亲做个鬼脸，就蹬着高跟鞋呱嗒呱嗒跑下楼去。

母亲提出请我男朋友来家吃饭，父亲总说等一等。过段时间，母亲再提，父亲皱着眉头说："这小伙子不咋地。"母亲问原因。父亲说："每次都在楼下约静儿走，'滑稽猫'一样不沾边！"母亲说："那更该吃顿饭考察一下啦！"

吃饭那天，男友很拘谨。母亲一个劲儿夹菜，父亲仍像木头一般坐着，皱着眉，不吱声。饭后，男友没有像往常一样带我出去，而是留下帮母亲洗碗，帮我家装修的瓦匠刮灰刷墙。父亲的脸色才缓和起来。父亲尽管接受了我的男朋友，可对他还是多有挑剔。

后来我见证了很多场婚礼，注意到男方家长都喜气洋洋，女方家长的表情总是很复杂，尤其新娘的父亲，那种失落的模样，令人猝不忍看。我渐渐懂得了父亲的心。那日，我读到余光中的一首《小木屐》：

  看着我的女儿

  高跟鞋一串清脆的音韵

  向门外的男伴

  敲扣而去的背影

  就想起从前

  两根小辫子翘着

  一双小木屐

  拖着不成腔调的节奏

  向我张开的双臂

  孤注一掷地

  投奔而来

心中一下轰轰然。中年的我已懂得，小木屐那呱嗒呱嗒的节奏，如何敲打着一个父亲已入中年的木头心。我把这首诗抄下来，想着未来的一天，当我女儿套上时髦的高跟鞋出门约会时，会不会特意轻提脚步，以免触伤了她爷爷那质朴得无以言说但极易潮湿的木头心？

可未等到那一天，父亲就病了。父亲在重症监护室里苦熬了三十多天，粒米未进，不能说话，甚至已失去了意识。医生见到我们，摇头直叹："老人家撑到现在已是奇迹，家属准备后事吧。"

那天是腊月二十三，天上飘着雪。大雪以想要从人间带走什么的气势，漫天地飞舞。我呆立在一片莹白之中，一句话也没说。

晚上，我在灯下郑重地杀菌打包。明天就过小年了，我给父亲买了一双袜子，火红火红的中国红，袜底用黄丝线绣了"吉祥"两个字，袜筒绣了一只小白兔。我希望父亲穿着红袜子，吉祥地跨过兔年。每天往返于医院的爱人说，重症监护室里空调开得很暖，不冷，为了保证里面无菌，护士未必让带进去，再说老爸已昏迷多天了，穿了也没感觉。可我坚信，父亲一定知晓女儿的心意。

第二天视频探视时，我将袜子交给护士，担心护士因换班而漏穿，附上一张便条："要过小年了，请给老人家换上，万分感谢并祝所有医护人员新年吉祥！"护士郑重地点点头。

隔天再去探视，我张口就问护士："袜子穿了吗？"护士把视频镜头移向父亲的脚。一双火红的袜子，赫然套在父亲的脚上！护士说："老人今天睁开了眼，似乎有了点意识，情况有所好转！"我对着镜头里浑身插满了管子、眼睛半睁半阖的父亲说："爸，您穿着红袜子再长一岁啊，路……还长着呢！"

腊月二十四，除夕，初一，初二，初三。父亲陪我们过了"小年"，又过完了三天"大年"。晚上九点，父亲一个人，一个人静静地走了。我们进重症监护室给父亲擦身，轻轻掀开床单，穿着病服的父亲，像片一触即碎的枯叶停栖在惨白的床单上，脚底却红得像两簇火。

我握住那双脚，还是温热的。

父亲穿着女儿送的红袜子，以非凡的毅力、深深的眷念、伟大的父爱，从虎年跨到了兔年，脚踩红云，升天了。

写意石楠和她的荷

那一刻，风姿绰约的荷，带着馨香在柔柔的宣纸上漫溢开来。天高云清，云水相映。几枝白荷，就那么安静地立着。那姿态、那情韵，像是一种尘世间的期待，又像是远离红尘的无欲无求。

画面右上角题款：香远益清，静子惠存。落款：石楠八十四岁。静子是石楠先生对我的昵称。先生说，一直想送我件礼物，她一天天老了，趁现在能做，把想做的事做了。思来想去，觉得这荷与我最相符，于是先生花了一整天的时间画了这幅《荷图》。

画中的荷，或盛开，或含苞，或待放。盛开的，如玉的花瓣，优雅地舒展着，仪态万方，大气而丰盈；含苞的，正攒着劲儿往上拔，成长的小心思悄悄写进了花芯里，偷偷藏着，纯净而可爱；半开半合的，最是那一低头的温柔，欲迎还羞，极具韵致。鹅黄的花蕊，丝丝缕缕，给画面添了几分明艳和温暖。荷叶，笔情恣肆，苍劲圆秀，逸气横生。茎，直而韧，茎上几点黄绿色小刺头，圆润可爱，中和了茎的坚挺与寡直。荷之娇艳，荷之高雅，荷之雄浑，荷之清正，荷之淡泊，其形现于笔，其魂出于胸。

荷生于淤泥，开于炎夏。淤泥与炎热，就像世间的苦难与污浊。石楠生于太湖小山村贫困农家，这个取名石纯男的女孩因招弟的希望而幸存下来，在苦难的淤泥中顽强地生长，直到十六岁那年，终于冒出了尖尖角——插班到五年级读书，一年后以全县第二的成绩考进了太湖中学。但她又因家庭原因被迫辍学，进工厂当了学徒，承担起养家的重担。出身不好，让她深陷苦难的淤泥中，而书籍如清凉的水，滋润着向上生长的茎。因自学古文，石楠被抽调到市图书馆做了一名古籍管理员。在这里，她如饥似渴地读书写作，四十一岁，人生之夏，开出了第一朵花——《画魂——潘玉良传》，其灼灼光华与郁郁芬芳引来世人瞩目。但接踵而来的非议与打击，烈日般炙烤着它。石楠顶着炎炎酷暑，不蔓不枝，一朵一朵地盛开，赢得了一个满池荷的世界：《美神——刘苇传》《寒柳——柳如是传》《从尼姑庵走上红地毯》《舒绣文传》《陈圆圆·红颜恨》《中国的女凡·高——杨光素传》《另类才女苏雪林》《中国第一女兵——谢冰莹全传》《张恨水传》《沧海人生——刘海粟传》等十九部传记文学和传记小说相继问世，一个又一个与苦难抗争的灵魂卓然而立，如同那红的、白的莲花，交相辉映。

2018年10月，又一个秋日，在安徽博物院展厅，石楠先生应邀来博物院作讲座。讲座前，先生去看潘玉良的画。绿色的背景墙上镌刻着"春之歌——潘玉良在巴黎"大字。我搀扶着石先生穿行于绿色的画廊，宛若进入一片葱郁的森林，一群仙子仪态万方地舒展着肢体，那么怡然，那么宁静。我感到先生的手臂在微微颤动，问她："看到这些画是不是很感动？"她点头，动情地说："潘玉良是封建社会最底层的女性，通过自己的努力，挣脱了命运的枷锁，成了中国高等学府的教授、世界艺术都会巴黎的知名画家。每一张画都是她奋斗的足印啊！"橙黄的灯光，打在潘玉良那些精美绝伦的画作上，也打在石楠先生无比生动的脸庞上，那么美，那么温馨。一对"心相连，情相同，同喜同悲，同呼吸共命运"的知音，就这样跨时空相逢，展开了一场心灵对话。

潘玉良成就了石楠，石楠也成全了潘玉良。1984年，因《画魂》的影响力，应广大读者的强烈要求，潘玉良的七大箱两千多幅画终于遂了画家遗愿，从已堆放四年的中国驻法国大使馆的车库中搬出，运回了祖国，由安徽博物院收藏。

石楠注定与画有不解之缘。七十七岁，先生宣布封笔后拿起了画笔，开启了绘画人生。三年后，先生八十岁举办了一场画展。画展上，她说，终于实现了多年的夙愿，从创作《画魂》起，她就希望有一天能像潘玉良一样，为人们奉上美的艺术品。"我爱美，爱一切美的事物。"艺术的追求从来都是美，而美是没有止境的，犹如信仰。石楠把对美的追求，从文学创作上延伸到绘画艺术中。那天，透过展室的玻璃窗，我看到圆圆的碧叶中冒出几枝白莲，它们那么雅致，那么娴静。

"采莲南塘秋，莲花过人头"，莲花亭亭而立的美，来自茎的托举。莲茎总是向上，向上，一个劲儿向上拔。2020年，面对让人措手不及的毒魔，恐惧、消沉、迷惘、埋怨、愤懑，像阴霾一样笼罩在人们心间。

那天我浑身冰冷地回到家，突然想到石楠老师和程必伯伯，天又这么冷，这些日子他们怎么过的？我心中一阵惶恐，刚想打电话过去，石楠先生的电话就打来了，声音还是那么亲切、慈爱，甚至带着笑意，电话里先生说她挺好，每天带着程伯伯在屋里做运动，闲时就画画。她嘱咐我安心工作，好好休息，还把她的画发给我看。十来幅画，从蜡梅画到杜鹃，一幅幅色彩妍艳，生机蓬勃。倏忽间，我的心中仿佛燃起了一盏灯，明亮而温暖：疫情中，一个八十二岁的老人，每天独自照顾九十岁生病的老伴，还能如此快乐！受到感染，当晚我写了篇《一起来唱》。《安庆日报》副刊头条刊出后，我把它发到值班群里，大伙儿都受到鼓舞，纷纷留言：抗疫必胜！春天要到了！一时间，群中生机勃发，绿意葱茏。

2021年11月17日，已是深秋，在菱湖湖畔，我们又一次与荷有约。微刊《同步悦读》的文友们，围坐于湖畔茶肆中，竹帘半卷。窗外，那荷叶在水中铺展出无限秋意。那曾经艳过的荷，已化作莲子。莲子，苦心如佛，如是，谆谆教人。八十三岁的石楠老师坐在正中，用浓浓的太湖话口吐莲花，分享着自己的创作经历，真诚、朴实，毫无保留。

　　晚宴上，灯光暗了，热闹的饭厅立即安静下来，作为晚宴主持人的我说了这段话："《同步悦读》五周年庆定在今天，有个重要原因，就是赶上了一个纪念日，这个纪念日对一座城市及城市里的人民，有着非同寻常的意义。八十三年前的今天，一个婴儿诞生了。谁也未曾想到，这个生在穷乡僻壤、险遭抛弃的女婴，若干年后会以其灼灼之华惊艳了文坛、艺坛乃至全社会，她的书与她的名字家喻户晓，并蜚声海外，影响了几代人！她是文坛的一面旗帜、一棵常青树，是我们文学路上的一盏明灯，更是《同步悦读》的定海神针。她就是——""石楠老师！"几个女作家眼含热泪。在生日歌中，我给先生戴上寿星王冠，先生笑了，是孩童般开心纯真的笑。一晚上，先生都这样笑着。晚宴后，我送先生上车时，起风了，风吹荷叶哗哗响，一股沁人心脾的清香扑面而来。

　　莲，其茎虚空，不见五蕴。先生有着极强的学习力，常虚心地请教我怎么用微信编辑文字、传文件，并认真地用笔一一记下。有时，遇到问题，我没空及时去她家，就在语音里教她。下班后准备去，她语音里高兴地说："搞会啦，搞会啦！"前不久，先生还告诉我，她会做电子相册了。每次去先生家，书案上总有一摞书。那天我看见一本打开的书，正好是胡竹峰先生的文章，一段文字下画着波浪线。"竹峰的文章写得越发好啦！后生可畏啊！"先生眼睛不好，也一直自谦说自己现在脑子不好使，不写文了，没想到她还在读着与自己孙子年纪相仿的竹峰的文章，且如此认真地研读。

　　2018年，先生要去安徽博物院作讲座，提前一个多月就开始动笔写讲稿。写好后，我去取讲稿准备给先生打印时，发现先生右手拇指、食指和中指都贴着橡皮膏，问后得知，先生因写稿件，手指腱鞘炎犯了。

一位著述等身的老作家，为了一场讲座，白天连着黑夜，忍着疼痛，花了一个多月的时间准备讲稿。我握着她冰冷的双手，许久，一句话也说不出。

莲，其丝如缕，绵延不断。先生是个极重感情的人，她一生的创作都贯穿着"爱"的主题。但凡给予她帮助的，不论是大名鼎鼎的画家，还是名不见经传的小人物，她都铭刻在心。先生告诉我，她在北京给《画魂》改稿时，编辑周达宝每天从家里煮两个鸡蛋，用棉衣焐在胸口带给她吃。还有大诗人公刘先生为了支持石楠当选中国作家协会委员，不顾重病，让人抬到会场给她投票。说起这些，这位耄耋老人，声音竟有些哽咽。

莲，其叶田田，带来一片莲荫。那硕大的莲叶，挺举如伞盖、如凉亭，亦如庙宇，可庇荫那么多卑微的、活泼的、流浪的生物。那年，我因有隐疾，常"闭关"休养。一段时间疏于与先生交流，先生就主动发信息给我，关切地问我身体怎样。而我在"闭关"时是屏蔽外界的，信息不收不回。先生知我喜好艺术，就分享经典的舞蹈、音乐、美术、电影视频给我，一次又一次。那次我"闭关"近半年，先生打了几次电话都未接通。先生在语音里留言："静子，这么久都没有你的音讯，你现在在哪里呀？我很牵挂你，很想念你！"她的声音是那么温柔，又那么焦急。我一遍又一遍地听着，仿佛离家出走，黑夜躲在角落里的孩子听到母亲的呼唤。泪流满面中，我拨打了电话。

莲，不只洁身自守，还有庇荫他人的清凉与慈悲。它生于凡尘，又高于凡尘。

秋至，莲花已谢，只剩莲叶亭亭高举。但我知道，莲下有清风，有碧莹莹的湖水，有一个广阔无边的慈悲世界——可栖息，可游弋，可独自啸歌，可彼此凝望。

我把《荷图》挂在墙上。

柔柔的宣纸上，有墨香，有荷魂。

补记：

  2021年12月，想到即将到来的虎年是先生的本命年，我发微信祝福先生。感冒初愈的先生很高兴，画了两只老虎：一只老虎趴在大石头上休憩，躬身回首，一旁题款"休息一会儿准备下山，明年壬寅年，吾的本命年，虎年也，怎能负虎"；一幅题款"山君图"，画的是一只下山的虎，伸出舌头，模样憨厚可爱。有人打趣道："这老虎口吐莲花呢。"我知道，彼时，八十四岁的石楠先生继《刘海粟的朋友圈》一书出版后，《石楠散文及画集》刚刚交稿。

  秋至，先生发来一幅画问好。画上枫叶如火，枝上停着两只亲昵的鸟儿，一只灰，一只黑，题款"乐秋"。我问先生是啥鸟，先生说："白——头——翁！"我笑了："祝您和程伯伯幸福长寿！"先生也笑了，琅琅有声。今早，先生又发来一幅画：几丛雁来红，经秋霜浸染，红得愈加深沉热烈，叶子恣意纵横，如赤雁展翅，似红鲤腾跃，整个画面充满了生命的张力，让人见了怦然心动，一旁题款"秋光"。画中有诗心，字中有丹心啊！

  我把此文发给先生，先生正在参加中共武康市委宣传部组织的"文学入画六人行"画展，展的是先生和鲁光、肖复兴、赵丽宏等六位著名作家的画，就请先生发照片给我看。巧的是，先生背后的"文学入画"展墙上，正挂着她的两幅荷图，一池红荷，一池白荷。

归去来

烈焰般的红绸轻轻落下，墨底绿字的牌匾——"胡寄樵艺术馆"赫然呈现于眼前。我在心中轻唤：归来吧，寄樵先生。

1937年11月1日，徽墨大师胡开文第六世孙胡寄樵诞生于皖省安庆。1938年，安庆沦陷于日寇之手，他随父母避难于芜湖。二十岁时，他回来了，踌躇满志，却遭到政治浪袭，在孤独苦闷中潜心于书法篆刻艺术及考古研究。经历了十六年的困顿与磨难，他迎来了生命中的大转折——走上为文博事业奋斗的道路，直至2015年5月辞世。

如今，寄樵先生又回来了，被热爱他的人请回为他筑造的馆中。社会各界名流及普通市民，认识先生的及不认识先生的，本地的及外地的，都赶来迎他进馆。这是民间爱戴与追念先人的至高表达。因为他是卓有成就的书法篆刻家、文史家、考古鉴定家吗？是，但不仅仅是。

安庆市书法家协会前主席余龙生先生撰写的序言，概括了寄樵先生在文博研究、书法篆刻、瓷研鉴定等方面的成就。序言上方是寄樵先生的大幅照片。他银发微鬓，脸部棱角分明，右手夹着一支烟，双目如炬，望着我，也望着世人。

我未曾有幸与先生谋面，但面对先生的照片，竟有着说不出的激动，像是久别重逢。对，重逢。

在安庆城中，我常与先生有这样的不期而遇：城中，那毁一半修一半、镌刻着"古柱史"的钱牌楼牌额上，我遇见了他；城西，那沐过南宋烟雨的古城墙修葺铭文上，我遇见了他；城东，那题着漆金"龙狮桥"的石桥栏上，我遇见了他；江畔，那座历经世代劫难，修葺后的迎江寺内黑底白字的楹联上，我遇见了他。在任家坡英王府、赵朴初故居、陈独秀陵园、谯楼、马炮营……我都遇见了他。我对着它们凝眸，就看见一位银发老人，面色凝重地望着我；我闭上眼睛感受，恍惚中一个声音传来，如山庙洪钟："这些历史遗产存之不易啊，一定要保护好！"

懂得与珍念，让寄樵先生义无反顾地奔赴：他曾在二十世纪六十年代那个特殊时期，起草了安庆市第一份文物保护通告，使得迎江寺历代碑刻等一大批文物幸免于难；也曾餐风饮露，野外考察一年，发现并抢救了安庆五十余处重要文化遗存；还曾找回一块块被毁散失的钱牌楼石块，并补题牌额，将这座"古柱史"重新立起来，成为安庆市民仍能观瞻的唯一一座老牌坊；又曾大义凛然地对着开发商怒吼"除非挖土机从我的身上碾过！"，使得英王府得以幸存下来；更曾以古稀之龄，起早贪黑地盯守着民工修葺古城墙，以防古砖被窃。

"贞刚自有质，事业无穷年。"墙上那遒劲有力的对联正是寄樵先生的自我观照。

墙上还挂着朱镕基、布赫、姚依林等国家领导人接见寄樵先生的照片，还有他野外考察、考古鉴定的照片，记录了他为这座城市的文博事业呕心沥血的片段。

先生发表在各大刊物上的文研著作一排排静静地躺在玻璃柜里，我的目光一次次抚摸过它们。先生从不迷信学术权威，他说"千夫之诺诺，不如一士之谔谔"。他对崇祯帝御押的解读，曾在学界掀起轩然大波，面对学术权威的质疑，他一一从容应对，考据严谨，斩钉截铁，最终以他的解读盖棺论定，结束了长达一个世纪的争议与悬疑。还有他对散氏盘铭、邓石如"十条屏"等的考定，皆可谓石破天惊，让全中国的书界、考古界专家都转过身来，一起注视着这个安庆人。

目光拂过《纪念胡寄樵先生文集》。我读过它，一口气读了三天三夜，而由此引发的感动与痛惜萦绕了一个多月，为先生超凡的才华、耿介坚贞的品性，更为先生饱受苦难而矢志不屈的精神。那本《胡寄樵先生艺文集》，我也翻阅了数遍。有时，静夜里我忍不住再一次翻开它，静静感受那极具个性的艺术之美，那直抵心灵的昂扬力量。

如果说文化是有经脉的，那么他仿佛是一位习武之人，举重若轻，打通了考古鉴定、书法篆刻、绘画的脉络。先生行草甲金均为上乘，尤以独辟一径的隶书——"蝶扁体"独傲当代书坛。

如今，先生的书作一幅幅挂在墙上，线条遒劲，用墨枯润相间，洒脱率性，真力弥漫，流溢出一股沉雄勃郁的气韵。"大江东去，浪淘尽……"静静站在这幅书作前，映入眼帘的是一片苍茫气象，那劲若曲铁般舞动的线条和着氤氲墨色，奔涌如涛，势如呐喊，生命的奔突，身历劫波的愤激，痛苦的追寻，都如白云苍狗，归于脚下苍茫的大地。

艺术是什么？我问自己，也问墙上的先生。他说："是生命，是鲜活灵动勃郁沧桑、有血有肉有情有义的生命。"

这是我们民族饱经劫难而顽强不屈且绵延千年的气数。

多年的困顿与磨难，非但没有汲干先生情感上的那一汪温泉，反而像在冰冷的雪地上，令他更加靠近人性的火炉。这人性是涌泉相报的珍念，是古道热肠的侠义，是千曲百折的深情。寄樵先生曾在《回忆恩师片段》中回忆了与恩师林散之先生相处的十几个片段，从拜师学艺到乌江对谈，从求字到探病，直至见最后一面，一件件一桩桩，款款深情令人动容。黄光新先生记录了寄樵先生与散之先生的最后告别："最后到了说再见的时刻了，老师紧握老人家的双手，向他辞行，林老也缓缓地挥手道别。当老师走到门口，又马上转身向林老深深鞠躬。出门后，他眼圈红了，泪流满面……"

恩师散之老先生仙逝后，寄樵先生把深深的遗憾和眷念化作一片丹心，不遗余力地教后学。他给学生讲学，一讲就是几个小时，其思路如奔马，如瀑布，如神龙入云，如流星四泻，以至于学生"隔段时间不见先生，内心总会觉得虚空，写字治印都少了精神似的。一旦与先生晤面聆听教诲，如沐春风，感觉人就像充了电一样"。

这么多年过去了，人们至今提起那件事，仍然唏嘘不已：学生程旷去世，寄樵先生痛惜不已。酷暑天，他不听任何人劝阻，执拗地拄着拐杖，在炎炎烈日下站了一个多小时，看着学生入土，静静归于大地，并要在学生墓前行叩拜大礼。

师生情谊，山高水长。

晚年的寄樵先生总感叹有太多的事要做："空白点"瓷的研究，将军崖岩画的破译，"蝶扁体"的进一步创新，考古与书法篆刻的传承，等等。直到临终前，先生还忍着剧痛，对学生的作品一一点评，并要求面见记者，落实英王府修缮等遗迹保护问题——赤心可鉴啊！

馆中还展示着寄樵先生敬爱的恩师林散之、陈大羽、高适、徐子鹤等人的书画作品。从此，它们将与先生日日相伴。还有先生用过的文房四宝、印章，以及他酷爱的青花瓷。他曾被国家文物局扬州培训中心请去讲青花瓷，一连讲了近一个星期而欲罢不能，又连续讲了五年。五年的讲课，三十万字的手稿，先生笑曰："这是玉瓷的出征。"

雅致的木格屏风内，一群艺术家正在挥笔泼墨。著名作家石楠先生提起一支笔，饱蘸墨汁，屏气凝神，挥笔题下"寄樵先生艺术精神不朽"。随即，画家孙浩群先生在字旁画上一簇苍劲的墨竹，旁题"寄樵先生所好"。

我立在一旁，心如潮涌：寄樵先生为人所敬仰的，不仅是在考古与书法篆刻上的成就，还有他对事业的忠诚、对艺术的追求，他的率真正直，他的侠骨柔情……而这些都源于一个精神内核，它是中国的"士"精神，这是文人的风骨，也是文化的尊严。而这，正是中华民族的气数，当缅怀，当铭记，当传承！

　　我久久地注视着屏风旁的一张照片。晚年的先生着一件黑袄，银发虬然，面容慈祥，目光柔和，如孩童般天真烂漫地笑着。我想，此时的先生，灵魂已皈依。我仿佛看见他向我走来。他缓缓走过老街深巷，走过苍烟落照，胸臆间生发出辽阔的气度和诗情。

潘军印象

"我欠你一本书!"

第一次见潘军先生,他看了我一眼,目光深邃、平和。那天,我陪石楠先生参加潘军"泊心堂墨意"安庆画展的开幕式。乌泱泱的人群中,潘军一眼就看到了我们,上前握住石楠先生的手。石老师指着我准备向他介绍时,他就这样说。

我有些惊讶:这是我与潘军老师第一次见面。作为微友,我的微信名叫"静水流深",图标是背影,他是如何将我对上号的?再看潘军穿着连帽羽绒服、旅游鞋,不似剧照中的冷峻。他微笑着,一丝洒脱从笑容里淡淡逸出。如果再辅之以背景,就会让人产生一种幻觉,如同一滴墨的晕染,一片羽毛的翻飞,自在,随意,神雅。

开幕式上,上台讲话的人都显得很庄重。潘军自己致辞时却没带稿子,开口就用家乡话说:"这次安庆画展开幕式,请的都是我的朋友和同学……"像是办家宴,随意而亲切。

石楠先生说:"潘军是我的小朋友、老朋友、好朋友,他画的是他自己,他的思想,他的情感……"石老师的话音刚落,潘军就跑上台,送上一个大大的拥抱。

剪彩过后是抽奖活动,一阵阵欢呼声中,大家像过年一般喜庆。而潘军却不见了。原来,他躲到黄梅山庄一隅,与友人打牌去了。

这跟我预想的开幕式不一样,眼前的潘军与我在心中勾画的那个著名先锋派小说家、剧作家、导演、画家,一点也不一样。但想想,又觉得对——这就是潘军啊，那个与众不同、不按常理出牌的潘军。

捋一下他的经历：潘军，安庆怀宁县人，毕业于安徽大学。他二十来岁在安大读书时就已出名，后成为先锋派小说家，供职于安徽省文联。就在人人都羡慕他找到一个好平台时，他突然辞职，下海经商、演戏、当导演，当然也写作。他行色匆匆，北京、珠海、深圳……日子像穿堂的风。风雨如晦，君子不已。潘军出版了小说集六卷，散文集、随笔集、访谈录等多部，自编自演电影《五号特工组》，出演话剧、电视剧……他在似花非花的迷境里徜徉，寻找，辗转，体悟，收获。六十岁时，他回到了家乡宜城。

或许，栖居宜城，对潘军来说，是找到一块停泊心灵、安放生命的乐土。宜城烟水浩渺，芭蕉院落清幽，千年古城书风剪剪而吹。"六十岁之前舞文，六十岁之后弄墨"，他把作画当作人生最后的精神家园。他端坐窗前，在砚边濡染了墨汁，在雪一样空灵的宣纸上腾挪跌宕；或在一缕午后的斜阳中，凝视着江水思接千载；又或在泊心堂书斋，沏上一壶绿茶，温温润润地呷上几口，不紧不慢地研究古人。他大半时间是静虑的，喝一壶茶，听一首音乐，品读一段明清札记。这里有的是清风明月，还有那无语东流的脉脉皖江水。

在安庆，回到熟悉的朋友圈时，潘军是最朴素、真实不过的了。有友人造访，切磋画艺、书艺；或捋起臂，喝酒，搓麻将，天昏地暗，通宵达旦；一群朋友鹤发童颜，仍凑在一起举酒嘱客，诵明月之诗。人生何其快哉！

"来来来，请坐！"一声爽朗的吆喝打断了我的思路。人已到齐，酒已斟好，大家畅饮。我给潘军敬酒时，他又说："我还欠你一本书！"我笑了："您还记得这事啊？改日去贵府讨要？""好，等天暖，你陪石楠老师一起来！"

欠一本书的说法，其实源于一个玩笑。那次，我在《2021年度散文精选集》中看到潘军老师的一篇文章《空山一声松子落》，就顺手发给他了。他说自己还不知道。"找他们要稿费去！"我开玩笑。"好！要到带你分一个！""不如送我一本书。""成交！"

不过是一句玩笑，我并未放心上，也因我与潘军并无交情，只是他的一个连真名都没说的微友。

而成为微友，也是一个偶然。在一个绘画群里，一次，有人把潘军的画发到群里，我随意发表了几句感想。因为我是无名小卒，用的是网名，在这个群里没人认识我。好比人到了外地，胆子就贼大，敢做平常不敢做的事，所以我就"童言无忌"了。没想到，潘军回复我一个抱拳。他用的是真名，我当然知道大名鼎鼎的他，但他肯定不知道我。

他的微信头像是自己的画作，一只翻白眼的鸟栖落在一根枯枝上，回望着远山。画面的空灵与孤独、个性与不羁，瞬间击中了我，我决定申请加他微信好友。其实对于名人，我从不主动加微信好友，一是怕打扰他们，二是远观名人更自在，三是自尊心作祟。他通过了，没问我姓甚名谁，挺好。

潘军朋友圈发的多是自己的画作。我看到有感觉的就留言一两句，他大多抱拳或简单回复一句。一次，我看到他画的屈原，颇有感触，就留了一大段话。他回复："蛮懂的嘛！"还有一次，他画竹林七贤，我又留了一段，说七贤放浪形骸不够，衣服应敞开，或干脆赤膊，姿态要放荡率性，或坐或立或卧，云云。第二天，他发了重画的竹林七贤，我伸出了大拇指，心中对他更添了一分敬佩。之所以敢斗胆提建议，是因为我欣赏他身上的魏晋风度，正如我确信才子的秉性中都携带着一种品格，一种与生俱来的品格——率真。

后来，他出版了《泊心堂画集》。再后来，他消失了很长一段时间。

2022年，潘军自编自导的电视剧《分界线》在蚌埠举办首映式。一时间，微信朋友圈满屏都是《分界线》的宣传与观后感。我没有凑热闹，只是不声不响地看了几集《分界线》。蒙太奇的手法，多变的人生视角，随着火车隆隆，时空更移转换。

后来，他很少发朋友圈，或者说，他很少光顾朋友圈。不久前，安庆市作家协会邀请我参加潘军画展开幕式，并安排我接石楠先生。顺理成章，有了这次见面。没想到，他竟记着"欠"我一本书，更没想到他能把微信上的我和真人对上号，并且一眼就认出了。我不得不佩服，作为小说家的潘军有一双锐利的眼，还有一诺千金的侠士之义。

看完展以后，晚上睡前我把手机上翻拍的画拿出来看，颇有些触动。第二天醒来，温煦的阳光照在床前，又看，竟有种欲与人说的冲动，我随手拨拉了几句发给潘军。

那边很快回话了："或许，你可以把读画的感受写出来，不用溢美之词，怎么想就怎么写。"

"不敢，我不是画家，也不是评论家，不敢造次。"

"中国画，说到底不是技术问题，而是文化问题。"

我没回话，但觉得他说得对。他的人物画格外打动我，我甚至能体会到他创作时的激情，一笔，快马，满城风絮。

一下午，一篇《画里画外皆性情——读潘军人物画》一挥而就，我发给了他。他没回话。我有些忐忑，这毕竟是我第一次写画的文章。过了一会儿，他说："刚打开电脑，写得不错。"我长长地舒了一口气，请他提意见。他说："我不提意见，你自己完善，自己满意就行。"

我修改一遍后，发给《安庆晚报》副刊编辑，文章很快登了出来。我发给了潘军。他回复"挺好"和一张龇牙笑脸，但是并没有转发分享。我有些奇怪，他的画展正当时，我这篇小文多少也能"推波助澜"，为何不转发呢？我便问他："小文写得不好，您才不转发吗？"他答，他一般都不转发别人写他和他作品的评价，觉得小气，末了，说声"谢谢你！"。我说："知道了，理解。"是啊，我这样一个无名小卒写的一篇小文，他怎么看得上呢？可他又发了两张图片过来，一张是《潘军：形式主义者的小说实验》，另一张是《水磬声声——论潘军小说中的"水"叙事》，他说，这些他都没转。那可是很有分量的文章啊。看来，他不转，不是看不上，而确实是"觉得小气"。

于是我发了句："我充分尊重您的想法。但个人觉得，您是可以转的。因为，这不是宣传您个人，是宣传、弘扬优秀的文艺作品。而写作者，也是这个目的。"再补充一句，"著名作家、画家，跟著名演员一样，他不属于他自己，属于大众。好作品，发布出来以后，也一样。"

"自己转和别人转是两码事。"他回。

"有两个潘军：一个是自然人潘军，那是'小我'潘军；一个是著名作家、画家潘军，那是属于大众社会的潘军。潘军作品公布后，就不属于'小我'潘军。潘军本尊，要放弃'小我'的禁锢，以一个第三者的身份去想、去做。"

没有回话。

"当然，发不发，是您自己的事。作为旁人，我没有任何意见，只是帮您捋清这点。"一片白屏……

过两天，"掌上安庆"也推出了我的这篇文章，我发到群里，不少人留言，有的说："这篇文章虽不属于专业的美术评论，但用典雅隽永的文字深刻揭示了潘军老师所画人物的风骨神韵乃至人格灵魂，让我想起陈寅恪先生的名言——独立之精神，自由之思想……"有的说："潘军老师是用中国历史文化的大格局和笔墨性灵来写意状物，您是以女性细腻的观察和敏锐的审美眼光来透视刻画，虽纬度不同、角度殊异，但广大与精微,亦可映照生辉、相得益彰。"

我把这些评论截屏给潘军,他回复:"反响不错,祝贺,我转发推荐。"

我笑了。其实我知道,他不是因看到反响不错才决定转发,而是觉得我之前说的话有道理,只是给自己找个台阶而已。此刻,我看到了一个"大男孩"潘军,一个"真人"潘军,一个具有"魏晋风度"的潘军。

当晚,我把从画展上带回的礼包打开,内有三帧潘军的画制成的明信片,分为山水篇、人物篇、戏画篇。

我细细地品读着,沉浸到潘军的中国画世界中,仿佛听到竹林的飒飒之音,大唐之音哒哒的马蹄声。这里有恢宏而高翔的自由翻飞,有疾风骤雨不可遏制的情态气势,也有空灵缥缈的老庄道家之玄。

潘军的画很擅长写意,注重笔墨的表现力和意境的营造,笔下的山水、花鸟、人物等,富有张力、神韵,观之,就能感到笔墨的自由流动和意境的抒发。

《幽居图》,浓荫下,一翁一狗一垂钓。《观湖图》,三四人站在山顶,看那浩渺的湖水中一舟一翁一棹,我仿佛看到了庄子似的"乘物以游心"的逍遥游。《竹石小鸟》,竹的骨气,石的硬气,衬着石上蹲着的一只翻白眼、羽毛刺扎的小鸟。《题西林壁》,潘军旁注:"苏轼这首看似记游的诗,含有朴素的人生哲理。以庐山变化多姿之貌,言人生整体局部之理,与其说是对别人阐释,不如说是在宽慰自己。作这张画的那天是我的生日,却感到了异样的悲凉。"《前赤壁赋》,他似乎很喜欢,画册中有一幅,最近又见他在朋友圈晒一幅,相较之下,他的画又精进了,笔墨恣肆而有层次,可谓笔落惊风雨,泼墨写意浑然天成,让人看了真有"纵一苇之所如,凌万顷之茫然。浩浩乎如冯虚御风,而不知其所止"之感。

他的戏剧画和人物画，更突显他小说家和剧作家的优势，寥寥几笔就勾出神韵，惟妙惟肖，可谓形约而神至，墨简而味深。

黄宾虹的用墨，朱耷的冷眼鱼，徐渭的狂放之思，王铎的浩浩荡荡，都可以在潘军云烟翻卷的笔墨里窥见一二，但他又不属于任何一派，他有自己的独特魅力。而这，或许正是中国文人画的精髓吧。

他的画作透出浪漫的酒神精神和散淡闲适的胸襟。一方面，是激情式的、爆发型的、力量型的壮美与飘逸，是"西风残照，汉家陵阙"的无言，是一柄长剑尽寒光的八面豪气。另一方面，是隐逸的、恬淡的、内敛的，是"涧户寂无人，纷纷开且落"的雍容和淡定，是舟中饮酒、风行水上的自然和逸趣，是含而不露、厚积薄发的美学境界。

品画如品人。他是仗剑走天涯的侠士，也是等待心灵潮水皈依的浪子，更是手执一管毫锥，挥洒出意气风骨的文人。

最近，看他的朋友圈，《刺秦考》《与程婴书》两部中篇小说都刊出了，他还在写小说，如他所说，"想写就写"，至此，与他二十五年前写的《重瞳》，正好组成青铜三部曲。他说，完成这三部曲，前后二十五年。我还没来得及看，只是觉得，如此文字与如此笔墨互相辉映成趣，挺好。

与韩再芬的两次合影

2018年秋，在著名作家石楠先生画展的开幕式上，我一眼就看到了她——著名黄梅戏演员、再芬剧团团长韩再芬。她身材高挑挺拔，着一套黑丝绒西装，配一条酒红色丝巾，戴一副黑框眼镜，显得干练大方、优雅知性。此时的她虽没有舞台上那么光彩夺目，但在人群中仍鹤立鸡群。跟她打招呼的人很多，她也热情地招呼着很多人。那次，韩再芬是作为安庆市文联主席出席石楠画展开幕式的。

我陪同合肥来的作家戴先生看展。戴先生看见了韩再芬，主动上前打招呼。她礼貌地微笑，点了点头。戴先生又提出跟她合影。她没有推辞。我飞快地按下快门。她正要离去，戴先生让我也跟韩老师合张影。韩再芬似乎有些着急，但还是站住了。戴先生也按下了快门。

戴先生发给我的照片中，韩再芬比我高了半个头，很有气场，衬得韩老师身旁的我竟有种小鸟依人之感，脸上的表情也有些青涩。但细看，韩老师大方地笑着，目光却游离了，似乎看见了什么，又似乎在跟什么人打招呼。

是啊，她太忙了。作为著名黄梅戏演员，她有那么多演出任务；作为刚改建不久的再芬剧团团长，她又有那么多杂务要处理；作为刚上任的市文联主席，文化领域的各种事都要权衡。可以想象，身兼数职的她太操心了。虽然照片中的她依然很美丽，但也显得有些憔悴。

后来，看到朋友圈里有人发她作为安庆文化和黄梅戏宣传大使的抖音视频，为安庆历史文化名城拉票，她那标志性的笑容和清亮的黄梅调极具感染力。我和朋友们都积极转发、投票。

每年黄梅戏艺术节，她总要露面，听说从策划到导演、到演出，事无巨细，她都一一过问。春晚上，她穿着一身粉色戏服，唱《到底人间欢乐多》，美得惊艳。我们一家人都直叹：还是那么娇艳，真是岁月不败美人啊！

2024年的一个春天，安庆文联召开作协主席团换届选举大会，我作为作协理事候选人出席了会议，韩再芬作为文联主席主持了会议。她一身玄色衣裤，化着淡淡的妆，沉稳大方。她不慌不忙、不紧不慢地说着，带有黄梅韵味的普通话，格外清脆悦耳，一声声回荡在会议厅，像一阵阵清泉拍击着卵石。阳光成了背景，一块块从方格玻璃中射入。我听得入神，在春天黄梅调的气场中迷失。

休会期间，她走下台。很多人围了上去，要跟她合影。

她浅浅地笑着，亲切地与人合影。一拨人走了，又一拨人来了，还有人拍过照后，看看不满意，提出重照，她始终面带微笑，极有耐心地配合着。我注意看她的笑容，温婉、恬淡、娴静，说话、举止、神情，都有青山绿水倒映在茶杯中的清雅。她依旧是美的，较之五年前，明显多了份气定神闲，多了份风轻云淡，多了份谦逊和蔼。这种由骨子里透出的优雅，使她的美不仅丝毫没有随岁月的流逝而减少，反而更添了让人赏心悦目的韵致。

我帮朋友跟她合影后，又单独与她合照了一张。翻看手机时发现有一个人闯进了半个头，破坏了画面的完美。等大家都合完影，我有些忐忑地问她，能不能跟我重照一张。她微笑着点点头，目光和蔼、清澈。

咔嚓，有人按下了快门。

照片中，韩再芬微笑着。在那抹微笑里，水轻轻流，花静静开。

我陪石楠讲《画魂》

"没有一点犹豫。"

当石楠先生跟我说,要去安徽博物院"文博讲堂"讲《画魂》并要我随行时,我问她受邀时有没有犹豫,她很快地这样回答。

这让我有些意外,她自2013年完成最后一部小说时就宣布封笔,且很多年没出远门了。如今她已八十岁高龄,一天六个小时的车途劳顿就够呛,更别说作讲座、接受专访、与读者互动了,何况家里还有片刻不能离的九十高龄的老伴,她居然没有任何犹豫就答应了。

接下来,这位著作等身的老作家,花一个多月时间写了近两万字的讲稿,又几易其稿。我将打印好的讲稿送给先生时,发现先生的手指贴了橡皮膏,捧起一看,先生的拇指、食指和中指都肿了。先生因夜以继日地敲打键盘,引发了指腱鞘炎。可她硬是忍着疼痛,打完了讲稿。定稿后先生仍有些担心:担心自己的太湖口音大家听不懂,担心自己会失眠而精力不济,担心天气突变受寒影响嗓音,担心路途出状况而延误时间。于是,她像小学生一样对着讲稿练习发音,服用停了多年的安眠药,翻出厚厚的羽绒服,将启程时间提前再提前……

讲座那天,在安徽博物院,访谈,捐书仪式,结束时十一点半。博物院领导提出带石楠先生参观潘玉良画展。考虑到她四点多起床,至此已七个多小时,我问先生要不要休息会儿,她连连摆手:"不用,不用休息。"那分秒等不及的样子,像是要去见久别的亲人。

石楠与潘玉良的确有缘。1981年冬,当听人说到潘玉良时,石楠立即被这个"与苦难抗争的灵魂"震撼了,这位风尘女画家多舛的命运激起了也曾历经苦难、遭歧视与不公的石楠内心强烈的共鸣。为了"让撞得好疼的心平静下来,我要让她在每一个人生道口活过来,叫她喊出我的心声。不写我就觉得日夜不安"。她边研读资料边写作,每晚写到"眼睛什么都看不清为止,早晨四点就强迫自己起床"继续写。用眼过度,感冒,并伴有剧烈的头痛,她就用布条扎着头写。三个月后,《潘玉良传》(出版时改为《画魂——潘玉良传》)完稿。

因偶然的机缘,这篇她没想发表的《潘玉良传》在1982年第4期的《清明》上以头条刊出。谁也不曾想到,这部作品一面世,立即"火"了,连同一个不为人知的女画家和一个更不为人知的古籍管理员都"火"了。随之,麻烦来了,文坛、画坛掀起了轩然大波。质疑、诽谤、打压、封杀,甚至声讨,一浪接一浪地向她袭来。画家刘海粟奋笔书下"纸上人间烟火,笔底四海风云"。

猝不及防的打击反而激发了石楠愈挫弥坚的创作激情。从此,她坚定地走上了一条为苦难者立传之路。她塑造出一个又一个与苦难抗争的灵魂:柳如是、陈圆圆、舒绣文、谢冰莹……三十多年中,她创作了二十九部共千万字的传记文学和小说。

潘玉良成就了石楠,石楠也成全了潘玉良。1984年,《画魂》出版后不到一年,应广大读者的强烈要求,潘玉良的两千多件画作终于从堆放了四年的中国驻法国大使馆的车库中搬出,运回了祖国,由当时的安徽省博物馆收藏,遂了画家遗愿。

石楠的人生因《画魂》而改变,也因之更加充盈丰满。

车上,先生动情地向我讲述了一个个温暖的故事。当她找刘海粟为她的新书题书名时,正被人围在画室里泼墨作画的海老立即放下手里的笔和碗,从轮椅上站起来,激动地握着她的手,转着圈大声向在场人介绍:"这是石楠同志,《画魂——潘玉良传》的作者!"并为她题下"一卷画魂书在手,玉良地下有知音"。1992年,《画魂——潘玉良传》在台湾发行后,苏雪林写下一万五千字的文评登在《中外文摘》上,还将自己二十世纪三十年代评论潘玉良的文章复印下来,在背面写了一封亲笔信寄给石楠。石楠在北京给《画魂》改稿时,责编周达宝每天在家里煮两个鸡蛋,用棉衣焐在胸口带给她吃。说到这,这位耄耋老人,声音竟哽咽了。

于是我又懂了,她还要借这次讲座把她三十多年念念不忘的感恩之情连同他们的义举公之于众。她在讲座时,但凡于《画魂》有过一点益处的人,她都一一点出他们的名字,以及他们所做的事,具体到细枝末节。

下午三点,当石楠出现在大厅时,近三百个座位的大厅座无虚席,连走廊过道上都坐满了人。掌声、鲜花、闪光灯……一股热潮朝她涌来。当看到背已勾成近乎九十度的徐恩芳老教授在老伴的搀扶下颤巍巍走来时,先生上前紧紧握住了她的手。因为她听说,他们夫妇是租了辆商务车载着轮椅来的。人潮一波一波地涌来……直到主持人再次提醒讲座时间已到,人们才退回座位,以热烈的掌声将石楠先生送上了主席台。

"苦难并非灾难,它是辉煌的底色,于意志顽强者是终生享用不尽的一笔无价的财富!"直面苦难、超越苦难,尽显生命的执着与壮美,是对她笔下人物,也是对她自己生命的诠释。作为一个有情怀、有担当的老作家,她要给她的读者,给文学新人,给后人们留下一点叮咛。"条件差,基础薄,不足馁,只要有个崇高的目标,坚定的意志,执着追求,刻苦进取,就能得到自己想得到的东西,这东西就是人生存在的价值!"她把自己走过的路,指给人看,告诉大家,这条路虽然布满荆棘,但只要你走过去,就会抵达终点。而这"是中国人民特别是底层的中国女性实现自我的必然方向和必由之路"。

"我十五岁时彻夜读《画魂》的情景好像就在昨天,从那时起,潘玉良就是我的精神导师。当我遭遇不幸时,潘玉良自强的精神支撑我走出了人生最低谷。"一位中年女性动情地说。

"我没多少文化,但我听过《画魂》的广播,又看过根据它改编的戏剧、电影、电视剧,百看不厌!它是为老百姓写的好书!"人们对这位白发老人的话报以热烈的掌声。

《画魂——潘玉良传》自1982年面世以来,一版再版,共出了十六版,第十七版又将上架,它的读者从父辈,到子辈,再到孙辈。它成了很多家庭三代人共同的灯下话题。

这是文化极温暖的存在方式,更是文化的尊严。

魏大帅

这名字，我取的。现在大家都这么叫，可见取得不错。

首先说"魏大帅"中的"大"。他一米八几的大高个，宽胸脯，将军肚，魁梧的肩膀上顶着一颗硕大的脑袋，如此身形，当然担得起"大"字。再加上他为人处世不拘小节，大大咧咧，不计较，不纠结，度量大，所以冠以"大"字毫不为过。至于"帅"嘛，看你怎么看，如果以契丹人的审美观来看，应该算得上。方脸，阔嘴，豹子眼，眼白多，眼仁少，看什么都给人感觉"目露凶光"，笑起来也让人感觉肚里憋着坏水。杨老汉曾这样描绘他：这个"契丹人"，披件羊皮毡子，骑在一匹高头大马上，手持一把弯月刀，目露凶光，唰唰唰挥舞着刀飞奔而来。突然，他一伸手，捞起一个美女，扔在马背上，哒哒哒就不见了踪影，只见尘土飞扬……

我们哈哈大笑，魏大帅也笑，笑中透着点儿扬扬自得。

叫他"大帅"还有一层意思。他是报社副刊部主任，拥有千人的作者和万人的读者，这两支队伍中，有名家大咖，有骨干作者，还有很多粉丝，尤以红粉为多，这些红粉逐渐被他发展为"表妹""表侄女"。每期，他主办的"文化周刊"帅旗一打出，立即有众多作者纷至沓来，而他自己也身先士卒——撰写卷首语。在他的率领下，将士们奋勇争先，最后凯旋，赢得众人赞赏、转发、分享。如果说这是当副刊部主任所必备的能力的话，那么关键时刻的紧急作战，则能分出能力高下了。每年高考，语文头天考完，第二天，一版高考作文下水文就上了报。试想，没有高超的运筹帷幄、调兵遣将的能力，没有强大的作者资源和对这些资源的了如指掌，是断不能完成的吧？

我转发朋友圈时，注上一句"《安庆日报》《安庆晚报》的副刊质量一点儿不比省报差"。可人大帅不领情，揶揄道："不要拿我们跟省报比！"这般牛哄哄，是因为在全国媒体表彰会上，他主办的副刊被列为"四小天鹅"之一，人家有底气"牛"呢！

大帅的"牛"还表现在喝酒上。他酒量大，据说八两不倒，喝得也豪爽。重要的是，他在酒席上爱说笑话，常妙语连珠，把我们逗得腮帮子都笑疼了。无论他如何嬉笑怒骂，大家都开心。他称八十多高龄的石楠先生为"小姑娘"，称美女摄影师为"小老太"，还敲诈杨老汉掏腰包，讹诈刘大毛拿出珍藏多年的茅台，诓骗纪胖子请客吃饭，吃掉王渔夫起早摸黑钓的鲜鱼。末了，他还发朋友圈损他们。但这些人不但不生气，还个个眉开眼笑。

他组织《安庆日报》《安庆晚报》副刊作者线下活动，通知一发，个个放下手里的活儿，乐颠颠地赶来。五六十人，无关乎身份、年龄、地域，却因了两报副刊——魏大帅主办的副刊，挤挤挨挨地坐在一起，熙攘一片，喜乐祥和。他如数家珍地介绍着每个人、每个人的作品及特点，甚至获得过某某奖。饭毕，他会注意到谁落单了，哪一桌没凑成牌桌。人人都感到被重视、受尊重，因而大家都很开心，说，别看他大刺刺一个人，其实心很细。

我深以为然。一次，我的一篇文章投稿给他，他编辑好后，把电子稿发给我。我当时没看出什么，还夸他编得好（这是发自内心的，但凡我自己比较在乎或满意的作品，都要先发给他，借着投稿让他把个关，完善一下）。但后来，我发现有一词用得不妥当。其时已六点多，我知道他肯定下班了，也知道稿件已发到印刷部，明天就出报了。但我这

"完美主义"的怪癖作祟，还是忍不住发了信息给他。结果，就为这一个词，大冬天的，已坐公交车回到家的他，放下手中的锅铲，又顶着寒风再坐公交车赶回单位改过来了。当时，我感动得恨不得腋下生出一对翅膀，飞过去，敬他一杯酒。

随着交往的深入，我越发觉得他身上有股魏晋名士的品性——外表粗犷不羁，内里重感情、讲义气。他的好友旷哥去世多年了，他专程去旷哥老家看望旷哥的老母亲，临别时塞给老人家两千块钱。据说，出门后，他那双"目露凶光"的豹眼还有点红。哭了吗？怎么会！他死活不承认："男儿有泪不轻弹，我怎么会像娘们儿似的哭！"这事我不在现场，没法考证真伪，但他把别人弄哭了，我倒亲眼见过。

我们给骨干教师培训，请他讲一讲阅读与写作。他脱稿站着讲，连PPT都不看，讲民国大师，讲自己曾经的从教经历，讲有趣的课堂，讲文化与教育情怀，时而旁征博引，时而现身说法。全场鸦雀无声，大家被深深吸引了。那时的他，多像一位大学教授，儒雅、温润、博学。互动环节中，一位老师眼含热泪地谈了自己的听后感，说着说着，竟哽咽了，在场的人无不动容。我知道，魏大帅的讲座触及了老师们的灵魂。

其实，读他的文章更能触及灵魂。在他的《成都的温度》里，他得知远在成都的贵哥出事了，想冷静下来，"把手头四个版面看完，把下周一的版面做好，以便随时可以动身去成都。可睁大眼睛盯着纸上的一个个字，脑子里却还是他的影子，耳畔是他爽朗的笑声"。饭毕，他一个人，沿着湖畔，"慢慢地走，突然泪水汪洋恣肆，汩汩而出"。

他终于承认："这些年，我好像更容易流泪，听到天真烂漫的童声合唱，会流泪；看到衣衫破旧的人用枯瘦的双手向捐款箱里投钱，会流泪；看到那些一脸稚气的军人满身污泥，双眼布满血丝，仍在抢险救灾现场鏖战，会流泪；听侗族、藏族同胞纵情歌唱，他们的幸福、忘我和纯情，亦会拨动我的泪腺……我再也不会像以往那样掩饰自己，而是任泪水滑落——为美好而流泪，有什么必要掩饰呢？"这个五大三粗的男人，愈发活得真实，卸下了面具，坦露出刚硬的外表包裹着的一颗无比柔软的心。

魏大帅跟几位友人相约，坐了十四个小时的动车，去成都送贵哥最后一程。那是一场难忘之旅，他被深深感动。他说："那是一群人对一个人的怀念、敬重，那也是一座城市对一个人的怀念、敬重。我想到了一个词：情真意切。"

魏大帅自己又何尝不是情真意切之人呢？因为情真意切，他为童年生活的大司村写了一本书，外婆、玩伴、表兄弟、乡亲……一个个在他情真意切的回忆中生动呈现。也因为情真意切，这本书感动了千千万万人，掀起了一股阅读分享的热潮，成为2023年度畅销书。书名叫《村庄令》。

对了，魏大帅真名叫魏振强。

去黄岭，看望恨水先生

一

仲夏，在山最为葱茏、水最为盛大之时，我驱车去潜山黄岭，看望张恨水先生。

下车，一汪碧水跃入眼眸。青山、绿树、蔚蓝的天空、安详的白云，还有黛瓦白墙的徽派建筑，倒映在清澈的水塘中，宁静、妩媚、柔和，水面像微微拂动的丝绸，塘边水草闪着碧绿的光，顺着水的流向自在地轻轻漂动。

目光也随之迷离起来。1912年，秋天的水塘长满芦荻，一个愁容满面的年轻人汲了一桶水，失神地坐在塘边，他就是十七岁的张心远。这个出身官宦之家、踌躇满志的年轻人，因父亲急病突然离世，家中顶梁柱轰然倒塌，不仅留学欧美的求学梦粉碎了，连全家老小的生计都面临危机。张心远只得和母亲带着弟弟妹妹，举家迁回原籍安徽潜山，在位于黄岭这座深山的闭塞的老宅中，靠几亩薄田勉强度日。从此，一家人的生活，与门前这方水塘息息相关、生生与共。作为家中长子，他责无旁贷地要挑起全家生活的大梁。可是，出路在哪？

他想起自己十岁时祖母去世，父亲带着全家老小回乡奔丧的那段时光。他在乡村学堂读书，每天放学归来，与村童嬉戏，那时多无忧无虑啊！

墙上挂着张恨水从童年到老年的照片。童年的张心远挑灯夜读，身旁全是书，小小的身影几乎被书淹没。他在《写作生涯回忆录》中说："余少也不羁，好读官家言，积之既久，浸淫成癖，小离如舟，床头屋角，累累然皆小说也。"因了这份痴迷，十三岁的张心远就写了一篇武侠小说，并自绘插图，开启了人生第一次小说创作。

另一张照片上，少年张恨水着一身月白绸缎长袍，罩一件黑马褂，梳二分头，面容清秀，显出几分风流、几分不羁。是年，剪掉辫子的张恨水读甲种农业学校，初步接触西式教育，"极力向新的路上走"，学习外国小说的心理描写。1921年，十七岁的张恨水意气风发，准备远渡重洋继续深造，岂料天有不测风云，因父亲急病而逝，人生规划被彻底打乱。"一个冷淡的所在，最怕是有过去的繁华来对照呢。"从殷实富有到穷愁潦倒，一切皆成过往。

人生急遽逆转，无外乎两种结局：或一蹶不振，或凤凰涅槃。难道一辈子困守深山做山野村夫？这个本名"心远"的年轻人当然不甘。待在老家不足半年，他便随着堂哥到上海去闯世界了。1912—1919年，他先后五次带着春的希望出发，又带着冬的凄寒落魄返乡。面对结着寒冰的池塘，他的心更寒。

这个沦落在乡野的知识分子，到底受过多少生活困苦的煎熬与精神的苦闷、屈辱折磨，现已无从考察与还原，只能从他写的第一部章回体白话小说《青衫泪》（已失传）的书名窥见一二。

二

至张恨水书屋。书屋不大，内有老式书橱、书桌等。书橱里放着线装版古书，书体已发黄，透着时光浸染过的轻斑。书桌临窗，窗前，树影婆娑。我想起张恨水在《桂窗零草》中写道："我的木格窗外，有一株极大的桂花树，终年是青的，树下便是一院青苔，绝无人到，因此，增长了我的不少文思。"这书屋被张恨水多次提及，于他的人生有着不寻常的意义。

1919年，五次外出无功而返的张恨水决定潜心于文字中。他收拾出一间从窗户能看见院中桂花树的房间作为书屋，近似与世隔绝地把自己关在里面，日夜苦读。瑟瑟秋风中，窗外那棵桂花树，雨一样飘落的花瓣，纷扬着凄零与寂寞，勾起张恨水的无限惆怅和痛惜，他感叹日子像落花流水般逝去——缓缓书下"愁花恨水生"，又想起李煜的"自是人生长恨水长东"。"恨水，恨水！"他反复念叨着这两个字，"不，不能让青春白白流逝，就此沉沦！"张心远郑重地写下了"恨水"两个字。一个划时代的小说家的笔名就这样诞生了。第一次向《小说月报》投稿时，他就以"恨水"为名。

那段时间是张恨水一生中最灰暗的时光，也是他对人生做出明确规划、在写作这条路上出发的起点。"住在依山傍水的乡下，日日与农夫为伍，我十分的牢骚，终日的疯疯癫癫作些歪诗。作诗之外，作笔记体小说。"张恨水对这段日子做了如是描述。

三

初春的池塘已解冻，张恨水静静地站在塘边，在袅袅起动的风里，在万籁沉沉的夜里，尽力地平静心绪，屏住呼吸，谛听着那从地下涌上来的、在塘里翻涌的、在空中溅起的生命的水声。经过一年多的蛰伏，他终于等来了机会，将踏上一条崭新的路。而这次，是真正意义上从黄岭老宅走出去，开始他人生的进发。

1918年初春，二十三岁的张恨水带着对新生活的热切期盼，坐竹筏，顺着皖河漂流至长江，抵安庆，乘江轮，顺流而下至芜湖，任《皖江日报》总编辑，正式开启了"报人"生涯。后来，五四运动爆发，张恨水"受到了很大刺激",在《皖江日报》上办起了介绍五四运动的周刊,宣传新文化运动,并带领编辑部二十余人上街游行,抗议日本的恣肆侵略。同年秋,他只身来北京,兼职北京、芜湖、上海几家报社的工作,同时给自己主编的副刊《夜光》写小说。小说连载五年,九十万字,它就是——《春明外史》。这让张恨水在小说界一举成名。1927年,长篇小说《金粉世家》开始在《世界日报》副刊上连载,历时五年,风行一时,奠定了张恨水的名家地位。第三部《啼笑因缘》,掀起了民国时期万人阅读的热潮。张恨水的创作人生迈向辉煌。

四

1937年深秋,积劳成疾的张恨水携全家回潜山休养。一介书生,茕茕孑立,形影相吊,忧心如焚。他出资与张友鸾合创的以抗战为主题的《南京人报》,因南京沦陷而被迫停刊。回乡休养的张恨水"耳际响着金陵那边惨痛的呼号,心里激荡着民族存亡的风涛惊雷"。不,他不能躲在山里做一个避世者。安顿好一家老小后,张恨水就准备义无反顾地投身抗战。临别前,望着老母亲风中缭乱的白发,张恨水情难自禁:母亲年岁已高,战争不知何时结束,这一别,不知是经年。"门前送我涩衰眸,日落云黄大地愁。一路枯林飞老叶,狂行十里怕回头。"当读到最后一句时,我竟有些泪目。在国家危难当头,一个孱弱的知识分子,亦是家国难两全啊!

张恨水只身乘船到汉口,欲与三弟牧野带领汉口的同乡回故乡大别山打游击。但他的请愿遭到国民政府第六部的拒绝,于是他加入了"中华全国文艺界抗敌协会",被推举为第一任理事,走上文艺救国之路。1938年初,他到重庆任《新民报》副刊《最后关头》主编,作发刊词《这一关》,一篇声震林木的呐喊喷薄而出:"最后一语,最后一步,最后一举……我们只有绝大的努力，去完成这一举。这呐喊声里，那意味绝对是热烈的、雄壮的、愤慨的。绝不许有一些消极意味。我相信，我们总有一天，依然喊到南京新街口区，因为那里是我们南京报人的。"这激荡民心的呐喊，近一个世纪过去，读之，仍让人激动不已。

不能端枪杆，就拿起笔杆。张恨水把爱国热忱与满腔愤怒写进了小说，《怒吼吧，八路军！》《疯狂》《冲锋》《征途》《游击队》《潜山血》《前线的安徽，安徽的前线》等等，如一支支箭矢频频射出。杂文集《最后关头》，收录抗战杂文617篇，合集《弯弓集》，收录"一•二八"事变后的各种题裁作品，扉页题词："敬以一滴热血贡献给弊国的读者。"开首一句就击中了我，一瞬间，胸次仿佛燃烧起了一团火。

五

百忍堂悬挂着张家家训，一一读着那些"忍"字训，我想，散文最见作家之心性。张恨水的散文，于朴实冲淡之中，有一股清新隽永之气，韵味深长，充盈着诗画之美，透露出一种清新秀雅的闲逸之风，还有着于寻常旧市巷陌之中寄寓的家国沧桑之感，这跟家训有很大关联吧。

抗战期间，张恨水飘零重庆，不能归乡与亲人团聚，做《忍也忍也》，"每得家书，切勿开封，先暗自呼忍也忍也！"家国情怀，诉于笔端，对家乡、对亲人的思念真是"忍"也"忍"不了啊！抗战结束后，张母七十岁寿辰时，张恨水作组诗《慈辰七旬纪事》："八载回来喜欲狂，夕阳楼下置归装。凭栏遥见慈亲立，拜倒风沙大道旁。飞步登楼一笑盈，座前再拜叙离情。八年辛苦吾何恨？又听慈亲唤小名。"母子深情，感人肺腑。

"忠厚留有余地步，和平养无限生机。"我对着张家宅门这副对联默诵了几遍。"欲知世味需尝胆,不知人情且看花。"中国的理学派,把天常当大自然解为天机,就是天然的性灵,也可以说是良能。张恨水曾说他"半夜醒来,常是把这三副对联,想上一想,觉得其中颇有哲理。"

对于亲人、故乡、乡人,张恨水有着深厚的情感。组诗《潜山春节》,可见一斑。张家老宅庭院内陈设的农具中,一部水车格外醒目,旁悬《忆车水人》一文:"吾乡居皖中,无井,以池塘储水。五六月之间,旱。农人乃架水车于塘沿,汲塘中水以灌田。"可见其对农人深切的悲悯。捕鱼也是张恨水心中美好的记忆。"盖网横塘一亩余,成筐分得几多鱼。姜葱煮得银梭味,真觉仙人也不如。先查日历哪方成,顺着弯塘去出行。等到天明高兴极,迎人喜鹊三两声。"

故乡农人、渔人,日出而作、日落而息的生活,在张恨水看来,是"饮之太和,独鹤与飞。犹之惠风,苒苒在衣"。

六

西边一间屋子里,古旧的雕花木床,刻着镂空"喜"字的铜钩,撩着老布纱帐,床上铺着白底蓝花的被子。梳妆台上,斑驳的红底描金牡丹梳妆匣,散着幽幽的旧气。十八岁的张恨水就在这里由家庭包办,被迫与徐大毛(后被张恨水改名为徐文淑)完婚。张恨水对长相糙陋、目不识丁的徐文淑当然毫无爱情可言。但他虽不满旧式包办的婚姻,对忠厚孝顺的原配妻子却是同情怜悯的,他说:"不论是旧式的,或者是新式的,女子总是痴心的。"张恨水与她先后生了一儿一女,只是不幸夭折了,还把她接到北京居住了十年。抗战前夕,徐氏和婆婆一起返回潜山老家。后来徐氏被划为地主,成为被监督管制的劳动对象,躲在安庆市一栋两层小楼里深居简出,张恨水仍每月给她汇款。徐氏去世时,张恨水自己脱不开身,拿出七百元委托长子张晓水前往安庆料理后事,并

235

一再嘱托，将徐文淑安葬在张家祖坟山上。至仁至义，令人感佩。

我以为，新旧交替的民国时代，对待婚姻上，民国文人中最有君子风度的，唯胡适和张恨水。相比胡适，张恨水的婚姻更为幸福。张恨水一生有三个女人，原配徐文淑、习艺所救助出的胡秋霞、情投意合的挚爱周南。三个女人都矢志不渝地热爱着他，并一共为他生了十三个孩子，这是十分难得的。有人说他"拥抱新思想，守着旧道德"。张恨水的女儿张正（张与胡秋霞所生）说："父亲的思想是半新半旧的，父亲的婚姻也是半新半旧的，不能用世俗的眼光来评价父亲更爱哪个女人，我们只能说父亲的人性是丰满的、仁慈的，充满温存善良。"

老舍先生评价张恨水是"最重气节，最富正义感，最爱惜羽毛之人。所以，我称他为真正的文人"。有评论家说，先生是中国现代文学史上长期"被歪曲、被误解、被轻视、被冷落、被忽略，被埋没得最严重也最长久的作家之一"，我深以为然。

走出张家老屋，目光在灰墙黛瓦间洒落，我深吸了一口气，再望一眼门前池塘，池水丰润而柔软，如同先生的心。

七

1967年的除夕，格外冷清肃杀。所有老友都被"揪"出来了，张恨水却"幸免于难"，或许因他生性淡泊，相比同时代的作家，他的心中似乎没有那么多愤愤不平，加上有病在身，晚年的他深居简出。

但病弱的身体并没有阻拦张恨水对祖宗的虔诚和忠孝，他在儿女的搀扶下，颤抖着向母亲戴氏的遗像跪拜辞岁。等儿女们将他扶起坐在椅上，他说："我向祖宗跪拜辞岁，是我的习惯，不这样，心就不安。我不要求你们这样做，但要你们看看，这不是迷信，是表达感情的方式，希望你们不要忘掉祖宗！"

正月初六，气候尚未转春。病床上的张恨水不断喘息，说话越发困难。窗外夜色皎洁，透过窗户洒了进来，张恨水拥着被，静静地躺着，他想起了黄土书屋那扇窗，黄岭，他生命的港湾，还有慈母戴氏，心里的压抑全都释放出来，他的身体飘了起来……

回家了。他从这里坐木筏出发，穿越四十八个春的杏花雨瓣，倒卷四十八个秋的南渡雁鸣，又回到了这里——潜山黄岭。

阮宜城

认识阮宜城几年后,我才知道他的名字。

十八岁的我参加市总工会组织的演讲比赛,获得了冠军。当我捧着奖杯在一片闪光灯中走下台,走出总工会大楼时,一个中年男人边跑边捂着胸前的相机追了过来。他夸我讲得好,并说给我照了几张相。我打量了他一眼,他身穿蓝咔叽服,脚穿一双解放鞋,背有些佝偻,肩挎一个褪色的包,一双淡淡的眉毛衬得那张清瘦苍白的脸更加寡淡。那种带着四分土气、三分卑恭和三分木讷的形象,与我所认识的摄影记者的形象大有出入。我满怀戒备而矜持地说声"谢谢",转身要走。他追问我在哪个单位,说照片洗好后送给我。我并不需要他的照片,因为刚才照相的摄影记者我都认识,加上个性的骄傲清高及年轻姑娘的防卫心理,我说声"不用了!"就昂首走开了。

半年后,我给学生编排的少儿舞蹈《小天鹅》夺得安庆市少儿文艺比赛冠军。几天后的一个雨天,他来到我单位,还是那身着装,只是高卷着裤管。奇怪的是,他的衣服、鞋都已湿透,那装相机的包却是干的。他说《小天鹅》太美了,他拍了不少照片,边说边从那旧包里掏出一摞用白纸包着的照片,我翻看了一下,各种角度、造型都有,有些诧异他如何知道这个活动,又何时去演出现场的。看得出,他拍得很认真,只是拍摄的角度不佳。我想,他不是坏人,只是个摄影个体户,想靠摄影赚点钱罢了。我知道胶卷和洗照片颇有些花费,但我们已经有了演出照,而且登了报纸。我带着点愧意说:"这些演出照我们已有不少,领导可能不想要了。"他说"没事",就起身告辞,又拿出一张白纸包的照片,是我上次演讲的照片,同样,角度有些偏。我把这张照片留下了,并要付钱给他。他不肯收钱,说是送我的,又说那些孩子的演出照也给你们了。我送他到办公室门口,问他贵姓,他说"免贵姓阮",然后解开蓝咔叽服下面两粒扣子,裹住背包,撑着黑雨伞走了。

望着风雨中那个佝偻的背影,我记住了他姓阮。

第二年,我又带学生参赛,赛点在双莲寺操场,我们的节目又为众人瞩目。室外活动视线很清晰,在众多拍摄者中,我看见了穿蓝咔叽服的他。他不似那些记者霸气地占据着正中位置,毫无顾忌地拍摄,而是被挤到一边,在舞台两头窜来奔去。我明白了他拍的照片为何角度不佳了。他或蹲或跪或趴或倒地,拍得十分用心。节目将要结束时,记者们转身离开,他箭一般射过来,一个趔趄,蹲倒在地,双膝在煤渣路面上蹭了近一尺,跪在地上,按下了快门。过几天,他又来送照片。我把他领进了校长室。

后来,我每次参加活动总能看见他的身影。我和他成了点头之交的朋友。一天,他专门跑来送我两张入场券,说他在工人文化馆举办个人摄影展,邀我去观展。我从那寡淡的脸上看出了满心的期待,便点头答应了。

展览那天,天下着雨,展馆门前,只他一人站在门口,翘首迎宾。他老远就看到了我,忙迎上来,第一次向我伸出了右手,我没有迟疑,也伸出了右手。

展馆里只稀稀疏疏几个人,很安静。那些照片如我所料,不惊艳,不能给人以强烈的视觉冲击,都是些安庆风土人情的记录,但是看着看着,你就能感到这座别号"宜城"的城市的美好与温暖。

走时,我望了一眼展牌,振风塔的背景上写着"阮宜城个人摄影展"，原来，他叫阮宜城。不禁莞尔，我说："老阮，你这个名字好啊。"

后来我的工作与生活有了变动，很少跟他照面了，直至调任人民路小学，我分管校艺术团，在一次演出活动中又看到了他。他的背更加佝偻了，单膝跪地拍完照后，半天才缓缓起身，我在心中感叹：老阮老了。后来，我再没见过他。一次，我在朋友圈里看见有人发动募捐，募捐词介绍："阮宜城，原某某单位下岗职工，老摄影人。毕生精力与家中所有资金都投于摄影事业。相依为命的儿子（也是下岗职工）患了白血病，家中实在拿不出钱医治，请大家伸出援助之手。"立即，朋友圈里，很多人捐助并转发，引言都写得情真意切。我当然也不例外。后来，我在一个群里常看到有人发他摄影的照片，几次想打听他和他儿子的状况，终是没有问。因为我害怕坏消息。

安庆老城摄影展上，我看到了很多老照片，六十年代、七十年代、八十年代、九十年代，老城、老街、公园、市井风情、文化活动，我一张张地看过来，仿佛徜徉在宜城的时光之流中。记忆一点点复苏，心中仿佛有一块糖在一点点融化。这些照片底下，署着同一个名字——阮宜城。

站在一张"新时代、新风尚"演出照前，看着照片上手持话筒意气风发的女主持人，我心中涌起一股热潮，那是二十多年前的我。含着热泪，我轻声又郑重地说："谢谢你，阮宜城！"

擦鞋大爷

"把鞋擦擦吧!"一个爽朗而沧桑的声音说。

我扭头一看,路边一个戴绒帽的擦鞋老头,靠在鞋摊边小木椅上,两手揣在袖笼中,冲我微笑。那样子完全不像招揽生意,倒像是邻居大爷见你出门鞋脏了,善意地提醒你拾掇干净。

我看看脚上的皮靴,竟有些脸红耳热,虽然它并不脏,但还是觉得哪儿不妥,很想停下来给大爷把鞋拾掇拾掇。但我一想到有一大堆文件要处理,一大堆电话要接打,一大堆烦心事要做,只得叹口气,加快脚步,赶着去单位。

下午下班,拖着疲惫的脚步,我不知不觉又来到这里。那位大爷摊前正空着。我上前,在小木凳上坐下,脚刚踩上踏脚板,就被套上纸壳子护脖,不禁暗叹:好麻利的手脚!

"大爷,擦鞋有些年头了吧?"

"是呀,二十多年了。在天津都擦了十多年的鞋。"

"为啥跑到大老远的天津去擦鞋?"

"不瞒你说,我原在油粉厂上班。后来工厂倒闭,下岗了,年纪又不老不少的,突然没了着落,一家老小要吃要喝,孩子还要读书,得谋生啊。在本地擦鞋,怕遇着熟人,觉得我一个堂堂国营单位的职工给人擦鞋,太跌相。"

"在外面吃了不少苦吧?"我看着大爷老树皮一般的手。

大爷眯眼遥视远方,皱纹深得看不见底。

"是呀，冬天睡澡堂，夏天睡天桥。身体吃苦还是小，关键是心里也苦呀，觉得憋屈，感到恐慌。"大爷旋即收回目光，耸耸肩，"后来想开了，干得也舒心了。"

"哦，您怎么想开的呢？"

大爷给鞋涂上去污剂，说："我就琢磨呀，这鞋，要想均匀地吸进鞋油，必须要先清除灰尘。干活，要想干得舒心，必须先除掉心上的灰尘。"

我不由得对这位大爷刮目相看了。细打量，我见他绒帽边露出的头发全白了，连胡楂都是白的，心想：这么大岁数还在马路上摆摊擦鞋，风吹日晒的，是家里包袱重，要为儿子买房还贷？还是孤寡老人，一个人待在家里孤独寂寞？但看他脸色红润，每一道皱纹都是舒展的，似乎还含着笑意，又觉得不像。

"您家里……"

"我俩儿子，都挺好的，孙子都成家了。"大爷仿佛知道我想问什么，"家人都不让我干，说现在不愁吃不愁穿，有房住有酒喝的，何苦去挣那辛苦钱？但我非要干，谁劝都没用！"

一阵风吹来，我打了个寒噤。虽说是晴天，但坐在冬天的街头还是很冷的，何况他这么大年纪在马路上蹲守一天呢。"您辛苦了一辈子，该颐养天年了，为啥不在家享福呢？"

大爷飞速地左右拽动着布条，给鞋抛光。"你看，这鞋子吃了油，上了蜡，但还不亮，非用布条来回擦，打磨后就锃亮了，是不是？"

我若有所悟地点点头。

"我现在擦鞋，已不是为了挣多少钱。每天天亮就起床，天黑就收工，生活有规律。待在家里吃了睡，睡得天昏地暗，白天黑夜不分的，人就蔫了。有的老人跟我年纪差不多，走路都拄拐杖了，还三天两头往医院跑。我七十七岁了，啥毛病都没有！"

"嗯，您老看上去能活两百岁！"我笑。

"呵呵，谢谢'小姑娘'！"大爷也笑，"来这里，有生意，就练练手，权当锻炼啦！再脏的鞋在我手上，三下五除二就变得崭新锃亮，也有点小成就感；没生意，就望望街，充实！"大爷对着相邻的一位大妈笑笑。那位大妈也笑笑，点点头。

"好喽！"大爷用手一拍我的鞋。呵，焕然一新，锃亮锃亮。

"光吃饭不干活，生活没味道；干点事不为钞，烦恼不来闹——"大爷边收拾工具，边哼起了黄梅小调，"老婆子炖好火锅，烫好酒，等着我喽！"他把工具箱往自行车上一架，乐呵呵地推着车子走了。

我望着大爷的背影，站了好一会儿。我一直觉得擦鞋匠很可怜，他们没有资本，也没啥手艺，甚至连"匠人"都算不上，只是靠着顶风沐日地蹲守街头，做着最小的劳力买卖，是生活在社会最底层的人。没想到这位擦鞋大爷竟如此乐活着。我有些意外，也有些震撼。再琢磨他的话，我不禁豁然：给心灵除尘，方能收获幸福；不断打磨的人生，才能光彩照人。

谢谢您，擦鞋大爷！

乡　魂

一进龙潭古寨，就见他满面汗水地迎上来，脸上漾起一道道笑纹，再拿着小喇叭，用太湖普通话给我们当起了龙潭古寨的导游。

他如数家珍般介绍着龙潭寨，声音高亢激昂，说起胡氏老宅，满满的自豪感。我以为他是胡氏传人，他说他姓斯，斯氏是龙潭寨最早的居民。我问他："这里的斯氏与胡氏，过去谁的家族兴旺些？"他毫不犹豫地说："当然是胡氏。"然后他滔滔不绝地说起了胡氏的繁盛，发自内心的引以为荣。当我们合影时，我发现他已不见了。

晚上，我在戏台上又看见了他，一人扮三个角色，宰相、家丁、衙役，皆惟妙惟肖。而戏班是岳西菖蒲镇的，村人说："村里每次唱戏都是他联系的，他不仅会唱戏，大鼓书也说得好。"我夸赞，民间艺人！那人笑了："老斯人好，斯家人都好。当初正因有斯姓的包容，才有胡姓的安家落户，也才有了村寨的繁盛。"看着台前台后忙活的老斯，我脑中闪出一个词——乡贤。

在汤泉乡乡贤馆，我们被那些乡贤深深吸引了。雷天铎，其父明末战乱时被掳入湖北，常告诫天铎："太湖祖墓未扫，族姓未亲。"十二岁的天铎遍书"太湖人"于书房，刻苦自励，考取进士，后回太湖，修宗谱葺家庙，深受后人敬仰。胡尚多，"周全济困不少吝，修桥补路虽费不辞，治家训子皆有法度"，龙潭寨的五福桥，就是他召集五个儿子修筑的。殷先拔，曾任李瀚章家塾师，其子殷赉臣，光绪年间举人，任过内阁中书、湖北督军公署军法官、太湖县财委会委员长。殷粹和，一个等郎媳，于蔡家畈接受启蒙教育后，走出山村，留学英伦，回国后，投身于中国卫生事业。我感动于她的事迹，更感佩于她的婆家殷氏，封建时代能让一个女孩且等郎媳读书，足见蔡畈人的开明。

玻璃橱窗内展示的一封联名信吸引了我，那是乡民们自发成立自卫队的乡约。透过一个个笔迹庄严的签名画押，我仿佛看到一张张烛火映照下凝重坚毅的脸，他们为捍卫家园同仇敌忾。

古往今来，天南海北，有多少这般的处所，它们因沾了某种品德而变得非同寻常：或耕读传家，力田孝悌；或勤学苦读，成为国之栋梁；或著书立说，闻名远扬；或悬壶济世，救死扶伤；或从戎杀敌，为国捐躯……这些具备了精神气息的人们，彼此之间尽管时空暌违，却有着一种相通的东西，因而得以世代传承。

玻璃窗中还展出了一整套的科举试卷。问试卷来源，正是给我们讲解的中年男子——乡干部殷文闯提供的。其曾祖父是秀才，祖父是塾师，试卷到他已传承四代了。没有特殊保护措施的普通人家，历经了四代，试卷如何防虫防霉？那个特殊年代，老百姓眼里值钱的金银首饰、檀木家具都被毁了，这些不值钱的"封建毒瘤"却保存了下来。那得需要多大的见识、冒多大的风险啊！殷文闯说："应该是读书人对历史文化的钟情吧。"

河水缓缓流淌，农耕文明缓缓流淌，村庄的文脉也像这河缓缓流淌，许多的人和事都已消亡散佚，唯有祖先的家训和家乡的文脉，像粗壮有力的老树根，深深地扎进乡人的血脉里。

殷响东是金鹰村蔡家畈殷氏后人，原村书记。老书记详尽地介绍蔡家畈的一砖一石、一房一瓦。他说："经村两委不懈努力，蔡家畈先后被定为县文物保护单位、省文物保护单位、全国首批传统古村落等。"

殷书记还带我们参观了金鹰村村史馆、殷粹和爱国教育纪念馆，里

245

面的每一张照片都凝聚了他的心血。当我问起"赛诗会"时,他说:"这是金鹰村的老传统,村里老人小孩都会作诗,每年举办赛诗会,不用问会不会,只问来不来。"为发扬光大赛诗会,他建立了金鹰村诗词书画学会,成功申创了"安徽省先进诗教之乡"。我夸他是当代乡贤,他摆摆手,动情地说:"蔡家畈是生我养我的地方,只想尽微薄之力来保护它、改变它、传承它。我认为保护和发展了家乡就是保护了根,传承了家乡文化就是留住了家乡的魂……"

临别时,我抬头望向蔡家畈那棵巨大的古树,不禁感慨:一颗种子的落地,是一次生命的偶然,但土壤的肥沃、气候环境的适宜,却对一棵树的枝叶参天、根系发达,构成了一种必然。

我家的"留学生"

母亲推开门,后面跟着两个"小尾巴"。他们脖子上吊个破书包,鼻下挂着两条"小青虫",耷拉着脑袋。不用问,定是不会背课文,或是没完成作业,又给母亲提溜到家"留学"了。

这些学生是我家常客,多是父母无力管教、调皮捣蛋的学生,放学后被母亲留下来,带回家无偿辅导。我称他们为"留学生"。

母亲把靠在墙角的"留学生"专用小木桌支起来。两个"鼻涕虫"掏出卷边缺角、画满小人的课本。母亲先给他们讲解,再布置任务。"好好学,你俩比赛,谁先完成,就奖励谁!"母亲吩咐完,便进厨房做饭了。

两个"鼻涕虫"叽里咕噜地读书,或趴在桌上抄抄写写。不一会儿,他们就挤眉弄眼,用铅笔你戳我、我划你,用书你砸我、我刷你。母亲从厨房探出身,目光如剑:"不许捣蛋,完不成任务不给饭吃!"他俩面面相觑,安静下来。过一会儿,他们站在母亲面前,磕磕巴巴地背书或读作文给母亲听。母亲边烧菜,边侧耳听,时而点头鼓励,时而叫停纠正……

开饭了,菜由母亲统一分配。那时,知识分子家庭很清贫,菜是不够敞开吃的,带点肉的荤菜更是很少,母亲总是先给她的学生夹菜,剩下的才分给我们。妹妹年纪小,看到只剩一丁点儿荤菜了,大哭起来:"肉!我要吃肉肉!"母亲把剩下的那点儿荤菜夹到了她碗里。姐姐和我,一人只分得一勺羹。母亲面露愧色:"下个月,一发工资就给你们做红烧肉吃。"我和姐姐低着头，不吭声，扒着饭，泪水在眼里打着转。因为我们知道，即便买了肉，只要有"留学生"在，依然如此。

吃完饭，母亲拿出糨糊和针线簸箩，一边给"留学生"辅导作业（有时手把手、一笔一画地教），一边给他们修理破书、破书包。一会儿，那些破书和破书包就被母亲修得齐齐整整。"留学生"也完成了任务，眉心被盖了一颗"红五星"（母亲用观音泥自制的印章），昂头挺胸地跟着母亲走了。我和姐姐在厨房扫地、洗碗，气鼓鼓唠叨："妈真偏心！"

过不久，我便有了泄愤的机会。因我就读的班与母亲教的班同级，更因当班干部的我有些管理才能，母亲就要我监督那些"留学生"是否捣蛋，并检查他们背书、作业。我成了母亲的助教。开始，我在泄愤中收拾他们：他们背错一个字，我就叫"停，重背去！"一开小差，就用小竹棍"啪"敲下桌子。后来，那些"留学生"一天天进步，我的心底竟生出一种难以言说的欢喜。

如今，已退休多年的母亲，在书桌的玻璃台板下，压满了来自世界各地的明信片。寄信的，多是当年的"留学生"。

神通广大"刘大水"

我一直保存着一幅漫画：男人站在黑板前，一只手夹着一支粉笔，歪着头张口说话，眉眼飞舞，额前一撮刘海也随之飞扬。他叫刘海，是我中学时的政治老师。

刘海又名"刘大水"，名号怎么来的不知道。但全班六十五名学生，人人对枯燥的政治感兴趣，并且每次考试成绩都在九十分以上。光这一点，他可不"水"。

刘老师上课从不带书，政治事件、历史年代张口即来，滔滔不绝，气势像长江之水，排山倒海。三七开的"飞机头"，一撮弯成弧度的刘海，随着身体、手势起伏，一颤一颤的。他爱说故事，内容涉及面很广，天文地理、文学艺术，无所不包。我们上政治课就像听说书，有滋味极了。故事说完，他开始讲课，因为有了生动形象的故事铺垫，只稍稍点拨，我们就懂了。一些论述题，他抓住中心、关键词，提纲挈领，边说边写板书，一行行刚劲有力的字"唰唰唰"出现在黑板上，像一篇巨幅字帖。他的板书简洁易记，我们当堂就能背下来。写完后，他一转身，将覆在额前的刘海一甩，敲了敲黑板，用一贯自信的语调说："不用看书，记住它们就行了。"每个单元结束后，他就测试，是他自己刻印的试卷。考完后同学们都盼着考试结果出来，因为人人都能大丰收，皆大欢喜。我们喜欢政治课，不仅因为喜欢听他的课，还因为他让我们体验到成功的快乐，给我们自信。

除了书教得好，刘老师似乎还有着神奇的魔力。中考前夕，一群上届落榜的"小混混"故意在教室走廊上晃来荡去，吹着口哨，冲着教室里紧张学习的我们调笑挑衅。授课老师用严厉的目光扫射他们，甚至出去制止，但都阴着脸徒劳而返。地理老师甚至和"小混混"吵起来了，声震如雷，回教室时气得脸色铁青，两撇八字胡都吹起来了，连声叹："一代不如一代。""小混混"反而更嚣张了，口哨吹得像硬器刮玻璃，听得心直发颤。有一次政治课，我们正在静静地抄写板书，"小混混"又来挑衅了。刘海老师出去了，仅两三分钟，那群"小混混"就悄悄离开了，再也没来骚扰过。不知他用了什么方法，只觉得他有着神奇的法术，能"伏魔降妖"。

班上有几个聪明又捣蛋的男生，喜欢捉弄人，比如女生把书包塞进抽屉里，触到冰凉丝滑的东西，探头一看，一条小水蛇！顿时，尖叫声戳破了天花板。有时是蚂蚱，有时是大青虫，害得我们女生总提心吊胆，称他们为"搅屎棍"。"搅屎棍"不仅整女生，连老师也整。他们讨厌讲课如念经的某老师，或者挨了某老师骂，就导演一出老师进门被浇成落汤鸡、从粉笔盒里钻出几条蚯蚓的恶作剧。班主任调查、严正警告，事故照常隔三岔五上演。后来不知为何，他们突然消停了。听说是"刘大水"带他们打了一场篮球，搞定了这事。

似乎没有"刘大水"搞不定的事，也似乎没有他不会的事。一次，体育老师请长假。班主任看堂，几周的体育课我们写作业，写得头都大了，看着别人在室外生龙活虎的样子，好生羡慕。那堂体育课，我们照例拿出作业本。"刘大水"进来了，手一招：来！我们"飞"了出去。那是一场终生难忘的排球赛，男女各一赛场。那个火热场面，引来了全校师生的围观、喝彩！还有，学校搞大合唱，担任六班班主任的他，亲自担任指挥，穿一套白西装，戴着红领结，两只手刚劲有力地挥舞着，那又帅又酷的模样亮瞎了我们的双眼！

刘老师对什么都感兴趣，运动、旅游、养花、摄影，还有宇宙太空、世界之谜、易经八卦……同学们被他强大的磁场吸引，都想亲近他，那些"刺头"甚至把他当成"哥们儿"。

我常想：当一名教师，即使没有刘老师那般超强魅力，但肯定要有点绝活，时常能在学生面前露一手，或写一手潇洒的粉笔字；或随手将一个圆画得滚圆；或唱得一首好歌，亮上一嗓子；或轻轻一跃，将篮球准确地投进筐里；或完成一套流畅的双杠动作……如果这些都没有，你起码有一颗深爱学生的心。如果连爱都没有，你拿什么教学生？你让学生怎么喜欢你？

三　子

　　三子是她的小名，显然，她在家排行老三。除了这个，她还有"三辣子""三抱树""三多多"等小名。

　　"三辣子"，是邻居取的，因为她小时爱哭，一哭起来，声音响亮，且没完没了，不仅整座大院被吵得不能安宁，整条街都能听见。尤其夜里，哭声划破夜幕，撞得人耳膜都要被震裂，以至于哪天没听到她的哭声，邻居大妈就表扬她乖。为啥哭呢？只要不如她意，她就哭，一直哭到达到目的才罢休。有一次，因为她没完没了地哭，气得母亲把她拖到井边，要扔进去。她挣脱后，拔腿就跑，母亲在后面追，追了一里多路才追上。母亲拖着她回家，她声嘶力竭地哭、挣扎。路人劝也劝不住，以为这孩子受养母虐待，就报了警。一向厉害的母亲，面对她不屈不挠的"磨牙"也黔驴技穷。此后，"三辣子"就叫出了名。

　　"三抱树"，这个小名是父亲取的。有一年暑假，母亲学校组织教师旅游，母亲把五岁的三子带去了。回来后，父亲问她看到了什么。她说看到了"三抱树"，好大好大的树！她边说边比画。大概被她奶声奶气又夸张的动作萌到了，父亲就笑着唤她"三抱树"。

　　"三多多"，是我和姐姐取的。原本我和大我两岁的姐姐吃穿用一切平分。自她出世后，一切都变了，什么都尽着她。因我和姐姐分别比她大六岁和八岁，我们还承担了带她的任务。我们轮流摇她睡觉，可她总不睡，摇床一停就哇哇哭。我们摇得手酸，就用脚蹬，边蹬边打瞌睡，一不留神，把摇床蹬翻了。她哇哇大哭，惹来母亲对我们一顿训斥。

她一岁时，要我抱她来回上下楼，估计那感觉像过山车。七岁的我抱着一岁的她，上上下下，一个趔趄，抱着她一起滚下了楼梯。母亲听到哭声，看到愣在地上的我，上前就一耳光。

我心里恨她。因为六岁之前，我在家很受宠，常受爸妈表扬，每天晚饭过后，父亲就把我抱在腿上，教我读儿歌。打她出世以后，我的待遇全被她霸占了。我妒忌她得到爸妈的爱比我们多，姐姐也是。我跟姐姐结盟，叫她"三多多"。我们出门，她像小尾巴一样跟着，烦。有一次，我和姐姐斗主意，把"小尾巴"甩掉。我们在巷道里七弯八拐，终于成功甩掉了"小尾巴"。可短暂的得意后，我们就感到害怕：万一她不认得家，跑丢了咋办？我们又吓得回去找她。沿途一直没看到她，我们唤"三子，三子！"一声比一声大，后面带着哭腔。终于，我们在旮旯儿里发现了蜷缩的她，她是那么弱小，那么无助，眼神却那么倔强。我想，她听到了我们的呼唤，就是不肯出来。我和姐姐上前抱住了她。从那以后，我就意识到，我们是姐妹，是长在一起的手指头，甩不掉的。

我患了肺病，瘦得细细的脖子上顶个大脑袋，像个小萝卜头。爸妈为了给我补充营养，专门为我订了牛奶。每次牛奶烧开，我都偷偷把三子唤来，把牛奶倒给她喝了。我喜欢看她吸着鼻子，眯起眼睛，"咕噜咕噜"喝得陶醉的样子。那时，她显得特别乖巧。

她另一个让我喜欢的优点是，学啥一教就会。她五年级时，跟正读幼师专业的我说，要组织一个队代表全班表演节目。我教她们歌舞《小螺号》，只几次，她就会了，还带着同学练习、排队形，最后演出很成功。不得不承认，她很聪明，也很勤奋。每次，爸去参加她班上的家长会，回来都会笑呵呵地告诉我们，老师又表扬三子了。也许，她觉得越是得到父母更多的关注，就越要努力证明自己吧。

她大学毕业后就留在了省城，结婚生子、创业，全是自个儿做主。

家人管不了，也帮不上忙。她的事业做得不错，老板和客户都说她有着安庆人的精明能干和大气诚信。她给我和姐姐买名牌衣服，还送我们高档化妆品。我们也乐享其成。但有一次我去省城出差，周末约她陪我逛街。她的电话一个接一个，后来接到一个电话就匆匆给我订了快餐，自己要赶到十几公里以外的库房。时值炎夏，又已过了午时，我见她连一口水都没喝，劝她吃了饭再去。她不肯，说商场如战场，不能耽误。我望着她衣裳濡湿的背影消失在车水马龙中，仿佛看到了小时候旮旯儿里那个小小的倔强的身影，眼睛濡湿了：三子赚钱不易啊！

后来，她辗转于南京、上海、北京，帮老板开了一家家公司。最终，她回到了省城，开了属于自己的公司。其间，她吃了多少苦，受了多少累，遭了多少委屈，我们不知道。她也从来不说。

有一年，我们一大家去普陀山旅游，回到省城时，大雨滂沱，我们招不到的士，母亲就埋怨三子的爱人，知道合肥下大雨招不到的士，家里有车，不上班也不来接一下。她一句话也不说。小侄女说："我妈从深圳穿着单衣回来，合肥下大雪，我爸都没接。"我们才意识到，她的婚姻出了问题。

孩子上高中时，她离了婚，一个人带着孩子，在孩子学校附近租房住。一个单亲妈妈，只身在外地，既要养家糊口，又要面临孩子的青春叛逆，困难是可想而知的。但她总是报喜不报忧，一个人默默承受。我和爸妈去她家，见她们租住在顶层，空调主机装在阳台上，热气直朝客厅喷，厨房水龙头坏了，卫生间马桶坏了。爸妈看得心疼，就留下来帮她搞搞后勤。

十余年后，她从困境中走出。回顾过往，她说，她在大城市打工时，像无根的浮萍漂着，每天在风浪里摇来摆去，为了生存，她像石缝里的蕨草，看到一点缝隙，就奋不顾身地挤过去，汲一丝养分，争一缕光照。回到家累得倒头就睡。夜里醒了上厕所，坐在马桶上，眼泪"吧嗒吧嗒"摔碎在地板上……

后来，她再婚，爱人尽管大她一轮，但知冷热、会疼人。父母终于松了一口气。而我却患上了抑郁症。她带我到一家家医院看病，省城的中西医都看遍了。为了便于我看病散心，她要我住在她家，并邀请父母过来，一块陪我。她想方设法哄我开心，带我做按摩、做头疗、看电影，哪里有好吃的好玩的都带我去，还给我买了一大摞心理疏导方面的书。我病情好转回到安庆后，她还每天打电话给我，陪我聊天。其时，小侄女在英国留学，她知道女儿跟她一样，什么都想做到最好，为了排解她身在异国他乡的孤独和追求尽善尽美带来的压力，每天，她跟我通完话后又跟女儿通话。她笑说，天天腮帮子都说酸了。公司的运转、员工的待遇、孩子的留学费用，这么大的压力，她都一个人默默担了，以她的聪明才智和打小不服输、不屈不挠的精神去打拼，终于守得云开雾散。

小侄女以优异的成绩硕士毕业后，她和妹夫带我去青海旅行。面对广袤的原野、湛蓝的湖、苍茫的沙漠，我们骑马、骑骆驼，看七彩丹霞、听藏教音乐、穿行胡杨林、攀鸣沙山、观月牙泉……我完完全全把自己放空了，脸上露出了久违的笑。

我们拍了很多美照，其中一张我最喜欢，一对红衣姐妹，面对青海湖张开双臂，像海鸥一样朝着远方飞翔……

二　舅

　　二舅走了，叔伯辈的最后一位老人走了。给二舅磕头时，表姐说，二子来看你了啊！

　　不记得何时起，二舅见到我们，就伸出指头。伸一根手指表示老大，两根表示二子，三根表示三子，嘴里含糊不清地唔唔着。他用这种方式表示能够认出我们来。我们贴着他的耳朵大声说，二舅，您活两百岁啊！二舅咧开没牙的嘴，笑了。

　　其实，他能说话时，也未必能叫出我们的名字。小时，每次到二舅家，我们唤他，他只浅浅一笑，就忙自个儿的事去了。乡人唤他"土地菩萨"，一生躬耕于土地，又像菩萨一样不声不响。

　　因他的闷驴性格，也因他与母亲是同父异母兄妹，从小到大，我们跟二舅并不亲，见到他甚至有些发怵。有一年暑假，我下乡找小表姐玩。门头一把锁，让跑得热汗直流的我格外心急火燎，终于等到荷锄归来的二舅。他一见到我张口就说，你跑来干啥，我家也没菜给你吃啊。面皮薄的我又气又羞，扭头就走。那年初二，母亲照例要带我们去舅舅家拜年，我死活不肯。母亲劝，舅舅家一年都舍不得吃肉，把肉票省下来，留着过年招待我们，怎能不去呢？

　　我极不情愿地跟着母亲去后，舅妈一见到我，就拉着我的手问长问短，二舅一声不吭地端出一海碗茶叶蛋。吃饭时，舅妈一个劲往我碗里夹菜。我心里别扭，没有像往常一样大吃大喝。带点矜持的我观察到表哥表姐们只夹豆腐、青菜这些素菜，那些鱼肉等荤菜都没伸筷子。收拾碗筷时，小表姐把我吐在桌边的肥肉夹进碗里，开水过一遍，吃了下去。见我惊讶地看着她，小表姐悄悄告诉我，这些好菜，舅舅只给他们年三十晚上吃一顿，初一就不许吃了，说留着给姑一家人来吃。我这才明白，老实巴交的二舅说没菜给我吃，是怕没有大鱼大肉招待我而怠慢了外甥女啊。临别时，我轻轻嘟囔了一句："舅舅、舅妈再见！"

回城的车上，母亲望着穿外纷飞的雪花，感叹："那年的雪下得好大啊！"随即跟我讲了一件往事。

那年，在乡村小学当民办教师的母亲，带着四个月大的我，暂住在二舅家附近的一个小土坯屋里。那晚，起了暴风雪，风把屋顶的破瓦刮得七零八落，大雪从残缺的屋顶落了进来。母亲撑着油布伞，抱着襁褓中的我，裹着棉被，在床上坐了一夜。

第二天清晨，大雪封门，也封了路。二舅挑着两个箩筐，一个筐装着襁褓中的我，一个筐装着锅碗瓢盆，踩着一尺来深的雪，深一脚浅一脚，行了十里路，送我们到城里的家。母亲说，"那个冰天雪地里，二舅身上的衣服里里外外都湿透了。送到后，他揩一把额头上的汗珠子，抄起扁担就往回赶，留也留不住。"

从那以后，我就觉得跟二舅有了一种亲近感。下雪时，不经意就想到个头矮小的二舅，挑着一担箩筐，顶风冒雪奋力前行的情景。我觉得，与二舅的感情就像对一团雪球，触手是凉的，搓一搓，手就热了，继而暖遍全身。随着年龄的增长，那些曾打动、拯救、温暖我的往事，无论巨细，都越来越清晰强烈，独自时寂静时我常常听到它们的声音，更禁不起一点提醒，哪怕来自只言片语和遥远隔膜。

大表哥车祸去世后，"土地菩萨"二舅更沉默了，过年吃团圆饭，再也没见二舅开过笑颜。二舅妈猝死，二舅失了魂，不能独立生活了，跟着小儿子过。好在小表哥和表嫂，还有两个表姐及孙辈们都很孝顺，二舅渐渐安天顺命了。去年夏天，表侄子结婚时，坐在轮椅上的二舅见到我们笑呵呵的。

去冬，二舅跟我父亲一样，住进了医院。不同的是，二舅回家了，父亲再也没回家。回家的二舅听说姑爷走了，痛心得老泪纵横，双手直拍床沿，躺在床上一天没吃饭。

母亲等到父亲丧期过后，去看二舅。二舅已不能言语，亦不能进食。母亲说起我父亲，二舅又哭了，兄妹俩抱头痛哭起来。或许那是他们平生第一次亲密接触吧。母亲说，她走时，二舅拉着她的手，久久不放，浑浊的眼里满是依恋和不舍。二舅心里清楚，那是最后一面了。

半个月后，二舅走了。

消失的脚步声

我顶着一头蓬乱的头发出了房门。

餐桌上摆着热腾腾的早餐,父亲坐在餐桌边,目光透过厚厚的镜片落在我的脸上。我知道,他看到的是一张蜡黄的脸和一对熊猫眼。

"昨晚睡得怎么样?"父亲小心翼翼地问。

我皱了皱眉,没吱声。

这段时间以来,我不愿跟任何人讲话。起初,我把睡眠给丢了,整宿不能入睡。继而,我把自己关在屋里,不想说话、不想吃饭、不想动,厌恶工作、厌恶人事、厌恶一切。晚上我躺在床上,就像悄然出走的流浪者,寒风把我彻夜吹拂……泪水浸泡着黑暗中的枕头,最后我手脚冰冷地蜷缩着,感到身上的每个器官、每个细胞都在一点点枯萎,我被绝望包围着,像掉进了一个无底的黑洞,一直往下陷,往下陷……小妹带我去医院检查,医生在诊断书上写下了魔咒般的三个字——抑郁症。

为解除那魔咒,父母陪我一起来到省城小妹家治疗、休养。家人每天变着法儿做好吃的、讲好笑的,带我看好玩的。但我不想吃、不想说话,甚至连动都不愿动一下,每天僵尸一样靠在床上或沙发上。最痛苦的是夜晚,室内开着暖气,气温调到最舒适的温度,而我却睁着两只空洞的眼,看着天花板在旋转。我闭上眼,脑中各种念头横七竖八一个劲儿地往外冒,分秒不停。大脑疲惫不堪,却像被"小鬼"扯着拽着奔跑,想停停不下。服下的三种安眠药合力发威时,我与"小鬼"们开始了拉锯战。最终我精疲力尽，"小鬼"们也累了，稍作歇息。我才在短暂的缝隙里打个盹，伴着噩梦。过一会儿，"小鬼"就把我从噩梦中拽出来，继续带我跑。

　　昨晚，就在"小鬼"们休息期间，我被"啪嗒啪嗒"的声音吵醒了，沉重、缓慢，是父亲的脚步声。那声音一下下敲在我格外敏感的耳膜上，震得我五心烦躁。我打开手机一看，才五点。这个大冬天的，老爸起这么早干吗！我很恼火，想再睡，那些"小鬼"们又作祟了。我翻来覆去，与"小鬼"奋战了三个小时，最终失败。于是，我拉开了房门。

　　父亲起身递过一杯水，又问："可睡了一会儿？"

　　我张了张嘴，只觉胸腔一股无名火想往外喷火舌子，我使劲咽了下去，皱着眉摇摇头。

　　"一点儿也没睡着吗？"父亲既失望又不甘心。

　　"刚睡着，你的拖鞋'啪嗒啪嗒'响，把我吵醒了！"我开始喷火。病后的我变得暴躁，总想摔东西……

　　父亲诧异地怔住了，又愧疚地低下头，手中的杯子一抖一抖的。阿尔茨海默病使得父亲的手抖得更厉害了，智商也迅速倒退，好几次出门他都不认识回家的路，甚至小便都尿在了裤子上。

　　我有些后悔自己的态度，接过父亲手里的水杯，喝水。水温温的，咕嘟咕嘟，将蹿着的火舌子灭了下去。

　　父亲像是得了奖赏，忙高兴地给我端来了稀饭、馒头。我咬着馒头，味同嚼蜡。父亲见我吃下了馒头，欣喜地颤巍巍递来一个包子，我摇头拒绝。

　　父亲照例端出一碗黑乎乎的中药，看着我服下后，又小心翼翼地提出："下楼走走？"我没吱声。父亲转了一圈儿，又说："今天天晴，下去晒晒太阳吧?"父亲眼里满是期待。我迟疑了下,点点头。

父亲拖着两条沉重的腿,"吧嗒吧嗒",身子一摇一晃地带着路,帽子上的绒球一颤一颤的。八岁时的一场大病,使父亲左脑留下后遗症:拿东西手抖,走路东倒西歪。现在,父亲的脚步越发趔趄了,似乎随时都会摔倒。父亲边晃边告诉我:这是运动区,这是篮球场,前面有喷泉……他把我当作了小孩。我想起小时候,父亲带我上街,边走边教我认街名、商店名……

"你小时候最爱'骑大马'逛街了。"父亲开始说我小时候的事。我想起我坐在父亲的肩头,父亲的军用鞋踩得地面"呱嗒呱嗒"响,我高高在上地看着舞狮子、舞龙灯,神气极了。

"你生病时最爱吃糖葫芦了,每次带你打针回来,都要吃一串。"

长长的风吹过,眼中现出岁月的叠影:瘦弱的我趴在父亲背上,看着父亲展开一卷药单子,抽出一张卷边的一角钱,买了串糖葫芦。糖葫芦酸酸甜甜的,真好吃啊!

"嗯,一毛钱一串。"我开始和父亲说话。

父亲高兴极了,加快了步伐,啪嗒啪嗒,啪嗒啪嗒,不倒翁似的,在我前面使劲晃着。

我也昂起头,挺直腰,迈开步。

我们绕着小区转了一大圈,这是我生病以来走得最长的路程,长到从中年走向童年。

父亲在长椅上坐下,脱下绒帽,用棉袄袖口擦了一下额头。阳光照在父亲雪一般的头发上,照在他汗涔涔沟壑纵横的脸上。我忽然发现,父亲苍老了很多,眼角还有一块新疤印,四周泛着紫瘀,我问父亲咋回事,"不小心摔的。"父亲的眼神躲闪着。我想起了那个黑夜:当我站在摩天大厦高高的楼顶时,父亲在电话中一声声哭唤:"快回来,好女儿,好女儿!"母亲在电话中说:"你爸摸黑找你,差点摔死了!"父亲高度近视,腿脚又不利落,已有十多年天黑不出门了。我哭着蹲了下来,下了楼顶……

"阳光太刺眼。"我揉了揉眼睛,对望着我的父亲说。

迎着阳光,我扶起父亲:"爸,咱回吧!"

夜晚又来临了,我又开始了与"小鬼"的战斗,终于迷糊了。当我醒来时,我打开手机一看,六点半,长长地舒了一口气:总算睡了近四个小时。四周静悄悄的。难道父亲还没起床?不会呀,父亲多年养成了早睡早起的习惯。我侧耳细听,厨房传来极力压制的咳痰声,是父亲!可是,父亲走路怎么没声响了?

推开房门,透过厨房玻璃,我看见父亲正站在灶具旁,专注地盯着药罐子,看了看手表,拧灭了火,再端起我的水杯,颤巍巍却悄无声息地走出来。

我一低头,我的老父亲,一个八十二岁的老人,一个阿尔茨海默病患者,在寒冷的冬天,双脚只穿了一双袜子,站在冰冷的大理石地面上。

"爸——"我唤了一声,扭过头去……

辑五　风味无边

这一刻,全世界只活在入世者探春的舌尖上。与腊味对话,无须有声,却春雷滚滚。腊香飘过,已是春光灿烂。

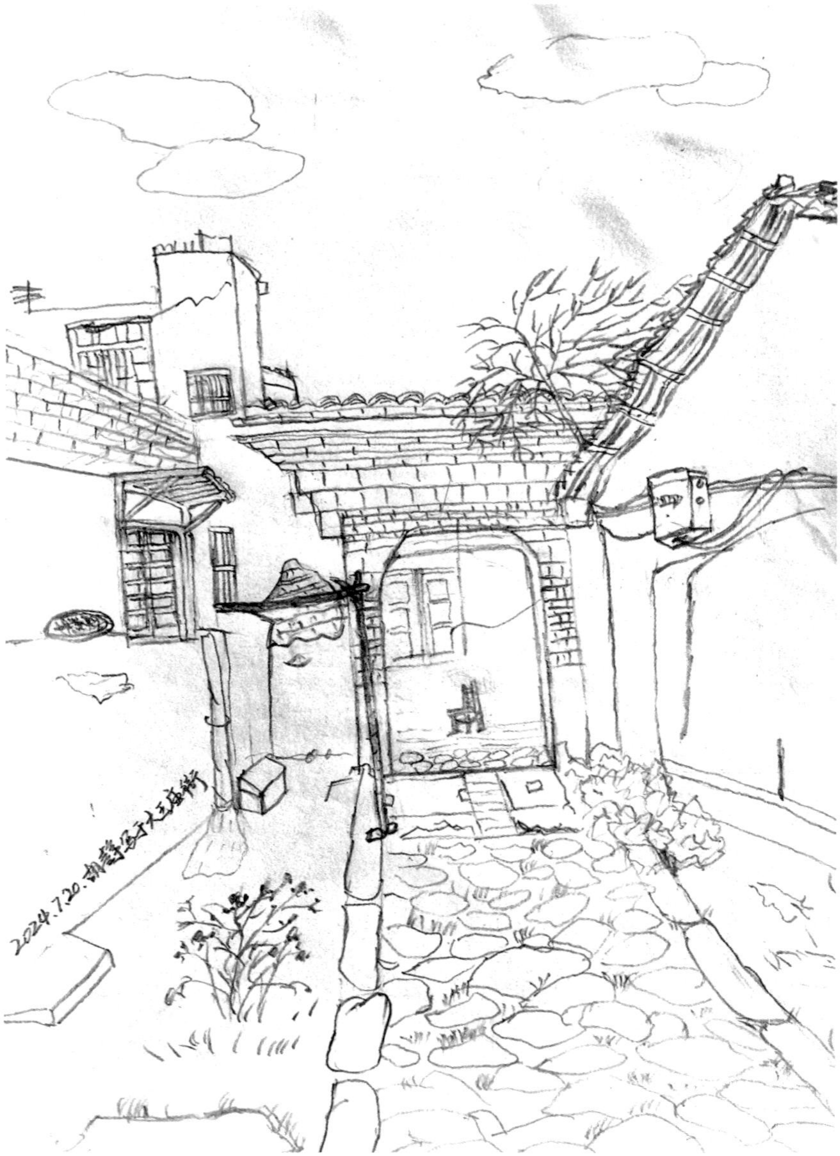
2024.7.20.胡静写于大王庙街

声声黄梅

　　月亮升起来了，从树荫里洒下满地光斑，闪闪烁烁。人们躺在浇过井水的竹床，随着光浪浮游。院中央树影晃动，风近身了。和风一同近身的，还有黄梅戏。斑驳的月光，洒在人的脸庞与轻轻挥舞的扇子上。风中的戏词也轻盈，像绕梁的燕子，飞来飞去，时隐时现。就在"燕子"拖着尾巴要飞远时，不知从哪儿冒出另一声调，又续上了。

　　院子一角，老梧桐树下，两条长凳上搭一块油光水滑的木板，便成了戏台——我们的戏台，老梧桐就是做红媒的槐荫树。我和姐、文子站在上面，身披丝巾，发上簪着包装袋编织的步摇，扮仙女，甩着水袖，唱着、舞着。

　　跟着舞的，还有萤火虫。它们和星星一起点亮了老城的夏夜。

　　那时，在安庆城，大人小孩最开心的莫过于去剧院看戏。新戏上演，母亲对我们说，带一个伢去，谁表现最好就带谁。于是，碗被抢着洗，地被抢着扫，作业也比着做。终于盼到那天，母亲像过年一样，把自己和最幸运的伢精心打扮一番，拿出抽屉里锁着的檀香扇，一路扇着香风，看戏去了。

　　散戏回家，母亲一改平日忧愁恼闷的模样，满脸喜色地将一包从戏院门口买的毛栗放在桌上。没去看戏的伢，原本失落的心立即欢喜起来。一家人吃着毛栗，听着母亲学唱戏，跟去的伢见缝插针地讲些趣闻，家中一片喜乐平和。这种快乐会发酵好多天，回甘悠长。

在乡下，点亮茫茫黑夜的，是隆重节日里的一场大戏。

秋庄稼入仓，戏班子来了，一辆三轮车，下面叠放着戏具箱子，箱上高高坐着生旦净末丑各角儿，脚下横亘着刀、枪、棍、戟。戏班子一来，就连演三天三夜，轰动十里八乡，那个热闹啊！

要唱戏了，乡下生活就进入最饱满最疯癫的时刻。大地上的声音开始乱了，有人破喉咙沙嗓子吼："清早起，堂鼓响，王朝马汉站两旁！"吼戏人青筋暴突，脖子伸得老长，嗓音破得苍苍发毛。狗也随着吠叫，先是一只，接着两只、三只、四只，满村的狗都"汪汪"吠着，吵得鸡鸭也不安生了，跟着"格格""嘎嘎"地叫。村口老槐树上的乌鸦也哇哇叫，似乎也吵着要看戏。

很快，戏台搭起来了，祠堂大门板搭建的台面，铺着红毯，四根木棍撑起的台脸子，挂着红绸。乡亲们从大地的深处缓缓步入，扛着长条凳簇拥而至。田垄焚烧稻秸的幽香澎湃而来，空气里有尘屑擦着光照飞舞，暮色斑驳迷幻，一轮明月升到孩子们仰望的高度，田畈后的远山肃穆，它凝聚着城外的声色犬马。

星光与夜鸟的鸣唱在彼此胸腔汹涌。

一台大戏开演了！

去得早的坐前排，去得晚的站后排，更远一些的站板凳上，还有的索性爬上树。开演了，锣鼓敲起来，艺人们穿着各种鲜亮的戏装，涂脂抹粉登场，放开喉咙歌唱，尽情扭动肢体。乡人们一场接一场看，误了吃饭也不能误了看戏。乡下人太爱看戏了，很珍惜这一年一度的眼福和耳福。

一个花旦，头戴荆钗，袭一件镶边水红绣花长裙，系一条蓝底白边围裙，唱《小辞店》，唱得如泣如诉，女人们看得如痴如醉，一边看，一边抹泪，戏演完了，还怔怔地发呆。与书里宣扬"三从四德"不一样的是，黄梅戏显出中国民间对人性的包容与同情。

《天仙配》《牛郎织女》，唱的是"到底人间欢乐多"。《女驸马》是皇权对民意的抚慰、恩泽。而烟火气十足的《王小六打豆腐》总为乡人们带来喜庆，鼻上画一坨白的"王小六"一出场，几句念白一说，就赢得观众轻松一笑，他装死偷吃溏心蛋的样子，令人忍俊不禁。《闹花灯》，大家最爱看的是漂亮的女演员粉面含春地嗔道："你看那么个怪人哦，看灯又不看灯，光把两只眼睛看着我！"男演员便指着台下的某位汉子说："我说你这个老几哎，你看灯就看灯嘛，光把两只眼睛看着我老婆做么事吵，我要是把两只眼睛看着你老婆，你可答应哦？"逗得全场观众哈哈大笑。被指的"老几"也笑，带着些许尴尬、些许得意。

外公和几个"老树桩"们站在村口路牙子上，拄着拐杖，张着缺牙的嘴，笑憋在肚里，遛个弯，笑声被吞没了，笑却扯着胡须一颤一颤的。

伢子们对幕前唱戏的热情，远不如对幕后的好奇。我们女伢喜欢看戏具箱子打开后，花花绿绿的戏服、花冠、簪钗、胡须等；喜欢嗅演员打开化妆盒，飘出的好闻的香脂气；喜欢看演员对着镜子描眉、上彩、扑粉。男孩则直勾勾盯着那些刀枪剑戟，趁人不注意，就摸一摸，掂一掂，甚至舞一舞，但终归总逃不掉被撵。

没关系，这边被撵了，那边还有好玩好吃的。有戏唱必有庙会，戏台附近的石板街，两边搭满了棚子，卖吃的、卖农具的，卖杂货的，理发刮脸的，密实实排过去。伢子们总能捞点毛栗子、菱角等，过过馋嘴瘾。

赶庙会的乡下人脸膛黑中泛红，吆喝声洪亮似钟，像练过嗓子的演员。村中家家宾客盈门，喧闹掀翻了村庄以往的寂寞。

在乡下，盼一个节气到来，一场戏开始，不光是人，鸡鸭猪狗，都盼。黄尘覆盖的村口大道上，一出黄梅戏明晃晃地亮过来，一年一次的

267

秋日庙会，像捻子一样被点燃了，热闹稠稠的，能让寂寞了大半年的村庄喝饱。辛苦了一年的村民，秋收后听热闹闹一场戏，捧暖乎乎一壶茶，人生还有什么不快消融不了？

"到底人间欢乐多。"唱戏、听戏，闭眼、睁眼，醒着、梦着；戏里戏外，台上台下，如梦幻般地延伸着……

20世纪80年代，当《毛毛雨》飘在大街小巷时，少年的我跟所有少男少女一样，喜欢上了流行歌曲，喜欢吉他歌手，有些瞧不上黄梅戏了，觉得他乡气。甚至在外地人面前，为自己口音中的黄梅调难为情，因而在陌生人面前总刻意遮掩乡音，尽量说一口普通话。

静下心来听戏，大抵是中年后走向成熟的表现。一个人太年轻，往往不能领会戏曲的底蕴与内涵，及至染世渐深，经历了戏梦人生的沧桑，才体会出戏台深处的滋味。

那年出差，一行六人从安庆坐车一路南下，一路颠簸。鲜少出门的我晕车又水土不服，被折腾得够呛。及至越南，坐了十六小时的"按摩路"，连黄水都吐干。到了河内，我们坐船游览，懂汉语的导游小姐在岸上等候，划船的是越南汉子，不会汉语，又桀骜无礼，大家心情比较灰暗。

黄昏已至，暮色中，远处苍茫一片，我们都不说话，任风吹乱头发，而我照旧晕船。有人轻声说，出来有二十来天了。此话一出，仿佛电流击中了大家的神经，不约而同生出身处异国他乡的惆怅，继而生发出丝丝缕缕的乡愁。

"渔家住在水中央——"突然，兰轻轻吟唱。轻妙的声音袅绕在碧波上，说不出的柔顺，像母亲的手轻抚摸着你，又像清泉滋润着你的五脏六腑，舒坦无比。起初，大家静静地听着，后来，轻轻跟唱，声音越唱越大。大家唱了一首又一首黄梅歌，歌声荡漾在碧波上，引得一条条游船聚拢来。下船时，那个桀骜的越南船夫朝我们伸出了大拇指。

从那以后，我再也不因自己的黄梅调而难为情。每有外地友人来宜，要我唱一曲黄梅时，我立即用方言道："听我港话就是听戏迈！"众人笑而鼓掌。安庆人说话就是黄梅韵白，温软、浪漫、俏皮，特别是尾音带着弯儿，拽拽的。外地人听安庆人讲话就像听戏，韵味十足。

安庆人虽个个会唱黄梅戏，可要唱出韵味来，也是不简单的。那些专业演员从小吊嗓子、练身段自不消说，即便是业余爱好者，也是下足了功夫。

一次，在菱湖公园的长廊上，见三人练戏。两个五十岁左右的女子，穿着水袖练习，一个六十多岁的男人在一旁指导。仅一个走圆场和背影，就练习了好多遍。男人说："即使背对着观众唱，也要让观众从背影中看出戏来，头、颈、肩、背、腰都要有细微动作，一个好演员浑身是戏！"说着他做示范，两女士跟着练，不厌其烦地练了一个多小时。我不由心生感慨：或许，他们练几个月，也只能像众多的票友一样，脸上画两坨红，穿着戏服，在露天舞台唱上一段，获得马路牙子上的老头老太鼓鼓掌而已，却如此认真地排练，非发自内心的热爱绝非能做到。而在安庆，这样的戏迷，比比皆是。

"一座黄梅城，满城戏中人；一曲黄梅调，谁人不知是安庆。"

唱戏，看戏，已成了老城人的生活日常。走在安庆小巷深处，不经意就听到黄梅戏，恰似飘来一股酵香米酒，盈盈浅浅，散发着甜香，足以消解尘世的苦乏。

去年春天，我和爱人带着母亲去郊外踏青。自父亲离世后，母亲一直走不出失去老伴的悲痛，总是闷闷不乐。那天春日融融，我们把车停在升金湖畔，蓝天白云下的湖水碧波荡漾，远处沙洲上无数只鸟在飞舞、嬉水；小狗撒开蹄子，在草地上撒欢；野鸭在河畔，悠闲地散步。

"架上累累悬瓜果……"湖边棚屋里传出录音机播放的歌声。我也跟着哼唱起来，母亲也唱。我们对着湖水唱。母亲的声音有些沙哑，但韵味十足。我跟着母亲唱了一首又一首，直到不会唱了，就点戏，要母亲唱，母亲所有的黄梅戏经典曲目都会唱。我有些诧异：八十多岁的老人，竟能记住这么多戏词！母亲笑，说她从小就爱唱戏，上学时是班上的文娱委员，还说，毕业后住校时，遇见在校附近农场当场长的父亲，每天吃完晚饭后，他们一帮年轻人就在校园里唱戏，父亲拉二胡，母亲唱。两人唱着、拉着，就互生情愫。我竟不知道，素来古板的父亲也喜欢黄梅戏，居然还会拉二胡！

久违的笑容浮现在母亲的脸上，回到车上，她还津津乐道，说黄梅戏有平词，二行、三行，还有花腔……母亲脸上神采飞扬，一扫往日的阴霾，仿佛一下年轻了十几岁。我在心中暗叹：幸好，咱安庆人有黄梅戏！

时光深处的黄梅戏唱本，是安庆老百姓的精神盼头，也是苍生心绪的突围；是活泼泼的人间烟火，也是安稳稳的绵长岁月。

老城说书

新民里巷有座小院，屋顶上长满了瓦松，常有一些黄的、紫的花顺着老藤条从屋顶上垂下来，悬在红漆斑驳的大门头下。那门虚掩着，门上一对铜狻猊瞪着大眼在放哨。推门，吱呀呀，门好像说，快进来。

门内天井中，雨滴形成的透明珠帘仿佛要遮掩什么。天井四周的长条凳上坐满了人，空气中弥漫着汗馊味。礼拜天下雨，日子过得清闲又奢侈——男人不用双手漆黑地做煤球，女人不用大床大被地洗涮，都聚到这大屋里来，摇把扇子，看着立在正中的说书人。

说书人叫何大妹，其实那时她已六十岁开外。何大妹这个称号从她年轻时开始叫起，作为"名牌"一直叫下来了。安庆人一般称年轻女性为"小妹儿"，称"大妹"则显示敬重，由此可见说书人在老城人心目中的位置。她是"何氏说书"的传人，十六岁就登台献艺，年纪虽小，但模样俊俏、声音清脆，加上嘴皮子功夫了得，很快名声大噪。

彼时，年已花甲的何大妹梳着"二道毛子"，腰板笔挺，双目炯炯，双手持鼓槌，身旁摆一架红漆铜钉的扁鼓。开讲前，她先敲一阵鼓，鼓点轻重缓急，不慌不忙，稳稳妥妥；再一手持鼓槌，一手持折扇，说起老旧的故事，《杨家将》《岳飞传》《三侠五义》《封神榜》《三国演义》……英姿飒爽的穆桂英，精忠报国的岳飞，心高气傲的锦毛鼠，老成持重的姜子牙，义气情深的刘关张……在说书人的绘声绘色里行走江湖。她手中那把折扇，一会儿啪地合拢，化作武生的刀剑，嗖嗖地舞动着，口中大喝："来疑沧海尽成空，铁马从容杀敌回！"一会儿哗地打开，成为儒生的羽扇，悠悠地摇着，口中念念有词："何人月下临风处，忽起一阵羌笛声。"说到高潮部分，又一阵鼓，鼓点密集，如千军万马冲锋陷阵，震得屋顶上的瓦片发出了回声。

观众们情绪高涨，掌声如雷，轰轰然；雨也情绪高涨，噼里啪啦，叫好助阵；天井里的美人蕉、洗澡花像喝高了，闪转腾挪。

后来，老城又出了一个男说书人，在四牌楼游乐场挂了一块牌子——"老卞说书"。老卞瘦，黧黑，不修边幅。说书前，他总要先慢条斯理地用一块旧抹布擦桌子，再往布满茶垢的搪瓷缸里沏上茶，斜睨一眼围在四周的人，等人到齐，突然"啪"，牙板一拍，画风一变，老卞的精气神唰地抖擞起来，姿态开始高昂高傲。鼓槌一击，百喧归寂。老卞摇头晃脑，一人饰演多角，时坐时起，坐时如一团墨，起时似一把戟，袖袍里抖搂的奇闻逸事络绎不绝。

他喜欢说一些现当代的故事。一类是打仗、抓特务的，说到紧要处，他就捧起大搪瓷缸，慢吞吞地掀开缸盖，噘着嘴对着黑乎乎的茶水轻轻吹气，任凭听众猴急毛慌地伸长脖子，支棱耳朵，也只自顾自"吱溜吱溜"地喝茶。吊足大家的胃口后，他再啪一拍惊堂木，继续。声音洪亮如钟，说到关键处，叱咤叫喊，仿佛房将倒、屋要塌。另一类是百姓生活，常夹着调谑、滑稽、讽刺，他说这类故事特来劲，嬉笑怒骂时，眉眼、抬头纹及额前一撮刘海儿都跳起舞来。不听声音，看他的表情就十分有趣。

老城说书自清代兴起，城东、城西、城南，各有名头响的说书人。说书人像一只老旧的鼓槌，立在鼓上，几百年拍"鼓"惊奇。不知何时，说书在老城消失了。

但那一个个精彩的故事，还有故事里的仁义礼智信，在我们心里播下了种子，生根、发芽，活泼泼地长着，长成草，长成花，结成果。

舞龙灯

"灯"是伴着"年"而来的。初一早上,我们早早起床,穿了新衣,吃两个茶叶蛋泡炒米,就猴急毛慌地巴望父母领着我们上街看灯。而姑娘、媳妇总是麻烦些,要梳妆打扮一番。只见母亲一边梳妆,一边哼唱着黄梅戏《夫妻观灯》选段:

适才打开梳妆盒,乌木梳子头上落,红花绿花戴两朵,杭州水粉脸上抹,红布裙印紫边,绣花鞋白叶板,走三走,压三压。

一家人焕然一新出了门。街上的店铺都贴了对联,挂了灯笼。店门口盘着红红的炮仗,早早地准备着接龙灯。哐仓哐仓哐——锣鼓声由远而近。"灯来了!"人群兴奋起来。几个汉子站在三轮车上,一色的黄衣裤,腰间扎一条阔腰带,头上戴着黄布帽,车中立一面大鼓,擂鼓人双手持槌像指挥官,旁侧几人持着金光闪闪的铜锣、铜钹。车后,一条黄龙逶迤而来,舞龙人也穿一身黄,腰间扎根粗粗的红绸带。龙头高高昂起,圆瞪着两只巨大的眼睛,张牙舞爪,摇头摆尾,龙须一抖一抖的,不可一世的样子。震天的锣鼓响起来,龙兴奋起来,忽而盘旋缠绕,忽而上下翻滚,忽而首尾相顾,转身、翻越、回旋、昂首,好不威风。龙尾则调皮地跳跃、翻滚、打鹞子。人们鼓起了掌。

噼里啪啦,沿街的店铺点响了鞭炮,接祥龙进店。龙进去绕一圈出来,店老板递上一个红布包,里面包着香烟、毛巾,领头的舞龙人一抱拳，道一句："生意兴隆，财源广进！"又一阵鞭炮响起，下一家店铺接龙。

　　黄龙走了，白龙来了。这条白龙更漂亮，银色的鳞片亮光闪闪。舞龙人穿一身白衣，也扎红腰带。白龙队像是要超过黄龙队，拿出了绝活。只见白龙回环盘旋着攀登上一架竖起的梯子，人们仰头望去，嚯，一条银龙傲啸苍穹，似要扶摇直上九万里。人们欢呼起来！

　　又来了两头狮子，摇头摆尾，圆圆的眼睛忽闪忽闪的，嘴巴张得老大，一副憨态可掬的卖萌样。咚、咚、咚，鼓声响起。像突然被注入了某种神力，狮眼圆瞪，爆发出一种蓬勃的力量，随着舞狮人手中叮当作响的彩球，腾挪跳跃、蹲伏、揖拜、嬉戏、就地翻滚。突然，狮头高高扬起，如蛟龙出海，又倏忽扑下，好似猛虎出山。人们早已忘了这是由舞狮人表演的，而是把它们当成真正的雄狮，张着嘴、睁大眼瞻仰着它们无与伦比的磅礴气势，起劲地喝彩、鼓掌。

　　我们沿街一路走着，灯从四面八方而来。正如黄梅戏《闹花灯》中所唱："东也是灯，西也是灯，南也是灯来北也是灯，四面八方闹哄哄。"而看灯的无论男女老少，高的矮的，胖的瘦的，脸上一律洋溢着喜色。龙灯队，也是"这班灯观过了身，那厢又来一班灯"，络绎不绝。

　　借着过年，舞灯人在喧天的锣鼓声中，在黑压压的人群中，淋漓尽致地表达着自己的喜怒哀乐，而辛苦劳作了一年的人们，也终于可以好好歇一歇，以过年的名义恣意狂欢一番。舞龙灯，舞的是对生活热辣辣的情和爱。

穿透岁月的腊味

无腊不成冬，无腊不成年。

对安庆人来说，猪牛羊、鸡鸭鹅，但凡畜禽，无不可制腊。仅猪身上，从猪耳、猪舌到猪尾、猪脚，每一样都能制成一道下酒的腊味来。

腊肉放到锅里和米饭一起蒸，吸了米汁的腊肉和入了腊味的米饭，只一个字——香！隔世的香，无与伦比的香。切成薄片的腊肉围成一圈，肥的晶亮，瘦的绛红，白底青花的瓷碟衬着，格外勾人肚里的馋虫。来一片，那醇厚滋润、咸香绵韧，让味蕾瞬间迷狂起来——唾液在舌上打转，直至满口生津。难怪连挑剔的慈禧都大赞"人间至味"了。

腊鸭煲大豆，也是安庆人最常吃的。将腊鸭斩大块，大葱段和姜片辅之，煸炒出油，再将泡好的大豆放入，砂锅小火慢炖，待盛出时已是白嫩汤底。鸭肉的油被大豆吸饱，有一股糯香。而吸了豆汁的鸭肉，咸香中略带一丝酒味儿。这味道，闻一闻便醉了，几口下去，只怕魂儿也丢了。

腊肉炖冬笋，一鲜一陈，不用加作料，只需瓦罐小火慢炖，味道就异常丰富。彼此陌生的两种食材，在清水里相互滋润，相互养育，相互成全，便成就了一首醇厚绵长的绝唱。端上桌，微火温着，热雾袅袅，浓香四溢。一家人围着火炉吃得满嘴流油，碗盘皆空。

藜蒿炒腊肉是绝配。饱经风霜的腊肉，遇见从湖里刚捞出的水嫩藜蒿，真是一场绝美的相遇。腊肉在温水里过几趟，切丝。少许植物油下锅，爆葱姜末，微微炸一点香味出来。腊肉下锅，翻炒，加料酒，添一

275

点水，盖盖烧三分钟，熬出油来。倒进藜蒿，爆炒。等腊肉的油焓进了藜蒿的纤维里，翻匀起锅。白瓷碟子盛着，深红配翠绿，诱人得紧。腊肉咸香柔韧，藜蒿清香爽脆。那醇厚绵长与清新脱俗的交融，如"老男人"与"小女人"的一场忘年恋。"老男人"的魅力已在岁月风雨中蓄得醇厚，"小女人"则带着远山野畈的清气，鲜嫩、野性，如此一场绝世相恋，妙不可言。

当腊味在舌尖上绽放出美味时，总有回忆涌上心头。儿时住的大院里，家家屋檐下像一幅年画。东家大婶在肉联厂上班，腊货最丰盛，猪肉像金条，猪肠如金蛇，猪耳似红叶；西家大妈爱制鱼干，鲇鱼剖肚挖脏，几十条鱼一字排开，通风处晒干，空气里洋溢着若有若无的腥味，直惹得小猫小狗蹲在屋檐下眼睛发绿，直流口水。当然，流口水的不仅是小猫小狗，还有馋猫似的我们。母亲收腊货时发现少了一截香肠或一条小鱼，便问："被哪只馋猫偷吃了？"我们舔舔嘴巴，哧哧地笑，炭火烤香肠、烤咸鱼的香味还留在齿颊间呢。母亲拿眼瞟着我们，嗔道："这小馋猫，下次再偷食，非揍它不可！"母亲口中骂着，眉眼却弯弯。她宽容着我们享受偷嘴带来的快乐呢。

腊八一过，腊味就带着主人的气息开始串门。晚饭时，大院里飘着的腊香的热气此起彼伏地冒着。谁家蒸香肠，谁家烹咸鱼，谁家炒腊肉，都被我们的小鼻子侦探得准准的。端着盖上腊货的饭碗串门子，一圈串完，碗里自家的腊货显摆够了，还收获了厚厚一层各家的腊味。

过年，腊味不仅是年夜饭中的重要角色，走亲戚吃的拜年饭也一定少不了腊味。虽说家家都是腊肠、腊肉等，但如世上找不到完全相同的树叶一样，一家有一家的品相，一家有一家的味道，绝不雷同。它们或咸或淡，或肥或瘦，或硬或软，全凭主人的手感和喜好，甚至心境，还有与风霜、阳光等不可预知因素的相遇，所以它们都是独一无二、不可复制的。原本普通的肉类，经过了盐的洗礼，与风和阳光共谋，在漫长的时光里蕴蓄，便凤凰涅槃，穿透岁月，盘桓于味蕾之上。

飘香的腊味和故土、亲情糅在一起，则成了神知鬼觉的磅礴力量。去冬，久病的我每天早晚一碗苦极的中药，喝到味觉全无，喝到绝望。母亲送来一罐腊火腿炖山药。几口滚热的白汤入口，从舌尖润到咽喉、肺腑、胃肠……熨帖到身体最深处，其间的流转荡漾，泛起一波又一波童年的味道。泪珠夺眶而出，顺着脸颊滑落到汤中……

腊味不仅唤醒了我的味蕾，慰藉了我寡苦的口舌肠胃，也慰藉了我绝望的心。想起不知谁说过的话：无论我们沦落到何种境地，倘若对吃还有着眷恋之情，人生便还是有希望的。于是我许下一个心愿：希望历经苦寒的生命，亦能如腊味般凤凰涅槃。

与腊味对话，无须有声，却春雷滚滚。腊香飘过，已是春光灿烂。

侉饼油条

作为宜城的经典美食，侉饼油条在安庆人心中的地位，丝毫不亚于糖葫芦之于北京人，肉夹馍之于西安人。

"侉饼"是安庆人的叫法，别处叫烧饼、烤饼、炉饼、大饼。据说其最早称"胡饼"，顾名思义，是发源于胡人便于携带与保存的馕，后来演变为山东一带的烧饼，因安庆人习惯称北方人为"侉子"，所以称这种饼为"侉饼"。鲁迅在《琐记》中写，他在南京上学时，"一有闲空，就照例地吃侉饼、花生米、辣椒，看《天演论》"。看来南京也称"侉饼"。至于南京、安庆，哪个地方先传的，无从考证了。但说话被称为"侉饼腔"，唱戏也被称为"侉饼调"的，也只有安庆了。

儿时最具诱惑力、至今百吃不厌的早点，必是侉饼油条。记得双井街口有家侉饼油条店，每次从那里路过，侉饼和油条的香，不由分说，霸占了你的嗅觉，让你无法抵抗它的诱惑。

高高的铁炉子烧着炭火，将男人黢黑的脸庞烤成铜色。袅袅的炊烟里，男人将案板上的湿面抻开，抹粉，擀平，刷上香油，撒上葱花，揉，切成块、抻开、撒上葱花，再揉、抻、撒，反反复复，最后撒芝麻，拍紧，贴到炉内。一旁的油锅边，女人用手将两条湿面合在一起，再用竹片一压，双手一扭一拉，顺锅沿放入沸油之中，用长筷轻轻拨弄，油条胖起来，快乐地翻滚着，锅里绽放出一片金黄，恰到好处时，夹起，沥油。这时，炉里的侉饼也飘出了浓浓的芝麻香。男人钳起酥黄的侉饼，女人搁上油条，包好，连带着一张笑脸，递给顾客。

愉快的一天，便从侉饼油条开启了。

在那物质匮乏的时代，三分钱的侉饼、两分钱的油条，我们一年只能偶尔吃上几回。但这朴素平凡的一道早点，一年深似一年地刻于味蕾深处。

侉饼有圆形、椭圆形的，论个卖。另一种长条形的按重称，相对较厚，是最能分出技艺的。侉饼讲究"揉"，揉功到位，有咬劲，有韧劲，撕开一层层的，这样咬起来有滋有味。揉好面后醒段时间，再用椒盐、酥油一层层抹。在成形撒芝麻前，还得刷道薄糖稀，这是关键！这样它就甜丝丝、咸津津，滋味醇厚，这也是安庆侉饼好吃的原因。

安庆侉饼好吃的又一原因是，侉饼是放在炭火炉里烘烤的，吸收炭火的烟味后就特别香。有些店家会将烤焦作废的饼撕碎扔进炉里，人为产生更多的烟。这样熏出来的侉饼就比别的地方多了份亲切，多了份"人间烟火"味。

作为安庆早点里的佼佼者，侉饼油条之所以能够脱颖而出，更多的是安庆人侉饼包油条的独创吃法。侉饼绵软厚韧，油条油润香脆，结合在一起，再加一勺蚕豆酱，那口感简直妙不可言，好似一对性格互补的恩爱夫妻，男的敦实，女的活泼，双栖双飞，裹挟着一缕咸辣刺激的浪漫。这时，再来一碗现榨的豆浆或头泡的绿茶滋润一下，那真叫"快活赛神仙"！安庆人是最晓得如何将寻常日子过得有滋有味的。

那年，我在外地住院两个月，每天被一碗碗中药齁得味觉全无，吃什么都寡淡无味，难以下咽，觉得生活暗无天日。回到安庆，爱人问我想吃什么。"侉饼油条！"我脱口而出。岁月骎骎，多少年过去了，咂摸过人生许多不可名状的滋味，依然眷恋那最初最质朴的味道。

爱人递上热乎乎的侉饼油条，我咬一口，心里暗自吃惊：这种感觉，似乎在我的童年记忆之后，就再也没有过了。

经历过寡淡，方知滋味醇厚啊！

江毛水饺

　　安庆人说的水饺就是馄饨，皮薄馅儿少，爽滑鲜香，十几个水饺一大碗汤，汤汤水水的，既滋润又不油腻。

　　儿时患肺病，我咳得嘴巴寡淡无味，每天还得喝齁得人想吐的中药、服西药，弄得一点食欲都没有。爸妈问我想吃什么，我总是摇头。那天傍晚，听着外头有人敲竹片，叫卖水饺。我突然口中生津："妈，我要吃水饺！"

　　每次水饺担子一来，大院里的孩子们便雀跃起来，缠着父母要吃水饺。大妈们拗不过馋嘴的伢，拿出荷包，带着孩子去门口。担子便停下来，四周立即熙熙攘攘的。担子一头架着锅，一头装着食材。很快，锅底的火烧旺了，锅里头的滚汤咕嘟咕嘟响。卖水饺的是个精壮汉子，手脚利落，手眼不停，嘴巴也不停，一边煮水饺，一边讲《七侠五义》，讲到那锦毛鼠飞檐走壁，盛水饺的竹笊子便在孩子们头上飞过一圈，那身手快得好似方世玉的无影手。

　　说话间，水饺熟了。汉子盛出一碗又一碗。雾气缭绕间，伢子们端起便吃，吃得烫嘴，吸溜吸溜，却停不下，吃完了，大口大口地将一碗汤喝个精光，发出长长的一声"唉——"，擦擦油嘴，心满意足地离开了。那是一碗人间至味！

　　从那以后，只要生病了，我就要吃水饺。

　　最好吃的水饺当属"江万春"的江毛水饺了。据说江毛水饺的创制人江庆福，于清光绪年间在安庆小南门一带挑担卖水饺。因江庆福颈上长有一撮白毛，绰号"江毛"，故有"江毛水饺"的名号。1914年，他开设"江万春"水饺店，子孙承业，久盛不衰。

江毛水饺店的饺子品种很多，荠菜饺子、韭菜饺子、纯肉饺子。招牌品种还是鸡丝水饺，饺馅用山区的黑毛猪后腿肉，佐以虾仁、榨菜制作，用纯鸡汁加骨头汤做高汤。水饺从大锅里捞起后，舀一勺熬好的高汤，再加一撮鸡丝，撒一把葱花。水饺状如猫耳，馅如珍珠，皮薄如纸，鸡丝雪白，葱花翠绿，看着就有食欲，浓郁醇厚的汤味更是刺激着你的味蕾。无论喝汤、嚼鸡丝还是吃水饺，都鲜香无比，但口感又不一样，汤的滋润，鸡丝的嚼劲，水饺的柔滑，在唇齿间起起伏伏。一碗下去，五脏六腑都被熨帖得舒舒服服。

那个冬日，父亲带我去医院复查。医生告知父亲，我的肺病已痊愈了。父亲大喜，从医院出来就带我去"江万春"。店里两口大锅，冒着腾腾的热气，一下驱走了寒冷。满满两海碗热气腾腾的水饺端上来，父亲从他的碗中舀了半碗水饺给我。我一口气呼啦呼啦吃下去，吃得头上汗涔涔的。父亲抬手替我擦汗，我望着父亲笑。

多年后的一个傍晚，送父亲上山后，被山风吹得浑身冰冷的我，坐在一家窄窄的小餐馆里，捧着装满水饺的大海碗，舀了一只，送进嘴里。有一种味道在舌尖上激灵了一下，齿颊间忽而流出了津液，眼睛也跟着湿润了。

韦家巷汤团

今早去韦家巷汤圆店,狭小的店面,左边三张长条桌子,右边两张,巨大的铁锅中,开水咕噜咕噜响。别看店面小、不起眼,它可是安庆的老字号。因韦家巷汤团皮糯、馅有汁,深得安庆人喜爱,每年元宵节,店前都排起长龙。此时案台上,一大团白得发亮的糯米粉,白玉一般,两只青花大瓷缸,一只装着芝麻馅,一只装着肉馅,散发着芝麻香和鲜肉香。几位师傅包馅儿、搓汤圆,双手翻飞。大铁锅热腾腾地冒气,一个个汤圆下进锅里,冒着一个个泡泡。长柄铁勺在锅底轻轻晃荡一下,一会儿,汤圆就漂上来了。

服务员端了一碗汤圆上来。白底蓝牡丹的碗盛着,半透明的白汤,漂着白瓷一样的汤圆。汤圆分两种,一种是圆圆的,一种拖了一个小尾巴。圆的是芝麻馅,带尾巴的是肉馅。咬一口,软糯中有股韧劲,带着馥郁的香气。再咬一口,烫嘴的汁儿流出来,甜蜜蜜或鲜香香的滋味,便由心底涌出。我喜欢吃芝麻馅的,就贪恋那股甜香。

我更恋着老房子午后推磨的时光。母亲坐在小板凳上,面前一石磨。石磨缓缓转动着,发出吱吱呀呀的声音。母亲将浸过水的糯米一点点地喂进磨眼,一圈圈均匀地磨着,米浆便从石磨槽口缓缓流进了瓦钵,瓦钵上蒙了层纱布。隔开一道,滤出的米浆才够嫩滑。

米粉沥水后揉面团,面团发出滋滋声,白瓷一般细腻发亮就好了。我常把那面团捏小茶壶、小茶杯、小碗,看着一溜排袖珍碗盏,特别有成就感。

母亲包容着我的淘气，但前提是要舂好芝麻馅儿。这活儿我爱干，将炒熟的芝麻放进小木舂子，用舂木棍捣芝麻，芝麻的香味蓬勃而出，漫溢了几间屋，虽然舂得手酸，却获得了芝麻的馥郁香气。

做汤团很考验技术。揪一小块糯米面团，搓成球，再捏成小碗形，舀一勺和着白糖、猪油的芝麻馅，收口，再搓圆，一个汤团就成了。这看似简单，可搞不好芝麻馅儿就会露出来了。母亲做的汤团都圆溜溜的，一排排蹲在白纱布上，闪着诱人的光泽。

母亲做的汤圆大而瓷实，吃上两三个就"恙人"（饱腻），但我小时候一次能吃上七八个，肚子撑得滚圆，方能解馋。汤圆香甜软糯，和舌头交缠在一起，渗入味蕾深处。那时我还小，并不懂得什么是朵颐之快，味蕾却顽固地记住了儿时的汤圆味道。

此刻，我吃下一个汤圆，感到一阵细小的战栗。那沁人的香甜，在口中氤氲、流淌。我闭上眼，想：就是它。

大南门牛肉包子

在安庆，有一家早点铺，永远都要用麻将子儿排队。它就是上了央视《舌尖上的中国》的大南门牛肉包子。

店面坐落在安庆回民居住区——大南门，这儿也是牛肉市场。走进窄窄长长的巷道，坡头上一家牛肉包子店前，顾客满盈，人们拿麻将在黑乎乎、油腻腻的案桌上排着队。几个师傅身穿白大褂，男师傅头戴小白帽，女师傅戴头纱，在案台前抻面、包包子，做好后就放在煎锅里排整齐。老板娘站在一口煎锅前，动作娴熟地浇一圈油、泼半瓢水，"滋啦——"一声响，热气蒸腾中，无数细小的油沫飞溅出来。老板娘盖上铁盖，转动锅沿。过一会儿，她迅速将一面焦黄的牛肉包子一排排翻过身，再倒入清水，淋上油，盖上盖，煎到两面金黄，脆如蟹壳。香气伴着滋滋的响声，包子出锅了。

牛肉包子皮用的是淮北的麦粉，麦子生长期长，吃起来筋道。馅儿饱满，咬一口，外脆内嫩，带汁的馅儿烫得人咂嘴跳舌，也舍不得吐出。馅儿是豆腐和牛肉做的。牛肉自然是大南门的牛肉，豆腐是本地老豆腐坊的豆腐。牛肉的些许膻腥遇到豆腐，立即被中和了，化为鲜香，而这鲜香通过生煎被激出来，格外浓郁醇厚，吃得你嘴角流油。"不怕烫起泡，也要吃出锅包。"安庆人笃信，吃包子就要吃刚出锅的。用清代美食家袁枚的话说："物味取鲜，全在起锅时及锋而试；略微停顿，便如霉过衣服，虽锦绣绮罗，亦晦闷而旧气可憎矣！"

牛肉包子吃得油汪汪，再辅之一碗绿豆丸子。炸得焦脆的绿豆丸子，从烧得滚热的锅里舀一勺开水，撒上胡椒、葱、香辣粉，淋上生抽，再加一勺辣椒酱，端上桌时，焦脆的丸子被热汤泡得刚入味，恰是焦脆中带点绵软。辣乎乎的绿豆汤十分开胃，原本已经吃饱，一碗汤喝下去，胃的战斗力又被激将出来，再吃两个包子！

吃完喝完，浑身发热，额上微微沁点汗，打一个心满意足的饱嗝，好比按下了"愉悦"模式，开启了愉悦的一天。

麦陇香糕点

我每次路过麦陇香，总要买点糕点，尽管血糖偏高，但还是抵制不住那糕香的诱惑。

最常买的糕点是绿豆糕和鸡蛋糕。散称的绿豆糕，带着新鲜出炉的温热，黄绿色方块上面盖着"麦陇香"模印。绿豆糕入口即化，甜而不腻，松而不散，糯中带沙，小口小口地吃，浓郁的绿豆香从口腔一点一点溢出，隔着好远就诱得人垂涎欲滴。鸡蛋糕有原味的、豆沙味的、蓝莓味的。我最爱吃的还是原味的，松松软软、香香甜甜，但一点也不腻。尝过的人都忍不住夸赞：不愧是百年老字号！

光绪十八年（1892年），胡玉美家族拓展生意，开了一家糕点店，取什么名字呢？掌柜的苦思冥想，突然想到一首"不种夭桃与绿杨，使君应欲候农桑。春畦雨过罗纨腻，麦陇风来饼饵香"的诗，一个诗意又令人唇齿生香的名字——"麦陇香"诞生了，并且红了一百多年。

麦陇香的酥糖花色繁多，除芝麻糖、花生糖、桃酥等，还有一种寸金糖，命名取"一寸光阴一寸金"寓意，内裹酥糖，外粘芝麻，吃起来香甜酥脆。寸金糖是儿时最奢望的糕点，只有过年时才能吃上几颗。那种香甜口感，世间无匹。它一直沉睡于我的味蕾之上，半生难忘。

麦陇香最著名的糕点是墨子酥，那是用黑芝麻做的糕点，形同乌墨，油润细腻。看一眼，你的味蕾就立即被激活；咬一口，香甜糯柔，那才叫唇齿留香！据传，墨子酥得名于清末两江总督张之洞。胡掌柜的俩儿子以秀才身份去南京江南贡院参加乡试，带上芝麻酥糖当干粮，主考官张之洞是个近视眼，以为他们吃的是墨，惊诧道："奇墨，奇墨！"乡试后，他们双双中了举人。胡掌柜认为张大人的称奇不仅文雅，更是吉祥，就将芝麻酥糖改名为"墨子酥"。从此，墨子酥名声大噪。

2022年10月，中央电视台举办"打卡中国地标性建筑"活动。来自二十四个国家的网红和自媒体人来到古城安庆，我担任讲解员。当一个高鼻子蓝眼睛的洋人看到墨子酥后，他睁着碧蓝的眼睛问："能吃吗？"我告诉他这是墨子酥。"墨子……酥？"他疑惑地看了看。我边用手比画着"写毛笔字的墨"，边用英语跟他交流。他恍然大悟，"哦——"小心地咬了一口，立即瞪大了双眼，"太好吃啦！"便对着镜头龇着被墨子酥染黑的牙齿，做了个鬼脸，现场直播介绍墨子酥，逗得围观者哈哈大笑。那笑中带着老城人的自豪。

外宾们一一品尝了绿豆糕、月饼、寸金糖、鸡蛋糕，每尝一样，就发出惊喜的呼声，直夸好吃。

一位菲律宾嘉宾站起身，用中文大声说："麦陇香，麦香铺天盖地而来！"

蚕豆酱

梅雨时节，厨房的灶台、地板湿漉漉的，角落里上了一层白霜的粗陶缸，被人挪了出来，要大显身手了。此时气温高，湿度大，特别利于豆类充分发酵，正是安庆小院人家做豆酱的好时光，霉出的酱豆子，色泽鲜又亮。

大妈们精心挑选出蚕豆、黄豆，淘洗干净，煮熟透。豆子冷却后，拌入少许面粉，摊放在大竹匾里，上面覆盖一层稻草，霉上五六天。这时，空气中弥散着淡淡的豆香味，那一缕缕的豆香，总惹得你吸着鼻子闻，越闻越想闻。

霉过的豆子装进陶缸里，天一放晴，就挪到院子里，让缸里的酱"取天地之灵气，吸日月之精华"，不时还得用长木勺子撇去表面的浮沫。经过一个月的白天晒、夜里露，豆酱渐香、渐稠、渐亮起来，及至成了深褐色时，香气浓郁的豆瓣酱便晒成了。酱晒干后，加入生姜、蒜子、朝天椒进行腌制，装入养水坛里。半个月后，它们彼此的香味相互成就，便"你泥中有我，我泥中有你"，一道香辣鲜醇的蚕豆酱正式"出炉"了。

家里豆酱吃完或是办大事时，怎么办？去酱坊买。哪家酱坊？不用问，一准是"胡玉美"，它是百年老字号。安庆人个个知道，清末，胡玉美蚕豆酱被送去巴拿马万国博览会参展，夺得了金奖。

胡玉美酱坊在安庆最繁华的街市——四牌楼。当年的酱坊有前后场之分。前场是卖酱的店面。一排广口大玻璃瓶装着各种酱和酱菜，玻璃瓶外贴着标签。蚕豆酱、辣椒酱和酱油,用大缸装着,盖上木盖,上面搁把长柄木勺。后场是制酱的地方。记得一个细雨霏霏的黄梅天,我跟着在胡玉美酱坊工作的吴妈进了酱坊,立刻被那几十口大缸吸引住了。每口大缸上都戴着一顶硕大的斗笠,远远看去,像是一个个岿然不动的战士。我怀着好奇心将斗笠一一揭开,里面装的是各种酱,黄豆酱、蚕豆酱、虾子酱、芝麻酱、辣椒酱等等。吴妈告诉我,这些酱都是工人们在头一年梅雨季制作出来的,天晴时揭开斗笠晒太阳,刮风下雨时再让酱缸戴上斗笠。

　　胡玉美的酱为何能脱颖而出,成为龙头老大呢?安庆人都说,味道醇厚。所谓醇厚,除了食材、制作以外,它还拿准了"讲精"的安庆人的口味。安庆是座融合型城市,这里有喜咸味的徽商,有喜辣味的湘军,还有喜甜味的江浙官员,而作为鱼米之乡的本地人则喜鲜,胡玉美豆瓣酱正是融合了咸香甜辣鲜的特点,成为酱中极品。

　　民国文人叶灵凤,童年时在安庆生活过。多年后,当在广州与胡玉美虾子腐乳相遇时,他激动万分,写下了一篇文章,文中写道:"简直就像久别重逢,遇见了几十年未见面的亲人,久别还乡,重行到了儿时的游息之地,一时悲喜交集,眼中忍不住涌上了泪……"

　　一个人,多年后在异地吃到与童年时一样的食物,那醇厚口感,滋味无匹。没有亲历过,是无法体会得到的。

鸡汤泡炒米

安庆人喜欢吃香的,喝汤也喜欢喝香的。鸡汤泡炒米,是安庆人过年家家必备的一道硬菜。

首先,备好炒米。好的炒米既香又酥,还要有点嚼劲。炒米有讲究,从选材、泡米、沥干到炒,都要掌握好时间。如泡米,泡的时间短了,米炒得不酥;泡长了,炒出的米没有筋道。母亲泡米有个诀窍,就是看米芯子,掰开米,米芯子一根棉线粗,正正好。泡好后捞起,沥干,第二天再炒。

用细竹帚子蘸一点熬熟的菜籽油,蘸锅,再撒一把米。母亲的手起承转合,竹帚子在铁锅里辗转腾挪,米跳起了喜庆的舞蹈,由白变嫩黄,由嫩黄变金黄,身子也膨胀隆起,长出了米刺。母亲迅速用锅铲盛起。炒米的火候有讲究,老了焦黄,嫩了不香。米粒金黄起了刺,则是恰好。

鸡需买两斤左右的本地小黄爪老母鸡,头小冠红,羽色光滑闪亮。去除内脏,洗净血水,开水余汤去腥。开水下罐,整只鸡放砂罐炖,急火炖开,转为小火慢炖三四个小时。之后拧起鸡腿,轻轻一抖,骨肉分离,撇去浮油,不加作料,让纯正的鸡汤香肆意弥漫。滚热的鸡汤冲泡炒米,米香被激出来,鸡汤更香且不油腻,炒米吸了鸡汤也更鲜香松酥。细嚼之下,炒米松脆清香,在口中起起伏伏。鸡汤、炒米仿佛天造地设的一对妙人,结合在一起。

炒米各地都有,郑板桥说它是暖老温平之具。但天下炒米,安庆的最好，所以，安庆的毛头炒米上了央视《舌尖上的中国》。

冬天，寒风瑟瑟里回到家，来一碗热腾腾的鸡汤泡炒米，人间的一口活气伏脉千里，整个人瞬间温暖明亮了起来，世间炎凉，便被踹到犄角旮旯里去了。

唇齿之间，美味浩荡万里。世间烦恼，不过庸人自扰。

山粉圆子烧肉

在安庆，招待客人，无论在家里还是在饭店，都少不了这道山粉圆子烧肉。

黑猪肉最好，取五花肉，肥瘦相间，肥而不腻。切成块，熬糖成焦糖色，肉下锅翻炒，一次性加开水煮，大火烧开，转为砂罐文火慢炖，炖得色泽金黄，入味厚重，香而不腻，精而不烂。

山粉，即红薯磨成的粉。好的山粉，红薯要新鲜，选那粉红薯，还要削去皮，磨成粉后晒干，山粉就有了红薯的清香和阳光的馨香。山粉用烧沸的水泡，边泡边用竹筷搅拌均匀，动作要迅速，一气呵成，泡出的山粉才不夹生。

做山粉圆子有两种方法：一是用油煎。油烧到七成热，将烫得八成熟的山粉倒入铁锅中，煎成两面黄的厚饼，出锅切成块状。这种做法简单些，但稍显油腻。另一种做法，即锅贴山粉圆子。将泡熟的山粉趁热搓成圆子，在铁锅底下放入开水，把圆子贴在锅四周，盖上锅盖，焖烧，等到山粉圆子变成半透明的褐色，锅底的水刚烧干，盛起来，再放入肉锅里炖，让肉和山粉圆子相互吸收、成全。这种做法既不油腻，又不容易糊锅。我家采用的就是后一种做法。

红烧肉炖到筷子一戳就烂，山粉圆子烧泡起来，五花肉的汁渐渐渗入山粉中，丰腴的肉香和着丰熟的薯香漫溢而出，撒一把葱花，出锅。

五花肉肥而不腻，山粉圆子鲜香筋道，两种食材相互融合、弥补，油润与厚朴，恰到好处，让你满口锦绣生辉。

炸圆子

在安庆，无论城市还是乡下，几乎每个孩子记忆里最深刻的一道美食就是炸圆子。

腊月二十八，母亲早早清扫厨房的灰尘，起锅除垢，系上围裙，套上套袖，戴上布帽，手执两把菜刀，一如出征的女将，意气风发地一边剁肉馅，一边指挥我们擦生姜、摘葱、擦藕，同时开火蒸糯米。

一切准备就绪，大铁锅里倒满油，火候到时，母亲搓一个个圆子到油锅里。母亲的手法娴熟，拇指和四指相握，一个个圆溜溜的圆子便从她虎口间冒了出来，蹦进油锅里。光影聚焦的锅里，圆子一个个从沸油里浮起，母亲用大漏勺轻轻翻动，让圆子受热均匀。圆子快乐地打着滚，由嫩黄变成金黄，母亲用一个大漏勺将它们捞起、沥油。

站在灶旁早已按捺不住的三只"小馋虫"，蜂拥而上，一根筷子像串糖葫芦一样串起圆子，"呼啦"跑开，顾不上烫嘴，一口咬下去，外酥里嫩，那叫一个香！

母亲做的圆子有三种：肉圆子、糯米圆子、藕圆子。三种圆子都离不开肉和豆腐，只是比例不同，风味各殊，吃法也不一样。肉圆子盈润，加热时蒸、煮、烫皆可；糯米圆子软糯，适合饭头上蒸；藕圆子多吃也不腻。但最好的吃法，还是现炸现吃。

炸圆子是年庆的开启。腊月二十七八，亲人都回家了，一家人团圆了，就开始炸圆子了。从早到晚，炸圆子的香钻出厨房的窗户，弥漫在空气里。那气味穿堂过户，传递着过年的喜庆。

金黄的炸圆子堆满锅，肉香和着油香，染上团圆喜气，有鲜亮满头的喜悦，有福气妥妥的满足。

门外，赶集办年货的车铃声、脚步声越来越近，越来越紧。

什锦素菜

什锦菜是安庆人过年时必不可少的一道素菜。它由腌白菜、生腐丝、黄花菜、木耳、胡萝卜丝、山菇、黄豆、生姜、蒜子、朝天椒等十样食材配成，寓意十全十美。

素油烧热后爆生姜、蒜子、朝天椒，爆出香味来，再一一炒这些食材。我发觉这什锦菜有奇趣：腌白菜和生腐丝是一对儿，白菜豆腐本是一对性格互补的"情侣"，白菜腌制、豆腐做成生腐丝后，经过时光的浸润，俨然是一对相亲相爱的"老夫老妻"，味道越发醇厚了；黄花菜和木耳是一对儿，一个绵软纤细，一个咕嘎爽口，仿佛"青梅竹马"，从小一起在林子里玩儿，风餐露宿、男狩女织，过着天人合一的生活；胡萝卜和山菇是一对儿，干胡萝卜丝，甜丝丝略带筋骨，香菇鲜美肥厚，结合在一起有着醇而厚的口感，有一种殷实农家亲善和美的气息；黄豆落了单，吃起来那豆香如夜晚星辰般一闪一闪亮晶晶。生姜、蒜子、朝天椒炒出的香辣味融入菜里，像是集体婚礼的婚庆布置和烟花鞭炮，使什锦菜充满了节日的氛围感。

什锦菜虽是素食，却甚为鲜美，尤其过年时，大鱼大肉呼而嗨哟大吃几天，嘴巴和肠胃都感到油腻，一盘素而味美的什锦菜端上桌，很快就见底了。正月里，早晨起来，炖一锅白米粥，配上什锦菜，让连日战斗的胃肠大军休整一下，是极必要也是极惬意的。

荷塘"三仙"

"三仙"是水塘里新摘的菱角、莲蓬和新挖的藕。菱角正上粉，皮青中带赭红，里头嫩得掐汁，刚刚可以剥肉；莲子里面的芯刚刚由黄转绿；藕嫩得轻轻一掐就出水。藕和菱角切丁，莲子整只，三样同烩，炒熟后，接近汉白玉的温润，出锅前加个琉璃芡，撒一把葱花，不需佐料提味，已是齿颊留香。

火候很重要，出锅时那嫩滑，咬一口清甜爽口，细细嚼，呱咕呱咕爽脆中，藕的纤维感，菱角的微粉感，莲子的细腻感，甜中带一丝清冽的苦，在齿间、舌尖散开，口感妙不可言，像是"三姐妹"，个个简朴素净又水灵。细品之下，"老大"莲藕敦实，"老二"菱角温厚，"小妹"莲子最鲜嫩。而勾芡微妙的黏糊稠，仿佛为三个女子罩上一层薄纱，仙气袅袅，对"三鲜"形成柔性的束缚。

在吃了一桌大餐后再上这盘菜，口感更甚，像是见多了华服丽妆的女人，突然来了三位清水芙蓉的少女，令人鼻目唇齿舌一新，格外清爽怡人。

同是荷塘"三仙"，地域不同，味道也大相径庭。一次，我在皖中吃到这道菜，味道一言难尽，不是厨师厨艺不好，而是制作这道菜的食材很重要。一是时令菜，一般农历六月是最好吃的时候。二是水质更重要，水塘要活水塘。若是死水塘，味道就大打折扣了。安庆河流纵横，河湖塘江相连，处处活水。

皖南流水的气息便藏在这荷塘"三仙"里。

掐一把鲜春回家

鸟儿在窗外无比热烈地喧闹,让人觉得定要出去做些什么,方不辜负这大好春光。

我骑上单车去莲湖公园。软风细雨,日月浸润,湖畔杨柳干枯的枝条已变得柔软,由枯黄转为青褐色,结了一颗颗米粒状的紫色叶苞,用手拂一拂,能感到汁液在它体内流动,仿佛就等着"魔杖"一点,就能"全军"出发,"攻陷全城"了。草却长得很快,地砖缝里、屋脚隐处,都已丝丝冒出,朝阳的台阶上,已是细草芊芊,迎风摇曳。而湖畔,一大片新嫩的绿草,和着温柔的春风浅吟低唱,散发着幽幽的清香。

一个不太老的老头,蹲在草地上扒着什么。近前细看,是一种三瓣叶子的植物,它们挤在一起,叶子连着叶子,根纠缠着根,争先恐后地亮出鲜嫩的身体。一问,方知是苜蓿,一种可食的野菜。

"好吃吗?"老汉专注扒拉的样子,引起了我这个植物盲的兴趣。

"非常好吃。"

"味道类似于马兰头?"

"比马兰头好吃几十倍。"

"比枸杞头呢?"

"比枸杞头、地儿菜、香椿头,比所有的野菜都好吃!"老汉又补充一句,"皇上吃的菜!"

我不由自主蹲下身子。苜蓿举着嫩绿的小手掌,仿佛争先恐后地说:"采我吧,采我吧!"但苜蓿一大片一大片连着,我竟不知从何处下手，掐到的只是细碎的叶子，不知道如何才能把它成棵掐下来。老汉教我："用手往草地一扒，找到它肥厚的茎，掐住底部，稍微用点劲一剜。"我依法炮制，果然，一棵嫩得淌水的苜蓿就离开了母体。

可是真要找到可掐的苜蓿并不那么容易。眼睛得睁得像扫雷器一样，仔细地搜寻着每一寸土地。一会儿，腰便酸得不行。于是，双膝跪下，撅着屁股，趴在地上掐，这姿势一定很滑稽，但开弓岂有回头箭，至少要整出一盘呀！为此，我一会儿蹲，一会儿跪，一会儿坐，变换着各种姿势掐苜蓿。棉裤的膝部、臀部都被草儿洇染湿了，但这种湿，不似冬天透骨的冰冷，而是感觉一股绿色的汁液渗进了体内。

差不多够整一盘菜时，腰腿已酸得不行。我坐在一块大石头上休息，不禁感叹，如此娇嫩的苜蓿芽要顶出坚硬的土地，得需要多少耐力，花多大的气力？很多时候，植物总是让人不可思议。

用手机搜索了一下苜蓿，竟发现这一直被我忽略的草，名头可不小。一千多年前，汉武帝刘彻为对付匈奴，从西域引进了汗血马为战马，苜蓿作为喂养汗血马的饲料，被汉使张骞从西域带回种植。苜蓿不仅为汉武帝立下战功，历代文人也多为其写诗吟诵。最为感怀的是这句："马渡江头苜蓿香，片云片雨渡潇湘。东风吹醒英雄梦，不是咸阳是洛阳。"而诗中大梦初醒、感叹美景成空的英雄竟是朱元璋。

诗人陆游尤爱苜蓿，多次为苜蓿作诗。他说："饭余扪腹吾真足，苜蓿何妨日满盘。"又说："苜蓿堆盘莫笑贫，家园瓜瓠渐轮囷。"意思是，大家不要笑话我穷得只能吃满盘的野菜，其实我也有满园的瓜果蔬菜。可见陆游是贫也吃苜蓿，富也吃苜蓿。而苜蓿不仅可食用，还具有药效，能去腹藏邪气、脾胃间热气，即能通小肠，清胃热，清湿热，利尿消肿。

再次打量苜蓿，那种很新很嫩的绿，让你感到春天的味道。万物有灵，需蹲地、跪地采撷，是要你虔诚恭敬地对待它。

满心欢喜地把这把"鲜春"带回了家。放在清水里漂洗，头遍过水就很干净。略略切几下，撒上盐、糖、生抽、麻油，搛一筷子尝尝，鲜嫩中，带点微妙的韧劲，嚼在嘴里，发出嘎咕嘎咕的轻响，一股清香的汁液溢满口中，早春的清新气息从口腔氤氲而出。

这一刻，全世界只活在入世者探春的舌尖上。

辑六　皖地散曲

　　在与这片土地的短暂交接中,一颗蒙尘而浮躁的心,渐趋澄明安宁,继而温暖起来,一句电影台词从心底袅袅腾起:"世间所有的相遇都是久别重逢。"

胡静2023年5月23日写于倒西狮街

流水的深处

村口,汪着一泓水。水边两棵古樟相视而立,一棵二百三十岁,一棵二百二十岁,如一对老弟兄,日夜守护着这座大别山深处的村寨。

我们逆流而上,探寻流水深处的太湖龙潭古寨。清冽的流水三叠而下,将河谷中大大小小的石头冲刷得光光滑滑,也将一颗颗风尘仆仆的心荡涤得干干净净。石缝中菖蒲盈盈,水边草木葳蕤、野花遍生,散发出馥郁的气息,沁人心脾。

两岸是数百间相依相靠的老宅:龙潭屋、花屋、金线挂角屋等,灰色屋顶、土黄色墙体,被光线切割成边缘锋利、线条干净的光面暗影。它们安放在大地上,既是时间的截片,也是皖西南山村独有的符号,收藏着几百年前的山寨生活。凝视它们,就是凝视曾经鲜活的生命和依然生长的传奇。

六百多年前,江西大水成灾,一位胡姓人背着父母的尸骨,从瓦屑坝逃到这里,认定此地为福地,依山傍水建了幢金线挂角屋。胡氏在这屋中繁衍生息,开枝散叶。一座座土黄色建筑在山中凸起,似黄壤在一种不可知的力量的驱使下,在空中塑形,向山中扩张,如同流水无声地漫过无尽的大地……他们枕山而居,再不受惊惶与排斥;他们逐水而作,伐下木头,顺着水流运往山外;他们取石造桥,户户相通,并赋予桥名长居久安的希望——五福桥、安定桥、永福桥。

跨过几座古石桥,再过浮桥,一抬头,一道瀑布宛若白色蛟龙呼啸着探身而下,义无反顾地冲入深潭中,溅起无数飞珠碎玉,飘飞弥漫。

这便是龙潭了。据说，干旱时岩壁上隐约可见一条白蜡龙。而"龙"的源头，是古皖河发源地——潜山的香炉尖和莲花尖。水流从山体渗入，无数条涓涓细流相融相合，形成了这道瀑布。

站在瀑布下的岩石上，看着激越飞扬的瀑流，听着擂鼓般的瀑声，我不由得神思浩渺，感悟出瀑布的多重意味：一种包容的聚合，一种坚强的站立，一种勇敢的奔赴和毅然的前行。

想到这，我不由得望向龙潭人家。已入黄昏，山寨炊烟袅袅升起，与晚霞交织在一起，构成一幅令人心醉的田园诗画。村广播恰如其时地播送着《和睦颂》。

晚饭是在"龙潭山舍"吃的。淳朴的大姐端上一盆苦菜粑，绿茵茵、敦敦实实，带着青蒿的香气和丝丝的苦，如同山寨人的敦厚、柔韧、劳苦。丁点儿大的小河鱼、小米虾味道鲜美醇厚，豆腐也嫩滑爽口，透着泉水的清澈甘洌。细细嚼着，山气、水气、地气、烟火气，在口中起起伏伏，丰熟的谷香菜香和着晏晏笑语在梁间缠缠绵绵。古寨在一派温馨祥和的气氛中滑入夜晚。

苍茫如幕的黑夜被一台明晃晃的大戏点亮。台上张灯结彩，台下缺牙瘪嘴的老头老太一排排坐好。锣鼓吹打，一场热闹红火的大戏开演了。一个花旦，袭一件水红镶边裙，甩着长长的水袖，娇娇俏俏地出场，一开嗓就赢得满堂彩。那声音从唇齿间轻轻吐出，像溪水缓缓流过菖蒲、石头与沙滩。唱的是最古老的黄梅腔，是大山那边菖蒲镇的戏班。戏亦如流水，从大山那边流了过来。一场《花亭会》唱得入心入骨，唱得人如痴如醉，唱得老人核桃壳般的脸上漾起了十八岁的春光。唱得好啊，戏在民间才有流水般的活性与通达。

剧终，人群散去，天地大静。远山已隐入沉沉夜色；山泉轻轻拍打着河中卵石，发出梦呓般的轻响；几只蟾蜍趴在青石板上，见人来也不慌张，轻轻蹬起后腿，往旁挪个地儿，继续咕呱叫；老宅的门缝里透出灯光，成一条长线横卧着。一轮明月高挂天上，在黛蓝的夜空衬托下，那样圆润、柔和。如水的月光倾泻在山路、石桥、流水、瓦脊、树荫上，如梦似幻。驻足山间凉亭，看那蜿蜒的小桥、古朴的民宿、远山的剪影，听那泉水的欢唱、嘤嘤虫吟、阵阵蛙鸣，心中升起千般遐思、万般诗意。

子夜，回到老屋，听着潺潺水声，苇絮一般的柔情在黑夜里弥散，不知不觉酣然入睡。

晨起，方方正正的阳光斜切进堂屋，照在靠墙角立着的古旧大竹筛上，筛出的点点光斑在一只老母鸡和一群雏鸡身上闪耀。它们蹲在阳光里，眯起眼睛，头转来转去，时时叫几声，一副惬意知足的模样。可我还不满足，想探访龙潭旁那座卓尔不群的屋宇，于是顺着流水，登上布满苔痕的青石板台阶，到了胡百万故居。

高大的木门敞开着，门前码着一堆木料，摆着两架秋千。屋里有人，五十岁左右的男人。一问方知他是胡百万的玄孙，叫胡栋玉。他说："房子是1773年建造的，已有两百多年的历史。原有六十户，现住六七户。"斑驳的墙皮和剥落的油漆，给老宅染上了陈旧和沧桑的味道，但仍能看出房屋建得很讲究，是前后左右相连的四水归堂屋，天窗、地池、过廊、门厅，布局巧妙；左右厢房的门窗雕花精致，每户独立又户户相连，不唯是生活功能，还有团结功能。整座宅子最大的底气莫过于中堂上悬着的那块匾了，上书"教衍苏湖"，意思是他们源自苏湖，又誉满苏湖。据说，原版牌匾为两江总督张百龄所题赠。

我伸出手，摸一摸砖墙和木门，摸它的纹理，摸它的体温，摸它的历史，摸它的深度，摸它的广度……

凡是坚毅地离乡背井、逃亡深山的人，哪个不是遭遇了伤害或怕遭遇伤害？来到这里，就不能也不会再受伤害。挽回伤害容易，挽回长久的伤害或长久地挽回伤害不容易。多少年，龙潭寨人从水中悟出一个字，并以最真诚的态度守着它，那就是"和"：老屋祥和、邻里和气、村人和善、人与自然和谐……这里氤氲着一团和气。基于这样的家训，这样的传统，这样的行为，龙潭寨才有百年的凝聚、百年的气脉。

送我出门时，胡栋玉指着门前的水潭说："这里的水流往花亭湖、泊湖，通往长江，木材顺水流到江苏，流到更远的地方。很多人也顺着这水去了远方。"他也去了，在浙江台州做木匠，人在外，心却恍恍惚惚，总牵念着龙潭寨。2013年，他回来了，守着祖屋，哪里坏了，就修修换换。村里也派了活儿，寨中的三座亭子、七座木桥都是他造的。

他说："不走了，在这儿养老了。"说罢看着潭水，嘴角浮起一抹微笑。流水潺潺，一边在团聚，一边在流散，散而又聚，聚而复散。

水也好，人也罢，谁不是在奔赴一场生命的轮回呢？

黄昏，遇见塔畈

黄昏时分，远山与天际交接的地方，一线天光凝视着延绵了千年的沃野与村庄。这是在潜山市塔畈村。我们几个带着城市尘嚣而来的人，安安静静地走在乡间小路上，感受着村野骨子里的古朴与安宁，并找寻一些"故物"，找寻山水田园气息的来路和轨迹。

塔畈，果然有古塔，还有老井和老屋。

塔畈的塔，始建于宋代，名曰"大圣塔"。靠山吃山的塔畈先民以虔诚的心造塔拜塔，希望风调雨顺、人畜兴旺。1966年，塔被毁，现已荡然无存，但当地的年轻人能详细说出塔的始建年代及位置风貌，村与乡的名字中仍保留着"塔"字——塔畈村、塔畈乡。塔似乎是塔畈人心中的一座地标，始终存在着。

老井呢？在这条道尽头右拐过去便见。三口！但跟城里的井一样，它们早已没人用了。乡村水利建设日臻完善，村民已无须从井中取水饮用，也无须打泵灌溉农田。失去供水功能的井，自然悄悄地退出了历史舞台。然而，村里人为我们介绍这三口井时，仍然对古井充满敬畏，让我们感觉古井并未干枯，就如村庄人代代相传的一种精神，依然在他们的血脉中流淌。

路口遇见三个女娃，白嫩、水灵，犹如三朵沾露的栀子花。三双黑亮的眸子，友善又好奇地打量着我们。她们高兴地带我们寻访老屋。步入羊肠小道，一条大黑狗窜出来，气势汹汹地冲着我们汪汪叫，像是从山中突然蹦出的黑脸大汉。主人一声吆喝，大黑狗又像犯错的愣小子，低下头，闪到一旁，歪着头摆着尾，望着我们从它跟前走过，那模样憨极了，也乖极了。穿过杂草丛生的小路，来到一片蓊郁幽静处，几座老屋随意地散落着。青灰瓦、土砖墙，屋脚还堆放着一摞陈瓦和土砖，散发着泥土的气息。房门挂着生锈的锁，木窗布满蜘蛛网，透过窗棂看到黑乎乎的屋里堆放着犁、铧之类的农具。一座老屋的院门开着，从门洞往里看，内有一间散着旧气的祠堂，满院子的野植自在坦荡，蓬蓬勃勃地在局促的天地里繁衍生息，仿佛可以听见它们寂静的喧响。

这些老屋的留存，犹如曲折幽深的时光洞穴，洞中的微光，隐约照见前世今生。恍惚中，眼前出现一幅鸡犬相闻、柴门相向的地老天荒图。图中有"野老念牧童，倚杖候荆扉"，亦有"田夫荷锄至，相见语依依"，还有"开轩面场圃，把酒话桑麻"……

经年后，或许这儿所有的旧物都会销蚀，但总有些东西，注定会浸入山畈、河流和血脉。因历史的底色，每一条河、每一座山、每一片土地上的人，都是不同的。

相同的是几座红顶白墙的小楼房。顶上太阳能玻璃管和檐下一串串老玉米，在落日的余晖中一齐闪着金光，现代文明与古老农耕文明的成果，如此和谐地给人一种黄澄澄的幸福。篱笆上覆盖了厚厚槭叶、牵牛，开裂的绿叶，紫色的花朵。一滴水珠从一片绿叶落到我的脸上，透心的凉。泥土和青草的清冽气息混杂着栀子花的芬芳，纷至沓来，贪婪地大口大口吸入肺腑。脚下窸窣有声，青草润湿了鞋，分明是在告诉你："亲，我也在这等你哦！"鞋底逐一吻过一株株小草，一股湿气从脚底往上升，继而全身浸了水似的，一直氤氲到心底。

大地的脉动，犹如音韵。

脚下一条宽阔大道铺陈开来。放眼望去，青山连绵，田畴平整，庄稼绿油油地长着，蜻蜓成群结队地盘旋其上，阵阵蛙鼓跃出水面，恍若一幅写意的田园水墨，溢出满纸的天籁之音。一队鸟儿从云畔飞来，越飞越近，栖在一棵老槐树上，啁啾啁啾地鸣叫。叫声引得一只鸟飞来，又一只飞来，三只，四只……我的内心陡然生起归鸟般的眷恋。

冥冥中的召唤，在山最为葱茏、水最为盛大之时，我抵达了塔畈，抵达了山水田园的内核。虽然我的进入仓促而浅薄，但在与这片土地的短暂交接中，一颗在城市中蒙尘而浮躁的心，渐趋澄明安宁，继而温暖起来，身体里的活力生发出一个缥缈而美好的想象：住在塔畈山下的小屋里，看云，看山，看风生，听水起……

一句电影台词从心底袅袅腾起："世间所有的相遇都是久别重逢。"

想你的风吹到了牛镇

湖风披襟,快艇逆流而上,看蓝天绿岛碧水悠悠,大有春风吹拂百忧空之慨。乘风破浪半个多小时,船靠岸。

一座低头弓腰的耕牛雕塑伫立岸边,牛镇到了。店前河、冶溪河、南阳河在此交汇,三河之水勾画出一片岛屿,状如耕牛,牛镇之名由此而得。

微风和畅,拂动柳条,拂出湖面的涟漪。那涟漪聚如蚕丝,散如烟霞。坝上青草茵茵,野花遍开。放眼望去,群山叠翠,琉璃瓦屋点缀其间,夕阳为它们抹上了一层温暖的色泽,熠熠生辉。牛镇的情意在山在水,在一派粉墙黛瓦,还在路口那块指示牌——想你的风吹到了牛镇。

镇干部说:"每年三月,牛镇的田头、地埂、滩涂,到处都是金黄的油菜。秋冬季节,天鹅、白鸥、大雁漫天飞舞。"说话间,耳畔传来哨音般叫声,几只雄鹰从空中直冲而下,在湖上振翅盘旋,那矫健的身姿,使人顿觉一股豪气从胸臆间喷薄而出。

极目远眺,春色远近,山水相映。而一切尘事,都付与了青山绿水……

晚饭后出来散步。晚风扑面而来,裹挟着馥郁的青草气息。猛吸几口,顿觉五脏六腑舒坦无比。灯光勾勒出小镇的轮廓,似海市蜃楼,如梦如幻。湖对面的凤凰山步道,灯带下宛如一条金龙,蜿蜒绵亘。一个人在步道上行走,只闻风声、水声,偶尔树影婆娑,惊飞起一只野鸟,一阵响声过后更加沉寂。

牛镇的夜，静谧安宁，使人淡然与世相忘，人生如此寄迹，当为足矣。

风，叩响久远的回音：禅宗二祖慧可在狮子山传道布禅；人称"济公"的大兴和尚出生于禅源村；元代状元郎黄信一诞生于镇羊河，死后御赐扶棺回乡，葬于羊河村打鼓岭；东山岭"远岫轩"古民居，为清光绪年间进士王念祖所建。

风，还带来了美妙的传说：李白游历牛镇天桥村境内，醉卧洗脚洞，醒后洗完脚时恰逢天亮，遂立山顶高呼"天光了"，天光山由此而名；白居易行至天桥村，见山峰五色奇云环绕，奇石似飞鸟怪兽，山洞岩泉滴沥，石床斑驳，洞内异香扑鼻，深深为之倾倒，遂夜宿洞中，后人便将山名更为白乐山，异香洞更名为白乐洞。还有西天湾、十八连环潭、香炉寨、大元洞……当地人指着周边的村落、地名，能说出一个又一个有眉有眼的故事来。

风，从远古吹到了清末民初：河上白帆高扬，纤夫码头匆忙。镇上集市喧闹，长长的青石板老街商贾林立，复兴隆、杨信昌、许太来……仅复兴隆一家就有竹筏十五只。

风，日夜诉说着花亭湖上的炊烟袅袅、渔舟唱晚。风亦倾诉着那一年的火光冲天、刀光剑影。1942年，隆武功在此建抗战营房一百二十四间。是年冬，日军至，纵火烧了营房和民房，五天五夜，余烟方尽。

新中国成立后，牛镇逐渐恢复生机。二十世纪五十年代修建花亭湖水库，牛镇作为上游，几度移民，加上水路运输功能的退化，镇上青壮年多外出觅生，这座水中孤岛渐渐萧条。

又一场风，一场乡村振兴的春风，吹到了孤岛牛镇。于是有了一场美丽的邂逅——黄芽茶邂逅了牛镇山水。适宜的生长环境和牛镇人的精心呵护，黄芽茶便在此安家落户。"想你的风吹到了牛镇"，外出打工的人回牛镇了，外地人也来牛镇了。他们种植黄芽菜，几亩，几百亩，几千亩。

茶园叠叠，茶山层层，一片片青黄色在山上恣意涂抹，多么奢侈的辽阔！深陷一片黄绿中，清风吹动枝叶，碧波轻漾，如山的肌肤、水的纹理。头戴草帽、身背竹篓的采茶女，在碧波中袅袅婷婷采茶忙。

春风送我们上百谷尖，于山顶观春水煎茶。初泡，茶叶横浮水面，芽尖挺直向上。少顷，茶芽吸水，如兰花缓缓盛开，在杯中沉沉浮浮，茶水共舞如雀舌含珠，万里书天似春笋出土。

好茶好水，泡出的茶汤明黄透亮。开盖，一股清新的茶香袭来，似裹着一丝幽幽的兰香，顿觉神清气爽。轻啜一口，清香甘醇，慢慢滑入喉咙，又有回甘，五脏六腑都被滋润得妥妥当当。坐在山上，捧一盏茶，山风拂面，茶香四溢，不知今夕是何夕。

牛镇的风，裹挟着缕缕茶香，还原了大地的一片生机。

蔡畈古村

这是一座深藏于皖西南大别山区太湖县汤泉乡的村落，数百间明清古建筑保留至今，俨然成了一种神秘的图腾。我们沿着今时修建的盘山路，驾车探访古村。

入乡，就看到了高高的竹木牌楼，上书"蔡畈古村"。楼门框起一幅画：青山环抱，几垄农田梯形而下；古宅错落在山冲间，黄墙黛瓦；一条溪流穿村而过，将古宅分为河东、河西，几座石板桥卧在河上，为两岸往来通道；一眼龙泉古池蹲在村口，其上半覆一块青石，泉水清澈甘洌。村里老辈人说："虽然如今有了自来水，但他们还会来这里提水。"龙泉甘甜，酿出的酒、沏出的茶都味道醇厚，制出的豆腐也嫩滑爽口。尤其农人从地里归来，心里火烧火燎的，舀一筒龙泉咕噜咕噜喝下，立刻就舒爽啦。因此龙泉口的青石上，永远放着几把竹筒，方便来往行人取水解渴。

老人还说："龙泉对着山上一棵千年槠树呢！"顺着老人手指的方向，我看到一片丰茂的枝叶。他还说："古宅的立柱、大梁、门窗，五百多年风吹日晒还好着，就是用山上这种材质坚硬的槠树，防虫又防腐。"

问老人，此地为何叫蔡家畈？答曰："过去曾是蔡姓居地，清代战乱时，殷氏因蔡氏是其外祖，就拖家带口往山里逃。行囊越来越薄，人口越来越少，困顿中来到这块山冲，定居下来，扩村立户，就建成了大小数百间房屋。"

这些古屋分堂轩、民居、祠堂三类。堂轩分三重，设下、中、上三个堂厅。房屋设计很讲究，阳光从天井照下来，满屋亮堂，又为雨水留下位置，石板铺设天井，将水排至室外檐下水沟，再排入穿村溪流。两边砖木结构，巷道与厢房相连，圆木立柱雕花，木格门窗。这样的老宅气韵祥和，舒适透爽。穿行于厅堂、廊檐、天井与弄堂，看那些有些模糊的石刻、墙画，依然能感受到一种精致与温润。几个老人在老房子里转悠，安静而缓慢。人往阁楼上走，想着与世无争真是好。

民居分两种，一为殷氏族中一些名流住宅，一为普通民居。维甲公屋，建于康熙年间，呈古朴的方圆形。古村落所有民居众星捧月般以它为中心建造。古宅内外雕梁画栋，墙上残存着"一色杏花红十里，状元归去马如飞"的水墨诗画。村中老者介绍，整个村屋似八卦布图，此屋是八卦的中心。私塾也设在二楼，是古村落文化教育中心。屋后有古井，深不可测。呈禧公屋、浴春公屋，分别建于康熙、道光年间，均徽派与皖西南山区风格相融合。唯殷赍臣故居是典型的徽派建筑，青砖黛瓦马头墙，八字青砖石木大门，很是威严气派。老人说："殷赍臣是光绪年间的举人，曾担任过清朝内阁中书。"

普通民居，一色的石头宅基，灰薄的瓦，干打垒的墙，掉了一半的皮，宅内立柱穿枋，简朴大气，户户巷道相连，便于沟通，更便于串联共防土匪。一家家门外屋内都干净整洁，有的在院子里晒着辣椒、萝卜干、咸鱼，有的门通着后面，房里有人。见了，热情地招呼："从哪里来？吃了吗？"

殷氏祠堂靠山面水，在古宅群中最为庄严。祠堂始建于清嘉庆年间，深而广，共三进，上堂供列祖，中堂议族事，下堂集族人。阳光射进来，里面显出明明暗暗的层次，案子、条凳、廊柱、匾额，使整个祠堂器宇轩昂。祠堂两边堆放着木犁、风车。汗水与谷物的打磨，使它们上了暗色包浆，呈现出一种坚毅的力量。梁柱上的对联、墙壁碑记、大门顶上的匾额字迹，历经风吹雨打两百余年，依然清晰完好。

那一个个挂在中堂、雕在立木上的氏族家训，或长或短的内容，无不传达着友善、和睦、礼貌、孝悌、勤俭，由此构成古村的气韵，无论大户小宅，在这里就是一个大家庭。

这里没有豪宅大院，也没有花园丽景，想来，能够跋山涉水深入大别山深处的，必是有经历、有主意的人。来这里的人，再狂放不羁，也会约束心性；再柔弱卑贱，也会气定神闲。整个村落无饭店、商店，甚至连摊点都没有。它展现出的淳朴与静谧，是陌生的熟识，遥远的近乎。

登后山，俯瞰蔡畈全貌，瓦脊鳞次栉比，植被葱葱郁郁，身后茂林修竹。静看夕阳落山，见百鸟归林；檐下的小鸡迈着碎步，归家的鸭子摇摆身姿，黄狗悠闲地晃悠，犁地归来的黄牛脚步缓慢；袅袅炊烟从屋顶升起，叮叮铃铛摇响农耕的归程……

有人在大树下坐着聊天，树大根深，人走了，树还在原地等着。正如一些人走了，心还留在蔡畈，老了，又回来，在这树下、在这水边聚聚拉拉，到祠堂里上上香，流流泪。坚守的人，仍坚守着那份质朴与情怀，让你觉得亲切和欣慰。在此看来，坚守的人责任更大，他们每个人都构成了一个要素，一个意义。

两位坚守的老人正在后山摘枇杷，一个八十八岁了，穿着鲜艳的大花衣，耳不聋眼不花，说话中气十足，年轻时在安庆市铁具厂工作过，1957年上山下乡时回乡。另一老人没说话，扔下一大串枇杷给我们吃。她们说，春节来，这里每年都要办赛诗会，出去的都回乡了，老人小孩都登台作诗，热闹着呢！

我相信，那会是蔡畈的又一个春天，而且是愈加盎然的春天。

到洲上去

马达声响起,渡船开了,开往新洲。

江面微波粼粼,一艘艘货轮近了又远了,一群群水鸟飞来又飞走。站在甲板上,感觉身体在水上缓缓漂移,江风拂面,冬阳正暖,心中有些许兴奋。

到洲上去,已数次。但,每次去都有种新鲜感,正如洲名——新洲。若论起历史来,新洲不算新。它出水于清道光年间,由长江水冲积而成。同治末年,已有人在洲上开荒种地。因四面滨江,俗称"江心洲"。新洲之谓,始于1949年,新中国的成立让这个历经岁月风霜浸染、总面积五十余平方公里的洲地重新焕发生机。

"咣当——",渡船停了,我们从彼岸到此岸。新洲到了。汽车穿行于意杨林。车窗外,天底下铺满了青油油的麦苗,一垛垛枯黄的柴草齐整地立在麦垄上。庄稼早已完成了交接。植物总是静静地遵守着自然法则,该上台时上台,该退场时退场,不争不抢,是那么心安理得。

一栋栋崭新的红顶黄墙小洋房,规划整齐的绿化带,沐浴在冬天的暖阳里,让人好生羡慕。这里是青龙新村。停车,入户拜访,一对八十多岁的老两口,正穿着蓝色罩衫,在热气腾腾的厨房里忙活,见我们来,关了燃气灶的火和轰轰作响的油烟机……送我们出门时,阳光打在两张刻满皱纹的古铜色笑脸上,如同两朵金菊在眼前绽放。当我们提出合影时,他们立即进屋,换了一身新衣出来。大红的毛衣,将老奶奶脸庞衬得红彤彤的。与之呼应的是门前的"一串红",火苗似的,一束束,点燃了一片。另一种花,红中带紫,野泼泼地开着。问奶奶啥花,她说自己也不知道,从江南挖回来的,觉着好看,就种了,一年四季都开花。我们说:"花好看,奶奶更好看。"老人的笑容更灿烂了,说:"你们春上来,洲上牡丹、芍药一片又一片,那才叫好看哩!"

听着村干部如数家珍地介绍洲上各种种植基地,我们来到"三叉江"边。眼前一片辽阔。此地为新洲洲头,地属南木村。横贯东西的江水分出南、北两股支流,如两支集结出发的千军万马,浩浩荡荡奔向远方。江南的绿洲,江北的高楼,尽收眼底。茫茫的江面,天空在头顶上,显得那么遥不可及。白晃晃的日光灼得人恍惚迷茫。沙滩诱人地呈现在不远处,像一片连一片的金色涟漪,从江中一直荡漾到北边的一弯绿洲。那是"眉毛洲",里面种着意杨和桑葚。沙滩西边,又一地势较矮的小洲,曰"新增洲",也种上了意杨。水岸边长着连成片的芦苇,芦花在风中飞舞,飒飒有声。芦苇丛中,掩映着一叶扁舟。为保护这里的生态,附近的洲民都迁走了。这里成了无人打扰的净地。庄子曰:"鱼出游从容,是鱼之乐也。"想必,这里的鱼是自由快乐的。

一只黑鸟从眼前飞过,停落在沙洼里,是乌鸦。它在啄食水洼里自然死亡浮起的鱼虾。朝远处看,一个个小黑点立在沙滩边,那是水鸟,正候着水洼里的鱼虾露出水面,伺机而动。一只水鸟从水面上划过,一圈圈涟漪向四周扩展,一直蔓延到那边的新增洲。一只水鸟在另一边的眉毛洲上鸣叫,半天一声,半天一声,间隔太长了,像一架古琴两头的琴桩,中间是绷得紧紧的琴弦般的寂静。声音瓷实、短促,又很有穿透力。每叫一声,仿佛在我心中轻轻弹拨一下。戴上眼镜,凝神静气,竭力想看清这是一只什么水鸟,可我始终无法看清楚。

南木村的高书记告诉我,这里的鸟很多,大雁、白鹭、沙鸥、鸬鹚、翠鸟、野鸭、水雉,还有喜鹊。想象一只鸟的快乐,阳光暖暖地照射着我，皮肤微微泛红，内心舞动着欢愉；想象赤脚踩在沙滩上，细沙钻过脚趾，漫过脚背，痒痒的，暖暖的，直没到小腿。当你惬意地享受这甜蜜时，哗啦，一阵江潮冲来，冷冷的，让你打个激灵。你笑着叫着，跳将起来。想象在黄昏下的沙滩上观江上日落，在月光下的沙滩上听潮起潮落。

我忽然感到一种静，一种置身阔大的自由，内心可以放肆，一个人可以是一方世界的主人……我莫名地感动，睁开眼看到了无垠的田畴和崭新的护岸线。洲上的世界独立且宁静。

生命中总有很多不期而至的事情，会在某一个不经意的瞬间自然抵达，一如百年前的那次挥锄——它能让荒滩变绿洲，让芦棚变屋舍，让所有悬置在黛瓦下的目光都如那汤汤的江水一样，充满新鲜的朝气和活力。

洲上老人说，最早，是一周姓逃荒汉子，人称"周大丐花子"，挑着一担装有种子和开荒工具的稻箩，来这片芦苇洲开荒。他和王姓、刘姓和程姓祖辈，共同开创了这片绿洲。洲民们艰苦劳作，不间断地开荒垦田，日复一日，年复一年。当年荒夷之处，垦出了片片田畴，升起了袅袅炊烟，从此人烟稠密，村舍井然。

站在田畴边，我仿佛看到一群荷锄握镰的洲民，从遥远的过去走来，从刮着大风的世界里走来，走过一个又一个荒荒落落的年景，走过一个又一个春暖花开落叶凋零的四季，走过一个又一个生生死死的生命轮回。洲民们从芦苇挡风遮体、露宿野外荒滩的开垦生活步入"日出而作，日落而息"的农耕时代。

为抵御自然灾害，洲民们自发围圩。民国时期，洲中一些有胆有识之士，按洲上地形划分天、地、人三号，发动洲民自发筹资筹物出劳力，开始了一场浩大的挑圩造闸工程。圩堤告成后，取名"永乐圩"，寄托着洲民们在此永远安居乐业的美好愿望。

　　站在绵延千里的永乐圩下，望着固若金汤的圩堤，圩上红叶石楠，圩下千亩绿地，以及沿堤一块块河长公示牌，回想村干部描述新洲规划蓝图满怀信心的模样，不禁深深感佩："三才者，天地人。"一百多年来，一代又一代洲民，以对天地自然的敬畏与感恩之心，艰苦劳动，锲而不舍地拼搏，使荒滩变粮仓，并实现一次次转型，蝶变成如今的"生态产业园，安庆后花园"。而遵天道，循地道，尽人道，成为新洲永不褪色的精神人文，代代相传。

　　在小包头码头等渡船时，我们下车，在附近的田畈行走。蓝蓝的天空下，脱光叶子的意杨，伸着细白的枝条，风中空空的寂寥的鸟巢，还有风中的落叶，以及脚下裸露的土地，让人感到大自然放空后的纯朴之美。一颗心也渐渐放空，变得如土地般温厚、江水般澄明，渐而融入天地人合一的境界中。

　　返程的船来了。我们又在江面上缓缓漂移。当城市的大厦逼近时，我回望新洲，"到洲上去"，突然冒出迁居洲上的想法。我知道这想法不太切合现实，但这个小小的想法在身体里波动了一下，仿佛从我的身体深处溢了出来，茫茫无际，又不知所终……

陋室·邂逅

几方磨盘错落有致地铺在水中，宛如一片片荷叶。从"荷叶"上一一走过，似微波凌步，我们进入天柱山脚下的"陋室·邂逅"。

宽敞的绿草坪上，白色吊篮秋千静静候着，仿若等待一场邂逅。屋舍在山前，小青瓦、土黄墙、木格窗，拙朴中透着温热，门厅两旁悬对联"十年河东十年河西莫小看这方陋室，一个山南一个山北哪晓得何时邂逅"，有些文气，有些霸气，还有些江湖气。入门厅，门额上方题"陋室·邂逅"，两侧题"陋天地风光之室，邂世间万物之逅"。一只黄狗威武地立在门口打量着我们。众人笑，一来就邂逅"阿黄"。

我环顾四周，被一种难以言说的气场所笼罩，被一种城市所缺少的最自然的气息震撼了。几座土砖房被绿水环绕，花草、树木、山石点缀其间。庭院、连廊、角落，亦都透着乡土气，可以散步逍遥，也可驻足品味。它们保留着旧日农舍的风貌。

我一直喜欢中国老式民宿，排列并不规整，却令人感到亲切，能并列，亦能参差，疏落有致，如经如权。人住得少亦不觉其空空落落，仍觉亲切，因为房屋自身有生命，它只要在那里，就使人安心。屋舍不多，共十二间，却承载着农耕文明的记忆，有悠悠人间的光阴，见证了农家一个个清晰的日子和模糊的前世后生。

一道院墙将屋舍分东西两厢。院墙红砖垒砌，墙头瓦脊粼粼，一棵柿树立于院门边，树枝斜倚于院墙月亮门，枝上硕果累累。

阳光映照得柿子红得透亮，恍惚间，旧时光漫洇而来。那是秋天的一个薄暮，柿树上缀满了小红灯笼。奶奶穿件蓝色条纹对襟上衣，黑裤子，梳着巴巴鬏，坐在土屋前的石阶上剥玉米。我坐在一旁，看着竹筛里金黄的玉米粒，想象着它们炒熟后的香喷喷、嘎嘣脆，馋得直吞口水。墙头一只花猫跳下，风将门板敲响，松涛在屋后喧响。我们不说话，时间也无声滑过……

不经意间，我邂逅了往昔的美好。那么未来，还会有这样的邂逅吗？未来的我，独坐树下，心思已精简为零，记忆也已退化，不再瞻前顾后，阳光从树叶之中漏下，照耀着沟壑纵横的面颊。年老的我，别无他念，只一味地感受温煦……

入院门，会客厅内，绿植透迤，落地窗对着一方池塘，远处青山起伏。我坐在屋里，品啜着主人自制的香茗，望见厅中"舍得"二字，及屋舍"鸿儒""德馨""望山""阅水"等门牌，同主人聊起刘禹锡与《陋室铭》、左慈与天柱山……茶气氤氲中，听到一片声音的交响，虫鸣、鸟鸣、鸡鸣，一些意向汹涌而来：竹笛、古琴、经书、指尖轻拢的手，还有一张张谈笑自如又安然若素的脸。

主人邀我们进"龙窝"。推门，一股木头的清香扑面而来，宽大的原木床原始质朴，落地窗对着碧水青山。我深吸一口气，神思游离：清晨，我在鸟鸣中醒来，晨光透过白纱羽扇般投进屋里。拉开窗帘，伸个长长的懒腰，就像一朵含苞待放的花，拉了了身上所有美丽的弧线……

隔壁是间玻璃房，硕大的浴缸旁，一棵老树绿叶葱茏，盘绕于玻璃屋顶，顺着窗户垂下一串小果子，在光影中闪烁。主人告诉我这是紫荚树。泡在这样的浴缸中，看山，阅水，听雨，望月，都是极好的。

我尤喜在暮色中阅水，那感觉宛如人散后席间独坐，一片天地，一片水光山色，完全是自己的了。太阳西沉，光线转暗，炊烟袅袅升起，池中锦鲤游弋，在白云中穿梭，整幅画面充满流动感。

我问自己：幸福是什么？幸福就是把时间当作一杯酒，钟鼓馔玉不足贵，但愿长醉不复醒。

只是，更多时候，我会坐在清晨或暮色中的一角，身边一缕光像一片行人的衣裾，悄悄拉动。树梢上，一群麻雀叽叽喳喳；紫荚树下，有果实啪嗒一声落下；我起身，有影子牢牢相随……时光如静静的流水，没有奔突，没有顿挫，也没有断裂。

如此长久，无以中止……

另一间房，背靠着山，山石离得很近，每一条纹路皆清晰可见。在这里，在一种古朴原始的诉说中，你看到漠漠细烟中，大地一片寂静，如同亘古。寂静的，不仅是此刻的大地，还有你，以及凝固在时间深处的你的记忆。

夜从远处飞来，张着褪尽光华的翅膀。它的羽翼轻抚处，一切事物失去踪迹，仿佛并未存在。你也在退去，不复存在。

但是，你知道你在另一个地方。在天地风光之中，你望山，阅水，听雨，望月，你邂逅光，邂逅色彩，邂逅诗，邂逅往昔弥散的气息，邂逅回旋又回旋的那一缕丝竹声……山野气穿透你体内的每一个细胞，又挟带它们，在迷蒙的水雾中四散开来。你如同一条河流，在那里流动、迂回，没有穷尽，你甚至忘记蒙着黯淡色泽的过去。清净极了，清净，净。

苔痕上阶绿，草色入帘青。可以调素琴，阅金经……

在西厢房，我邂逅到四时节令：春生，夏长，秋收，冬藏。而最有仪式感的邂逅，当属这里的祭祀活动。这座"涂氏祖祠"占据着重要一方，大门关闭，"豫章门第，三妙家声"的楹联传递出骄傲。庄主说："每逢春节、清明等日子，涂氏族人都会来祭祀，热闹着呢。"我不由得对庄主——这个叫贺结林的本地汉子望了望，心中暗叹：传统的宗族文化并未因民宿的开发而消遁，反而被修缮保护得更好，并如此和谐地与田园文化、道家文化、儒家文化相融，这是文化的自觉与担当！

穿行于走廊，我被廊道上的木刻吸引。一则《陋室铭》，另一则《三余堂》，让人想起"冬者岁之余，夜者日之余，阴雨者时之余"。正文题苏轼的诗。这首诗，我还是头回邂逅，只一眼，便被诗中的活色生香吸了魂：

枇杷已熟粲金珠，桑落初芸滟玉蛆。
暂借垂莲十分盏，一浇空腹五车书。
青浮卵碗槐芽饼，红点冰盘藿叶鱼。
醉饱高眠真事业，此生有味在三余。

枇杷金、槐芽青、鲈鱼红，饼香、酒香、藿香叶，全都绕在了一起，碰上才气逼人的文豪，这色泽芳香就凝成了玉露，永远地被封存下来。更令人感叹的是，此为年近六旬的苏轼被贬惠州时所作，诗中他将"醉饱眠"当作"真事业"，即便境遇不堪，却依然能在属于自己的时光里，活出自己的精彩。这样的三余有味，是常人难及的人生境界啊！

诗下镌一行字：愿人人都有闲适、惬意的生活，用安逸、陶然的心态，在日日醉饱高眠又勤学不倦的生活中乐享人生百味。

想起佛教中有句话，叫作"时时可死，步步求生"。人生，不用计较它未来能带给我们什么，只希望当下的每时每刻皆无遗憾。一个了无遗憾的人生，才是完满的。

此一日，陋室，邂逅。

此一生，三余，有味。

羊舍半书房

傍晚，上山，赴一场桃园之约。

寻那桃园，直到"桃源禅寺"的庙门前。前方无路，返下山。在半山坡的岔道上，见一座红顶屋子，屋檐下挂着的一溜簸箕上写着"桃元艺术村"。大门敞开，园主人张君在门口候着。问张君，"桃园"的"园"怎么写成了"元"？笑答，去了框框优哉游哉！

院中两座平房，三面青山环抱，一面临水。屋前桃树、架上葡萄叶、菜地里的瓜豆，长势喜人，四只模样乖巧的花狗，冲着你欢腾腾地摇尾，顿觉到了亲切淳朴的农家大院。院角茶几、石凳、垂着雨滴的槐树、鹅卵石铺就的石径，给大院平添了几分韵致。西厢房古铜色门环上挂了一把铜锁。南厢房一间小屋中，锅灶俱全，木柴整齐地堆放在灶炉边。

我们登上屋顶露台。暗青色石砖垒成齐腰高的墙垛，古城墙似的，一盏盏马灯在垛口次第绽放。四周草木依依，修竹飒飒，间或有一两声清丽的鸟鸣。那古朴幽静，让我们不由得压低了说话声。天阴，不见夕阳西下，却真切地感受到暮色慢慢侵入大山的肌体，眼神也随之渐渐模糊迷离起来，于一片滋润的、浓郁的青草气味中，与大自然融为一体，物我两忘了。

张君打开西厢房。这是人文艺术展厅，正中一巨幅黑白意象的画，一双佛手，将夜与昼、明与暗、尘世与佛境融合、交错。两侧悬挂着一幅幅书画作品，内容多带禅意。各种茶具、笔墨纸砚、一摞摞旧书新册,使艺术厅弥散着浓郁的风雅之气。我们静静穿过茶吧、悦读堂,来到最后一间小屋。一张质朴的长木桌,两侧放着条凳;宽大的落地窗,悬挂着两副竹帘。我盯着那竹帘看,眼前开始恍惚:一群人围坐在木桌旁,阳光从竹帘的缝隙筛进来,投在长桌上,投在一张张热切又儒雅的脸上,光影将明暗交错成平平仄仄的诗词;夜晚,灯光裹挟着缕缕人文气息,透出竹帘,给山野抹上细细的、十分柔和的、蔼然的橘黄。

我回过神来,再一抬眼,门楣下挂一横匾,上书:羊舍半书房。心中轰然一震,想起很久以前读过的汪曾祺的《羊舍一夕》。说的是半山坡羊圈旁的屋子里,四个勤劳纯朴的少年度过的一个欢愉夜晚。故事情节已记不清,但屋外呼啸的绿皮火车,屋内一盏用墨水瓶子改造的煤油灯,映着红光的火炉,泡着"高山顶"的砂锅,以及四个孩子闹着、笑着、滚着,四个蓬松松的脑袋并排睡着……这些细节却记得异常清晰。那碎片般的记忆,那朴素欢愉的感觉,常常在某个深夜突然袭来。而后,心里有一种说不出的舒畅。张君以此文为书吧命名,想必出于对那种感觉的迷恋,或者说是一种心灵的皈依吧。

推开"羊舍半书房"后门,是一个大露台。周遭一片漆黑,耳畔轰轰作响。"瀑布!"我脱口而出。"是山风。"有人纠正。没有月亮,也没有星星,只看见模糊的黢青的山影。黑暗中,一列奔往明日的绿皮火车,排山倒海般地冲过来,又呼啸着逃开,车厢里载满凡尘俗事。心房一下被卸得空空的,无比轻松。

我竖起了耳朵,每一根毫毛都伸直了它的腰身,听山中精灵的动静,那么多。风呼呼地吹着欢愉的口哨,青蛙使劲儿擂着大鼓,鸟儿鸣笛,虫低吟。水库里的水在轻轻嬉笑,"叮叮叮,咯咯咯",笑声轻灵活泼,如流星、如游鱼、如风吹银铃,擦响耳膜,掠过脸孔,弹拨抚摸身躯,挑动了思绪:山中所有精灵都随着笑声欢歌、起舞。我也变成精灵，乘着风，赤脚在木板上腾跃旋转，衣飞袖舞。转而，我坐在藤桌旁，与山神对弈一盘盲棋，不见棋子，只闻棋子落盘声，啪啪脆响。随后，我又与宽袍敝履的"七贤"纵酒啸歌，醉而卧于地板之上，东倒西歪。哗闹的精灵沉静下来，在环抱着四山的广阔、丰美、充盈的暗夜中消融。

尘埃化去，蓝莲花绽放，迷蒙的双眸闪现星光，"明天，就又是一天了"。栖息过的灵魂将继续远行，去完成对生命不懈的叩问。

羊舍半书屋，口中轻轻吟着，抚掌，这"半"字添得妙啊！

芍药醉

一下车，我便被满目锦绣所醉。

这里是长风乡新义村。当葱茏的芍药以绮丽的姿态，姹紫嫣红地开遍这古老的长风沙江畔，我便一脚跌进旖旎的春光里，心境也柔软妥帖得如纯棉一般，旋即，饱蘸一汪温润润的欣喜，扑向那一地锦绣、一片幽香。

苍穹下，一幅巨大的绿底繁花锦缎铺展开来。春风微醺，轻轻抖动锦缎，光华烁烁。湿润、带着泥土腥味的空气中，裹挟着缕缕暗香，兜头兜脸地扑来，沁人心脾。朵朵芍药，如千万个美丽的少女，一朵有一朵的颜色，粉白、桃红、胭红、紫红，或清纯或妖娆；一朵有一朵的形象，如金盏、似团扇、像鸢尾，或雍容或轻灵；一朵有一朵的姿态，盛开的、半开的、打着骨朵的，醒着、睡着或半睡半醒。凑近了看，花瓣如绫似绡，花蕊似金丝团抱。一群姑娘醉在花海中，给画面更添了几分美。可不是，暖暖的阳光下，俯身于姹紫嫣红的芍药，脸颊飞上一抹绯红，人面芍药相映红，怎一个美字了得？

垄上，一块亮眼的牌子上赫然写着"情花谷"三个字，心中暗叹：最是恰当不过。

一朵朵芍药，以最经典的姿态出世，盛开在古人的诗行里。《诗经》里的芍药是纯朴多情的：溱洧水边，少男少女，相互调笑戏谑，相赠之以芍药。纯真的时代，纯真的少男少女，爱得大胆而热烈。而芍药便被视为定情花、惜别物。韩愈笔下的芍药"浩态狂香昔未逢，红灯烁烁绿盘龙",明艳馥郁得无遮无挡;白居易笔下的芍药则是"动荡情无限,低斜力不支",如弱柳扶风,极具韵致。还有元稹、柳宗元等,都在诗中极尽表现芍药之美。似乎,唐人格外钟爱芍药。想来,芍药的雍容华贵与大唐的气质是相称的。也似乎,芍药之美,已被唐诗描绘殆尽。可宋代姜夔还是要写,他以人的情态来表现花的容貌:"微雨,正茧栗梢头弄诗句;无语,渐半脱宫衣笑相顾。"那欲放未放的花苞,已开未全开的花朵,被写得妙不可言。物与人犹形与影,若合若离,显得明明丽丽又影影绰绰。而清代曹雪芹《红楼梦》中的"湘云醉卧芍药裀"一段,更是惊艳了几个世纪。

眼下,从先秦至唐宋明清的诗词,全都绽放在这浩瀚的花海里。说不尽的浪漫,道不明的婉约,让人好想卧在花丛中,任性地醉上一场;或坐在月光下,把盏品茗一杯……芍药芍药,用醉人的芳华给生活在喧嚣都市的人筑起了一道诗意的心墙,将红尘纷扰阻挡在墙外。

一株株芍药,又以最务实的姿态入世,献身于中医的药方里。张仲景的《伤寒杂病论》中,用到芍药的药方有七十多种。而华佗与芍药则有一个动人的传说:友人送芍药与华佗并告知有灵性。华佗栽之于庭院一角,尝其花、叶、茎,觉得并无药性,遂忽略之。忽有一夜,华佗被一女子哭声惊醒,见一绿衣红冠的少女在庭院角下闪过。华佗便疑那女子为芍药所变。恰巧第二天,其夫人手被刀割,敷药仍血流不止,疼痛难忍。华佗想起夜间哭泣的少女,就掘了一截芍药根,捣碎敷在伤口上,血即止,疼痛顿无。华佗这才发现芍药惊人的药性,乃引之为药。听到这个故事时,心中对芍药肃然起敬。

"等花落了,这一百五十亩的芍药根,将销往亳州中药厂。"新义村村支书信心满满的话,让我对这片芍药又添了几分敬慕。而这一百五十亩芍药的最大股东,竟是一个面如芍药的八○后女子。为了痴爱的芍药，为了心中的梦想，她放弃了年薪十万的工作，变卖了父母赠予的房产，投资家乡这方土地，做了一个花农。五年来，她四季吃住在花地中的棚子里，生完宝宝，出了医院就直奔花棚"坐月子"。我难以想象一个柔弱女子，如何扛得住夏天蚊虫叮咬，冬天寒风刺骨的？更难以想象2016年的一场水灾，投资的一百一十万元全都随水漂走了，她是靠着怎样的信念坚守下来的？我只是在心中，将这位女子与那芍药重叠着。花有情，人亦有情啊！

归后，落笔为芍药，以虔诚的姿势。

峡谷问水

春色三分，水韵七分，而虚白无数。天柱大峡谷，在彼岸召唤。车如轻舟般从云雾中穿过，那个喧嚣的城成了彼岸。

一泓绿水湿润了我的眼。

这是怎样一番别致的绿啊！鲜，翠，润，幽。把它比作碧玉，未能言其鲜活；比作青荷，未能言其润滑；比作醇蜜，未能言其幽深。一层薄薄的雾幔，又为它添了几分神秘感。岸上绿树、白亭、曲栏及明黄色画舫皆倒映在水面上，随着荡漾的碧水一层层铺展开来。我的心，也随之摇荡。忽觉，这是一方碧色的砚，研了满满的墨，等着你胸中无处可发的赞叹，用千丈的深度来书写。

我与几位友人环水步行，行百步，见一指示牌，上标"桃源湖"，有些诧异。诧异不在"桃源"二字（其景其境是当得的），而在"湖"字——这方小小的水域怎被称为"湖"？懵懵然，放眼望去，前方的碧水竟望不到头。一艘明黄黄的画舫渐行渐远，不见了踪迹。确是湖！是湖周的叠峦，湖上的雾霭，还有其袅娜的身姿误导了我。行至湖对岸白亭再望，湖竟是个优雅的"人"字形。"人"的一撇撇向遥遥的东，一捺捺向迢迢的西。湖中水从何而来？流往何处？心生疑问。问身边几位友人，皆摇头。

我闭目，细嗅空气中湖水的味道，想象一对人儿泛舟湖上，一个女子对着一个男子深情地吟唱："上邪！我欲与君相知，长命无绝衰。山无棱，江水为竭，冬雷震震，夏雨雪，天地合，乃敢与君绝。"心中轰轰然。一丝水汽悄悄从眼睫滑落。睁眼，只见浓雾弥漫，刚刚那幅设色水墨画，像是被水洇湿了。山融化了，树融化了，湖也融化了，画面上只留下青灰色的墨痕。

泼墨是绝世好画，成曲是天籁之音。一行人，脚板踏着湿漉漉的石径，在云雾中逶迤而行。拐个小弯，便听到潺潺的水声，间或几声清脆的鸟鸣，像是交响乐的前奏。乐声渐强，踏上石桥，水声轰鸣，声震四方，至第一乐章高潮。举目四望，未见瀑布。俯首，只见水从湖坝的砖缝飞泻而出，像雪白的刀片，大的小的、高的低的、长的短的，一层层一刀刀，迅疾而有序地飞舞着，如身怀绝技的武林高手耍着飞刀，令人油然而生满满的敬意与欢喜。

一路雾气弥漫。我忽略了花草树木，只觉青霭笼罩下的苍绿或翠绿中点缀着或红或白的花，一点，一丛，一片。一棵老树吸引了我们的目光，准确地说，是它的根。那庞大的根裸露在外，像一只巨大的蜘蛛匍匐在地面上，每一条腿、每一只爪都苍劲如铁。用脚去触摸，感受到它每一根神经末梢上传递出的神秘感。我不知道它经历了多少沧桑，但知道它在地壳下沉前就已扎下了根。我还知道，所有的根都是一个通道，通向历史的沉淀、寂寞的坚守和深情的执着。一汪碧水，许是被它感动了，温柔地躺在树的脚下，陪伴着它。一块巨岩，用强健的身躯呵护着碧水，睁一只深邃的眼，为它放哨。许是怕这儿太静，一挂瀑布悬垂下来，不紧不慢，恰到好处；许是怕这儿太暗，一枝嫣红的杜鹃在洞口身姿摇曳，不疏不密，有品有致。

过桥，溪水蜿蜒而下。一泓溪水像个野丫头，光着脚丫从山上咯咯笑着飞奔而来，这妮子呀，跑得太快，一不小心跌进了潭里，打个滚，拍拍屁股，又拔起脚，朗朗地笑着朝山下一头冲去。

瀑流成潭，潭泄成瀑。龙涎瀑、裙衣瀑、鸳鸯潭、佛珠潭、大佛听

331

涛、猿人戏水……每一道瀑，每一条溪，每一方潭，都有各自的眉眼、神情和体态。面对这些水啊，你尽可以想象，尽可以编织美好的故事。而那些石壁、石岩、石洞，因流水的介入，冷峻、孤寂中平添了几多生动。

一路观水听水，心上累积的尘埃被冲洗得干干净净。于径旁石上小憩，听见松风，似与幽人语。颙望处，群山蔼蔼，如同披了千万层纱幔端庄入座。一山卓然而立，气度非凡，似王者给群山加冕，那定是天柱山主峰——一柱擎天了。想到公元前106年，汉武帝刘彻南巡至皖国，登天柱山，将其禅封为"南岳"，寂寥古意，似满山烟霾，悠悠。我看见清幽的一团梦在山间飘拂，而人世的晃晃悠悠便化作烟雾，凝成白霜，在清香四溢的峡谷间，无言下坠。王安石当年任舒州通判在天柱山一带流转，写下"心无水而宛转，山有色而环围。穷幽深而不尽，坐石上以忘归。"或许，流水具有种种的神秘和象征，蕴含着天道、地道和人道，所有的悲愁与豪迈、淡定与震撼、浮沉与从容，皆能在观水中有所领悟吧。

穿石径，过悬桥，人随景动，心随画动。至通天瀑，仰首而望，飞瀑如堆雪从天际轰然而泻，变成十来匹四蹄生风的白马，冲入深潭中；又幻化成一条磅礴的雪龙，猛一摆手，探身而下。定睛再看，只见摆动的龙身龙尾，不见了龙首……惊叹间心中又问：瀑流从何而来？流向何处？

离通天瀑远了回首，顿愕——水流在裂变的巨岩间书写了一个气势磅礴的"之"字！联想到桃源湖的"人"字，我豁然开悟：天柱大峡谷是想告诉人们："人"在山水之中，要读懂山情水意，"知其雄，守其雌，为天下谿；知其荣，守其辱，为天下谷"，甘于处下，是淡泊，是智慧，更是境界；"人"在天地之间，取天地之精华，享日月之灵光，遵从天地之道，是本分，是责任，更是情怀。

想到这，水源自何处、去往何方，我不再去想了。沧海滴水，何问其源？来自无限，归于无限。

春上龙眠山

龙眠山位于安徽安庆桐城境内，因大、小龙山入桐后"宛若龙眠形"而得名。龙眠河从两脉间斗折蛇行流出。

雨后初晴，我们沿龙眠河溯流而上，寻其源头。一路春风浩荡，汽车盘山而上。沿途青山蔼蔼，溪水淙淙，熏风酥酥。举目四顾，山岚青翠得不管不顾，憨憨的样子如青葱少年；一簇簇映山红点缀其间，似一团团火焰点燃了春山；龙眠河像从梦幻中流出，让人恍若出世；一群山童在水中摸鱼，嬉笑欢叫；三五村妇在河边浣衣，棒槌有声。草地盈盈新生，青苔湿漉漉的，到处流动着充沛的地气，就连野鸟掠过也有流水般澹澹绿意。满目新鲜的气息，使人忍不住要长啸几声。

龙眠紫气，生发万千气象。李公麟在此建龙眠山庄，自号"龙眠居士"，吸引了黄庭坚、苏轼、苏辙等名人雅士慕名而来，并留下诗文佳作。九百余年的时间长河隔开了我们与古人对话，但李公麟的《龙眠山庄图》以及苏轼作的跋，使龙眠山水名扬天下。

"父子宰相"张英、张廷玉生前也常步入龙眠山。从那些不事张扬的翠竹松柏、清澈见底永远向前的溪水、风雨阳光不改本性的山石中，他们悟道，弘毅，济世。父子二人辅佐康熙、雍正、乾隆三位皇帝后致仕归家。去世后，他们都选择安卧于此，枕山，听风，观雨。

一座石桥横跨龙眠河，古朴而典雅，那便是相国桥——去往"宰相墓"的通道。我们没有去打扰先贤，只是立于桥上揖手遥拜。

桥下丈余宽的龙眠河，清澈见底，水下形态各异的奇石铺就的自然河床,尽收眼底。流水击石,泠泠作响,滔滔迭迭往远方去了。"涧石急湍,可以流斛""门前古涧流,甘滑无与此""飞云去不停,狂涧流无歇"……所有古诗一齐活过来了,将一颗心荡漾得怦怦乱跳。岁月悠悠,河水汤汤。千百年来,不息的龙眠河,滋润了两岸生灵;灵性的河水,造就了名扬天下的桐城派。方苞、方以智、姚鼐、戴名世……一个个名字在耳畔泠泠作响。

过桥登山。我们沿着先人的足迹,一步步走向远古,沉浸到恬静、高远的气氛中。攀过宝山湾至碾玉峡,但见两山夹谷,松涛阵阵,山鸟时鸣,一道泉水自山顶碎玉般飞溅而下。方以智在《龙眠玉峡图》中写道:"此地为龙眠最胜,嶙峋壁立,飞泉澎湃。坐其下,耳无雷声,泠然若有所忘。"确为道骨清风绝佳地,清幽不与世间同。再往上,便是披雪瀑了,但丛林挡住了去路,我们只能闻其声,不能见其形了。

灵山秀水育好茶。茶园,薄雾轻漫,阳光穿透纱幔,照耀在茶树上,茶叶油油亮亮,野性勃勃,心机全无,只是烂漫。这勃勃之气像青春期的欲望,满是生机。勃勃中还有安静,茶的清香使茶山显出内敛之韵。这清新又有内涵的美,让人不敢轻举妄动。深陷一片绿中,清风吹动枝叶,碧波轻漾,如山的肌肤、水的纹理。头戴草帽、脸裹花巾的采茶女,背着小竹篓,在碧波中婷婷袅袅。她们指尖轻拢,掐下一粒粒芽尖。沉醉于绿茶中的采茶女啊,眉梢的风情娇俏俏。人看茶,茶看人,人茶相看两相悦。

采得的茶,小竹篓逐个集中,拿去炒。炒茶,需要一双铁砂掌,自然是龙眠山的汉子上!茶叶放入大铁锅,灶下生柴火,大火杀青,茶由青绿变碧绿,离火揉,小火烘焙,反复翻炒。茶色渐成深绿,茶香渐而有层次地漫溢开来。炒熟的茶,色泽翠绿,形似兰花,它们有个名扬天下的名字——桐城小花。

邀茶入杯,茶水相遇。茶之生命开始绽放绚烂。初泡,茶叶横浮水面,芽尖挺直向上。少顷,茶芽吸水,如兰花缓缓盛开,在杯中沉沉浮浮,茶水共舞如雀舌含珠,万里书天似春笋出土。想起元稹的《茶》中一句:"铫煎黄蕊色,碗转麴尘花。"杯中茶幻作了水中花,皆因爱茶人的烂漫情怀。

好茶好水,泡出的茶汤嫩绿明亮。开盖,一股清新的茶香袭来,似裹着一丝幽幽的兰香,顿觉神清气爽。轻啜一口,滋味清鲜而醇厚,慢慢滑入喉咙,便有回甘。这就是"色翠汤清,兰香甜韵"的桐城小花啊!一杯热茶喝下,一日舟车劳顿及登山疲惫顿消,就连身处何地,已然忘却。

天上人间巨石山

对巨石山，我原本是不感兴趣的。

虽说它是清代书法篆刻大家邓石如笔下"家在龙山凤水"中的"龙山"（巨石山原名小龙山），但在我的潜意识中，这个最高海拔不过520米的小龙山，比起大龙山来，欠了气魄，而山上那些因亿万年前火山爆发而形成的岩石，光秃秃，冷冰冰，让人感觉苍茫大地空漠无依。所以，我始终没有亲近它的欲望，甚至几次到山下，只留个影，便匆匆离开。

可当听说巨石山是神话《牛郎织女》的发源地时，我便心心念念地想去探访了。有关《牛郎织女》的起源地，历来众说纷纭，至今仍无定论。但说巨石山是黄梅戏版本《牛郎织女》的诞生地，应无异议。因为，安庆是黄梅戏的故乡，一代黄梅戏大师严凤英又诞生于巨石山下。她出演的黄梅戏《牛郎织女》，首次将这一神话搬上银幕，传唱得家喻户晓。天下万物，最妙在于文化的特殊，更何况那是乡愁旧梦啊。于是，在这个最美人间四月天，我来到了巨石山。

乘缆车上织女峰，仰首或俯探，都觉风景平淡无奇。但缆车一落地，突兀在眼前的巨石，以罡刚奇崛之美，让我张口瞠目，顿时有一种无以言说的感觉：怎么可以美得这般暴烈，美得如此貌视天下！我仿佛见到地震、岩浆喷涌以及旷野的撕裂，大自然在天地合一面前又重构极限。瞬间，山川寂寥，大地冥然……

织女峰上，一块高耸的巨石，状如一把梭子，直插云霄。传说是王母派人捉拿织女时，织女身上掉落的织布梭。随之掉落的，还有大大小小的珠钗，化成漫山遍野的白玉兰花。一块摩天猿石，头部像被闪电劈开了一道裂缝，说是织女被擒时，山上万兽来相助，有一神猿紧紧护住织女，王母银簪一划，劈开了它。与织女峰遥遥相对的是更高的牛郎峰。遥望牛郎峰，听着循环播放的"遇见你，见证爱""520，我爱你"，禁不住心如潮涌：世间不乏轰轰烈烈的爱情，也不乏各种悲情苦恋，难能可贵的是坚守，因为再深的情、再热烈的爱，也难耐时间的消磨。故天下爱情，你来我往，分合无常。唯有牛郎织女，纵是银河相隔脉脉不得语，纵是一年只有七夕一日相会，却始终你走我等，把异地婚姻过成永恒的神话。千百年的坚守，感动了千百年的人。"海枯石烂"的摩崖石刻，苍劲、质朴，一笔笔是激荡、是深情、是执着。

带着深深的震撼，我被带到七彩玻璃台。北望，浩渺如苍烟的皖江和蜿蜒似龙的大龙山，云蒸霞蔚，颇为壮观；东看，水光潋滟的蔡子湖与青山绿畦相间，一抹凤溪给蔡子湖更添了几分旖旎。这一江一湖一溪的柔美婉约，一下舒缓了刚刚的震撼与过玻璃栈道的恐惧，大家瞬间放松心态，兴奋起来，摆出各种姿势，咔嚓咔嚓一通拍照。女士们还排成行，踮脚翘臂，跳起了"天鹅湖"。

意犹未尽。下山，我们选择了步行。一路石洞：神龙洞、千曲洞、聚仙洞、藏兵洞、状元洞，一洞一传说。状元洞，最引人兴致。洞口有清代状元龙汝言的雕像，据传出身贫寒的龙汝言在山上放牛时，就在此读书。洞不大，几块岩石参差互撑，清凉幽静透光，真是一处读书的好地方。状元曾在此读书，这于这方"五里三进士，隔河两状元"之地来说，是可信的。聚仙洞，传说是人类始祖黄帝与炎帝聚会之处，亦是牛郎织女歇息处，还是石达开攻打安庆城时藏匿兵器的地方。一段段传说，虚虚实实，把时空拉近又推远，让人遐想联翩。

逐级而下，便感受到巨石山的另一面了，让你忽觉从天上来到了人间。青翠的竹林，窸窣有声。偶尔，有鸟鸣声，婉转，清丽。一股清香悄悄袭来，微弱而有灵性，丰富又细腻，它刚刚停驻在你的鼻尖上，转瞬间又潜伏到你的肺腑。你四处寻探，不见花影。山中白玉兰花季已过，那香气莫非是玉兰花魂留恋在此？在这片宁静而生机勃发的山林中，你、古石、翠竹、远翔的鸟都融为一体，物我两忘了。

看到一汪碧池，它便是碧莲池了——牛郎与织女定情处。碧莲池色如碧油油的翡翠，形如柔曼曼的水袖，四面青山环绕，给碧池罩上了翡翠屏，真是美到极致，难怪引得织女在此沐浴呢。池边有一巨石，似一头卧牛。它就是做红媒的"牛大伯"。这便有了牛郎的藏衣求婚，有了情定终身，有了千古绝恋。池对面是布景为《牛郎织女》剧照的戏台。未赶上唱戏时间，但空中飘荡着从这山野走出的黄梅戏大师严凤英的唱段。灵山秀水孕育出的唱腔沙甜婉转，软语曼妙："架上累累悬瓜果，风吹稻海荡金波，夜静犹闻人笑语，到底人间欢乐多。"音与词皆醉人，一时竟凝在那里。那时光深处的古戏唱本，带有百姓的精神盼头，也是苍生心绪的突围。那是活泼泼的烟火人间，是安稳的绵长岁月。

不由得心生欢喜。

一阵风来，一种不知名的白花从树上兜头而落，落得满身满地，有些飘进碧莲池中，花瓣漂荡，引得几尾金鱼游弋而至。倘若手握一盏清茶，悠悠然坐在碧莲池边的木椅上听戏、观鱼、品茗，定然不知今夕是何夕。又心生欢喜。

幽思中回过神来，心有疑惑：一路下来，未见溪流，这碧莲池的水从何而来？还有岩洞中，岩上青苔、地上湿漉漉一片，水又从何而来？

边走边寻水源。听到细弱的水声，可只见山壑葱绿，不见水影。细察，贴着山坡树丛，无数细流从杂树中浸出，如细丝般飘散，找不到水脉源头。水自天外来！继续下山，见一道白练悬挂山壁，呈三叠状，飞溅而下。下一段石阶后回望，瀑布从月拱形的桥洞穿过，更添了几分韵致。一路水声潺潺。

  腿开始发软，继而哆嗦，坐在石阶上歇息。三五个年过花甲的男女走过，边走边拍照。一个丰腴的女人将艳红的纱巾从脖子上取下，往头上一披，像一个新嫁娘，站到一位敦实的男人身后。我以为他们要合影，谁知，女人趴在男人背上双脚离地。男人背着她，一步步走下石阶。不禁再次目瞪口呆，心中着实被这对中老年夫妇的浪漫惊到了。他们的伙伴们也笑着拍手唱道："摘朵喇叭花，我吹起呜哩哇，哇哩呜呜哩哇，有朝一日生下胖娃娃，乐得我牛大伯笑哈哈……"

  一句唱词从心底袅袅腾起：到底人间欢乐多。

桐中铭刻

步入安庆市桐城中学，目光即被校道东侧的一根石柱牵住。古朴的麻石四棱柱，四方竖行刻两组绿色铭文。东西两面魏体，镌刻：杂花生树，群莺乱飞；高峰入云，清流见底。南北两面篆书，镌刻：为梁为柱罔不宜，志重远者，不师汝而师谁。桐城人为学求高、为人求清之古风，为师为生当仁不让的自信与气度，尽在其中了。

目光落在"杂花生树，群莺乱飞"八个字上，一遍遍地抚摸它。恍惚间，那些字都活了起来，仿佛告诉我：我不需要过于整饬的花园，那会缺乏生命力，众声喧哗，色调斑驳，才有生机。定睛再看题款日期：1937年。

围着石柱，我绕了一圈，仿佛绕了半个多世纪。多年来，我们的教育都在铸造、生产，让校园变得步调一致、话语相似。近十年才把目光回归到教育的原点——教育即生长，即每一个人都是一个独特而丰富的生命体，教育就是让这些生命个体茁壮成长。而早在八十五年前，桐城中学就用"生长"定义教育，何等的识见！

一个偏居一隅的县级中学如何有这等见识？感叹中，抬眼看到校门上四个鎏金大字——勉成国器，此为学校创办者吴汝纶题写。它原是一副楹联的横批，楹联是"后十百年人才奋兴胚胎于此，合东西国学问精粹陶冶而成"。上联说为什么办学，下联说怎样办学。我从中找到了答案。十九世纪末，西方蒙台梭利以儿童为中心的教育思想、进步教育之父杜威创办的芝加哥实验学校，均强调遵循孩子的自然生长。吴汝纶倡导的"中西合璧"教育，正是汲取了西方的教育理念。

进士及第的桐城人吴汝纶在任地方官时，就十分重视教育。1902年，任京师大学堂总教习的吴汝纶从日本考察归来，寓居省城安庆时，借巡抚衙门南院，筹建桐城学堂，即桐城中学之前身，自任堂长。

作为一个沿着科举之路拾级而上的士大夫，在科举制尚未废除、守着传统义法的旧时代，却能看清时局，谋求教育救国，提出"中西合璧"这样的教育理念，无疑是振聋发聩的。而建这样的学堂，其艰难可想而知。吴汝纶说："吾辈此次办学堂，有进无退，人不善换人，法不善换法，决无止息之期。"颇有破釜沉舟之意。

1902年，皖省第一所中西合璧的新式学堂——桐城中学堂创立了。创校不久，吴汝纶便因积劳成疾，于翌年仙逝，但他的办学宗旨永远镌刻在校园，也镌刻在桐中人的心中。

同行的几位男士纷纷在校训下合影，不约而同地挺直了身子，昂起了头。我想，每一个站在字下的人，都会自然生发出一种庄严感和使命感。

石柱旁有一古色古香的小亭，亭额题"后乐亭"，为桐中学子黄镇将军所题写，取自范仲淹"先天下之忧而忧，后天下之乐而乐"之意，与老校长吴汝纶的"勉为国器"之精神内质一脉相承。

一座钟楼巍然耸立。一顶古朴的铜钟高悬楼顶，楼外镌刻"桐中敲铜钟童男童女同上学"，描述了1939年的校园景象：阳光明媚，鸟语花香，钟声悠扬于青天之下，男女生童并肩读书学习。这是桐中历史上的又一创举——开男女同校之风。一时间，桐城中学东风西雨交相灌溉，旧学新知勃然兴发。

半山阁，青瓦灰墙，散发着古朴典雅的气息。吴汝纶先生手植桂花树、翠柏和藤萝等，苍劲古朴却依然生机勃勃。行走其间，便觉世界安静下来了，内心也变得笃定而沉静。在吴汝纶先生铜像前伫立良久，他那深邃而忧虑的眼神，似在沉思，又似凝望，满含期待和嘱托。我朝着他的铜像深深鞠了三个躬。

我想，每一位桐中学子，入校第一课，就给他讲校训，讲老校长吴汝纶。或许，若干年前，那个叫朱光潜的少年，在散学看到校训时，常抬望天边的云，想象着在很远很远之外，很久很久之后，自己和世界会是什么样子……

校园东北隅的银杏树，为桐城派"三大鼎"之一的姚鼐在他的"惜抱轩"书屋旁所植，树因轩而名。银杏树至今已有二百余年，挺拔参天，枝繁叶茂。我在树下徘徊又徘徊。树是无形之铭文。大师们在惜抱轩、半山阁种的树，是在一代代桐中学子的生命里种下一棵树，让他们在未来的生命历程中踏踏实实、蓬蓬勃勃，既扎根沃土，又伸向天穹……

下课了，几名学生从教室里出来，我问他们："学校有校歌吗？""有。"一位男生说，每天早上，他在两条街之隔的家里就能听到校广播里的校歌声，还说，校歌是二十世纪三十年代桐中的一名音乐教师所作。我请他唱两句，他有些腼腆地望了望身旁的几位同学，跟他们耳语了一番。几个学生同时站直了身子，唱了起来："龙眠钟气，代起人豪，莘莘学子待熏陶……"他们越唱越响亮，越唱越整齐。

少年的声音回荡在操场上，我心潮澎湃：那些镌刻在石头上的字和百年传承的歌以及桐中精神浑然一体，是博大精深的桐城文化中最精华、最坚实的一部分。它们被天天看，人人看；天天听，人人听，春夏秋冬，风雨无阻。这种秉持，就是熏陶和浸染，就是隆重地、一遍遍告诉你——你是谁、从哪里来、到哪里去……

我突然很想在某一个晨会，站在操场的主席台上，对着唱完校歌的桐中学子说：每当嘹亮的桐中校歌响起，也许少年的你还懵懂，但只要我们有那股劲儿——那种昂首挺胸、热血沸腾的劲儿，那种亢奋和鲜美的精神状态，总有一天，你会明白那些词，你会怀念它，感激它！

住在眼里的铭文和挂在嘴边的歌，终究是一粒种子，会在少年的心里长出什么来的。博采东西方文化之长的美学大师朱光潜、哲学大师方东学、将军诗人黄镇……无数少年便是在这样的人文熏陶中完成了身心发育，交上了立志答卷。一百二十年间，桐中培养出十余位院士、五千名博士。

桐中铭文，千古流芳。

雨天美术馆

雨天，去"三江第一楼"——安庆美术馆。

从"春意满"的大门进入，只见碧树如翠，绿草如茵，莲湖的水悠悠。美术馆白色的方形建筑物像一个凝视的镜头，窥看着道路上匆忙来去的人与车，春山秋水总无言地悠悠。"十载生涯归寂寞，百年岁月去峥嵘。"每每到此，逐渐浮在心底的，便是淡到几乎透明的寂静之感。尤其阴雨天，天井一角有一株高至屋顶的芭蕉，雨顺着大芭蕉叶一滴滴落下，木格窗前悬着的线帘迷迷蒙蒙，中庭无人的长椅，走廊上空阔而黢暗的光线，都使色块与线条无端沉郁起来，所有的意象都使人感到莫名而巨大的清幽。

因此美术馆总使我觉得既如废墟又是殿堂，它仿佛将疲倦的文明劈开一道裂口，诞生另一个使人茫然却无端感动的世界。我总觉得每一件艺术品的背后都有难以发现的秘密，而人与人之间的相知与相亲就是在面对同一幅作品时，解读出相似的答案。我喜欢独自一人来到美术馆，在那些意象中穿梭，多数的时候是解读着自己的内心。

找到那幅心仪的山水小品，袁小荣女士的画作。青山雾霭和淙淙流水，看着它，心就像被洗过一遍。想到它即将属于我，我感动并欣然。我与袁女士只一面之缘，但她在微信中说，等展览结束后，就将这幅画作赠予我。她说："只给懂的人。"我一时语噎，半晌，发给了她一个"抱抱"的表情包。我想，她懂的。透过落地窗，看细雨中冷冷的湖水和寂静的凉亭，相依相偎，内心竟也潮湿了。

我一个人细细地看，从一楼到三楼。走廊的长椅空阔，楼梯一阶一阶散发着潮湿的空气，整座馆被雨声留给了宁静，也留给了寂寞。这样的时刻使我想起儿时在纸窗下，照着小人书画蜡笔画的情景。那一幅画，还被选上贴在学校玻璃窗里展览。每次经过玻璃橱窗，我都要挺着胸脯看看那幅画，直到颜色全部褪尽，被撤换下。

来了两个人，一个穿着朴素的中年大妈，一个有艺术气质的老先生。大妈一边看一边啧啧称赞，然后跟身边的老先生说："这些好画，您带孩子们来看看怎么样？您给孩子们边看边讲解。"老先生点头应允。我忽然对大妈产生好感，想她是跟我一样，生长于缺乏美育的年代，既羡慕又可怜现在的孩子，虽然能接受美育，但要么陷于被迫学钢琴、画画、舞蹈各类艺术班中一次次的考级，要么陷于各种试卷中，全然没有我们儿时对音乐、画画、舞蹈自由自在热爱的乐趣。

美术馆的宁静最可沉思，而空间与光影的组合则适于遐想，但在深秋的雨天便不免窘促了起来。我转到一楼休息室，原想翻几页书，却发现书柜变成了一面装饰墙。不知为何拆掉书柜。每次看完画展，腿脚酸了，我就喜欢在这儿驻留，翻看书柜上的旧书。在这里，我看过《张爱玲散文集》，那是我第一次读她的散文，发现她的散文竟写得那么好。还有一些关于安庆市志、黄梅戏历史等旧书，每次我都看得入了迷，被要下班的管理员催走。有一次看书时，一位女士递来一杯茶，并说喝完再续。我有些受宠若惊。她说："见你看得如此专注，很高兴自己的旧书有用武之地。"我才知其是这位女士捐赠的私人藏书。那盏红茶，琥珀色的茶汤，香气馥郁，我喝下，贴心贴肺的暖。如今，为何要拆掉书柜？那些书去哪儿了？我看着四周的沙发，也许，将茶吧书吧改成会客厅，实用性更强吧？

"小雨藏山客坐久，长江接天帆到迟。"隔着窗玻璃，我在这座为冷雨藏住的美术馆里眺望尘世，无端怀念一扇遥远的纸窗所透出的荧荧微光。

塔畈的行板

"整编"的河流

河水呼呼嗖嗖地吼叫。

我们从潜山梅城出发,去往六十多公里之外的大山深处塔畈。车窗外,雷声阵阵,大雨似鼓点击打着地上万物。河水随着盘山公路一路腾跃。一个小时后,我们的车抵达塔畈乡。

蒙蒙的雨雾围住了四野。绵延的山、翻滚的云、绿油油的畈,还有点缀其中的或黛顶或红顶的楼房,像一幅被水洇湿了的水墨画,模糊不清,却透着一种朦胧的美。

当我们冒雨到乡政府所在地时,时任乡长的程银楼刚带着一帮乡干部巡河回来。握手,寒暄,介绍脱贫攻坚、人居环境整治、防汛抗灾等情况,来不及安排,程乡长就近选择了在乡防汛指挥部接待我们。他说:"乡里早已组织防汛巡查队,对大大小小的河流进行了全面排查,对可能冲塌、管涌的地方都已做了加固。"乡长那胸有成竹的姿态,令我们感到一切尽在掌控之中。

的确,那宽阔的河床、坚固的河坝,将塔畈的彭河、倪河、西峰河、塔畈河,以及大大小小的沟渠全部"收编整顿",一支迅速壮大、纪律严明的队伍,在河床里浪涛汹涌地跑起了马,你追我赶,浩浩荡荡,鬃毛在雨雾中啸成猎猎旗帜。

滂沱大雨像瀑布一样洒下来,把所有的沟沟汊汊撑饱、增肥。过去，每每这时，便是山民的灾难。有桌椅家具木料等被水带走的，有墙倒屋塌造成重创的，更有家畜、家禽杳无踪影的。"有啥办法呢，祖祖辈辈，这些都是由龙王掌控的。"河边的老人，沟壑纵横的脸上布满辛酸的回忆，"现在住进新楼房，再不用担忧了！"老人舒展的皱纹里溢出满满的幸福。全乡的山民都迁出了沟沟坎坎，在崭新的楼房中安居乐业。

一座座簇新鲜亮的农舍，坐落在一大片一大片沃野之中。远远望去，村庄像一句一句的叮咛。那是先民们对这些居住着的、行走着的后人的一种嘱托，更是一种祝福、祝愿。

摆渡的乡村卫生室

雨雾中，远远地，一座簇新的黛顶白墙徽式建筑跃入眼帘，那"人"字形屋脊下的红十字格外鲜艳，"新安村卫生室"几个大字金光熠熠。一个穿白大褂、戴眼镜的中年男人，站在门口迎接我们。他是卫生室的负责人，也是医师，名叫陈松涛，主要从事中医针灸理疗。

步入理疗室，一股潮湿幽闭气息混杂着中药味儿扑面而来。挂满人体穴位图的墙上，一面崭新的锦旗格外显眼，上书"医术精湛品德优，服务热忱如亲人"，这是塔畈乡新安村茶农江善政今年五月赠送的。江善政的双膝患了风湿性关节炎，膝关节积液一年多，一直拖到去年年底不能下地，才到医院诊治（因身处深山，山民们患病硬撑硬扛已成习惯，不到万不得已，不会去医院诊治）。医院诊断，江善政的病情十分严重，需要手术治疗，这不仅要花费六万元，还得休息半年。江善政全家犯起了愁：花费多姑且不说，怎可耽误全家寄予一整年希望的茶事？于是他找到陈松涛，想试试针灸治疗。仅一个月，即今年开春后，江善政的双膝就活动自如了。他欣喜得甚至都不敢相信已痊愈，说等到今年茶季后再致谢。五月，繁忙的茶事一应忙毕，他的双膝仍旧灵活自如，没有丝毫复发迹象，江善政欢欢喜喜地送来了一面锦旗。

交谈中得知，眼前这位外表憨厚的村医，竟是合肥卫校科班出身的医师。毕业后，他选择坚守在大山中，只因"这里的山民们需要"。山里气候潮湿，山民们多患有风湿性关节炎。全科毕业的陈松涛，为解除山民们的痛苦，多次自费外出进修，学习中医针灸理疗。习得一手好医术的他，每年治疗患者近千名，造福着一方百姓。

大雨还在下着。坐在车上回望这个乡村卫生室时，我突然觉得雨水中的卫生室像是一艘渡船。是的，渡船！坚守山村的乡医是一个个摆渡人，他们将患病的山民从疾病痛苦的彼岸，渡到健康幸福的此岸。

风景独好的茶山

山层层叠叠，高低起伏，蜿蜒参差。山下沃野成畈，良田千顷。千百年来，山如屏障，佑护苍生；畈如摇篮，哺育苍生。

茶季已过，但新安村的女支书张团结仍领着我们去彭庄茶山看茶。越野车盘旋了几公里后，路太陡，我们弃车步行爬上了山顶。站在山顶俯瞰，东西南北、远远近近全是新垦的梯田，种着刚长成树苗的白茶树和核桃树。那位开车的娃娃脸小伙子汪琛竟是这"千亩白茶核桃基地"的管理者和投资者。他从江苏把白茶这个新品种引进了家乡，也把江苏人的资金引进了家乡。他们一家在村委会的支持下，带领村民们把荒山变成了梯田。三年多来，投资四百多万元。我问汪琛，耗时这么长、投入这么多，心里急不急？他自信满满地说："农业本身是个见效慢的事业，需要耐心，也需要毅力，更何况现在政策好、环境好，农业的前景一片光明，茶山肯定会一年比一年好！你们再过两三年来看，这里就大不一样了！"说到这里，小伙子笑了，我们也笑了。

车到山下，眼前出现了一块块方方正正的稻田，有田埂、沟渠，周边水流环绕，两旁绿树掩映，沟渠中自由往来的鸭子如乡间绅士，优哉游哉地游弋着，放眼望去，恍若一幅写意的田园水墨，溢出满纸的天籁之音。那跃出水面的阵阵蛙鼓，点染出散淡的乡野情趣，在飘香的稻花里构建出一个真实的丰年。张书记说这里的鸭子肉质鲜美，长出的稻米也因无污染而特别好吃，并有一个非常好听的名字——沃野村夫。她还告诉我，虽然山里农业早已机械化，收割、扬场等都用机器，插秧也有插秧机，但这里仍然沿用着传统的人工插秧。

泥土芬芳，吸引人们亲近自然；头顶蓝天，催促劳作者弯下腰身。当劳作者双脚插进泥土的那一刻，内心被唤醒，听到身体拔节的声音……

远翔归来的鸟

一队鸟儿从天边飞来，越飞越近，它们落在一棵老槐树上，唧啾唧啾地叫。叫声引来了一只鸟，又一只，三只，四只……鸟鸣，响彻云霄。

受经济大潮普遍冲刷的乡村，青壮年劳力像鸟儿一样纷纷飞出深山，奔赴城市，去寻找远离泥土气息的生活。一些坚固的东西正在慢慢松动，一盆需要众人拾柴燃起的火焰正在慢慢黯淡。近年来，政府系列优惠政策和道路、水电等基础设施的巨大变化，吸引了一大批人返乡创业。

塔畈村，连通各村道路的交叉口，开着一家快递代理点，店面很大，顾客络绎不绝。老板娘衣着时尚，妆容精致，谁也想不到她家曾是有名的贫困户。男主人父母常年生病，自己也因病不能干农活。为了一家老小的生计，他们夫妻双双外出打工，每年春天出去，冬天返回，过着候鸟一样的生活。如今，他们在深山里开了"菜鸟驿站"，既满足了乡邻们的需求，自己一家人也由"候鸟"变成了幸福安居的"留鸟"。

杏花村，在玺承电商产业园的车间里，我们发现出产的竟是华为、小米等各大品牌手机的手机壳。带我们参观的九〇后小伙子江涛，竟是这个拥有 123 个产品品牌、年产值达 1.2 亿元的安徽龙瑞电子商务有限公司的经理。在江涛布置雅致的办公室内，谈到未来的发展，他的思路很清晰，既有近期目标，又有远期目标。令人钦佩的是，这个带着村里十几个年轻人出去闯，又领着他们返乡创业的大学生，最终目标竟是形成更为庞大的产业链，让更多的年轻人留下来，和他一起在家乡发展创业。

我禁不住感叹：这些回乡创业者如同大鹏鸟，从深山飞出去，飞过高山、越过平原，飞向一个个城市。如今，远翔的鸟儿飞回来了，飞到这片生养它们的土地。他们不是倦鸟归林，而是衔来种子，播种在这片沃野之上。一颗种子的落地，是一次生命的出发。在肥沃的土壤、适宜的气候环境下，长成一棵枝叶参天的大树，是一种生命的抵达。

我听到了种子发芽的声音，还有阵阵欢快的鸟鸣。

我带老外逛倒扒狮街

我站在倒扒狮牌坊下,此时正是9月5日19时50分。我在焦急地等候,一群来自克罗地亚、墨西哥、韩国、俄罗斯、南非、西班牙、菲律宾等国的网红和自媒体人。

大巴终于开了过来。一群手拿相机、胸挂蓝牌的记者涌出来,"打卡中国·最美地标——走进安徽"的标旗伸出,十几个肤色不同的老外鱼贯而出。

当我用不够纯熟的英文致完欢迎辞时,老外们友好地为我鼓掌。我吐了口气,怦怦的心跳平息下来,开始了古城讲解。讲完倒扒狮街的来历后,我抛出一问:"你们知道这条街的特色是什么吗?"老外们睁大眼睛,四处张望,试图找出答案。

我边走边介绍老街的建筑特色和风土人情,以及胡开文笔墨店、黄宝成书店、刘麻子刀剪、大清邮局、老银楼等老字号商铺。至静心古琴舍,一群穿汉服的琴手正在抚琴,琴音与檀香袅绕于古朴的木梁和茶台上。老外们立即拿起相机,一通狂拍。

我在一旁静候,内心急如火焚,因为他们比预订时间迟了五十多分钟,而之前,我们策划的所有参观点时间都很紧。有人在我耳旁催促:"抓紧!抓紧点!"我说了几遍"请跟我来",无人响应。

"那个神奇的老牌坊还在吗?"我问。两个老外转身看我,瞪大了眼睛,"还在呢,就在前面,你们去找找看!"老外们纷纷向我靠拢。

看过牌坊后,从七彩的宫灯下穿行至陶瓷店,一群艺人正在陶器上绘画。剔透的白瓷、精美的山水画，一下子吸引了老外的目光。他们久久注视着美术家的作画。我在一旁随机讲解陶瓷的起源及制作工序。观摩剪纸和手工编织时，老外们听我说它们是"非遗"时，瞪大了眼看着艺人手中的银剪飞舞。艺人很快剪出了四只兔子，我当即讨要，送给老外们。老外们一个个伸出手掌，小心地托起"兔子"，脸上笑开了花。

从陶瓷店出来，步行一段后，我发现只有两个老外跟来了，一个是金发碧眼的欧洲美女，一个是古铜色皮肤的东方人，心里有些发慌。宣传部那位精干的领导对我说："不急，让他们在店里玩一会儿。"我就定下心来，与身边的两个老外聊天，得知男士是菲律宾人，女士是俄罗斯人，我提出合张影。一阵"咔咔"声中，三个不同国度的人，拿着"共赴一场'皖'约""与你手'皖'手"的牌子，笑了。

一个金发高个子帅小伙过来了，四处张望，又看看手表，似乎有些不耐烦。我迅速判断：这是一个落单的老外，刚才一定只顾着拍照而漏掉倒扒狮景点了，忙迎上前。

"你看到倒扒狮牌坊了吗？"

"牌坊？"他耸耸肩。

"就在前面，你能找出它吗？"

他眨眨碧绿的眼睛。

我"哗"地打开手中折扇："如果你找到了，这个奖励给你！"他拔腿就跑，围观的人都笑了，跟着他跑。"大高个"步伐很大，"这里！"他兴奋地手指前方。气喘吁吁赶上的我笑了，向他伸出了大拇指，递过手中的扇子。他指着旁边一个女孩说："送给她吧。"我这才注意到，一旁个头矮小、穿橄榄绿T恤的东方女孩原来是跟他一起的！女孩脸色有些尴尬。我笑着递过扇子："这上面的画，是我手绘的，喜欢吗？""喜欢。"她笑了，露出洁白的牙齿。

"大高个"拿出手机对着牌坊拍摄，突然把手机对向我。我猝不及防，愣住了。老外对着镜头笑说："中国女人有些害羞。"我微笑着用英文说："大家好！欢迎来古城安庆！""大高个"对我伸出了大拇指。

外宾们一个个到齐了，在斑斓的彩灯墙前，手持"打卡中国·走进最美地标——安徽"的标识，齐声说："打卡中国，安徽，我来了！"声音震撼，穿过窄窄长长的街巷……

迈过大风汇馆的门槛，"这里都是老物件，它们散发着古旧的气息，静候你们的到来。"我指着馆中古旧的座椅、茶几、木柜，压低了声音。老外们屏气凝神，望着这些老物件，轻抚着它们的木纹。"它们在你们目光的孵育下已被唤醒，重生。"我的声音无比温柔。金发美女碧蓝的眼里闪着晶莹的光。

这时，楼上传来琅琅的读诗声。踩着"吱呀"作响的木梯上楼，一道卷帘后，一群人围坐在长桌旁，专注地读诗。我向外宾介绍，他们是安庆的作家，正在朗诵安庆籍诗人海子的诗，老外们即刻端然凝肃，默立一旁，静听。另一茶桌，端坐着几个穿汉服的美女，正在品尝自己手工制作的茶。两个老外当即坐下，采访其中一个美女。

从清节堂到国货街，我带着他们边逛边聊。古戏台上，一群着唐装的美女正在翩翩起舞。老外们立即围过去，对着她们边拍边直播。我听出一个老外说的英文是："这群美女在跳中国舞，她们身体柔曼，脸很妩媚，美丽极啦！"便上前补充："她们跳的是《唐乐》。唐朝是中国古代最繁华开放的时代，舞蹈表现的正是大唐盛世。"一曲舞罢，掌声雷动。

四牌楼街上，金发碧眼的美女听我说到"万花春花粉"时，调皮地歪着头，拍了拍自己美丽的脸颊。我们来到老街现存的老字号——胡玉美和麦陇香店。中秋节快到了，正是宣传我国传统文化节日及老街传统美食文化的时机，我对走在门口的老外用英文说："请过来看个好东西！"他们立即回身。"我们中国有个中秋节，就是一年中，月亮最美最亮的时候——八月十五，我们边吃月饼边赏月。你们想不想看一下月饼？"我把老外们带到了月饼橱窗前，"这像不像圆圆的月亮？这就是月饼，里面包着各种馅儿，想尝尝吗？"他们直点头。

至街口，我用英文说："今晚，我们一起逛了安庆老街，感受了它的古老与文明，繁华与风韵。相信你们跟我一样，为安庆这座古城而骄傲。"老外们站直了身子，郑重地点头。

"我会记住安庆，记住安庆的胡静。"金发美女说出这句话时，那对"蓝宝石"漫泅了一层雾气，是那么夺人心魄。

我望着一张张不同肤色而都无比生动的脸，动情地说："Bless you（祝福你们）！"

春到毛畈世外行

这是春天的午后，我坐在岳西菖蒲镇毛畈村的农家院落里。

古村落外凸内凹，像只玉盆安卧在大别山腹地，几与外界隔绝，只东北遗一阙口。一条溪流，自阙口涌出。传说织女牛郎就初会于溪心小屿，故溪名"天仙河"。河两岸遍植桃树，夹岸数百步，故亦名"桃花溪"。

远山近畈，触目皆是饱满的春意。远处的山岚青翠得不管不顾，丛林灌木，密枝交错，郁郁葱葱；阳光下，河流像从梦幻中流出，让人恍若出世；河岸上，粉的桃花、白的梨花、红的杏花，云蒸霞蔚，一树有一树的情态，或娇憨或妖艳或清纯，各美其美；草地盈盈新生，青苔湿漉漉的，到处流动着充沛的元气，就连野鸟掠过也有流水般澹澹绿意。

千年古渡边，错落有致地堆放着毛竹，似乎在提醒人们，当年先人们就是乘着竹筏通往大山外的。一位毛畈村的挂职干部告诉我们，那时这是毛畈村通往外界的唯一通道。渡边立一石碑，碑上字迹斑驳可见。大意是，乾隆年间商贾云集，茶桐桑丝运往山外，渡船紧张，袁氏自告奋勇，担起摆渡重任，并分文不取。山民感其恩情，将古渡命名为袁家渡。如今，古渡早已用不上了，但渡人及自渡的精神却在毛畈村世代相传着。

一棵大树铺天盖地，树干需三人合抱，干上悬着字牌：枫杨，650岁，《天仙配》中槐荫树的真身。脑中立即浮现《天仙配》中，槐荫树变成又慈又憨的绿须老者，开口说道："槐荫树来做红媒——"忍不住上前抱一抱它。

　　与友人坐在树荫下，只闻鸟鸣虫吟，流水潺潺，环顾四周，满目碧色；阖上眼，微风拂面，恍惚欲睡，有种说不出的妙境，五脏六腑像被熨过一般，无一处不服帖，不由轻叹：难怪连仙女都要下凡人间！"仙女最爱人间烟火气。"友人指着升起的炊烟笑说。一股草木香和着丰熟的谷香窜入鼻息。几人立即起身，奔着炊烟而去。

　　一大盆水湫粑端上桌，绿茵茵地闪着光泽。趁热，咬一口，粉质软糯细腻有劲道，再咬几口，便吃出馅儿来，雪里蕻、香干、腊肉混合的馅儿，口感丰富。细嚼之下，水湫香、麦香、稻花香、豆香、肉香，在唇齿间起起伏伏，温润厚朴的地气在口腔中肆意飘渺。野水芹菜质脆嫩，余味甘甜。小河鱼、羊肚皮菌、蓬蒿，都透着湿漉漉的地气。诗意和烟火气一齐袭来，是乡野气息，也是生活况味。

　　肚子吃得浑圆，散步到茶园。又是满眼的绿。午后阳光下的绿，油油亮亮，野性勃勃，心机全无，只是烂漫，这野性中还带着安静，是茶的清香显出内蕴，这种清新又有内涵的美，让人不敢轻举妄动。深陷一片绿中，清风吹动枝叶，碧波轻漾，如山的肌肤水的纹理。

　　背上小竹篓，当一回采茶女，指尖轻拢，掐下一粒粒芽尖。那沉醉于绿茶中的采茶女啊，万般风情绕眉梢，人茶相看两相悦。

　　采得的茶，从小竹篓里集中起来，再拿去炒。茶叶放入大铁锅里，灶下柴火烧得正旺，大火杀青，茶由青绿变成碧绿。离火揉捻，小火烘焙，反复翻炒，茶色，渐成深绿。茶香，渐而有层次地漫溢开来……

　　轻啜一口香茶，尔后脱口而出：浮生偷得半日闲，春到毛畈世外行。

菱湖的夜

吃罢晚饭，独步于菱湖畔卵石路。今夜的公园非常安静。仍是宋代的月亮吧，斜斜地照着，菱湖公园半明半晦地敞在眼前。

湖是绸缎裙裾，大摆撒开，柔柔地抖动着。倒映在湖中的灯，是镶在裙上的宝石，熠熠闪光。桥与桥影合成一只玉环，恰到好处地挂在菱湖腰间。桥上霓虹灯亮了，桥身优美的弧线璀璨夺目，宛如一只柔媚的眼，脉脉含情，一眼万年。

一轮圆月，挂在夜月亭的一角。1921年，也是这样的秋夜，一青布长衫伫立月下，口中轻吟："夜阴一刻一刻的深了起来，月亮也渐渐的放起光来了。天空里从银红到紫蓝，从紫蓝到淡青的变了好几次颜色……"那是来宜任教的郁达夫，内心孤独而迷惘。菱湖，激发了作家的创作灵感，《茫茫夜》《迷羊》《秋柳》，是他写下的A城系列新文学作品。

A城成就了郁达夫，郁达夫也成就了菱湖。1930年，皖省建设厅在菱湖建一湖心亭，供游人欣赏质夫笔下的"菱湖夜月"佳景。彼时的亭子由石砌而成，纯秀质朴，犹如旧时爱情的见证。三十多年前，我曾目睹旧亭石柱上，竖的斜的，镌着"我爱某某""一生一世""地老天荒"等种种爱的誓言，是一颗颗青春年少的心。

三十年前，一个白衣姑娘和蓝衣小伙，看着这些字，也在这里许下海誓山盟。只是，他们没有把爱刻在石柱上，而是刻在了心里。他们携手，一起经历了风雨彩虹。

三十年，弹指一挥间。那个曾经的白衣姑娘如今在哪儿？

风来，舒爽无比，暑气已在荷风中散去。夜色中看不清荷，只觉置身荷叶田田中。或许，荷花已落了吧？但盛夏那白莲高洁、红莲妩媚的模样已然在心间。三十年前，一群俊男靓女头扣莲叶，划着小木舟，追逐、游弋于莲叶间的情景，历历在目。

时间再往前，1921年的初秋，一位文化名人来菱湖，登上荷花塘旁的小楼，放眼望菱湖，甚为秀美，于是在日记中写下：菱湖在城北，湖中荷花甚繁，一望无际。登楼望去，似可比济南的大明湖。此地新辟为公园，尚少人力点缀。但此地大有可为。

此人正是胡适先生。被先生盛赞的荷花——红莲和白莲系八百年前由杭州西湖引种而来。八百年了，八百年的植根散叶，八百年的出淤泥而不染，想想，都被这不可思议的美的坚守震撼；想想，都觉着生活在这样的湖边是一种幸福。

空气中弥散着荷叶的清新气味。已过盛年的荷叶，气味醇厚温润。忽然，一股沁心润肺的幽香袭来。那香幽幽长长地经过秋风秋阳的过滤，纯净而浓郁，是桂香！荷香和桂香氤氲着菱湖的梦境，那梦必是有颜色的。

过石桥，飞檐翘角的阁楼显出盎然古意，匾额上"黄梅阁"三字，如伶人盈袖飘飘，颇为生动俊逸；两边黑漆木柱上，悬一副楹联：九天珠玉盈怀袖，万里仙音响佩环。雕花木门紧闭，暖黄的灯光却从木格窗棂透出来。

七仙女塑像静静伫立于阁中，赖少其题"天上人间"，最是恰当不过。一代宗师、著名黄梅戏表演艺术家严凤英的骨灰，就安放在雕塑基座内，供人们凭吊、瞻仰。刘海粟题的严凤英生平简介，概括了严凤英杰出又多舛的一生，令人不禁戚然。旁边的假山上刻着《落花曲》：

"十年落花无数，何来锦囊，亦无埋花处。花在泪中难为土，举起招魂幡，犹有伤心处。春满江淮花起舞，燕子已归来，君在九天碧落处，君在九天碧落处。"

远处的七仙女雕像、九曲桥、茶社，梦幻一般，朦胧在眼前。再远处的血衣亭，祭奠着为民主革命而献身的姜高琦、周肇基及其妻三个年轻的生命，也祭奠着这座城市在时代进程中踏向荆棘的足迹。北岸环湖小河是太平军为解安庆之围挖的沟渠，想到这里曾血流成河，不免悲壮起来。一百多年过去了，躺在菱湖公园温柔的怀抱里，这些魂灵早已安息了吧。

面朝菱荷的邓石如碑馆，此时大门紧闭，但灰墙黛瓦、雕花门窗、花墙却传递出墨香和文气。这里静静地隐居着清代书法金石大师邓石如的艺术生命。满壁的碑刻，是这位布衣大师的生命印记，入石三分。

活着时，以鹤为伴的完白山人，是否在这样的月夜，一人一鹤，倚门赏月，书下"不知明月为谁好，时有落花随我行"？

夜色深沉，皎皎圆月，照得湖水霜华盈面，人也浸润在清辉中，乃觉置身高远空明的静谧。静里凝神，便与神相会，是月神水神天神地神，是山水之神、草木之神，亦是人之心神。我就这么定定地看着菱湖，从一颗石子、一株柳树、一片荷叶、一只灯笼，到一道石桥、一座亭台、一泓流水，慢慢沉进去，沉进去，感到时间的走动，感到完白山人正举杯邀月，感到七仙女衣袂飘飘降落湖岸，感到嫦娥盈袖拂起湖面圈圈涟漪，感到牛郎织女从桥两头走近，再走近……

菱湖的夜，太易让人生出幻觉。而我，独守着菱湖，独守着这份幻觉。

深山如故

牛站在结霜的草地上,露出发黄的牙槽,慢吞吞地嚼着发黄的草。一双清澈的眼睛望着我们,似乎在说,来啦?

这是腊月的蔡家畈古村。六百年前,蔡氏、殷氏先后落户于皖西南大别山深处的一块山谷。一个格局完整、建筑古朴的村落像一片叶子匍匐在大地一隅。六百年后,我们也匍匐在这片叶子上,顺着叶脉缓缓移动。

主脉是一条溪流,如血液,似乳汁,滋养着一代代淳朴的山民。此时水流缓慢,水中菖蒲也敛了气,不再撒欢摇曳,仿佛玩累了正乖乖静坐读书的孩子;两只竹篾蒸笼,不知被谁家抛在水中,任它们自个儿被溪水淘洗。要过年了,被龙溪洗净滋养过的它们将蒸出一笼笼滋味醇厚的米粑、年糕来。

有水的地方就离不开桥,七座石板桥像北斗七星,将两岸人家连在一起。土砖黛瓦的屋舍顺流而坐,被光阴雕刻成了张大千的水墨,斑驳的力量让人心生感动。对着长满苍苔的瓦当一个凝眸,就仿佛缓缓翻开历史的册页,心中生出无限遐想;红漆斑驳的大门,半开半阖,每扇门的背后都藏着动人的传说;屋角飞檐,雕花窗棂,一块块匾额,那是百年风月浸润出的一脉风雅气象。一座座屋舍靠得很近,墙挨着墙、砖挨着砖,过道狭窄而四通八达。即便墙与墙之间也非缄默无语,它们被几百年的月光照拂过,见证了多少人间悲辛离合。

几百年的光阴逝去,隔着山河岁月,多少前尘往事,湮没在风雨中。而小小的蔡家畈古村落，端坐在时光深处，带着妥帖的人文温度，化作撩动心弦的记忆。

村里闲不住的老人，或煮饭洗衣，或翻晒萝卜干。阳光映着一张张刻满沧桑的脸庞，过往的风掀动他们的衣襟，时光却好像停住了似的。

一位九十多岁的老奶奶坐在矮凳上，阳光洒在她身上，晕染出淡淡的光辉。她静静地笑着，脸上带着慈柔的安详，让我想起过世多年的祖母。忍不住多望几眼，她眼神里透出的那种天然的沉静，将我深深打动，比村口那眼龙泉还要幽深，想必是得益于山风水色的淘洗吧。

旧的房，老的人，他们是村庄最长的见证者，时光在他们身上，以沉积的方式浓缩成褶，又缓缓散解，缓到仿佛时间已经在他们身上静止，像院中的风车、墙上的斗笠、路边的石臼一般，静止了。

从喧嚣中奔赴而来的脚步，也渐渐慢了。

午饭后去赉公馆喝茶。不同于其他土砖房，这座屋宇青砖垒砌的砖缝勾勒出整齐流畅的线条，青褐色瓦片鱼鳞般覆盖其上，青灰冷重的色调，衬托着屋宇厚重而肃穆。高大的马头墙、高高的飞檐，似一只展翅欲飞的雄鹰，气势非凡。

屋的主人殷赉臣也确实展翅高飞了——光绪年间被清廷授为内阁中书。据说，他还曾抱过六岁的宣统帝临朝，慈禧太后曾题赠"代天一日"匾额。改朝换代后，他任过国民三十六军军法处处长、太湖县财政局局长等职。

正堂牌匾"荻画年高"四个秀逸的字，引得我们仰望止步。那是题给赉公母亲的寿匾。看着那金匾，自然会联想曾经显赫一时的殷氏家族，经历过怎样的风云变幻，上演过多少活色生香的大戏。可是，赉公为何官越做越小？我问。赉公的后人殷先生答，应该是骨子里传统的儒家思想，跟不上风云诡谲的时代吧；又或是经历过大风大浪后，想归于平静安宁吧。我以为两者兼而有之。读书致仕，是几千年来中国读书人的理想，因而他们从根子里就有当官的思想，但近乎单纯的理想主义与现实的矛盾对立、官场的凶险，让读书人内心郁闷、痛苦，遇到变故就更手足无措。直至披沥的风雨多了，方领悟生命的真谛，于是选择后退、回归。如此一想，我便有隔空遇故知之感，顿时对赉公馆有了某种亲切感。

西厢房曾是赉公的书房，中间摆一台木案供客人喝茶。像是到了老地方，我们几个随意地坐下，烹茶、品茗、掼蛋，也不询，也不问——哪个中年人不是一本书？哪个中年人不是千山万水？喝好当下这杯茶，便是大好。

若无闲事挂心头，便是人间好时节。被纷扰的世事困久了，就要抽身出来，将心间的芜草杂念锄掉，腾出空来，装些清风明月。而能够与三五知己，躲在深山一隅，与山水共从容，看岁月暗生香。这样的人生，就是别人的八辈子。当然，"寄予爱茶人"。这个"寄"，很挑人——只与彼此相悦的人喝茶。

日光缓缓西沉，暮色开始四合，为古村披上了暗蓝色的轻纱。晚饭在村部吃——私塾改造的老庭院，无论横梁、牛腿、立柱、背景墙，都有着"耕读传家"的图案或楹联。

桌上摆好几个地道的土菜，一壶自酿的老酒。拧开壶盖，一股诱人的浓香扑鼻而来，那是白酒与谷物相遇，经过光阴的积淀产生的馥郁芬芳，像是一场浪漫的相遇，经历风雨后催生出轰轰烈烈、地老天荒的爱情，令人惊艳。闭上眼深吸几口细细体会，仿佛置身一片丰收的稻海中。入口，辛辣浓郁的味道在舌尖弥漫，强烈而美妙的刺激让人深深为之一震，所有的感官被调动起来，仿佛迎接一场未知的冒险。酒慢慢顺着舌根往下滑，酒香迅疾四散传导，咽下后，余"香"绕梁，迟迟不散。酒在体内扩散开来，一种微妙的温暖从腹部蔓延至全身，少顷就脸颊发烫、四肢轻盈，胸中垒块被一一融化，脑中杂念被一一驱赶。

此时此刻，世界变得简单纯粹，我们吃着、喝着、说着、笑着。竹炉汤沸火初红，且喜无拘又无碍。

蔡家畈的夜晚如山般安静，没有路灯，黑漆漆一片。门墙、屋宇、树木影影绰绰，像黄宾虹的积墨，静穆而迷离。走在弯弯扭扭的巷子里，踉踉跄跄。手电筒照着脚下的路，往黑里走，再往更黑里走。我们都不说话，只听见脚步轻轻地响。内心一片平静，又一片绚烂。

看到了前方暖黄色的灯光，我们住进了老宅。山里阴冷潮湿，年轻美丽的村支书贴心地早早开了暖气，但睡下后依旧寒气逼人，空气中透着轻微的腐木气息和暧昧的霉味。关了灯，房顶窸窸窣窣，老鼠出来活动了。屏息，竟然听到木格窗里有虫子在木头深处行走。黑暗中的我并不紧张，反而有种莫名的亲切感。

朦胧中，身穿蓝花小袄的我，坐在木格窗下纳鞋底，穿长衫的男人风尘仆仆地推门而入……

不知是哪一声鸡鸣，将我从五点半的梦中啄醒。想起昨夜的梦，不禁莞尔：那定是自己的上辈子，难怪对此一见如故。

推开木格窗，凉意和雾气瞬间将我吞没。一丛狗尾巴草朝我点了点头。远处的山晕化在阴冷烟波里，清寒旷远，如倪瓒的画，一片冷峻。心头浮起张岱的雪意。雪牖萤窗、澡雪精神，应该是这座世代耕读传家的深山村落的大景致。

出门，一股炊烟香扑面而来。行至村中心，四面八方的炊烟合围而来，把我们呛得有点发晕，灌得有点半醉。我们贪婪地深呼吸，五脏六腑仿佛都被炊烟融化了。面朝新生的阳光，吸着久违的炊烟，我们张开了双臂。一霎时，浑身僵硬的骨骼全都苏醒过来，异乎寻常的自如舒豁。

在这冬天，烟水缥缈的光阴里，清澈无尘的蔡畈，几个人忽地盛开，盛大而隆重地绽放。

尔后，把光阴席卷而去了。

后　记

生于斯，长于斯。

我在安庆这座城已生活了半个世纪。这里的每条街、每座建筑，甚至一砖一瓦一石，我都再熟悉不过。它的未来会是什么样，我不知道，但它的过去与现在，那些人，那些事，那些物，像一颗颗种子落进了我的生命里，然后萌芽，开枝，散叶，如今已枝繁叶茂。它们在阳光下闪耀，在风中颤动，似乎总在暗示着我什么。

作家苏童说："一个人如果喜欢自己的居住地，他便会在一草一木中看见他的幸福。"

古城灵秀的山水和深厚的文化底蕴，老街老巷的市井生活，如乳汁般滋养了我。它深刻影响了我的整个人生，使我在内心永远爱着，爱着这个平凡的人世间。

童年的记忆既遥远又清晰，从头拾起有种别梦依稀的感觉。好在日新月异的大环境下，安庆的变化不算大，是一座"慢"城，而我的生命也抵达了江水般从容的岁月。

从家到工作单位不足两公里。这样的路程，让我得以悠闲地骑着单车上班。从双井街爬坡上来，拐进锡麟街，买一套大饼油条，未出巷口，就看到天主堂的穹顶。进入天台里巷，经过黛瓦灰墙的老房子，就到了工作单位，开启愉快的工作模式。下班，我常常一个人骑车到莲湖边，在暮色中读湖。车篓里有旧书，坐下来细读，心境清绝。有时什么也不干，就坐在湖畔岩石上发呆，湖水踮起脚尖涌过来，咿咿呀呀的戏声扑入耳中,感觉一片天地,一片湖光山色,都是自己的了。秋天的傍晚,我会骑车到江边,听往来船只的鸣笛声、江豚的鸣叫声;看江上落霞与江鸥齐飞,秋水共长天一色……

安庆这座水城,不仅有着古中国女性积雪映白的情意,还有着稻米之乡的妖娆和安详。每到夜晚,好吃街就散发出致命的诱惑。大排档的火锅、石锅鱼、大龙虾香气扑鼻;灶前,掌勺师傅手脚利落紧忙活,这儿的美食,只有他们才能做出味来。当街而食,配上耳畔热闹的市声,一饮一啄,殊觉轻畅。这深街浅巷,自有纯粹的市井风味,显出日常生活的美与光。

老城人喜欢这股烟火气。

更让我热爱的是宜城的底蕴。无数次的兴衰更替,造就了古城的厚重。周末,我常到老街老巷和旧物店转悠,抚摸一块古砖,一片老瓦,一扇旧窗,抚到的是时光的包浆,是旧时光阴旧时气息;倾听一座老宅,一口古井,一缸老茶,一方斑驳的铜镜,听到的是旧时人的浅唱低吟,是穿越时空的几句轻叹几句吆喝。每一次探寻,都让我对这座城市添一份欢喜,增一份自豪。

安庆这座面积一万五千多平方公里的城市不算太小,但我习惯谓之"小城"。这是我对这片生我养我的土地的昵称。在我看来,没有什么比"小城"更亲切、更合适的称谓了。走在这座小城,感觉是舒适惬意的。生活在这座小城里的人,无疑也是平和松弛的。"大城养眼,小城养心",人生越往纵深处,越认同这句话。人们悠悠过日子的样子,悠悠看江上日出日落的样子,悠悠绕湖散步的样子,都是我喜欢的样子,也是我心中理想世界每一天该有的样子。平安吉庆,自古以来都是安庆人的理想和追求。何况这里还有我的亲人、朋友,他们的相伴相暖,让我感到人间温暖在这座城里伏脉千里。安庆还是我的精神原乡啊!

于是我想写下这座城市，一部关于城市与岁月的故事。在我们渐渐老去时，回望这座城市的悲欣与沧桑；漂泊在外醉哭他乡时，想到静坐江畔看江水的情景；颠簸跌宕沉睡江湖后，在雨天的老屋中醒来。我希望这本书，不仅让人们了解这座城，还能为滚滚红尘中疲惫的心灵带来一点治愈。这个想法萌生后，得到家人和诸多师友的支持，特别是恩师石楠先生，87岁高龄还顶着炎炎酷暑为我提笔写序，令我感动不已。还有许春樵主席、储劲松主席、潘军老师、蒋建伟老师、郭翠华老师等师友都给予我无私的关爱与支持。在此感谢所有给予我关心、鼓励、帮助的人。

本书是我探寻安庆的记录，也是安庆半个世纪沧桑变化的见证。安庆于我是永恒，我于安庆只是永恒之一瞬。我知道，纵是千千阕歌，也道不尽一城风华。不奢望成为安庆的一行诗，一束光，做它的一片叶、一滴水也是好的。

胡静

2024年8月13日